청춘은 아름다워

이 도서의 국립중앙도서관 출판예정도서목록(CIP)은
서지정보유통지원시스템 홈페이지(http://seoji.nl.go.kr)와
국가자료종합목록 구축시스템(http://kolis-net.nl.go.kr)에서 이용하실 수 있습니다.
(CIP제어번호: CIP2014027209)

Schön ist die Jugend

청춘은 아름다워

Hermann Hesse
헤르만 헤세 소설 • 박경희 옮김

문학동네

일러두기

1. 이 책에 수록된 작품들은 2001년 독일 주어캄프 출판사에서 펴낸 헤르만 헤세 전집 『Hermann Hesse Sämtliche Werke』 중 단편소설을 모은 6권, 7권, 8권에서 선정한 것이다.

2. 본문 중의 주석은 옮긴이주이다.

Schön ist die Jugend

차례

늑대

프랑스의 산간지역에 이토록 섬뜩하게 춥고 긴 겨울이 닥친 건 처음이었다. 몇 주째 공기는 맑고 파삭하고 차가웠다. 낮에는 시리게 푸른 하늘 아래 넓고 비탈진 눈밭이 물기 없이 하얗게 끝없이 펼쳐지고, 밤이면 노란 광채를 품은 사납게 얼어붙은 달이 작고 말갛게 그 위를 스쳐갔다. 환한 달빛은 눈 위에서 푸르게 굳어 서릿발이 선 것처럼 보였다. 사람들은 집 밖을 나서기를 꺼렸다. 특히 높은 곳을 피하고 마을 오두막에 들어앉아 구시렁거리며 게으른 시간을 보냈다. 밤이면 푸른 달빛 사이로 오두막의 빨간 창에 연기처럼 흐릿하게 불이 들어왔다가 이내 꺼졌다.

그 지역 짐승들에게는 힘겨운 시간이었다. 작고 어린 동물들은 떼지어 얼어 죽고 새들도 추위를 견뎌내지 못해 그들의 앙상한 시체는 매나 늑대 들의 먹잇감이 되었다. 하지만 추위와 배고 픔으로 극심한 고통을 겪기는 매나 늑대 들도 마찬가지였다. 그 일대에 남은 늑대 무리는 얼마 없었고, 위기는 그들을 더욱 단단 히 결속시켰다. 낮 동안 늑대들은 홀로 다녔다. 늑대 한 마리가 눈밭 여기저기를 배회했다. 마르고 굶주리고 예민하고 유령처럼 조용하고 몸을 사리는 녀석이었다. 늑대는 여윈 그림자와 나란 히 눈 위를 미끄러져갔다. 그리고 냄새를 맡듯 뾰족한 주둥이를 바람 속으로 내밀고는 이따금 메마르고 구슬프게 울어댔다. 저 녁이 되면 늑대들은 한 마리도 빠짐없이 굴을 나와 마을을 에워 싸고 쉰 소리로 울부짖었다. 마을 사람들은 가축이며 가금을 안 전하게 보호했고 단단히 걸어잠근 덧창 뒤에는 총을 놔두었다. 늑대들에게 개와 같은 작은 먹잇감이 생기는 날은 드물었고, 벌 써 무리 중 두 녀석이 총을 맞고 죽었다.

추위는 여전히 계속되었다. 늑대들은 자주 가만히 몸을 웅크 리고 모여 앉아 서로의 온기로 몸을 덥히고 불안에 떨며 죽음의 허허벌판을 향해 귀를 쫑긋 세웠다. 잔인한 굶주림의 고통을 참 다 못해 느닷없이 소름 끼치게 울부짖으며 뛰어오르는 녀석도 있었다. 그러면 다른 늑대들이 일제히 그쪽으로 주둥이를 돌리 고 몸을 떨며 함께 두렵고 위협적인, 서러운 울음을 토해냈다.

마침내 무리 중 몇 마리가 방랑을 결심했다. 이른 아침 굴을 나온 늑대들은 한 무리가 되어 흥분과 두려움을 느끼며 꽁꽁 얼어붙은 공기 속에서 코를 킁킁거렸다. 곧이어 한 마리씩 잽싸게 그곳을 떠났다. 유리 같은 눈을 크게 뜨고 그들의 뒷모습을 좇아 수십 걸음쯤 따라가던 남은 늑대들은 천천히 텅 빈 굴로 발길을 돌렸다.

길을 떠난 늑대들은 정오에 흩어졌다. 세 마리는 동쪽의 스위스 쥐라 방향으로 떠나고, 남은 무리는 꾸준히 남쪽으로 이동했다. 쥐라로 향한 세 마리는 모두 수려하고 강인한 늑대였지만 끔찍이도 여위었다. 등가죽에 달라붙은 허연 배는 가느다란 채찍처럼 홀쭉했고, 앙상하게 드러난 늑골은 애처로워 보였다. 주둥이는 말라붙었고, 크게 뜬 눈은 절망에 차 있었다. 쥐라 깊숙이 들어간 세 마리 늑대가 둘째 날은 거세된 숫양을, 사흘째는 개와 망아지를 약탈하자 분노한 주민들이 사방에서 그들을 추격해왔다. 인근의 마을과 도시로 낯선 침입자들에 대한 공포와 경계심이 퍼져갔다. 우편 썰매는 무장을 했고, 총 없이는 아무도 마을과 마을 사이를 오가지 않았다. 낯선 곳에 와 먹잇감을 충분히 얻은 세 마리 짐승은 두려우면서도 만족스러웠다. 예전 고향에서와는 달리 대담해진 늑대들은 훤한 대낮에 낙농가의 마구간을 습격했다. 소의 거센 울음소리와 부서진 가로대가 삐걱대는 소리, 말 발굽 소리, 헐떡이는 뜨거운 숨결이 좁고 후끈한 공간을 가득 메웠다. 그런데 이번에는 그 사이에 사람이 끼어들었다. 늑대에 현상금이 붙어 농부들의 사기를 북돋운 것이다. 늑대 두 마리가 총에 맞아 쓰러졌다. 한 마리는 총알이 목을 뚫고 지나갔고, 한 마리는 손도끼에 맞아 죽었다. 나머지 한 마리는 가까스로 도망쳐 나와 오래도록 달리다가 겨우 숨이 붙은 채로 눈 위에 쓰러졌다. 제일 어리고 아름다운 놈이었고, 힘이 세고 몸이 유연하고 위풍당당한 늑대였다. 어린 늑대는 한동안 숨을 헐떡이며 누워 있었다. 눈앞에서 피처럼 붉은 동그라미들이 어지러이 맴돌았다. 늑대는 간간이 휘파람 소리 같은 고통스런 신음을 뱉어냈다. 등에 도끼가 한 번 꽂혔지만, 기운을 되찾고 일어설 수 있었다. 그제야 얼마나 멀리 달려왔는지 눈에 들어왔다. 어디에도 사람이나 집은 보이지 않았다. 눈 덮인 웅장한 산이 코앞에 있었다. 샤세랄*이었다. 늑대는 산을 둘러 돌아가기로 결심했다. 갈증으로 목이 타자 눈밭의 딱딱한 얼음덩어리를 조금 떼어먹었다.

산 건너편에 닿자마자 마을이 나타났다. 저녁때가 가까워지고 있었다. 늑대는 울창한 전나무 숲속에서 기다렸다. 그러다 온기가 밴 마구간 냄새를 따라 살금살금 정원 울타리를 돌아갔다. 길에는 인적이 없었다. 늑대는 경계심과 갈망이 뒤섞인 눈빛으로

---

* 스위스 쥐라에 있는 가장 높은 산.

곁눈질하며 재빨리 집들 사이를 빠져나갔다. 그때 총성이 한 방 울렸다. 늑대가 고개를 쳐들고 뛰려는 찰나, 두번째 총성이 울렸다. 맞았다. 희끄무레한 아랫도리 한쪽이 피로 얼룩지고, 굵고 끈적한 핏방울이 뚝뚝 떨어졌다. 그럼에도 늑대는 재빨리 달려 반대편 숲으로 몸을 피했다. 그곳에서 잠시 귀를 쫑긋 세우고 기다렸다. 양쪽에서 말소리와 발소리가 들려왔다. 겁에 질린 늑대는 산을 올려다보았다. 가파르고 숲이 우거진 험한 산이었다. 그래도 다른 방법이 없었다. 늑대는 숨을 헐떡이며 가파른 절벽을 기어올라갔다. 아래서는 욕설과 명령이 뒤섞인 웅성거림과 등불빛이 산을 따라 올라오고 있었다. 상처입은 늑대는 몸을 떨며 어둑어둑한 전나무 숲을 지나 산을 올랐다. 옆구리에서 갈색 피가 천천히 흘러내렸다.

그사이 추위는 한풀 꺾였다. 서쪽 하늘이 흐려지며 눈이 쏟아질 것 같았다.

마침내 늑대는 지친 몸으로 봉우리에 이르렀다. 늑대가 서 있는 곳은 몽 크로생* 근처 비탈진 너른 눈밭으로, 그곳에서는 방금 도망쳐온 동네가 훤히 내려다보였다. 허기는 느껴지지 않았지만 무지근한 상처의 통증은 끈질기게 늑대를 괴롭혔다. 늑대

---

* 스위스 쥐라에 있는 고갯길.

는 주둥이를 벌리고 나지막이 울었다. 심장은 무겁고 고통스럽게 뛰었고 죽음의 손이 형언할 수 없는 무게로 짓누르는 듯했다. 늑대는 가지를 넓게 뻗고 혼자 서 있는 전나무로 홀린 듯이 다가갔다. 그곳에 앉아 아스라이 눈발이 날리는 잿빛 밤을 응시했다. 삼십 분이 흘렀다. 그때 눈 위에 탁한 붉은빛이 비쳤다. 기이하고 부드러운 빛이었다. 신음하며 일어선 늑대는 빛이 흘러오는 쪽으로 아름다운 머리를 돌렸다. 달이었다. 피처럼 붉고 큰 달이 남동쪽에서 솟아나 뿌연 하늘로 천천히 올라가고 있었다. 지난 몇 주 동안 보지 못한 크고 붉은 달이었다. 죽어가는 짐승의 눈이 흐릿한 달 한 조각에 슬프게 매달렸다. 그르렁거리며 어둠 속에서 다시 고통을 삼키는 나지막한 울음소리가 끊어질 듯 이어졌다.

불빛과 발소리가 그 뒤를 따랐다. 두꺼운 외투를 입은 농부들과 사냥꾼들, 모피모자를 쓰고 엉성하게 각반을 두른 소년들이 눈을 꾹꾹 밟으며 걸어왔다. 환호성이 터졌다. 사람들이 죽어가는 늑대를 발견한 것이다. 총알이 두 번 발사되고 두 번 다 빗나갔다. 그제야 그들은 늑대가 이미 죽었음을 알아차렸다. 그 위로 막대기와 몽둥이가 쏟아졌다. 늑대는 아무것도 느끼지 못했다.

그들은 네 다리가 부러진 늑대를 끌고 세인트 이머로 내려갔다. 웃고, 떠들고, 기쁜 마음으로 화주와 커피를 기다리고, 노래하고, 욕설을 내뱉었다. 눈 내린 숲의 아름다움을 바라보는 사람은 없었다. 고원의 광채도, 샤세랄 위로 뜬 붉은 달 역시 아무도 보지 않았다. 희미한 달빛이 그들의 총신에서, 눈의 결정에서, 맞아 죽은 늑대의 일그러진 눈 속에서 부서지고 있었다.

어린 시절에

멀리 보이는 갈색 숲은 며칠 전부터 경쾌한 연초록빛을 띠고 있었다. 오늘 나는 레텐슈테그*에서 봉오리가 반쯤 벌어진 앵초 꽃을 처음으로 보았다. 물기를 머금은 맑은 하늘에는 보드라운 4월의 구름이 꿈을 꾸고, 막 쟁기질을 시작한 너른 들판은 갈색으로 반짝거리며 포근한 대기를 향해 애타게 팔을 벌리고 있다. 씨를 받아 싹을 틔우고, 수많은 초록색 싹과 솟아오르는 줄기 속에 잠들었던 기운을 시험하고 느끼고 나눠줄 날을 갈망하듯이. 만물이 기다리고 준비한다. 온화하고 부드럽게 재촉하는 성장의 열기 속에서 꿈을 꾸고 싹을 틔운다. 새순은 해를, 구름은 밭을,

---

* 스위스 취리히의 지명.

어린 풀은 바람을 향해. 매년 이맘때면 나는 초조함과 그리움 속에 숨죽여 기다린다. 내게 새로운 탄생의 기적을 열어줄 특별한 순간이 오지 않을까, 한 번쯤은 생명이 미소지으며 땅에서 솟아올라 빛을 향해 어리고 큰 눈을 뜨는 모습을 한 시간이라도 볼수 있지 않을까, 그 생명의 힘과 아름다움의 계시를 똑똑히 보고 이해하고 체험하게 되지 않을까 하고. 해마다 그 기적은 소리를 들려주고 향기를 뿜으며 내 곁을 스쳐간다. 나의 사랑과 숭배를 받지만 이해는 받지 못한 채로. 기적은 늘 내가 모르는 사이에 와 있다. 새싹이 껍질을 뚫고 나오는 것도, 부드러운 첫 샘물이 햇살 속에 떨리는 것도 나는 보지 못했다. 갑자기 지천으로 꽃이 피고, 싱싱한 잎사귀가 돋거나 거품처럼 흰 꽃이 활짝 핀 나무들이 반짝거리고, 반갑게 지저귀는 새들은 아름다운 곡선을 그리며 따스하고 푸른 하늘을 날아간다. 그 순간을 나는 보지 못했지만 기적은 사방에 일어나 있다. 숲은 부풀어오르고, 멀리 봉우리가 손짓하며 부른다. 바야흐로 장화와 가방, 낚싯대와 노 따위를 손질하고 한 해의 시작을 온몸으로 즐길 때다. 갈수록 더 아름답고 더 빨리 사라져가는 것처럼 보이는 그 시간을. 어릴 때 봄은 끝나지 않을 것처럼 얼마나 길고 또 길었던가!

시간이 허락하고 기분이 좋을 때면 나는 푹신한 풀을 베고 드러눕거나 근처의 튼튼한 나무에 기어올라가 그 위에서 몸을 흔들어본다. 꽃봉오리의 향기나 상쾌한 송진 냄새를 맡기도 하고, 머리 위 그물처럼 엉킨 나뭇가지와 초록빛 잎사귀들과 파란 하늘을 바라보며 꿈속을 거닐듯 말없는 손님이 되어 내 어린 시절의 행복한 정원으로 걸어들어간다. 다시 한번 그곳에 뛰어들어 어린 시절의 싱그러운 아침 공기를 마시며 잠깐이나마 신이 만드신 그대로의 세상을, 우리 모두가 어린 시절 보았던 세상을 본다는 것, 그것은 아주 드문 일이고 또 그만큼 값진 일이기도 하다. 그 시절은 힘과 아름다움의 기적이 우리 내면에 펼쳐지던 때였으니.

그 시절 나무들은 기쁘고 힘차게 허공을 향해 치솟았고, 정원에 핀 수선화와 히아신스는 눈부시게 아름다웠다. 그리고 잘 모르는 사람들도 우리와 마주치면 다정하고 너그럽게 대해주었다. 아직 우리의 매끄러운 이마에서 신의 숨결을 느낄 수 있었으므로. 우리가 존재를 전혀 몰랐고 원치도 않았던 그 숨결은 성장을 갈망하게 되면서 사라지고 말았다. 나는 얼마나 제멋대로고 다루기 힘든 사내아이였던가. 어려서부터 얼마나 아버지에게 걱정을 끼치고 어머니를 속태우고 한숨짓게 했던가! 그럼에도 내 이마에는 신의 광채가 어려 있었고 내가 보는 것들은 아름답고 생기가 넘쳤다. 내 생각과 꿈속을, 비록 경건치는 못했으나 천사와 기적, 동화의 꿈이 사이좋게 드나들었다.

막 갈아엎은 밭의 냄새와 숲의 파릇한 새싹은 어린 시절부터 내게 추억을 불러일으켰다. 해마다 봄이 되면 나를 찾아와 몇 시간 동안 머물며 가물가물 빛바랜 시간들을 되살려내는 추억. 지금도 나는 그때를 생각하며 할 수 있다면 그 추억을 얘기해보려 한다.

덧창이 닫힌 침실에서 어렴풋이 잠이 깬 나는 어둠 속에 누워 옆에 곤히 잠든 동생의 고른 숨소리를 듣고 있었다. 눈을 감고 있는데도 까만 어둠 대신 여러 색깔이 보이는 게 여전히 신기했다. 보라색과 탁한 적갈색 동그라미들이 계속 커져 어둠 속으로 흘러들어가면, 거기서 가느다란 노란색 선으로 테두리를 두른 동그라미들이 샘솟듯 새로 생겨났다. 나는 바람 소리에도 귀기울였다. 산에서부터 불어온 포근한 산들바람은 키 큰 포플러의 가지를 살랑살랑 흔들다 이따금 지붕 위로 무겁게 꿍 내려앉았다. 밤이 되면 아이들은 무조건 자야 하고 밖에 나갈 수도 없는 데다 창가에 있어서도 안 된다고 생각하니 다시 속이 상했다. 그리고 어머니가 덧창 내리는 것을 잊었던 어느 날 밤이 떠올랐다.

그날 한밤중에 잠을 깬 나는 가만히 일어나 살금살금 창가로 갔다. 창밖은 상상했던 것처럼 어둡고 깜깜하지 않고 뜻밖에도 환했다. 모든 것이 먹먹하고 흐릿하고 슬퍼 보였다. 온 하늘을 뒤덮은 큰 구름이 탄식하고, 잔뜩 겁먹은 듯한 검푸른 산들은 다가오는 불행을 피하려고 구름과 함께 도망치려는 것처럼 보였다. 포플러들은 송장이나 타버린 물건처럼 생기 없이 잠들어 있고, 늘 보던 마당의 벤치와 물통, 어린 밤나무마저 어쩐지 고단하고 울적해 보였다. 그렇게 창가에 앉아 납빛으로 변해버린 세상을 얼마나 내다보고 있었을까. 가까이서 겁에 질린 짐승의 애처로운 울음소리가 들려왔다. 자다 깨어 어둠 속에서 공포를 느낀 개나 양 또는 어린 송아지일지도 몰랐다. 나도 무서워져 도망치듯 침대로 돌아갔다. 막연히 울음이 터질 것도 아닌 것도 같았다. 하지만 그전에 잠이 들었다.

이제 모든 것이 다시 꼭 닫힌 덧창 너머에 수수께끼처럼 웅크리고 있었다. 다시 한번 밖을 내다보면 아름답고 위태로운 풍경이 기다리고 있을 수도 있었다. 나는 우울해 보이는 나무들과 노곤하고 희미한 빛, 침묵에 잠긴 마당, 구름을 따라 도망치는 산, 길고 파리한 하늘, 잿빛 허공 속으로 흐릿하게 멀어져가는 창백한 시골길을 떠올렸다. 그 길에는 크고 검은 외투로 온몸을 감싼 도둑 혹은 살인자가 몰래 도망가고 있었다. 어둠 속에서 길을 잃고 짐승에게 쫓기며 겁에 질려 이리저리 헤매는 사람일지도 몰랐다. 어쩌면 길을 잃었거나 가출했거나 유괴되었거나 고아가 된 내 또래 소년일지도. 제아무리 용감한 아이라도 밤의 유령에게 죽임을 당하거나 늑대가 물어갈 수 있었다. 강도가 나타나 숲속으로 납치해가지 말란 법도 없었다. 그러면 그 아이도 강도가 되어 칼이나 쌍발식 권총, 커다란 모자와 긴 승마화를 받게 될 것이다.

이런 풍경이 눈앞에 그려질 즈음이면 이내 나도 모르게 스르르 잠에 빠져들었다. 그러면 꿈나라로 가서 예나 지금이나 추억과 생각, 상상 속에 존재하는 그 모든 것을 직접 눈으로 보고 손으로 만져볼 수 있었다.

하지만 나는 잠들지 않았다. 바로 그때 부모님 침실에서 흘러나온 가느다랗고 붉은 빛줄기가 열쇠구멍으로 스며들어 어두운 내 방을 희미하게 비췄기 때문이었다. 갑자기 옷장 문 위로 뿌연 빛이 퍼지더니 톱니 모양의 노란 반점이 생겨났다. 아버지가 잠자리에 들 준비를 하고 있었다. 양말만 신고 조용히 방안을 서성거리는 아버지의 발소리에 이어 나직하고 깊은 목소리가 들려왔다. 아버지는 어머니와 잠시 얘기를 나눴다.

"애들은 자나?" 아버지가 물었다.

"네, 벌써 한참 됐어요." 어머니가 말했다. 나는 아직 깨어 있다는 것이 부끄러웠다. 잠시 정적이 흘렀으나 불은 꺼지지 않았다. 나는 그 시간이 무척 길게 느껴졌고 졸려서 눈꺼풀이 자꾸 내려오려고 했다. 그때 어머니가 다시 말했다.

"당신도 브로지 얘기 들었어요?"

"직접 가봤다오." 아버지가 말했다. "오늘 저녁에 갔었지. 애가 안됐더군."

"그렇게 안 좋아요?"

"아주 안 좋더라고. 봄이 올 때까지 버틸지 모르겠어. 얼굴이 벌써 죽을상이야."

"어떡하죠?" 어머니가 말했다. "아이를 시켜 문병을 보낼까요? 도움이 될지도 모르잖아요."

"당신이 알아서 해요." 아버지가 말했다. "그런다고 도움이 될 것 같지는 않지만. 어린애가 뭘 알겠어?"

"알았어요. 주무세요."

"그럽시다. 잘 자요."

불이 꺼지고 주위가 잠잠해졌다. 바닥과 옷장 문은 다시 어둠에 잠겼고, 눈을 감으니 테두리가 노란 보라색과 적갈색 동그라미들이 또다시 물결치며 커져갔다.

부모님이 잠들고 사방이 고요해지자 갑자기 깨어난 내 마음은 밤새 부산스럽게 움직였다. 얼핏 엿들은 대화는 연못에 빠진 과일처럼 마음으로 떨어졌다. 수면 위의 파문은 점점 빠르게 커져서 불안하고 다급하게 스쳐갔고 근심 섞인 호기심이 마음을 뒤흔들어놓았다.

부모님이 얘기하던 브로지는 내 시야에서 거의 사라져 기껏해야 다 타버린 흐릿한 추억으로 남아 있을 뿐이었다. 그렇게 이름조차 가물가물하던 그가 기억 저편에서 천천히 꿈틀거리며 떠올라 생생한 모습을 갖추어갔다. 처음에는 전에 자주 듣고 부르던 이름이었다는 것만 떠올랐다. 그러다가 어느 가을날 누가 내게 사과를 준 일이 생각났다. 그 사람이 바로 브로지의 아버지였다는 것이 떠오르자 불현듯 모든 기억이 되살아났다.

　잘생긴 소년이 눈앞에 떠올랐다. 나보다 한 살 많지만 몸집은 크지 않았던 소년, 그가 브로지였다. 일 년쯤 전인가 아버지를 따라 이웃으로 이사 온 브로지는 나와 친구가 되었는데, 기억나는 건 늘 거기까지였다. 나는 다시 브로지의 모습을 또렷이 그려보았다. 양쪽에 이상한 뿔이 달린 파란 털모자를 쓰고 다녔고, 주머니에는 늘 사과나 구운 빵조각이 들어 있었다. 같이 놀다 심심해질라치면 으레 그가 묘안을 떠올리거나 놀이를 제안했다. 나는 평일에도 조끼를 입는 그가 무척 부러웠다. 그가 힘이 셀 거라는 생각은 못 했었는데 한번은 뿔모자(그의 어머니가 떠준 모자라고 했다)를 썼다고 놀려대던 대장간 집 바르첼을 흠씬 패주는 것을 보고 한동안 그가 무서웠다. 브로지는 까마귀 한 마리를 길렀는데 가을에 설익은 햇감자를 먹고 죽어서 우리 둘이 땅에 묻어주었다. 상자로 만든 관은 너무 작아 뚜껑이 덮이지 않았다. 나는 목사님처럼 조사를 읽었다. 눈물을 흘리는 브로지를 보더니 내 동생이 참지 못하고 웃음을 터뜨렸다. 브로지가 동생을 때리자 동생 대신 내가 그를 때려주었다. 악을 쓰고 우는 동생을 버려두고 우리는 각자 도망쳤다. 나중에 브로지의 어머니가 우리집으로 와서 그가 미안해하고 있으니 내일 오후에 와줬으면 한다고 했다. 커피와 이스트를 넣어 구운 빵을 준비해놓을 거고 빵은 벌써 굽고 있다고 했다. 다음날 브로지는 커피를 마시며 이야기를 하나 들려주었다. 중간쯤에서 늘 처음으로 되돌아가는 이야기였다. 줄거리는 전혀 기억나지 않지만 그때 생각만 하면 곧바로 웃음이 났다.

하지만 그것은 시작에 불과했다. 그 시절의 수많은 추억이 한꺼번에 떠올랐다. 모두 브로지와 친하게 어울렸던 여름과 가을에 일어난 일들이었다. 그가 발길을 끊은 지난 몇 달 동안 나는 거의 모든 것을 잊고 있었다. 하지만 이제 모이를 던지면 구름처럼 모여드는 겨울새떼처럼 기억은 일제히 사방에서 몰려왔다.

맑게 갠 어느 가을날이 다시 떠올랐다. 옆 동네 다흐텔의 한 농가에서 매가 헛간을 빠져나온 사건이 있었다. 짧게 자른 날개가 자라자 발에 묶어둔 놋쇠 사슬을 끊고 좁고 어두운 헛간을 떠난 것이었다. 여남은 명의 사람들이 길에 서서 이제는 농가 맞은편의 사과나무에 느긋하게 앉아 있는 매를 올려다보고 얘기를 나누며 대책을 의논했다. 그때 우리 소년들, 브로지와 나는 다른 사람들과 나란히 서서 새를 바라보고 있다는 것이 이상하게 불편했다. 매는 미동도 없이 나무에 앉아 매섭고 사나운 눈초리로 우리를 쏘아보았다. "다시 안 잡힐 거예요." 누군가 큰 소리로 말했다. "날아갈 수 있었으면 벌써 산으로 골짜기 너머로 멀리 날아갔겠죠." 이번에는 농가의 일꾼 고트로프였다. 매는 발톱으로 나뭇가지를 움켜쥔 채 여러 번 큰 날개를 퍼덕거렸다. 우리는 몹시 흥분했다. 새가 날아가는 것과 잡히는 것 중 어느 쪽을 바라는지 내 마음을 나도 알 수 없었다. 결국 고트로프가 사다리를 나무에 걸치자 농부가 직접 사다리를 타고 올라갔다. 농부가 잡으려고 손을 뻗자 매는 가지를 박차고 올라 날개를 세차게 퍼덕이기 시작했다. 우리 소년들은 가슴이 쿵쾅쿵쾅 뛰어 숨도 제대로 쉴 수 없었다. 우리는 아름답게 날갯짓하는 매를 넋을 잃고 바라보았다. 이어 멋진 순간이 왔다. 몇 번 날갯짓을 해보고 아직 날 수 있다는 것을 알게 된 매는 보란듯이 천천히 큰 원을 허공에 그리며 차츰 높이 날아올랐다. 그러고는 종다리처럼 작아져 아슴푸레한 하늘 저편으로 사라졌다. 우리는 사람들이 다 가고 나서도 남아 고개를 길게 빼고 하늘을 두리번거렸다. 그때 갑자기 브로지가 기쁨의 탄성을 질렀다. "날아라, 날아가라 매야, 넌 이제 자유의 몸이야!"

이웃집 손수레 창고에서의 일도 생각났다. 소낙비가 쏟아지면 우리는 어둑한 그 창고에 웅크리고 앉아 성난 빗소리를 들으며 마당을 내다보았다. 빗물은 개울물과 시냇물, 호수로 모양을 바꾸며 흘러넘쳤다. 한번은 둘이 웅크리고 앉아 빗소리를 듣는데 브로지가 말을 꺼냈다. "야, 지금 대홍수가 밀려온다면 넌 어떡할래? 동네는 이미 물에 잠겼고 물이 숲까지 밀려가고 있다면 말이야." 우리는 온갖 광경을 상상하며 마당 여기저기를 살피고 쏟아지는 빗소리에 귀기울이며 먼바다의 출렁거리는 파도나 해류를 떠올렸다. 나는 판자 너덧 개를 모아 뗏목을 만들면 우리 두 사람쯤은 탈 수 있을 거라고 했다. 그러자 브로지가 벌컥 화를 냈다. "그럼 너희 아빠랑 엄마, 우리 아빠랑 엄마, 고양이와 네 동생은 어떡하고? 다 버리고 가?" 흥분되고 마음이 급해 미처 거기까지 생각하지 못한 것이 무안해서 나는 이렇게 둘러댔다. "벌써 다 물에 빠졌다고 생각했지." 브로지는 곰곰이 생각하는 듯하더니 슬픔에 잠겼다. 그 광경을 머릿속에 선명히 떠올린 탓이었다. 잠시 후 그가 말했다. "우리 이제 다른 놀이 하자."

불쌍하게 죽은 그의 까마귀가 아직 살아서 종종거리고 다닐 무렵 까마귀를 우리집 뒤채로 데리고 들어간 적도 있었다. 대들보 위에 올려놓았더니 까마귀는 내려오지 못하고 왔다갔다했다. 나는 집게손가락을 내밀며 장난삼아 말했다. "자, 야콥, 물어!"

그러자 까마귀가 부리로 손가락을 쪼았다. 많이 아프지는 않았지만 성이 난 나는 한 대 때려 혼을 내주고 싶었다. 그런데 브로지가 나를 꼭 붙들고 놓아주지 않았다. 겁에 질린 까마귀는 대들보에서 내려와 밖으로 날아가버렸다. "이거 봐." 내가 소리쳤다. "저놈이 날 물었잖아." 브로지와 나는 실랑이를 벌였다.

"네가 먼저 야콥, 물어! 그랬잖아." 브로지가 큰 소리로 까마귀한테는 조금도 잘못이 없음을 분명히 설명했다. 나는 가르치려 드는 그에게 화가 나서 말했다. "집어치워." 그리고 속으로 다음 기회에 까마귀에게 반드시 복수해주리라 다짐했다.

나중에 우리집 정원을 벗어나 집으로 가던 브로지가 다시 나를 부르는 바람에 뒤돌아서서 기다렸다. 그가 다가와 말했다. "너, 앞으로 야콥을 괴롭히지 않겠다고 약속하는 거지?" 부루퉁해서는 아무 대답이 없는 내게 그는 큰 사과 두 개를 주겠다고 약속했다. 내가 그러겠다고 하자 그는 집으로 갔다.

그로부터 얼마 지나지 않아 브로지네 정원의 사과나무에 첫 사과가 익어갔다. 그는 약속대로 제일 탐스럽고 큰 사과 두 개를 주었다. 나는 어쩐지 부끄러워 선뜻 받을 수가 없었다. 그러자 그가 말했다. "받아. 야콥 때문에 주는 거 아냐. 그런 일 없었어도 줬을 거야. 동생 것도 하나 줄게." 그제야 나는 사과를 받았다.

한번은 오후 내내 브로지와 둘이서 목초지를 뛰어다니다가 숲

속으로 간 적이 있었다. 떨기나무들 아래 부드러운 이끼가 자라 있었다. 기운이 빠진 우리는 털썩 주저앉았다. 파리 몇 마리가 앵앵거리며 버섯 주위를 맴돌았고 온갖 새들이 날아다녔다. 우리가 아는 새도 있었지만 대부분은 이름 모를 새들이었다. 딱따구리가 부지런히 나무 쪼는 소리도 들려왔다. 우리는 가슴이 벅차고 기분이 좋아져 거의 아무 말도 나누지 않았다. 대신 둘 중한 사람이 특별한 것을 발견하면 그곳을 가리켜 상대에게 보여줄 뿐이었다. 녹색 가지들이 둥근 지붕처럼 얹혀 있는 숲에는 감미로운 초록빛이 흘렀고, 저 멀리 숲의 끝자락은 예감으로 가득한 저물녘의 갈색 빛 속으로 희미하게 사라져갔다. 그 너머에서는 무슨 일이 일어날까. 이파리들이 바스락거리는 소리와 새소리마저 마법에 걸린 동화의 나라에서 들려오듯 신비롭고 낯선 음색으로 울려 깊은 의미를 담고 있는 것 같았다.

브로지는 뛰느라 더웠는지 재킷과 조끼를 벗어두고 이끼 위에 다리를 쭉 뻗고 누워 있었다. 그가 몸을 뒤척이면서 셔츠 깃이 살짝 벌어졌고, 그때 창백한 어깨에 있는 기다랗고 붉은 흉터를 보고 나는 소스라치게 놀라고 말았다. 당장 그에게 어쩌다 그런 흉터가 생겼느냐고 캐묻고 싶었다. 상당히 불행한 사연을 들을 수 있을 거라는 기대감에 내심 설레었다. 하지만 무슨 까닭인지 돌연 그럴 마음이 사라져 아무것도 못 본 척했다. 동시에 그렇게 큰 흉터가 있는 브로지가 말도 못 하게 가여웠다. 분명 피가 엄청 쏟아지고 아팠을 거라고 생각하니 그가 전보다 훨씬 가깝게 느껴졌으나 아무 말도 할 수 없었다. 나중에 숲을 벗어나 집으로 돌아온 뒤에 나는 내 방에서 제일 좋은 마술놀이용 구슬집을 꺼냈다. 언젠가 우리집 일꾼이 단단한 말오줌나무 줄기를 깎아 만들어준 것이었다. 구슬집을 가지고 내려와 내밀자 브로지는 처음엔 장난인 줄 알고 받으려 하지 않았다. 손까지 등뒤로 돌리는 바람에 내가 그의 주머니에 넣어주어야 했다.

하나둘 기억들이 되살아나며 개울 건너 전나무 숲에서의 일도 떠올랐다. 한번은 노루를 보려고 브로지와 함께 개울을 건너갔었다. 넓은 숲속에 들어선 우리는 하늘까지 치솟은 나무들 사이의 평평한 갈색 땅에 발을 디뎠다. 하지만 아무리 멀리 가봐도 노루는 보이지 않았다. 대신 땅 위로 드러난 전나무 뿌리 사이의 커다란 바위들만 심심찮게 눈에 띄었다. 이런 바위들에는 거의 예외 없이 연한 이끼가 가느다란 술장식처럼 자라고 있어 꼭 작은 초록색 얼룩같이 보였다. 내가 손바닥만한 이끼를 벗겨내려 하자 브로지가 황급히 말렸다. "안 돼! 그냥 둬!" 왜 그러느냐고 묻자 그가 설명해주었다. "그건 숲속을 지나가는 천사의 발자국이야. 천사의 발이 닿은 바위 위에는 어디나 금방 이런 이끼가 피어나." 어느새 노루는 까맣게 잊고 우리는 천사가 오지 않을까 기다렸다. 걸음을 멈추고 주의를 기울였다. 숲속은 죽은듯이 고요했고, 갈색 땅 위에는 환한 햇빛이 불꽃처럼 어룽거렸다. 곧게 자란 나무들은 멀리서 보면 붉은 기둥으로 이루어진 벽 같았고, 높고 울창한 검은 수관樹冠들 너머로 파란 하늘이 보였다. 이따금 시원한 산들바람이 소리 없이 불어왔다. 너무도 조용하고 고즈넉한 분위기에 금방이라도 천사가 나타날 것만 같아서 우리는 초조하고 숙연해졌다. 얼마 후 우리는 살그머니 자리를 털고 일어나 무수한 바위와 나무를 지나 숲을 빠져나왔다. 다시 목초지에 이르러 개울을 건너와서도 한참을 숲 쪽을 바라보다가 서둘러 집으로 왔다.

그후에도 또 한 번 브로지와 싸웠다가 화해했다. 겨울이 다가올 무렵 브로지가 아프다며 나더러 병문안을 오지 않겠느냐고 했다. 한두 번 병문안을 갔지만 그는 침대에 누워 거의 한 마디도 하지 않았다. 그의 어머니가 오렌지 반쪽을 주었지만 나는 초조하고 지루했다. 그러고 나서는 기억나는 것이 없다. 나는 동생이나 품팔이꾼 아들녀석 아니면 여자애들과 어울려 놀았고, 그렇게 긴 시간이 흘렀다. 눈이 내렸다가 녹고 다시 내렸다. 개울이 얼었다가 녹으면서 희끗희끗한 흙탕물이 넘쳐흘렀고, 상류에서 죽은 암퇘지와 목재 한 아름이 떠내려왔다. 부화한 병아리들 중 세 마리가 죽었고, 동생이 아팠다가 다시 건강해졌다. 광에서는 타작을 하고, 방안에서는 실을 자았다. 그리고 다시 밭을 갈 때가 되었다. 그 모든 일이 브로지 없이 일어났다. 그렇게 그는 내게서 차츰 멀어지다가 결국 기억에서 자취도 없이 사라져버렸다. 지금, 바로 오늘밤, 아버지가 어머니에게 하는 말을 듣기 전까지는. '봄이 올 때까지 버틸지 모르겠어.'

나는 어지러운 기억과 감상 속에서 잠이 들었다. 사라진 친구에 대한 어렴풋한 기억들은 다음날이면 분주한 일상 속으로 가라앉아 두 번 다시 그처럼 생생하게 아름답고 강렬한 모습으로 돌아오지 않았을지 모른다. 그런데 아침을 먹을 때 어머니가 물었다. "너희랑 같이 놀던 브로지라고 생각나니?"

"네." 내가 큰 소리로 대답하자 어머니는 부드러운 목소리로 말했다. "올봄엔 너희 둘이 같이 학교에 들어갈 텐데. 그애가 많이 아프다니 그럴 수 있을지 모르겠구나. 네가 브로지한테 한번 가보겠니?"

어머니의 진지한 말에 나는 어젯밤 들었던 아버지의 이야기가 떠올랐다. 무섭고 두려우면서도 호기심이 생겼다. 아버지는 브로지의 얼굴이 죽을상이라고 했다. 내게는 그것이 말할 수 없이 두려우면서도 굉장한 일로 느껴졌다.

내가 다시 "네" 하고 대답하자 어머니가 엄하게 일렀다. "그애가 많이 아프다는 걸 잊으면 안 돼! 같이 못 노는 건 물론이고 시끄럽게 굴어서도 안 된다."

나는 어머니께 약속하고, 그때부터 입다물고 얌전히 굴려고 애쓰다 아침나절에 집을 나섰다. 서늘한 오전의 햇살 속에 앙상한 가지만 남은 밤나무 두 그루가 서 있었다. 그 뒤로 조용하고 엄숙하게 서 있는 브로지의 집 앞에서 나는 잠시 걸음을 멈추고 기다렸다. 현관 안쪽에서 들려오는 소리에 한동안 귀기울이고 있으려니 문득 집에 가고 싶어졌다. 그러다 다시 용기를 내어 붉은 돌계단 세 개를 재빨리 올라갔다. 반쯤 열린 문을 밀고 들어가 주위를 둘러보다 제일 가까이 있는 문을 두드렸다. 자그마한 체구에 몸놀림이 날래고 상냥한 브로지의 어머니가 밖으로 나와 나를 안고 입을 맞추고는 물었다. "브로지 보러 왔구나?"

잠시 후 그녀는 내 손을 잡고 위층의 하얀 방문 앞에 섰다. 나를 어둡고 두려운 미지의 세계로 이끌 그녀의 손은 천사나 마술사의 손과 다름없었다. 심장은 겁에 질려 경고라도 하듯 사납게 날뛰었다. 머뭇거리며 뒷걸음치는 나를 브로지의 어머니가 방으로 끌고 들어가다시피 했다. 크고 환하고 아늑한 방이었다. 두렵고 혼란스러워 문가에 선 채로 볕이 드는 침대 쪽을 바라보고 있는데 브로지의 어머니가 나를 이끌고 그리로 다가갔다. 그때 브로지가 우리 쪽으로 돌아누웠다.

나는 그의 얼굴을 자세히 들여다보았다. 야위고 볼이 홀쭉했지만 죽음의 그림자 같은 것은 보이지 않았고 그보다는 부드러운 빛이 감돌았다. 눈에는 어떤 비범함, 진지함과 끈기 같은 것이 온화하게 어려 있었다. 그 모습을 보자 조용한 전나무 숲에서 조마조마한 마음으로 숨죽이고서 지나가는 천사의 발소리를 들으려고 귀기울이던 때처럼 가슴이 두근거렸다.

브로지가 고개를 끄덕이며 손을 내밀었다. 뜨겁고 메마른 손이었다. 브로지의 어머니가 그를 쓰다듬어주고 내게 고개를 끄덕여 보이고는 방을 나갔다. 나는 브로지의 작고 높은 침대 앞에 혼자 서서 그를 보았다. 우리는 한동안 아무 말도 하지 않았다.

"넌 여전하지?" 브로지가 물었다.

이번에는 내가 물었다. "응, 너도?"

그가 다시 물었다. "너희 어머니가 가보라고 하셨구나?"

나는 고개를 끄덕였다.

브로지는 피곤한지 다시 베개에 머리를 뉘었다. 나는 무슨 말을 해야 좋을지 몰라 모자에 달린 술을 잘근잘근 씹으며 한동안 그를 바라보기만 했다. 그도 마찬가지였다. 그러고는 미소짓더니 장난처럼 눈을 감았다.

그가 옆으로 약간 돌아누울 때 순간 셔츠 단추 사이로 뭔가 붉은 것이 아른거렸다. 그의 어깨에 있는 큰 흉터였다. 그걸 본 나는 그만 울음을 터뜨리고 말았다.

"왜 그래?" 그가 물었다.

나는 아무 대답도 못 하고 울기만 하면서 까끌까끌한 모자로 아프도록 뺨을 문질렀다.

"말해봐, 왜 울어?"

"네가 아프니까." 그제야 내가 말했다. 하지만 그건 진짜 이유가 아니었다. 전에도 느낀 적이 있는 애틋함이 거센 파도처럼 불쑥 솟구쳐 달리 터뜨릴 도리가 없었던 것이다.

"별거 아냐." 브로지가 말했다.

"금방 나을 거지?"

"그래, 아마도."

"대체 언제?"

"몰라, 한참 걸릴 거야."

얼마 후 그는 잠들었다. 조금 더 있다가 방에서 나온 나는 계단을 내려와 집으로 향했다. 어머니가 이것저것 묻지 않아 얼마나 감사하던지. 거기서 무슨 일이 있었고 내가 평소와 다르다는 걸 알아챈 어머니는 말없이 고개를 끄덕이며 머리를 쓰다듬어주었을 뿐이었다.

그럼에도 나는 그날 역시 제멋대로에 사납고 극성맞게 굴었던 것 같다. 동생과 아웅다웅하고, 화덕 앞에서 일하는 가정부를 골려주고, 질퍽한 들판에서 놀다가 흙투성이가 되어 집에 왔다던가 했을 것이다. 아무튼 그 비슷한 일이 있었던 것만은 틀림없다. 그날 밤 어머니가 나를 아주 다정하고도 진지하게 바라보던 기억이 나기 때문이다. 어머니는 말없이 내가 그날 아침 일을 떠올리길 바랐던 것 같다. 나도 어머니 마음을 이해하고 후회했다. 그걸 알아차린 어머니가 특별한 제안을 했다. 창가 화분대에 놓여 있던 작은 화분을 내게 준 것이었다. 흙이 가득한 화분에는 거무스름한 구근 한 알이 심겨 있고, 뾰족하고 통통한 연녹색의 어린 이파리 몇 개가 움터 있었다. 히아신스였다. 어머니는 화분을 건네며 덧붙였다. "이걸 줄 테니 잘 키워보렴. 나중에 커다랗고 붉은 꽃이 필 거야. 저기다 놔둘 테니 네가 정성껏 돌봐야 해. 손이 너무 타도, 여기저기 들고 다녀도 안 돼. 매일 두 번씩 물을 줘야 하고. 네가 잊으면 엄마가 일러줄게. 예쁜 꽃이 피면 브로지에게 가져다줘도 돼. 그애가 정말 좋아할 거야. 그렇게 하겠니?"

　어머니는 나를 잠자리로 보냈다. 나는 으쓱해져 꽃을 생각했다. 구근을 돌보는 일이 마치 명예롭고 중대한 사명처럼 여겨졌다. 하지만 바로 이튿날 아침부터 물 주는 걸 깜빡해 어머니가 그 사실을 일깨워주었다. "브로지에게 갖다줄 꽃은 어떻게 된 거니?" 어머니는 물었고, 그 무렵 하루에도 몇 번씩 똑같은 질문을 해야 했다. 그럼에도 당시 그 꽃만큼 내 마음을 사로잡고 기쁘게 해준 것은 없었다. 방이며 정원에는 더 크고 예쁜 꽃이 많아 어머니와 아버지가 가끔 보여주기도 했었지만 그렇게 조그마한 꽃이 자라나는 걸 지켜보며 희망을 품고 돌봐주고 걱정하며 마음을 쏟기는 그때가 처음이었다.

며칠 동안 꽃은 생기가 없었다. 어딘가를 다쳐 성장에 필요한 힘이 부족해 보였다. 내가 시무룩해서는 안절부절못하자 어머니가 말했다. "저 꽃이 지금 아픈 브로지와 비슷하구나. 다른 때보다 더 아끼고 정성 들여 보살펴야겠다."

어머니의 비유를 듣고 금세 새로운 생각을 떠올린 나는 그 생각에 푹 빠져서 살려고 애쓰는 작은 화초와 병든 브로지 사이에 비밀스런 관련이 있다고 믿었다. 그렇다, 결국 히아신스가 잘 자라면 내 친구도 다시 건강해질 거라고 굳게 믿게 된 것이다. 그렇지 않으면 그도 죽는 것이고, 화초 돌보기를 소홀히 한 나에게도 책임이 있는 것이다. 그런 생각이 굳어지자 불안해져서 보물이라도 되는 양 다른 사람은 얼씬도 못 하게 화분을 지켰다. 거기에는 나만이 아는 신비로운 마력이 숨어 있는 것 같았다.

처음으로 문병을 다녀온 지 사나흘이 지나―화초는 여전히 시들해 보였다―다시 브로지네 집을 찾아갔다. 브로지는 가만히 누워 있어야 했다. 나는 할말이 없어 침대 옆에 서서 반듯하게 누운 환자의 얼굴을 들여다보았다. 하얀 침대보 밖으로 나와 있는 얼굴은 부드럽고 따뜻해 보였다. 브로지는 이따금 눈만 떴다가 감을 뿐 꼼짝도 하지 않았다. 내가 조금 더 철이 들고 사려 깊은 관찰자였다면 어린 브로지의 영혼이 이미 안정을 잃고 천국으로 돌아갈 준비를 하고 있다는 걸 알아차렸을 것이다. 작은 방이 너무도 고요해 두려움이 엄습하려는 찰나, 고맙게도 브로지의 어머니가 나를 데리러 들어왔다. 우리는 조용히 방을 나왔다.

그 다음번에는 훨씬 즐거운 마음으로 그를 찾아갔다. 내가 키우는 화초가 다시 기운을 차려 뾰족하고 싱싱한 이파리를 피워냈기 때문이었다. 이번에는 브로지도 기운을 차린 것처럼 보였다.

"야콥이 살아 있을 때 기억나?" 그가 물었다.

우리는 까마귀를 추억하고 이야기를 나누며 까마귀가 할 수 있었던 세 마디 말을 흉내냈다. 그리고 신이 나서 그리운 마음으로 전에 여기로 잘못 날아들어왔던 회색과 붉은색 깃털이 섞인 앵무새 이야기도 나눴다. 순간 브로지가 아프다는 걸 까맣게 잊어버렸다. 나는 그가 힘들어하는 줄도 모르고 우리집의 전설이 된 앵무새 이야기를 떠들어댔다. 요점은 이랬다. 농가의 늙은 일꾼 하나가 헛간 지붕에 앉아 있는 멋진 새를 보자마자 사다리를 가져와 잡으려 했다. 지붕에 올라간 일꾼이 살금살금 다가가자 앵무새가 말했다. "안녕!" 그러자 일꾼은 모자를 벗고 말했다. "죄송합니다. 하마터면 새인 줄 착각할 뻔했습니다."

이야기를 들으면 브로지가 틀림없이 웃을 줄 알았는데 아무 반응이 없었다. 너무 이상해서 바라보자 그는 가만히 기분좋은 미소를 짓고 있었다. 뺨은 전보다 홍조를 띠었지만 그는 말이 없었고 소리내어 웃지도 않았다.

문득 그가 나보다 훨씬 어른스럽게 느껴졌다. 즐거움은 순식간에 사라지고 혼란스럽고 불안한 마음이 엄습했다. 우리 둘 사이에 전과 달리 뭔가 낯설고 거슬리는 것이 생겨난 느낌이었다.

커다란 겨울 파리가 방안을 앵앵거리며 날아다녔다. 내가 잡을까, 하고 물었다.

"아니, 그냥 둬!" 브로지가 말했다.

그것도 내게는 어른의 말처럼 들렸다. 나는 답답한 기분으로 그곳을 나왔다.

집으로 돌아오는 길에 나는 난생처음 예지로 가득한 이른 봄의 신비로운 아름다움을 느꼈다. 그로부터 몇 년 후 유년 시절이 끝나갈 무렵 그런 기분이 다시 한번 찾아왔다.

그것이 무엇이고 어떻게 왔는지는 모르겠다. 하지만 산들바람이 불고, 쟁기질한 축축하고 검은 흙덩이가 밭 가장자리에 길게 쌓여 반짝거리고, 공기중에 높새바람 특유의 냄새가 떠돌았다는 것은 기억난다. 노랫가락이 떠올라 흥얼거리려다가 마음속 뭔가에 짓눌려 이내 그만두었던 것도.

브로지네 집에서 우리집으로 돌아오는 그 짧은 길은 이상하게도 기억 속 깊이 새겨져 있다. 사소한 것들은 잘 모르겠다. 하지만 때때로, 감사하게도 눈을 감고 그 시절로 돌아갈 수 있을 때면 다시 한번 어린아이의 눈으로 대지를 바라보게 된다. 그때의 대지는 신의 선물이자 창조물이요, 그윽하게 달아오르는 꿈결에서 마주칠 법한 순수한 아름다움이고, 그런 아름다움은 어른이 되어서는 화가나 시인들의 작품으로만 체험할 수 있을 따름이다. 이백 걸음도 채 되지 않는 길, 그 길과 길가에서 나는 훗날의 그 어떤 여행에서보다 많은 일을 겪었다.

　앙상한 과일나무에서 가지들이 위협하듯 쑥쑥 뻗어나오고 잔가지 끝에 단단한 적갈색 봉오리가 움트면 그 너머로 바람이 불고 구름떼가 유유히 흘러가고, 그 아래 벌거벗은 땅은 발효하는 봄 속에서 부풀어올랐다. 비가 와서 길 쪽으로 넘친 도랑물이 가느다랗고 뿌연 시내를 이루면 그 위로 마른 배나무 이파리와 누런 나뭇조각들이 떠내려갔고, 그 하나하나가 한 척의 배가 되어 기쁨과 고통을 맛보며 빠르게 흘러서 운명이 엇갈린 채로 목적지에 닿았다. 그 모든 것을 나도 함께했다.

　검은 새 한 마리가 눈앞을 휙 날아갔다. 새는 공중에서 곡예하듯 빙글 돌다 중심을 못 잡고 날개를 퍼덕이더니 불현듯 희미한 메아리를 남기고 반짝거리며 높은 곳으로 사라졌다. 내 마음도 놀라 함께 날아갔다.

말이 끄는 빈 달구지가 삐거덕거리며 지나갔다. 달구지가 다음 모퉁이를 돌아갈 때까지 나는 시선을 떼지 않았다. 튼튼한 말에 이끌려 미지의 세계에서 온 달구지는 잠시 아름다운 꿈을 불러일으켰다가 거둬들이고는 다시 미지의 세계로 사라졌다.

이것이 사소한 한 가지, 혹은 두세 가지 기억이다. 하지만 그 누가 헤아리겠는가. 어린아이가 시시각각으로 돌며 식물, 새, 바람, 빛깔, 그림자에서 발견했다가 금세 다시 잊어버리는, 그래도 훗날의 운명과 변화에 전해질 그 체험과 흥분과 기쁨을. 수평선을 물들이는 특별한 색깔, 집이나 정원과 숲에서 들려오는 아주 작은 소리들, 나비의 모습이나 희미하게 풍겨오는 냄새 같은 것들이 찰나에 그 옛날의 뭉게구름 같은 기억 전체를 일깨운다. 일일이 또렷하게 구별되지는 않지만 그 시절의 기억들은 모두 당시의 그윽한 향기를 품고 있다. 돌 하나하나와 새와 냇물과 나 사이에 내밀한 삶과 연대감이 존재하던 그 무렵이 남긴 것들을 나는 애타게 지키려는 것이다.

그사이 생기를 되찾은 내 화초는 잎이 길게 자라고 보기에도 싱싱해졌다. 화초와 함께 친구가 회복되리라는 믿음과 기쁨도 자라났다. 어느 날 도톰한 이파리들 사이에서 동그랗고 붉은 꽃봉오리가 부풀어올랐다. 또 어느 날은 봉오리가 터지고 테두리가 하얀 신비롭고 붉은 꽃잎들이 피어났다. 하지만 내가 설레는 마음으로 의기양양하게 브로지에게 화분을 가져다주었던 그날 일은 까맣게 잊고 있었다.

어느 화창한 날이었다. 거무스름한 밭에서 어느새 여린 초록색 싹들이 돋아나고, 햇살은 구름자락 끝에 금테를 두른 듯 빛났다. 젖은 거리와 뜰과 집 앞 공터에 부드럽고 맑은 하늘이 가득 비쳤다. 브로지의 작은 침대는 창가 더 가까이로 옮겨가 있었다. 창가에는 붉은 히아신스가 햇빛을 받아 반짝거리고 있었다. 브로지는 도움을 받아 몸을 약간 일으키고 베개를 뒤에 받쳤다. 짧게 깎은 그의 금발 위에서 경쾌하게 빛나던 따사로운 햇살은 귀까지 빨갛게 물들였다. 그는 평소보다 오래 나와 얘기를 나누었다. 나는 무척 기분이 좋았고 그가 머지않아 나을 거라고 생각했다. 옆에 있던 그의 어머니가 그만하면 됐다 싶었는지 철 지난 노란 겨울배를 쥐여주며 나를 집으로 보냈다. 나는 집에 가는 길에 배를 한입 베어물었다. 부드럽고 꿀처럼 달았다. 배즙이 턱을 따라 흘러 손등에 뚝뚝 떨어졌다. 다 먹고 남은 속은 들판 너머로 멀리 던져버렸다.

다음날은 비가 억수같이 내렸다. 어쩔 수 없이 집안에 있어야 했던 나는 손을 깨끗이 씻고 그림성경책을 뒤적거렸다. 전부터 내가 좋아하던 것이 많이 나왔지만, 그중에서도 가장 좋아하는 것은 천국의 사자와 엘리제르의 낙타와 갈대 사이에 버려진 어린 모세의 이야기였다. 그 다음날도 비가 그치지 않자 짜증이 났다. 오전 반나절 동안 창 너머 후드득 비 내리는 마당과 밤나무를 바라보다가 아는 놀이란 놀이는 모두 해보았다. 그러고 나서 저녁 무렵에는 동생과 한바탕 싸움도 했다. 익숙한 일이었다. 서로 으르렁거리다가 동생이 못된 욕을 하면 내가 때려주고, 울며불며 뛰쳐나간 동생은 복도와 부엌과 계단과 방을 지나 달려가서 어머니의 무릎에 몸을 던졌다. 어머니는 한숨을 내쉬며 나를 내보냈다. 아버지가 집에 와서는 자초지종을 듣고 내게 꾸중과 훈계를 하고 잠자리로 보냈다. 나는 말할 수 없이 불행하다는 생각이 들었지만 눈물을 글썽이며 이내 잠이 들었다.

아마 그 이튿날 아침이었던 것 같다. 다시 브로지를 찾아갔더니 그의 어머니가 자꾸만 손가락을 입에다 가져다대고는 경고하듯 나를 바라보았다. 브로지는 눈을 감고 누워 가냘프게 신음하고 있었다. 나는 두려운 마음으로 그의 얼굴을 들여다보았다. 창백한 얼굴이 고통으로 일그러져 있었다. 브로지의 어머니가 내 손을 끌어다 그의 손에 포개자 그가 눈을 뜨고 잠시 나를 말없이 바라보았다. 그의 눈은 크고 평소와 달라 보였다. 나를 마치 멀리서 바라보고 있는 듯 낯설고 기이했다. 그는 전혀 모르는 사람처럼 나를 바라보며 한편으로는 훨씬 중대한 일을 생각하는 것 같았다. 잠시 후 나는 까치발로 살금살금 방을 나왔다.

오후에 브로지는 어머니에게 부탁해 옛날 이야기를 듣던 중에 의식을 잃었고 저녁때까지 깨어나지 못했다. 그사이 약한 심장 박동은 점점 잦아들다가 멎었다.

내가 잠자리에 들 무렵 어머니는 이미 그 사실을 알고 있었다. 하지만 다음날 아침 내가 우유를 마시고 나서야 얘기를 들려주었다. 나는 하루종일 몽유병 환자처럼 이리저리 서성거리다가 브로지가 천사 옆으로 가서 그 아이도 천사가 되었다고 상상했다. 어깨에 흉터가 있는 그의 작고 여윈 몸이 아직 집에 누워 있다는 사실은 몰랐다. 장례식에 대해서도 보고 들은 것이 없었다.

그의 죽음에 대해 나는 여러모로 생각해보았다. 시간이 흐르면서 죽은 아이도 내게서 멀어져 모습을 감추었다. 그리고 갑작스럽고 이르게, 완연한 봄이 찾아와 산은 노란색 초록색으로 물들고 정원에서는 어린 나무들의 냄새가 났다. 밤나무의 터진 봉오리에서는 돌돌 말린 이파리가 조심스레 밀려나왔고, 도랑 어귀마다 통통한 줄기 끝에서 황금빛 미나리아재비가 반짝이며 웃었다.

한스 디를람의 수습 시절

I

한때 무두장이로 불리던 가죽 상인 에발트 디를람에게 한스라는 아들이 있었다. 그는 아버지의 기대를 한 몸에 받으며 슈투트가르트의 고등실업학교에 다니고 있었다. 그곳에서 이 건강하고 활기 넘치는 젊은이도 차츰 나이를 먹었지만 지혜와 품위는 늘지 않았다. 학년마다 유급하는 것을 제외하면, 극장에 드나들고 저녁이면 맥주를 마시는 재미를 알게 된 그의 생활은 대체로 만족스러웠다. 그사이 열여덟 살이 된 그는 동급생들이 아직 수염도 나지 않은 풋내기인 데 비해 이미 어엿한 사내로 성장해 있었다. 그해에도 역시 학업에는 진척이 없고, 그의 흥미와 열정은 오로지 비학구적인 세계와 사나이의 삶에만 쏠려 있었다. 아버지는 마침내 학교로부터 분별없는 아들을 데려가라는 통고를 받기에 이르렀다. 그의 아들이 본인뿐 아니라 다른 학생들까지 물들이고 있다는 것이 이유였다. 그렇게 한스는 더없이 화창한 봄날 낙담한 아버지와 함께 게르베르스아우의 집으로 돌아왔다. 아버지는 못난 아들녀석을 어쩌면 좋을지 고민에 빠졌다. 가족회의 결론대로 군대에 보내자니 올봄은 이미 늦었기 때문이었다.

그런데 놀랍게도 한스가 자진해서 부모님에게 자신은 기술자가 될 소질과 관심이 있는 것 같으니 기계작업장의 수련공으로 보내달라는 뜻을 밝혔다. 기본적으로 그의 제안은 진지했으나 딴마음이 아주 없는 것도 아니었다. 최고의 공장들이 있는 대도시로 가게 된다면 일을 배우는 것 외에도 기분전환을 하거나 즐길 기회가 자주 있을 터였다. 하지만 그런 계산은 수포로 돌아갔다. 먼저 아들에게 필요한 조언을 해준 아버지가 원하는 것을 들어주겠다고, 그래도 당분간은 인근에 머무는 게 좋겠다고 통고했던 것이다. 최고의 작업장과 수련공 자리는 아니겠지만 대신 허튼 생각을 하거나 엉뚱한 길로 빠질 염려는 없을 테니까. 훗날의 결과를 보면 그럴 염려가 전혀 없었던 것도 아니지만 어쨌든 의도야 좋았다. 한스 디를람은 고향 도시에서 아버지의 감독하에 새로운 삶의 여정을 시작해야만 했다. 기계공인 하거가 그를 고용할 뜻을 보였다. 멋쟁이 청년은 울며 겨자 먹기로 매일 뮌츠 가에서 아랫동네의 인젤 골목으로 출근하게 되었다. 그는 여느 금속공과 다름없이 파란색 리넨 작업복을 입었다. 지금까지 한껏 멋부리고 동네 사람들 앞에 나서는 데 익숙했던 그로서는 이런 차림으로 다녀야 한다는 게 조금은 불만이었다. 그러나 그것도 잠시, 그는 머리를 굴려 마치 가장무도회 의상을 입듯 재미 삼아 리넨 작업복을 입는 척했다. 하지만 일 자체는 허구한 날 쓸데없이 자리만 차지하고 있었던 학교보다 좋은 영향을 주었다. 마음에 드는 정도가 아니라 호기심이 생기고 잘하고 싶은 욕심이 나더니 마침내 재미까지 붙었다.

하거의 작업장은 강변과 가까운 큰 공장 아래쪽에 있었다. 공장의 기계를 손질하고 수리하는 것이 젊은 장인 하거의 일이자 수입의 원천이었다. 작업장은 작고 오래된 곳이었다. 불과 몇 년 전만 해도 정규교육이라곤 받아본 적이 없는 고집스런 수공업자였던 하거의 부친이 그곳을 운영하며 상당히 재산을 모았다. 현재 사업을 운영하고 있는 아들 하거는 작업장의 확장과 쇄신을 도모하는 듯했으나, 전통을 고수하는 지조 있는 수공업자의 아들답게 작은 것에 만족할 줄도 알았다. 증기 공정과 엔진, 기계실에 대해 곧잘 얘기하긴 했어도 옛 방식을 고수하며 부지런히 작업했고, 영국제 금속 선반旋盤 한 대 외에는 이렇다 할 새로운 설비를 들이지 않았다. 하거는 기능공 두 명과 수습공 한 명을 거느리고 있었다. 새로운 실습생 한스에게는 달랑 작업대 하나와 바이스 하나가 주어졌다.* 좁은 작업장은 다섯 사람만으로도 꽉 차 유랑하는 조합원들이 일을 도와준다고 나서도 거절할 판이었다.

낮은 직급부터 순서대로 하면, 우선 소심하고 순한 열네 살짜리 수습공이 있었다. 새로 들어온 한스도 그에게는 크게 신경 쓸 필요를 못 느꼈다. 기능공 중 하나는 검은 머리에 마른 체구의 요한 쇰베크로 검소하고 일 욕심이 많았다. 다른 한 기능공은 잘생기고 건장한 스물여덟 살 남자였다. 니클라스 트레프츠라는 이름의 그는 장인과 동창이어서 서로 너나 하며 허물없이 지냈다. 니클라스는 장인과 함께 작업장 분위기를 더없이 화목하게 이끌었다. 그는 강직하고 용모와 태도 모두 훌륭했을 뿐 아니라, 장인 못지않게 솜씨 좋고 부지런한 기계공이었다. 작업장의 주인인 하거는 사람들 사이에서는 가게밖에 모르는 바쁜 사업가로 보였지만, 그 자신은 일에 매우 만족했다. 한스의 아버지 디를람이 아들을 위해 적지 않은 수업료를 지불했으므로 실상 한스와

---

* 독일 마이스터 제도의 정규과정은 수습공, 기능공, 장인으로 직급이 높아지며, 실습생은 수습공과는 달리 자율적인 것이 특징이다.

도 실속 있는 거래를 한 셈이었다.

이것이 한스 디를람과 함께 일하는 동료들의 면면이었다. 아니, 적어도 한스의 눈에 비친 모습은 그랬다. 처음에 그는 새로운 사람들보다는 새로운 일에 더 몰두했다. 그는 단조鍛造, 숫돌과 바이스 사용법, 금속 구별법을 배웠다. 대장간의 노爐에 불을 붙이고, 큰 망치를 휘두르고, 굵은 날에 애벌 줄질하는 법도 배웠다. 그동안 드릴과 끌을 부러뜨렸고, 질 낮은 금속을 서투르게 줄질했고, 검댕과 줄밥 먼지와 기계 기름 때문에 몸이 더러워졌고, 망치를 들다가 손가락이 다치거나 선반에 끼기도 했다. 주변 사람들은 부잣집의 다 큰 아들이 초보자로 고생하는 꼴을 고소해하며 지켜보면서 조롱 섞인 침묵으로 일관했다. 하지만 한스는 아랑곳 않고 기능공들이 일하는 모습을 주의깊게 지켜보았다. 오후 새참 때는 장인에게 궁금한 것을 묻고 들은 대로 직접 해보기도 하며 부지런히 움직인 덕에 곧 간단한 작업은 도움이 될 만한 수준으로 깔끔하게 마무리할 수 있게 되었고, 애당초 실습생의 자질을 그다지 신뢰하지 않았던 하거에게서 경탄과 후한 점수를 얻어냈다.

"난 자네가 한동안 흉내만 내다 말겠거니 했지." 어느 날 하거가 그를 인정하는 듯한 투로 말했다. "이런 식으로만 계속하면 정말 쓸 만한 금속공이 되겠는걸."

학창 시절 교사들의 칭찬과 꾸지람을 모두 공허한 소음으로만 여겼던 한스에게 이 첫 칭찬은 굶주린 자에게 내민 음식 한 술처럼 귀했다. 동료들도 서서히 그를 인정하고 더는 우습게 보지 않자 지내기가 한결 자유롭고 편했다. 그는 차츰 인간적인 호기심을 품고 주변 사람들을 돌아보게 되었다.

제일 마음에 드는 사람은 기능공인 니클라스 트레프츠였다. 트레프츠는 사려 깊은 회색 눈과 짙은 금발의 듬직하고 조용한 남자였다. 하지만 그가 신참에게 곁을 내주기까지는 시간이 꽤 걸렸다. 워낙에 말수가 적은 사람이기도 했거니와 부잣집 아들인 한스를 못 미더워했던 것이다. 그에 비해 또다른 기능공 요한 쉼베크는 훨씬 살가웠다. 때때로 한스에게서 담배 한 개비를 얻어 피우거나 맥주 한 잔을 얻어 마시기도 하고, 요즘은 일할 때 간간이 소소한 편의를 봐주면서 윗사람으로서의 품위를 잃지 않고도 한스를 자기편으로 끌어들이려고 애썼다.

한번은 한스가 저녁 초대를 하자 쉼베크는 선심 쓰듯이 여덟시에 중간 다리께에 있는 빵집 겸 술집으로 나오라고 했다. 두 사람은 술집에서 만났다. 열린 창문 너머로 둑에 부딪히는 물소리가 들려왔고, 운터랜더 2리터가 들어가자 쉼베크는 말수가 많아졌다. 그는 색이 밝고 부드러운 적포도주에 질 좋은 담배를 피우며 나지막이 하거 씨의 사업과 집안의 비밀을 털어놓았다. 장인도 불쌍하지, 그가 말했다. 트레프츠, 그 니클라스 앞에서 그렇게 굽실거리다니. 폭력을 쓰는 사람이라 그런가. 전에 하거가 부친 밑에서 일하던 시절 니클라스와 한판 붙은 적이 있는데, 흠씬 두들겨 맞았지. 니클라스는 어쩌다 기분 내킬 때만 좋은 일꾼이야. 작업장을 제멋대로 휘젓는 것도 모자라 장인보다 더 우쭐대잖아. 가진 건 쥐뿔도 없는 주제에."

"그래도 급료는 많이 받을 것 같은데요." 한스가 말했다.

쉼베크는 무릎을 탁 치며 웃었다. "모르는 소리." 그가 눈을 끔벅이며 말했다. "그래봐야 나보다 주당 1마르크 더 받는걸, 그 니클라스가 말이야. 그것도 다 이유가 있어. 마리아 테스톨리니라고 자네도 알지?"

"예, 인젤 골목의 이탈리아인 동네에 사는 여자 말이죠?"

"그래, 그 떨거지들. 무슨 얘기냐면 마리아가 트레프츠랑 벌써 오래전부터 그렇고 그런 사이란 거야. 우리 작업장 맞은편 방직 공장에서 일하잖아. 내가 보기엔 그 여자 니클라스만 바라보는 것도 아니지 싶어. 니클라스야 훤칠하고 허우대가 멀쩡하니 여자들이 따르긴 하지. 그래봐야 여자는 일편단심도 아닌걸."

"그게 급료랑 무슨 상관이에요?"

"급료랑? 그게 상관이 있어. 그러니까 니클라스가 그 여자와 그렇고 그런 관계여서 여기 붙들려 있지 않았다면 진작 더 나은 자리를 얻었을 거라는 얘기야. 또 장인한테는 이득이지. 급료를 안 올려줘도 니클라스가 그만두지 않으니까. 테스톨리니 때문에 못 떠나거든. 기계공으로 백날 게르베르스아우에 있어봤자 뭐가 나오겠어. 나도 올 한 해만 채우고 여기를 영영 뜰 거야. 그런데 니클라스는 저러고 어영부영 세월을 보내고 있잖아."

그외에도 한스는 관심 없는 사소한 일들까지 알게 되었다. 쉼베크는 젊은 하거 부인의 집안에 대해서도 정보가 굉장히 많았다. 그녀의 부친이 남은 지참금을 내주려고 하지 않는 탓에 부부 간에 불화가 있다는 것이다. 한스 디를람은 어지간히 참고 듣다가 집에 갈 시간이 되어 자리를 털고 일어났다. 그리고 남은 포도주와 함께 쉼베크를 앉혀두고 그곳을 떠났다.

감미로운 5월의 밤을 걸어 집으로 오면서 그는 니클라스 트레프츠에 대해 들은 이야기들을 생각했다. 여자 때문에 앞길을 망치고 있다는 그가 바보라는 생각은 들지 않았다. 오히려 충분히 납득이 갔다. 그는 검은 머리 쉼베크의 얘기를 곧이곧대로 다 믿지는 않았다. 하지만 그의 구미에 맞는 사연인 여자 이야기는 믿었다. 처음 몇 주 동안 새로운 직업에 걸었던 기대와 노력이 한 풀 꺾이면서 고요한 봄날 저녁이면 더도 말고 연애 한번 해보고 싶다는 혼자만의 바람이 그를 괴롭혔다. 그 분야라면 일정한 선을 넘지 않았다뿐이지 그 역시 학창 시절 남부럽지 않은 경력을 쌓지 않았는가. 기왕 금속공의 파란 작업복을 입고 평범한 사람들의 삶 깊숙이 들어온 마당에 그들의 소박하고도 질긴 풍습을 공유하는 것도 나쁘지 않아 보였다. 하지만 실제로 진전은 없었다. 누이를 통해 알게 된 부유한 집안의 딸들과는 무도장이나 축제에나 가야 대화를 나눌 수 있었고, 그나마도 엄한 어머니들이 지켜보고 있었다. 한편 작업장 식구와 공장 직원들 사이에서는 아직도 그들과 같은 부류로 받아들여지지 않았다.

그는 마리아 테스톨리니라는 여자를 떠올려보려 했으나 제대로 기억이 나지 않았다. 테스톨리니 일가는 열악한 빈민가의 복잡다단한 가족공동체로, 로망어 이름을 쓰는 여러 가족이 인젤 골목에 있는 낡고 누추한 집에 모여 살았다. 한스는 어릴 때 생각이 났다. 그곳에는 늘 어린아이들이 우글우글했는데 새해 첫날 같은 때 그의 아버지 집으로 구걸을 오기도 했다. 제대로 보살핌을 받지 못했던 그 아이들 중에 마리아도 있었을 것이다. 까무잡잡하고 눈이 크고 날씬한 이탈리아 여자가 머릿속에 그려졌다. 머리는 약간 덥수룩하고 몸에 걸친 옷은 그리 깨끗하지 않다. 매일 작업장을 지나갈 때 마주치는 예쁘장한 앳된 공장 처녀들 중에 마리아 테스톨리니가 있을 거란 생각은 들지 않았다.

실제로 그녀의 모습은 완전히 달라져 있었다. 그로부터 이 주 뒤 그는 예기치 않게 그녀와 마주쳤다.

작업장의 다 쓰러져가는 부속 건물 뒤편에 각종 부품을 보관하는 어두컴컴한 창고 하나가 딸려 있었다. 6월의 더운 오후에 한스는 그곳에서 일을 하게 되었다. 몇백 개나 되는 기둥의 숫자를 헤아려야 했지만, 더운 작업장에서 떨어진 시원한 장소에서 삼십 분이나 한 시간을 보내는 것도 나쁘지 않을 듯했다. 그는 먼저 쇠기둥을 굵기별로 분류하고는 개수를 세기 시작했다. 이따금 거무스름한 나무 벽에 분필로 합계를 적어넣기도 했다. 그는 낮은 목소리로 중얼거리며 숫자를 세었다. 아흔셋, 아흔넷— 그때 웃음기 섞인 나지막한 여자 목소리가 들려왔다. "아흔다섯— 백— 천—"

깜짝 놀란 그가 짜증스럽게 고개를 홱 돌렸다. 유리가 빠진 야트막한 창가에 다부진 몸집의 금발 아가씨가 서 있었다. 그녀는 그에게 고개를 까딱해 보이며 웃었다.

"뭡니까?" 그가 바보처럼 물었다.

"날씨 좋지." 그녀가 외쳤다. "건너편에 새로 온 실습생 아니야?"

"맞아요. 그러는 댁은 누구신데요?"

"나한테 존댓말을 하네! 늘 그렇게 점잔을 빼셔야 하나?"

"아, 말 놓으라면 놓죠."

안으로 들어선 그녀는 어둡고 지저분한 창고를 둘러보더니 집게손가락을 뻗어 그가 분필로 적어놓은 숫자들을 지웠다.

"멈춰!" 그가 외쳤다. "뭐하는 거야?"

"이 정도도 못 외워?"

"분필이 있는데, 뭐하러? 이제 전부 다시 세야 하잖아."

"이런, 어쩌나! 도와줄까?"

"그래주면 좋지."

"그야 그런데, 내가 다른 볼일이 있어서."

"무슨 볼일? 전혀 안 그래 보이는걸."

"그래? 갑자기 무례하게 나오네. 좀 친절하게 굴면 안 돼?"

"물론 그러지, 친절한 게 뭔지 그쪽이 먼저 보여준다면."

그녀가 미소지으며 그에게 바짝 다가섰다. 포동포동하고 따뜻한 손으로 그의 머리를 쓰다듬고 뺨을 어루만지더니, 가까이서 미소 띤 채로 그의 눈을 들여다보았다. 그로서는 처음 경험하는 일이라 머릿속이 하얘지며 현기증이 났다.

"넌 괜찮은 사내야. 사랑스러워." 그녀가 말했다.

그는 "너도"라고 말하고 싶었다. 그러나 심장이 두근거려 말이 나오지 않았다. 그는 그녀의 손을 꼭 쥐었다.

"아야, 그렇게 세게 잡지 마!" 그녀가 나지막이 말했다. "손가락 아프잖아."

그가 말했다. "미안." 그녀는 풍성한 금발을 잠시 그의 어깨에 기대고 나긋나긋 애교 있게 그를 올려다보았다. 그리고 또다시 따뜻한 목소리로 나직이 웃었다. 그러더니 상냥하고 자연스레 고개를 끄덕이고는 그곳을 빠져나갔다. 그가 뒤늦게 문가로 따라갔을 때 그녀는 가고 없었다.

한스는 그후에도 오랫동안 쇠기둥 사이에 머물렀다. 처음에는 너무나 어지럽고 들뜨고 홀린 것 같아 아무 생각도 나지 않고 숨도 제대로 쉬기 어려워 멍하니 허공만 바라보았다. 하지만 곧 그런 기분은 사라지고 믿기 힘든 기쁨이 몰려왔다. 모험이다! 성숙하고 아름다운 처녀가 그에게로 와서 달콤한 말을 속삭이고 사랑해주었다! 그런데 그는 어찌할 바를 몰랐다. 아무 말도 못 했고, 그녀의 이름도 몰랐고, 그녀에게 키스도 한번 하지 않았다! 그 생각이 온종일 그를 괴롭히고 화를 돋웠다. 그는 화가 나는 한편 기꺼이 모든 것을 만회하겠노라 마음먹었다. 다음번에는 오늘처럼 어리석고 바보같이 행동하지 않으리라.

그는 더는 이탈리아 여자를 생각하지 않았다. 대신 줄기차게 '다음번'을 생각했다. 이튿날은 틈만 나면 작업장 앞으로 나가 주변을 구석구석 살폈다. 하지만 금발의 아가씨는 어디에도 보이지 않았다. 그런데 저물녘에 그녀가 방직공장의 동료 아가씨와 스스럼없이 태연하게 작업장으로 와서는 방직기계에 들어가는 강철 레일을 가져와 갈아달라고 했다. 그녀는 한스가 누구인지도 모르고 한스를 쳐다보지도 않는 것 같았다. 대신 장인과 몇 마디 농담을 주고받더니 니클라스 트레프츠에게 갔다. 니클라스는 연마기를 가져온 다음 그녀와 두런두런 얘기를 나눴다. 인사하고 문을 나설 때가 되어서야 그녀는 뒤돌아 따뜻한 눈길로 한스를 잠시 바라보더니 이마를 살짝 찌푸리며 눈을 찡긋해 보였다. 마치 자신은 그와의 비밀을 잊지 않았고 그 역시 비밀을 지켜야 한다고 말하는 것 같았다. 그러고는 가버렸다.

곧이어 요한 쇰베크가 한스의 바이스 옆을 지나갔다. 그는 의미심장한 미소를 지으며 속삭였다.

"저 여자가 테스톨리니야."

"작은 쪽이요?" 한스가 물었다.

"아니, 금발에 키가 큰 쪽 말이야."

실습생 한스는 하던 일로 돌아가 힘껏 줄질을 시작했다. 끽 소리가 나고 작업대가 흔들릴 만큼 힘을 주었다. 그러니까 일종의 모험이었던 셈이다! 그렇다면 속은 쪽은 누구인가. 기능공인가, 그인가? 이 일을 어쩐다? 그의 연애사가 이렇게 시작부터 꼬일 줄은 몰랐다. 그날 저녁부터 자정이 넘도록 다른 생각은 할 수도 없었다. 사실 처음에는 단념해야 한다는 쪽으로 마음을 다잡았다. 하지만 사랑에 빠진 그는 이제 하루 이십사 시간 내내 어여쁜 그녀를 생각했다. 그녀와 입맞추고 그녀에게 사랑받고 싶다는 바람이 걷잡을 수 없이 커갔다. 게다가 여자의 손길을 느끼고 그토록 달콤한 속삭임을 들어본 것은 그로서는 처음 있는 일이었다. 이성과 책임감은 갓 피어난 사랑의 감정을 이기지 못했고, 사랑의 감정은 양심의 가책에서 오는 쓸쓸한 뒷맛 때문에 그 아름다움이 바래지도 약해지지도 않았다. 그러니 흘러가는 대로 내버려둘 수밖에. 마리아는 그를 좋아했고 그도 그녀를 좋아하고 싶었다.

하지만 그 과정이 수월하지는 않았다. 공장 계단참에서 또다시 마리아와 마주쳤을 때 한스는 다짜고짜 물었다. "이봐, 니클라스와는 어떤 사이지? 그 사람이 정말 네 애인이야?"

"응." 그녀가 웃으며 말했다. "나한테 물어볼 게 그것뿐이야?"

"그래, 지금은. 그 사람을 좋아하면서 나도 좋아할 수는 없는 거 아니겠어."

"왜 안 돼? 니클라스는 내 애인이야, 그건 맞아. 오래전부터 그랬고 앞으로도 그럴 거야. 하지만 난 네가 좋아. 넌 소년처럼 귀여운 데가 있어. 니클라스는 워낙 엄격하고 퉁명스럽거든. 알지? 너한테는 키스해주고 싶고 잘해주고 싶단 말이야, 귀여운 소년처럼. 왜, 싫어?"

아니, 싫을 리가. 그는 정신을 가다듬고 꽃봉오리처럼 열린 그녀의 입술로 살며시 입술을 가져갔다. 마리아는 그가 키스에 서투르다는 걸 알아채고 웃긴 했지만 그런 그를 소중히 대했고 한 층 더 그가 좋아졌다.

II

    지금까지 니클라스 트레프츠는 작업장의 기능공이자 젊은 장인 하거의 허물없는 친구로 누구보다 그와 사이가 좋았다. 실제로 트레프츠는 작업장 안팎에서 가장 발언권이 센 것이 사실이었다. 그런데 요즘 들어 두 사람 사이가 왠지 예전 같지 않았다. 여름이 다가오면서 트레프츠를 대하는 하거의 태도가 점점 날카로워졌다. 하거는 작업장 주인은 자신임을 공공연히 드러냈다. 트레프츠에게 조언을 구하는 일도 없었고, 기회가 될 때마다 예전처럼 지낼 마음이 없다는 속내를 내비쳤다.

    트레프츠는 자기가 하거보다 한 수 위라고 생각했기 때문에 상처받지는 않았다. 처음에는 하거가 냉랭하게 굴자 자신이 몰랐던 변덕스런 구석이 있나 싶어 놀랐지만 웃어넘겼다. 그러나 하거의 조급함과 변덕스러움이 갈수록 심해지자 사태를 주시했고 곧 불화의 원인을 찾았다고 생각했다.

    하거와 그의 아내 사이가 예사롭지 않음을 알게 된 것이다. 현명한 아내였으므로 그와 큰 소리로 다투는 일은 없었다. 하지만 부부는 서로를 피했다. 아내는 작업장에 일절 얼굴을 내밀지 않았고, 남편은 저녁이면 밖으로 돌았다. 불화의 원인이 요한 쉼베크의 추측대로 하거의 장인이 돈을 더 내놓지 않기 때문인지, 그 뒤에 두 사람의 개인적인 갈등이 숨어 있는지는 알 수 없으나 여하간 집안 분위기는 대체로 숨막힐 듯 답답했다. 하거의 아내는 눈물바람을 하거나 성난 얼굴일 때가 잦았고, 하거도 미망迷妄에서 깨어난 사람처럼 보였다.

이 모든 것이 가정불화 탓이라고 확신한 니클라스는 하거를 자극하는 일을 피하고 무례한 행동에도 맞대응하지 않았다. 은근히 그를 괴롭히고 화나게 하는 건 두 사람의 불화를 틈탄 쉼베크의 의뭉스럽고 교활한 태도였다. 그는 니클라스가 노여움을 사자 하거에게 비굴하리만큼 알랑거리며 장인으로 추천을 받으려고 무척 애썼다. 하거가 그 장단에 맞춰 쉼베크를 눈에 띄게 총애하자 트레프츠는 뭔가에 찔린 것처럼 마음이 아팠다.

이런 불편한 분위기에서 한스 디를람은 트레프츠 편에 서기로 결심했다. 한편으로는 니클라스의 힘과 남자다움에 외경심이 생겼고, 다른 한편으로는 아첨 떠는 쉼베크가 점점 더 미심쩍고 혐오스러웠기 때문이었다. 니클라스에게 진 남모를 빚을 갚으려는 마음도 있었다. 비록 마리아 테스톨리니와의 관계가 몇 번 키스를 나누고 애무하는 정도의 스쳐가는 만남에 지나지 않는다 해도 금지된 것임을 아는 그는 양심의 가책이 들었다. 그럴수록 더욱 단호하게 쉼베크의 비방을 거부했고 그만큼 더 니클라스에게 존경과 연민을 느꼈다. 당사자인 니클라스도 오래지 않아 그것을 느끼게 되었다. 지금까지는 실습생에게 관심도 없었고 그저 쓸모없는 부잣집 아들이라고만 여겼었다. 그런 그가 이제 한스를 자상한 눈으로 바라보며 간간이 말을 건네기도 하고 새참 시간에 한스와 기꺼이 자리를 함께하기도 했다.

마침내 어느 날 저녁 그가 한스를 밖으로 초대하기에 이르렀다. "오늘이 내 귀빠진 날인데." 그가 말했다. "이런 날은 누구랑 한잔해야지. 장인은 정신이 나갔고, 쉼베크 그 사기꾼은 필요 없어. 디름람, 자네만 괜찮다면 오늘 나랑 만나세. 저녁 먹고 나서 가로수길에서 만나자고. 그럴 텐가?"

한스는 흔쾌히 시간에 맞춰 가겠다고 약속했다.

7월 초의 따뜻한 저녁이었다. 한스는 집에서 저녁을 먹고 대충 씻은 다음 서둘러 가로수길로 갔다. 트레프츠가 벌써 나와 기다리고 있었다.

말쑥한 외출복 차림인 그는 파란 작업복을 입은 한스에게 부드럽게 핀잔을 주었다. "아니, 여태 작업복 차림인가?"

급해서 그랬다는 한스의 사과에 니클라스가 웃었다. "그냥 해본 소릴 가지고 뭘 신경쓰나! 실습생 때는 더러운 작업복을 입는 것도 재미지. 입은 지 얼마 안 됐잖아. 우리야 일 끝나고 밖에만 나가면 훌훌 벗어버리는데.”

그들은 나란히 어두운 밤나무 가로수길을 걸어 시내로 내려갔다. 길이 끝나갈 무렵 후리후리한 여자 하나가 불쑥 튀어나와 기능공의 팔에 매달렸다. 마리아였다. 트레프츠는 인사 한마디 없이 조용히 그녀와 동행했다. 한스는 그녀가 초대를 받고 온 것인지 그냥 온 것인지 알 수 없었다. 불안해서 심장이 쿵쾅거렸다.

“저기 젊은 디를람 씨도 왔어.” 니클라스가 말했다.

“아, 네.” 마리아가 웃으며 대답했다. “실습생이죠? 같이 가시는 거예요?”

“네, 니클라스 씨가 초대해줬어요.”

“친절하기도 해라. 오신 분도 그렇고요. 정말 근사한 젊은 신사분이!”

“쓸데없는 소리!” 니클라스가 대꾸했다. “디를람은 내 동료야. 우리랑 생일 파티를 하러 가는 거라고.”

그들은 강변의 작은 정원을 끼고 있는 술집 ‘세 마리 까마귀’에 도착했다. 안에서 운송업자들이 이야기를 나누고 카드놀이를 하는 소리가 들려왔다. 밖에는 인적이 없었다. 트레프츠는 창에다 대고 주인에게 여기 너무 어둡다고 소리쳤다. 그러고는 대패질

하지 않은 나무 테이블 여러 개 중 하나를 골라 앉았다. 마리아는 니클라스의 옆자리에 한스와 마주보고 앉았다. 주인이 어슴푸레한 등을 들고 나와 테이블 위쪽 철사에 매달았다. 트레프츠는 최고급 포도주 1리터와 빵, 치즈, 시가를 주문했다.

"여긴 썰렁하잖아요." 여자가 실망한 듯 말했다. "안으로 들어가면 안 돼요? 사람도 없는데."

"우리 셋이면 됐지." 니클라스가 참을성 없이 대꾸했다.

그는 두껍고 큰 유리잔에 포도주를 따르더니 빵과 치즈를 마리아 앞으로 밀어주었다. 그리고 한스에게 먼저 시가를 권하고 자신도 한 개비 물고는 불을 붙였다. 이어 여자는 안중에 없는 듯 한스와 기술적인 문제들에 대해 긴 대화를 이어갔다. 니클라스는 한쪽 팔꿈치를 테이블에 괴고 몸을 앞으로 숙였다. 마리아는 그 옆 긴 의자에 깊숙이 몸을 묻고서 팔짱을 낀 채 꼼짝 않고 어스름 속에서 고요하고 흡족한 눈으로 한스의 얼굴을 바라보고 있었다. 한스는 불편하고 당황스러워 애꿎은 시가만 뻑뻑 피워댔다. 세 사람이 한 테이블에 같이 앉게 되리라곤 생각도 못 했다. 그가 보는 앞에서 두 사람이 서로를 애무하지 않는 것만도 다행이었다. 그는 의식적으로 기능공과의 대화에 몰두했다.

창백한 구름이 별이 총총한 온 밤하늘을 떠다니고 술집에서는 이따금 이야기 소리, 웃음소리가 흘러나왔다. 골짜기 아래로 흐르는 잔잔한 강물 소리도 섞여들었다. 마리아는 저물녘 어스름 속에 우두커니 앉아 두 사람의 이야기를 들으며 한스에게서 눈을 떼지 않았다. 그는 마주보지 않아도 그녀의 눈길을 느낄 수 있었다. 그 눈길은 유혹의 신호를 보냈다가 금세 조롱하듯 웃음 짓고 또 금세 냉정하게 관찰하는 것 같았다.

한 시간쯤 지나자 대화가 점점 느려지며 드문드문 끊기기도 하더니 결국은 한동안 침묵이 흘렀다. 그때 마리아가 똑바로 고쳐 앉았다. 니클라스가 포도주를 더 따라주려 하자 잔을 뒤로 빼며 쌀쌀맞게 말했다. "됐어요, 니클라스."

"무슨 일이라도 있나?"

"무슨 일이 있죠, 생일이잖아요. 애인은 앉아서 잠이 들든 말든 말 한마디 안 붙이고, 키스도 안 해주고, 술 한 잔에 빵 한쪽 주는 생일이요! 돌덩이 같은 애인이라도 이보다는 훨씬 즐겁겠어요."

"나 참, 그만둬!" 니클라스가 못마땅한 듯이 웃었다.

"네, 그만둘게요! 당신하고도 그만둘 거예요. 어쨌든 날 좋아해주는 사람은 있으니까."

니클라스가 버럭 화를 냈다. "뭐?"

"사실을 말하는 것뿐이에요."

"그래? 그게 사실이면 당장 모든 걸 털어놓지그래. 당신을 쳐다보는 사람이 누군지 나도 좀 알자고."

"어디 한둘인가요."

"이름을 대라고. 당신은 내 거야. 당신 꽁무니를 쫓아다니는 파렴치한 자식이 있으면 나랑 한판 붙어야지."

"그러시든가. 만약 내가 당신 거라면 당신도 내 것이어야죠. 그렇게 함부로 굴어서도 안 되고요. 우린 결혼도 안 했어요."

"안 했지, 마리아, 안타깝게도 안 했어. 그게 내 책임이 아니란 건 당신도 알 텐데."

"그렇다면 좀 친절하게 대해줘봐요. 그렇게 금방 우악스러워지지 말고요. 맙소사, 요즘 당신 무슨 일 있는 거죠!"

"있지, 있는 건 화나는 일뿐이라고. 자, 이제 한 잔씩 더 마시고 그만 기분 풀자고. 안 그러면 디를람은 우리가 늘 이러는 줄 알겠어. 어이, 까마귀 주인장! 이봐! 여기 한 병 더 줘!"

한스는 덜컥 겁이 났다. 갑작스레 불붙었던 싸움은 그만큼 빨리 사그라졌다. 마지막으로 화기애애한 분위기에서 건배하자는 제안에는 모두 찬성이었다.

"자, 건배!" 니클라스가 외치며 두 사람과 건배하고는 단숨에 잔을 비웠다. 그러고는 짧게 소리내어 웃더니 달라진 어투로 말했다. "자, 그래, 그렇지. 내 말 명심해. 내 애인이 다른 놈과 눈 맞는 날, 그날이 내가 사고치는 날이야."

"바보." 마리아가 낮은 소리로 말했다. "뭐 다른 할말은 생각

안 나요?"

"말이 그렇다는 거지." 니클라스가 조용조용 말했다. 의자에 기분좋게 등을 기댄 그는 조끼 단추를 풀고 노래를 시작했다.

"어느 금속공에게 도제가 있었다네……"

한스는 열심히 따라 부르면서 속으로는 마리아와 더는 얽히지 않겠다고 다짐했다. 그는 두려웠다.

집으로 가는 길에 마리아가 아래쪽 다리 근처에서 멈춰 섰다.

"전 이만 집에 갈래요." 그녀가 말했다. "같이 갈래요?"

"자, 그럼." 니클라스가 고개를 끄덕이고는 한스에게 손을 내밀었다.

그는 작별인사를 하고는 안도의 숨을 쉬며 혼자 가던 길을 갔다. 이날 저녁 그는 무섭고 부끄러웠다. 니클라스에게 마리아와 함께 있는 모습을 들켰다면 무슨 일이 일어났을지 자꾸만 그려볼 수밖에 없었다. 이런 끔찍한 상상 끝에 그의 결심은 확고해졌고, 그러고 나자 그 결심을 도덕적으로 미화하기는 어렵지 않았다. 그로부터 일주일 후에는 이미 자신이 마리아와 시시덕거리는 걸 포기한 이유는 오로지 의협심과 니클라스에 대한 우정을 지키기 위해서라고 믿고 있었다. 중요한 사실은 그가 정말로 그녀를 피하고 있다는 것이었다. 생각지도 않게 그녀와 단둘이 마주친 건 며칠 뒤였다. 그는 더는 그녀를 찾지 않겠노라고 서둘러 말했다. 그 말을 들은 마리아는 슬퍼 보였다. 그녀가 매달려 키스로 마음을 돌리려고 하자 그는 마음이 무거워졌다. 그래도 키스에 응하지 않고 억지로 정신을 차렸다. 그녀가 놓아주려 하지 않자 고민하다 니클라스에게 다 얘기하겠다고 을러댔다. 그러자 그녀는 비명을 질렀다.

"방금 그 말 진심 아니지? 그럼 난 죽어."

"그를 사랑하긴 하는 거군?" 한스가 씁쓸하게 물었다.

"아, 무슨 소리를 하는 거야!" 그녀가 한숨을 내쉬었다. "바보, 널 훨씬 더 사랑한다는 거 알잖아. 안 돼, 니클라스가 날 죽일 거야. 그 사람은 그럴 수 있어. 맹세해, 그 사람한테 아무 말 안 하겠다고!"

"좋아. 대신 너도 약속해. 날 가만 내버려두겠다고."

"벌써 나한테 싫증난 거야?"

"아, 그만둬! 니클라스한테 언제까지나 비밀을 숨길 순 없어. 그럴 수 없다고. 제발 나 좀 이해해줘. 자, 약속하지?"

그녀가 손을 잡았지만 그는 눈을 피했다. 한스가 말없이 자리를 뜨자 그녀는 그런 그를 내심 괘씸하게 바라보며 고개를 설레설레 저었다. '흥, 한심하기는!' 그녀는 생각했다.

한심한 한스에게 다시 견디기 힘든 날들이 찾아왔다. 마리아로 인해 격렬하게 일었다가 잠시나마 가라앉힐 수 있던 사랑의 욕구는 이제 다시 끝을 알 수 없는 뜨거운 그리움의 길로 접어들었다. 고된 일과만이 하루하루 그를 버티게 해주었다. 여름 무더위가 갈수록 심해져 일은 평소보다 배는 힘들었다. 작업장은 후텁지근해서 힘이 많이 드는 작업을 할 때면 옷을 반쯤 벗어부쳐야 했고, 그 탓에 좀체 가시지 않는 작업장의 퀴퀴한 기름 냄새에 시큼한 땀냄새가 뒤섞였다. 한스는 저녁이면, 가끔은 니클라스와 같이 마을 위쪽의 시원한 강에서 목욕을 했다. 그러고 나면 기진맥진해서 죽은듯이 잠을 잤고, 아침이면 그를 깨우느라 식구들이 애를 먹었다.

쇰베크는 예외일지 몰라도 다른 사람들에게는 요즘 작업장에서의 일상이 녹록지 않았다. 수습공은 욕을 먹거나 따귀를 맞았고, 장인은 시시때때로 으르렁거리며 툭하면 화를 냈고, 니클라스 트레프츠는 하거의 변덕스럽고 성마른 행동을 참아내느라 애썼다. 그런 그도 점차 투덜대기 시작했다. 얼마간은 그냥 두고 보던 인내심이 바닥난 것이다. 어느 날 점심을 먹고 나서 그는 장인과 마당에 마주섰다.

"무슨 일이야?" 하거가 퉁명스럽게 물었다.

"자네하고 얘기 좀 해야겠어. 이유는 자네도 알 테지. 난 자네 지시대로 일하고 있다 생각하는데, 아닌가?"

"그야 그렇지."

"그렇군. 그런데 자넨 날 한낱 수습공 취급을 하고 있어. 갑자기 날 이렇게 함부로 대하는 데는 그만한 이유가 있을 거야. 지금까지는 아무 문제 없었으니까."

"맙소사, 무슨 말이 듣고 싶은 거야? 이게 나야. 날 바꿀 수는 없어. 자네도 자네대로 괴팍한 데가 있잖나."

"있겠지, 하거. 하지만 일할 때는 아니야. 그게 자네와 나의 차이지. 분명히 말해두는데, 자넨 스스로 자네 사업을 망치고 있어."

"그거야 내 사정이지 자네 사정이 아니잖나."

"허, 도리 없군. 그럼 더는 할말 없네. 시간이 약일지도 모르지."

니클라스는 자리를 떠났다. 현관에서 마주친 쇰베크는 그들의 얘기를 엿들은 듯 회심의 미소를 짓고 있었다. 니클라스는 한 방먹이고 싶은 기분을 억누르고 그 옆을 지나갔다.

이제 그는 하거와의 불화에 다른 원인이 있다는 걸 깨닫고 그것을 찾아보기로 했다. 솔직히, 이런 상태로 계속 일하느니 오늘이라도 당장 때려치우고 싶었다. 하지만 마리아가 있으니 게르베르스아우를 떠날 수도 없고 그러고 싶지도 않았다. 반대로 장인은 그가 떠나면 손해 볼 게 뻔한데도 붙잡을 마음이 별로 없는 것 같았다. 한시를 알리는 종소리를 듣고 니클라스는 분하고 슬픈 마음을 삭이며 작업장 안으로 들어갔다.

오후에는 맞은편 방직공장에서 간단한 수리작업이 있었다. 공장주가 못 쓰는 옛날 기계들의 용도를 변경해 시험하다보면 종종 있는 일이었다. 전에는 이런 기계들을 수리해 용도를 변경하는 일은 대부분 니클라스의 손을 거쳤다. 하지만 최근에는 하거가 직접 그쪽으로 건너갔고, 일손이 부족할 때는 쇰베크나 실습생 한스를 데려갔다. 니클라스는 아무 말도 하지 않았으나 마치 그것이 불신의 표시인 것 같아 속이 상했다. 공장 쪽으로 갈 기회가 되면 늘 같은 작업실에서 일하는 테스톨리니를 만났었다. 그래서 그는 그녀 때문이라고 할까봐 방직공장에 가겠다고 조르지 않았다.

오늘도 장인은 쇰베크를 데려가고 니클라스는 작업장을 지키게 했다. 한 시간 후에 쇰베크가 연장들을 가지고 돌아왔다.

"무슨 기계를 고치는 거예요?" 공장에서의 작업에 관심이 있는 한스가 물었다.

"구석자리 창가에 있는 세번째 기계야." 쇰베크가 말하며 니클라스를 바라보았다. "일은 내가 혼자 다 했지 뭐야. 장인이 수다떠는 재미에 푹 빠져 있는 바람에 말이지."

니클라스의 귀가 번쩍 뜨였다. 그 기계는 마리아의 담당이었다. 그는 마음을 다잡고 동료에게 말려들지 않으려 했지만 자신도 모르게 질문이 입 밖으로 튀어나오고 말았다. "대체 누구랑 말인가? 마리아랑?"

"옳거니." 쉼베크가 웃었다. "장인이 아주 비위를 착착 맞춰주더라고. 이상할 것도 없지, 그 여자 예쁘장하잖나."

니클라스는 더 대꾸하지 않았다. 쉼베크의 입에서 그런 식으로 나오는 마리아의 이름은 듣고 싶지 않았다. 그는 묵묵히 줄을 다시 끼워넣고, 그만둘 때가 되었는데도 직경측경기를 대고 집요하다 싶을 만큼 열심히 일했다. 온통 일에만 집중하고 있는 것처럼 보였으나 속사정은 달랐다. 나쁜 의심이 자꾸 고개를 쳐들었다. 생각하면 할수록 그간의 모든 상황이 의심과 맞아떨어졌다. 장인은 마리아의 꽁무니를 쫓아다녔고, 그래서 언젠가부터 공장에 일이 생기면 늘 본인이 직접 갔다. 니클라스가 가는 꼴을 두고 볼 수 없었던 것이다. 그에게 거칠고 팍팍하게 굴었던 이유는 그것이었다. 질투심에 사로잡힌 하거는 작업장을 그만두고 떠나는 쪽으로 니클라스를 몰아간 것이다.

하지만 니클라스는 떠날 마음이 없었다. 더욱이 이렇게 된 마당에는 아니었다.

저녁에 그는 마리아의 집으로 찾아갔다. 그녀는 외출하고 없었다. 그는 저녁 데이트를 즐기는 벤치의 처녀 총각 틈에 앉아 밤 열시까지 기다렸다. 마리아가 돌아오자 그는 함께 방으로 올라갔다.

"기다렸어요?" 그녀가 계단을 올라가며 물었다.

그는 대답하지 않았다. 잠자코 그녀를 뒤따라 방으로 들어가서는 문을 닫았다.

마리아가 돌아서서 물었다. "뭐 기분 나쁜 일이라도 있어요? 뭣 때문에 그래요?"

그는 그녀를 바라보았다. "어디서 오는 거야?"

"밖에서죠. 리나랑 크리스티아네랑 있었어요."

"그렇군."

"당신은요?"

"저 아래서 기다렸지. 당신하고 꼭 할 얘기가 있어서."

"또 시작이에요! 그럼 말해보든가요."

"우리 장인 말인데, 당신 꽁무니를 따라다니는 것 같아서."

"그 사람이요? 하거? 신경 꺼요. 따라다닐 테면 다니라죠."

"그렇게는 못 해. 안 돼. 난 자초지종을 알아야겠어. 당신네 공장에 일이 있으면 이젠 꼭 자기가 가잖아. 오늘은 오후 반나절을 당신 기계 옆에서 보냈고. 한번 말해봐, 당신하고 뭐 있는 거지?"

"있긴 뭐가 있어요. 그냥 수다나 같이 떠는 거죠. 당신이 그것까지 말릴 순 없잖아요. 당신 마음에 들려면 난 유리상자 안에 들어앉아 있어야 한다고요."

"농담이 아니야, 마리아. 하거가 당신이랑 있을 때 무슨 수다를 떠는지 알아야겠어."

그녀는 지겹다는 듯 한숨을 내쉬며 침대에 걸터앉았다.

"하거를 그냥 놔둬요!" 그녀가 조급하게 외쳤다. "그 사람이 뭘 어쨌다고 그래요? 나한테 빠져서 환심을 좀 사려는 것뿐이에요."

"따귀를 갈겨주진 않았어?"

"기가 막혀, 왜 당장 창밖으로 그 사람을 내던져버리지 않았느냐고 묻지 그래요? 그냥 얘기하는 대로 내버려두고 웃어주면 그만이에요. 오늘은 나한테 브로치를 선물하고 싶다던데요."

"뭐? 그런 말을 했단 말이야? 그래서 당신은, 당신은 뭐라고 했어?"

"브로치 같은 거 필요 없다고 했죠. 댁에 있는 부인에게나 가보라고요. 이제 그만해요! 질투해요? 당신, 나까지 의심하는 건 아니겠죠."

"알았어. 그럼 잘 자라고. 나도 집에 가봐야겠어."

그는 더 머물지 않고 밖으로 나왔다. 처음부터 그녀를 의심한 건 아니었지만 그래도 마음이 편치 않았다.

모르긴 해도 그녀가 지조를 지키는 것은 반쯤은 그에 대한 두려움 때문이라는 것을 그도 어렴풋하게나마 느낄 수 있었다. 그가 이곳에 머무는 한은 어쩌면 마음을 놓을 수 있을 것이다. 하지만 그가 떠돌이 신세가 되면 얘기는 달라진다. 마리아는 허영기도 있고 달콤한 말에 혹하는데다 아주 어린 나이에 연애를 시작했다. 그리고 하거는 장인이고 돈도 있었다. 평소에는 검소하지만 그녀에게 브로치를 사줄 능력은 되었다.

니클라스는 한 시간은 족히 골목길을 헤매고 다녔다. 하나둘 창문이 어두워지고 마침내 술집들만 불을 밝히고 있었다. 아직 나쁜 일은 아무것도 일어나지 않았다. 그는 그렇게 생각하려 애썼다. 하지만 앞으로가 두려웠다. 내일이, 혹은 장인이 마리아를 쫓아다닌다는 사실을 알면서도 옆에 서서 같이 일하고 대화해야만 할 날들이. 이 일을 어쩌면 좋단 말인가?

피곤하고 뒤숭숭한 마음으로 그는 술집에 들어가 맥주 한 병을 주문했다. 단숨에 잔을 비우며 마음을 달래고 고통을 잠재웠다. 화가 나거나 특별히 기분좋은 날이 아니면 여간해서는 마시지 않던 술이었다. 근 일 년간 취한 일이 없던 그가 될 대로 되라는 식으로 퍼마셨다. 술집을 나올 때는 만취 상태였다. 하지만 그 상황에서 하거의 집으로 가는 걸 피할 만큼의 정신은 있었다. 가로수길 아래쪽에 그가 아는 너른 풀밭이 있었다. 그는 어제 막 풀을 베어낸 그 풀밭으로 비틀비틀 걸어갔다. 그리고 밤의 어둠과 켜켜이 쌓아올린 건초 더미에 벌렁 드러누워 잠이 들었다.

III

다음날 아침 니클라스는 피곤하고 창백한 모습이었으나 정각에 작업장에 나타났다. 공교롭게도 하거가 쉼베크와 함께 이미 나와 있었다. 니클라스는 잠자코 제자리로 가서 일을 시작했다. 그때 하거가 그를 불렀다.

"어이구, 드디어 나오셨군?"

"늘 그랬던 것처럼 정각에 나왔어." 니클라스가 짐짓 태연해 보이려 애쓰며 말했다. "저기 시계 걸려 있잖아."

"그래 밤새 어디 틀어박혀 계셨나?"

"그게 자네와 무슨 상관인데?"

"내 말은 이런 거지. 자네가 내 집에 사는 이상 질서를 지키자는 거야."

니클라스는 크게 웃었다. 이판사판이었다. 하거도 그의 어리석은 자기정당화도 다 싫증났다.

"뭐가 우스워?" 장인이 성을 냈다.

"이보게 하거, 웃기지 않나. 난 꼭 무슨 웃기는 얘기를 들은 것 같아서 말이야."

"웃을 일이 뭐 있나. 자네 조심해."

"아니, 있을지도 모르지. 이봐, 장인. 질서? 말 한번 잘했네.

방금 '집에서 질서를 지키자'고 했나? 자네도 안 지키는 질서를 누구더러 지키라는 건지 웃음이 나올밖에."

"뭐야? 내가 뭘 어째?"

"이 집에 질서는 없어. 자넨 툭하면 우리한테 욕을 하고 아무것도 아닌 일로 생트집을 잡지 않나? 자네 마누라하고는 또 어떻고?"

"그만해! 이 개자식! 개라고 부를 테다."

하거는 니클라스에게 달려와 위협하듯 그 앞에 섰다. 그러나 그보다 세 배는 더 강한 니클라스 트레프츠는 타이르듯 눈을 깜빡이며 그를 바라보았다.

"진정하게!" 그가 천천히 말했다. "대화할 때도 질서가 있는 법이지. 내 얘기를 끝까지 듣지도 않았잖은가. 자네 마누라가 안됐기는 하지만 그야 나랑은 아무 상관 없는 일이고."

"그 주둥이 닥치지 못해? 안 그랬단—"

"나중에 내 얘기가 끝나면 그러겠네. 그래, 자네 마누라 일은 나하곤 아무 상관 없고, 공장 처녀 뒤꽁무니를 쫓아다니든지 말든지 그것도 나하곤 상관없어. 하지만 마리아라면 얘기가 달라, 이 호색한아! 말 안 해도 자네가 더 잘 알 테지. 그녀에게 손끝 하나 대는 날엔 호된 맛을 보게 될 거야. 빈말 아니야. 자, 이제 내 말은 끝났네."

흥분한 하거는 시퍼렇게 질렸다. 그러나 니클라스에게 손을 댈 엄두는 내지 못했다.

그사이 한스 디를람과 수습공도 일터에 나왔다. 그들은 작업장 입구에 서서 아침도 먹기 전의 이른 시간부터 난무하는 고성과 험한 말들에 경악했다. 하거는 일단 문제를 키우지 않는 편이 낫다고 판단했다. 그래서 침을 꿀꺽 삼켜 떨리는 목소리를 가라앉히려고 애썼다.

잠시 후 하거가 큰 소리로 침착하게 말했다. "더는 못 참겠군. 다음주 내로 여기를 떠나게. 이미 새로 눈여겨봐둔 기능공이 있으니. 일들 해, 어서!"

니클라스는 고개만 끄덕일 뿐 아무 대꾸도 하지 않았다. 선반 안에 가공되지 않은 강철 굴대를 조심스레 끼워넣어 금속연마기를 시험해보고는 나사를 풀어낸 다음 숫돌 있는 곳으로 갔다. 나머지 사람들도 지나치게 일에 몰두하는 바람에 오전 내내 작업장에서 오간 말은 채 열 마디도 되지 않았다. 휴식 시간에 한스는 니클라스를 찾아가 정말 떠날 거냐고 나직이 물었다.

"물론이야." 니클라스가 짧게 답하고 돌아섰다.

니클라스는 점심을 거르고 창고의 대팻밥 자루 위에서 내내 잤다. 하지만 점심때가 지나자 그가 해고되었다는 소문은 쇰베크의 입을 통해 방직공장 직원들에게까지 퍼졌다. 테스톨리니는 오후에 친구를 통해 그 사실을 알게 되었다.

"있잖아, 트레프츠가 떠난대. 해고됐대."

"니클라스가? 그럴 리가 없어!"

"맞다니까. 쉼베크가 전해온 따끈따끈한 소식이야. 딱하게 됐지, 안 그래?"

"그래, 사실이라면. 아무튼 하거는 성격이 불같다니까! 벌써부터 나랑 사귀자고 하더니."

"아서, 나라면 그 손에 침을 뱉어주겠어. 유부남이랑은 절대 사귀면 안 돼. 말썽만 생기고 나중에는 아무도 널 안 데려갈걸."

"그 정도 가지고 뭘 그래. 결혼이라면 나도 열 번은 더 했겠다. 공장장하고라도 할 수 있었어. 내가 원하기만 한다면!"

마리아로서는 장인은 크게 신경쓰이지 않았다. 당분간은 그녀의 뜻대로 움직여줄 테니까. 하지만 트레프츠가 떠난다면 젊은 디를람이 갖고 싶었다. 디를람은 친절하고 팔팔한데다 매너까지 좋았다. 그가 부잣집 아들이란 건 생각하지 않았다. 돈이라면 하거나 다른 사람들도 있었다. 그러나 그녀는 잘생기고 건장하면서도 아직 앳된 소년의 모습이 남아 있는 실습생 디를람이 좋았다. 니클라스가 안됐긴 했다. 그가 떠날 때까지 남은 날들도 걱정이었다. 여하간 그녀는 그를 좋아했고 그는 여전히 건장하고 멋있었다. 그러나 변덕스럽고 쓸데없는 걱정도 많았다. 끊임없이 결혼을 꿈꾸었고 최근에는 질투도 심했다. 그래서 애초에 그가 떠난다고 그리 아쉬울 것도 없었다.

저녁에 그녀는 하거의 집 근처에서 니클라스를 기다렸다. 저녁식사를 마치자 그가 곧장 밖으로 나왔다. 마리아는 인사를 하고는 그에게 매달렸다. 그들은 팔짱을 낀 채 천천히 시내로 산책을 나갔다.

"하거가 당신을 해고했다는 게 사실이에요?" 그가 먼저 말을 꺼내지 않자 그녀가 물었다.

"아니, 당신도 벌써 알아?"

"네. 어쩔 작정이에요?"

"에슬링겐으로 가려고. 거기서 진작부터 일자리를 주겠다고 했거든. 가보고 아니다 싶으면 돌아다녀봐야지."

"내 생각은 안 해요?"

"너무 많이 해서 탈이지. 어떻게 견딜지 모르겠어. 아무리 생각해도 당신이 함께 가야 해."

"네, 그럴 수만 있다면 좋겠죠."

"안 될 이유라도 있나?"

"아, 정신 좀 차려요! 떠돌이처럼 아내를 데리고 유랑을 다닐 수는 없잖아요."

"그건 안 되지, 하지만 일자리를 얻으면―"

76

"그래요. 일자리를 얻는다면요. 바로 그거예요. 언제 떠날 거예요?"

"일요일에."

"그럼 떠나기 전에 편지를 써서 그리 가겠다고 알려요. 가서 그곳이 마음에 들면 저한테 편지를 주고요. 나머지는 그후에 생각해봐요."

"그럼 당신도 곧 나를 따라오는 거야, 곧."

"아뇨. 당신이 먼저 일자리는 마음에 드는지, 거기 머물 건지 살펴봐요. 자리를 잡고 나면 그곳에 내 일자리도 하나 구해줄 수 있겠죠? 그래야 나도 가서 당신을 위로해줄 수 있어요. 우리 두 사람 모두 당분간은 인내심을 가져야 해요."

"그래, 노랫말에 나오는 것처럼 말이지. '젊은 총각들에게 미덕은 무엇일까? 인내, 인내, 인내라네!' 빌어먹을! 하지만 당신 말이 맞아. 사실이 그렇지."

그녀는 갖은 감언이설로 그에게 믿음을 심어주는 데 성공했다. 그를 뒤따라갈 생각은 추호도 없었으나 당분간은 희망을 주어야 했다. 안 그러면 다가올 며칠을 견딜 수 없을 것이다. 사실 마음속으로는 이미 그를 떠나보냈다. 그가 에슬링겐이든 어디든 가서 머지않아 그녀를 잊고 다른 여자를 만나리라는 것도 확신했다. 그러나 막상 그가 떠난다고 생각하자 오래전부터 쌀쌀맞게 대해온 것과는 다르게 마음이 한결 부드럽고 따뜻해졌다. 니클라스도 떠난다고 생각하니 오히려 홀가분했다.

하지만 그것도 마리아가 옆에 있는 동안만이었다. 집으로 돌아와서 침대 귀퉁이에 걸터앉자마자 신뢰는 말끔히 사라졌다. 그는 또다시 불길한 의심들로 스스로를 들볶았다. 문득 그가 일을 그만둔다는 소식을 듣고도 그녀가 전혀 슬퍼하지 않았다는 사실이 떠올랐다. 그녀는 대수롭지 않게 여겼고 그에게 여기 머물 수는 없느냐고도 묻지 않았다. 머물 수도 없지만, 그래도 물어봤어야 했다. 그녀의 향후 계획이라는 것도 더는 그럴듯해 보이지 않았다.

그는 오늘 안으로 에슬링겐에 보낼 편지를 쓰려고 했었다. 그러나 머릿속은 텅 비었고 마음은 처량했다. 불현듯 피로가 몰려와 옷을 입은 채로 깜빡 잠이 들 뻔했다. 억지로 일어나 옷을 벗고 침대에 누웠으나 편히 잘 수 없었다. 며칠째 좁은 계곡에서 늑장을 피우고 있는 무더위는 시간이 지날수록 기승을 부렸다. 멀리 산 저편에서 뇌우가 으르렁거리고 하늘에는 끊임없이 번개가 번쩍거렸지만, 시원하게 비가 쏟아져 열기를 식혀줄 기미는 보이지 않았다.

아침에 일어난 니클라스는 피곤했고 정신은 말짱했지만 기분이 좋지 않았다. 어제 품었던 반항심은 거의 사라지고, 이곳이 그리워질 것 같은 애처로운 예감에 가슴이 미어졌다. 어디를 둘러봐도 장인과 기능공, 수습공, 공장 직원과 여공 들이 있었다. 그들은 아무 일도 없는 듯 일터로 갔다가 저녁이면 다시 나왔다. 개 한 마리도 고향과 집을 누릴 권리가 있는 듯 보였다. 하지만 그는 자신의 의지와 논리적인 판단을 거스르고 좋아하는 일과 살고 있는 도시를 떠나 다른 곳으로 가야 했다. 그리고 이곳에서 오랜 시간 당연하게 소유했던 것들을 다시 얻기 위해 애걸하고 노력해야 했다.

니클라스는 강한 사내였지만 마음이 약해졌다. 그는 조용히 성실하게 일터로 나가 장인과 심지어 쉼베크에게까지 다정하게 아침인사를 건넸다. 하거가 그를 못 본 척하고 스쳐지나갔지만 니클라스는 간절한 눈길로 바라보았다. 매사 고분고분한 태도를 보이면 하거도 미안해져서 해고를 취소하지 않을까 싶었던 것이다. 하거는 눈을 피하며 그가 언제 여기 있었느냐는 듯 이미 집에서도 작업장에서도 없는 사람 취급을 했다. 한스 디를람만이 그의 편에 서서 모조리 뒤엎을 듯한 몸짓으로 장인과 쉼베크를 무시하며 자기는 상황에 동의하지 않는다는 의지를 보여줄 뿐이었다. 그것도 니클라스에게 도움이 되지는 않았다.

저녁에 서글프고 언짢은 마음으로 찾아간 마리아도 위로가 되지 않았다. 그녀는 애무와 달콤한 말들로 달래주긴 했으나 그가 떠나는 것은 이미 정해져 바꿀 수 없는 일이라는 듯 무심하게 얘기했다. 마음을 달래보려고 전날 밤 그녀가 내놓았던 제안과 계획들에 대해 얘기하려 하자 건성으로 받아들이는 듯했고, 심지어 자신이 무슨 제안을 했는지도 벌써 잊은 사람 같았다. 그는 그녀 곁에서 밤을 보내려고 했으나 마음을 바꿔 늦지 않게 그곳을 나왔다.

그는 우울한 기분으로 정처 없이 시내를 쏘다녔다. 고아인 그는 도시 외곽의 작은 집에서 낯선 사람들 손에 자랐다. 지금은 다른 가족들이 살고 있지만 그 작은 집은 아직 남아 있었다. 집에 눈길이 닿자 학창 시절과 수습공 시절, 당시의 즐거웠던 여러 일들이 주마등처럼 스쳐갔다. 하지만 그것은 아주 먼 과거가 되어 잃어버린 것, 낯설게 변한 것들의 여운으로만 남아 있었다. 결국 그런 식의 감정적인 몰두는 스스로도 버거웠다. 그는 담뱃불을 붙이고 무심한 얼굴로 어느 야외술집에 들어갔다. 방직공장의 노동자 몇몇이 대번에 그를 보고 알은체를 했다.

"웬일인가." 이미 한잔 걸치고 알딸딸한 남자가 그를 불렀다. "이별 기념으로 한잔 사는 건가?"

니클라스는 웃으면서 술자리에 끼어 앉았다. 그가 한 사람 앞에 맥주 두 잔씩을 사겠다고 하자, 이렇게 사람 좋고 인기 많은 친구가 떠나다니 몹시 서운하다, 그냥 여기 남을 수는 없느냐며 사방에서 인사차 한마디씩 했다. 그도 스스로 그만두는 것처럼 행동하며 좋은 일자리를 얻게 되었다고 너스레를 떨었다. 누군가 노래 한 곡조를 뽑고, 모두 잔을 부딪치고, 웃고 떠들었다. 니클라스는 짐짓 유쾌한 척하면서도 속으로는 불편하고 부끄러웠다. 그러나 통 큰 남자 행세를 하느라 이왕 대접할 것 제대로 해야겠다 생각하며 술집 안으로 들어가 동료들에게 줄 담배를 여남은 개비 샀다.

다시 야외로 나왔을 때 둘러앉은 테이블에서 문득 그의 이름이 들려왔다. 얼큰하게 취한 공장 직원들은 테이블을 두드려대며 터무니없이 크게 웃고 있었다. 그들이 나누는 이야기의 주인공이 자신이라는 것을 알아챈 니클라스는 나무 뒤에 숨어 몰래 엿들었다. 그리고 그 상스러운 웃음소리가 자신을 향한 것임을 깨닫자 들뜬 기분은 감쪽같이 사라졌다. 그는 이를 악물고 어둠속에 서서 그들의 이야기에 귀를 기울였다.

"바보는 맞나보네." 말수가 없는 편인 친구가 말했다. "하지만 더 바보는 하거일지도 몰라. 트레프츠야 이 기회에 그 이탈리아 여자를 떼어버리게 돼서 좋아할지 누가 알아."

"모르는 소리 마." 다른 친구가 말했다. "그 친구 여자한테 가시난 깍지 열매처럼 딱 달라붙어 있는걸. 아주 제대로 걸려들었으니 상황 파악을 못 하는 거지. 이따가 우리가 한번 시험 삼아 살짝 건드려보자고."

"조심해. 니클라스가 화나면 곤란해."

"아, 됐어! 그 친구 아무것도 몰라. 어제저녁에도 그 여자랑 산책을 하고 돌아갔잖아. 그 친구가 집으로 가서 잠자리에나 들었을까, 하거가 와서 여자를 데리고 나가더라고. 가리는 남자가 없는 여자니 오늘은 누구를 들이려나 몰라."

"그래. 실습생인 디를람 녀석하고도 그렇고 그런 사이라지. 금속공들만 골라가며 사귀나보네."

"아니면 돈이 있는가! 난 고 새파란 디를람은 미처 몰랐네. 자네가 직접 본 거야?"

"보고말고. 자루 창고에서도 보고, 한번은 계단에서도 봤지. 둘이 입을 맞추고 있는데, 나 참 얼마나 놀랐게. 새파란 것들이 짝짜꿍이 맞아서는."

그것으로 충분했다. 니클라스는 공장 직원들의 술판을 뒤엎어버릴까도 싶었지만, 그저 조용히 자리를 떴다.

한스 디를람 역시 지난 며칠 밤잠을 설쳤다. 연애 감정과 작업장에서의 불화, 그리고 찌는 듯한 더위가 그를 들볶았다. 아침마다 늦게 일터에 나타나는 일이 점점 잦아졌다.

다음날 커피를 후루룩 마시고 계단을 급히 내려가던 그는 뜻밖에도 니클라스 트레프츠와 마주쳤다.

"좋은 아침입니다." 한스가 큰 소리로 말했다. "무슨 일이라도 있어요?"

"변두리 제재소에 일이 있는데 네가 같이 가야겠어."

한스는 적이 놀랐다. 한편으로는 평소와는 다른 일거리 때문이었고, 다른 한편으로는 니클라스가 별안간 "너"라고 불렀기 때문이었다. 니클라스는 망치와 작은 공구상자를 들고 있었다. 한스가 상자를 받아들었고 그들은 나란히 강가를 따라 변두리로 나갔다. 뜰과 풀밭을 지났다. 아침부터 덥고 안개가 자욱했다. 높은 하늘에는 서풍이 불어오는 듯했지만 골짜기 아래는 바람 한 점 없었다.

니클라스는 술집에서 불쾌한 일이 있었던 다음날처럼 침울하고 지쳐 보였다. 한스가 수다를 떨기 시작했지만 대꾸도 하지 않았다. 한스는 그가 안쓰러웠지만 더 말을 꺼낼 엄두가 나지 않았다.

제재소로 가는 길이 절반쯤 남았을 때였다. 제재소 쪽으로 흐르는 강과 어린 오리나무들이 자라는 작은 반섬이 만나는 곳에서 니클라스가 갑자기 멈춰 섰다. 그러고는 오리나무 근처로 내려가 풀밭에 눕더니 한스를 손짓해 불렀다. 한스도 흔쾌히 뒤따라갔다. 둘은 한동안 말없이 몸을 쭉 뻗고 누워 있었다.

결국 디를람은 잠이 들었다. 그를 지켜보고 있던 니클라스는 잠든 한스 위로 몸을 기울여 한동안 그의 얼굴을 유심히 들여다보았다. 그러더니 한숨을 내쉬며 혼잣말을 중얼거렸다.

마침내 그는 분을 참지 못하고 벌떡 일어나 자는 사람에게 발길질을 했다. 깜짝 놀라 일어난 한스가 당황해서 비틀거렸다.

"왜 그러세요?" 그가 불안하게 물었다. "제가 그렇게 오래 잤어요?"

니클라스는 방금 전처럼 평소와 다른 눈빛으로 그를 빤히 바라보았다. 그리고 물었다. "깼어?" 한스가 겁먹은 듯이 고개를 끄덕였다.

"그럼, 잘 들어! 내 옆에 망치가 있다. 보여?"

"네."

"그럼, 내가 이 망치를 왜 가져왔는지도 알겠지?"

한스는 그의 눈을 들여다보고 놀라 말문이 막혔다. 공포스러운 예감이 엄습했다. 도망치려는 그를 니클라스가 완력으로 단숨에 붙들었다.

"도망치지 마! 내 말 들어야지. 저 망치를 내가 가져온 이유는, 내가— 아니 그…… 망치는……"

모든 것을 알아챈 한스는 죽을지도 모른다는 두려움에 비명을 질렀다. 니클라스가 고개를 저었다.

"소리지를 필요 없어. 이제 내 말을 들어보겠어?"

"네에―"

"내가 무슨 얘길 하는지는 알겠지. 그러니까 난, 저 망치로 네 머리를 부숴버리려고 했어. ―조용히 해! 내 말 들으란 말이야! 하지만, 그러지 않았다. 그럴 수가 없었어. 자고 있는 사람에게 그런다는 건 비겁한 짓이기도 하고. 이제 넌 잠이 깼고, 난 망치를 내려놓았다. 그러니까 우리 한판 붙자. 너도 강한 놈이잖아. 한판 붙어서 상대를 때려눕히는 쪽이 망치를 집어들고 치자. 네가 죽든 내가 죽든, 한쪽은 죽어야지."

그러나 한스는 고개를 흔들었다. 죽을 것 같은 공포는 사라지고, 그저 애절한 슬픔과 주체 못 할 연민만이 느껴질 뿐이었다.

"잠깐만요." 그가 조용히 말했다. "제가 먼저 말할게요. 우리 다시 않아도 되겠죠?"

니클라스는 그의 말에 따랐다. 한스도 할말이 있고 모든 게 자신이 듣고 생각한 것과는 다를 수도 있을 거라고 생각했다.

"마리아 때문인가요?" 한스가 말을 꺼내자 니클라스가 고개를 끄덕였다. 한스는 아무것도 숨기지 않았고 잘못을 다른 사람 탓으로 돌리려 하지도 않았다. 여자를 감싸주려 하지도 않았다. 니클라스를 그녀에게서 떼어내는 일이 무엇보다 중요했다. 그는 니클라스가 생일 턱을 냈던 그날 저녁에 대해, 그리고 마리아와의 마지막 만남에 대해 얘기했다.

그가 입을 다물자 니클라스가 손을 내밀며 말했다. "거짓말 아니라는 거 알아. 그만 작업장으로 돌아가지."

"아니요." 한스가 말했다. "저는 가지만, 당신은 아니에요. 지금 당장 떠나야 해요. 그게 제일 좋을 거예요."

"그래, 그렇지. 하지만 내 노동기록부*와 장인의 인증서가 필요한데."

"그건 제가 처리할게요. 저녁에 저희 집으로 오세요. 제가 다 가져다둘 테니. 그사이 짐을 꾸리면 될 거고요."

니클라스는 곰곰이 생각했다. "아니." 그가 말했다. "그건 옳지 않아. 내가 작업장으로 같이 가서 하거에게 오늘 안으로 떠날 수 있게 해달라고 하겠어. 자네가 내 뒤치다꺼리를 다 해주려고 해서 고맙네만, 내가 직접 가는 게 나아."

그들은 함께 발길을 돌렸다. 작업장에 도착했을 때는 오전의 절반이 지나간 후였다. 하거는 심하게 나무라며 그들을 맞았다. 하지만 니클라스는 이제 헤어지는 마당이니 다시 한번 좋게 차분히 얘기를 나누자며 그를 문 앞으로 데려갔다. 잠시 후 두 사

---

* 노동관청이 쓰도록 한 노동기록부. 옛 기술자들의 체류지역과 기간, 작업장 이름, 지역정부 체류 허가 등을 기재하게 되어 있었다.

람은 조용히 각자 제자리로 돌아가 일을 계속했다. 그러나 오후
가 되었을 때 니클라스의 모습은 어디서도 볼 수 없었고, 그 다
음주에 장인은 새로운 기능공을 고용했다.

청춘은 아름다워

여름전원시

마토이스 삼촌까지도 그 나름대로 기쁘게 나를 맞아주었다. 수년간 객지에 머물던 젊은이가 어느 날, 그것도 제법 의젓한 모습으로 돌아온다면 아무리 못 미더워하던 친척일지라도 미소지으며 반갑게 손을 내밀게 마련이다.

소지품을 챙겨넣은 작은 갈색 트렁크는 아직 새것이나 다름없는데다 튼튼한 자물쇠와 반짝이는 가죽끈도 달려 있었다. 안에는 깨끗한 양복 두 벌과 여분의 속옷, 새 가죽장화 한 켤레, 책 몇 권과 사진들, 멋진 파이프 두 개, 권총 한 자루가 들어 있었다. 그것 말고도 바이올린 케이스와 자질구레한 것들이 가득 든 배낭, 모자 두 개, 지팡이, 우산, 가벼운 외투와 고무신 한 켤레를 가져왔는데 모두 튼튼한 새것이었다. 게다가 양복 가슴 안쪽에 꿰매

단 주머니에는 이때까지 모은 2백 마르크가 넘는 돈과 외국에 좋은 자리가 났으니 가을부터 일하라는 편지도 들어 있었다. 여하튼 오래 객지를 떠돈 끝에 이 모든 것으로 단단히 무장하고 어엿한 어른이 되어 고향으로 돌아왔다. 떠날 때는 숫기 없는 문제아였던 내가.

기차는 크게 굽이진 언덕을 조심조심 돌아 천천히 내리막길을 달렸다. 굽이를 돌 때마다 아래쪽에 자리잡은 도시의 집과 골목길들, 강, 정원들이 가까워지며 선명해졌다. 눈에 익은 지붕들이 나타나 그중에서 아는 집들을 찾아낼 수 있는가 하면, 곧 창문이 몇 개인지도 셀 수 있게 되었고 황새 둥지도 보였다. 골짜기에서 유년 시절과 소년 시절, 헤아릴 수 없이 많은 애틋한 고향의 추억들이 밀려오자 우쭐대며 돌아가 사람들 앞에서 한껏 뽐내고 싶던 마음은 서서히 녹아내리고, 대신 감격스럽고 감사한 마음이 들었다. 시간이 흐르며 사라졌던 향수가 마지막 십오 분 동안 내 안에서 격렬하게 되살아났다. 기차역의 금작화 덤불, 낯익은 정원 울타리 하나하나가 내게는 소중했다. 마음속으로 그것들을 그토록 오래 잊고 지워내버린 나를 용서해달라고 빌었다.

기차가 우리집 정원 위쪽을 지나갈 때 맨 위 창가에서 누가 커다란 손수건을 흔들었다. 아버지였을 것이다. 베란다에서도 어머니와 가정부가 손수건을 흔들었고, 지붕 꼭대기의 굴뚝에서는 커피를 끓이는 파란 연기가 하늘하늘 피어올라 따뜻한 바람을 타고 시가지 너머로 사라져갔다. 이제 이 모든 것이 다시 내 것이 되었다. 나를 기다리고 있다가 반가이 맞아주었다.

기차역에서는 수염을 기른 늙은 수하물 관리인이 예전처럼 흥분해서 이리저리 뛰어다니며 선로에서 물러나라고 사람들을 밀어댔다. 나는 그 틈에서 한껏 기대에 부푼 채로 내 쪽을 바라보고 있는 누이와 남동생을 찾아냈다. 남동생은 내 짐을 옮길 작은 손수레를 가져왔다. 어린 시절 내내 우리가 무척 자랑스럽게 여기던 물건이었다. 우리는 수레에 트렁크와 배낭을 실었다. 남동생 프리츠가 수레를 끌고 나는 누이와 이야기를 하며 그 뒤를 따랐다. 누이는 머리를 너무 짧게 잘랐다며 잔소리를 했지만 콧수염은 보기 좋고 새 트렁크도 근사하다고 했다. 우리는 서로 바라보고 웃으면서 때때로 손을 잡아보기도 하고, 수레를 끌다가 가끔씩 돌아보는 프리츠에게 고개를 끄덕여 보이기도 했다. 프리츠는 그사이 나만큼 키가 큰데다 체격도 다부지고 우람해졌다. 프리츠를 뒤따라 걷는 동안 불현듯 어릴 때 싸우면서 여러 번 때렸던 기억이 났다. 동생의 앳된 얼굴과 상처받은 슬픈 눈이 떠오르자 부끄럽고 후회스러웠다. 당시에도 화가 가라앉으면 늘 그랬다. 이제 키도 크고 어른스러워져 성큼성큼 앞장서 걷는 프리츠의 턱에는 보드라운 금빛 수염이 자라고 있었다.

우리는 벚나무와 마가목이 우거진 가로수길을 지나 강 위로 드리운 다리를 따라 새로 생긴 가게와 예전 모습 그대로인 집들을 지나갔다. 이윽고 다리 끝에 이르러, 언제나처럼 창문이 열린 우리집이 보이고 집에서 키우는 앵무새 소리가 흘러나오자 추억과 기쁨으로 심장이 쿵쿵 뛰었다. 서늘하고 어두운 입구를 지나 넓은 석조 현관으로 들어서서 서둘러 계단을 올라가니 아버지가 맞아주었다. 아버지는 입을 맞추고는 웃으면서 어깨를 두드려주었다. 그러고는 말없이 내 손을 잡고 이층 복도의 문 앞으로 데려갔다. 어머니가 서 있다가 나를 안아주었다.

　가정부 크리스티네도 달려와 손을 내밀었다. 커피를 준비해놓은 거실에서 나는 앵무새 폴리에게 인사를 건넸다. 금세 나를 알아본 폴리는 새장 지붕 가장자리에서 날아와 내 손에 앉더니 쓰다듬어달라고 아름다운 잿빛 머리를 조아렸다. 거실은 새로 도배한 것 말고는 조부모님의 초상화와 유리장부터 라일락꽃이 그려진 구식 추시계까지 모든 것이 그대로였다. 탁자에는 찻잔들이 놓여 있었다. 내 잔에는 작은 목서초 한 다발이 꽂혀 있어 나는 그중 한 송이를 꺼내 단춧구멍에 꽂았다.

　어머니는 나와 마주앉아 우유빵을 내 앞에 놓아주고는 얘기하느라 못 먹을까봐 염려하면서도 이것저것 연달아 물어왔다. 아버지는 잠자코 내 얘기를 들으며 희끗해진 수염을 쓰다듬고 안경 너머 다정한 눈길로 나를 살피고 있었다. 나는 지나치게 겸손하지는 않게 내가 경험한 것과 해온 일들, 성공에 대해 이야기하며 모든 게 두 분 덕분이라고 생각했던 것 같다.

첫날에는 우리집 외에 다른 곳은 둘러볼 마음이 들지 않았다. 내일도, 그후에도 시간은 충분할 터였다. 커피를 다 마시고는 식구들과 방방마다 둘러보고 부엌과 복도와 헛간도 살펴보았다. 모든 것이 옛날 그대로였다. 내가 찾아낸 몇 가지 새로운 것들은 다른 식구들에게는 이미 눈에 익은 것이라 전에도 있던 것이 아니냐며 실랑이를 벌이기도 했다.

산비탈에 있는 담쟁이덩굴 담으로 둘러싸인 작은 정원에 오후 햇살이 비쳤다. 깨끗한 길들과 울타리들, 반쯤 채워진 물통과 형형색색의 화려한 화단이 햇빛을 받아 환히 웃고 있었다. 우리는 베란다에 놓인 편한 의자에 앉았다. 고광나무의 크고 투명한 이파리를 투과한 은은한 햇살이 따사로운 초록빛으로 넘실댔다. 거기서 취한 벌 몇 마리가 길을 잃고 무겁게 붕붕거렸다. 아버지는 모자를 벗고* 내 귀향을 감사하는 주기도문을 외웠다. 우리는 조용히 서서 두 손을 모았다. 익숙지 않은 엄숙한 분위기가 조금

---

* 19세기 말에서 20세기 초에는 지역에 따라 남자들이 집안에서도 모자를 쓰는 습관이 있었다.

은 부담스러웠지만 오래된 기도를 기쁘게 듣고 나도 함께 감사하는 마음으로 아멘, 하고 중얼거렸다.

그러고 나서 아버지는 서재로 가고, 누이와 동생은 밖으로 나갔다. 주위는 고요해지고 나는 어머니와 단둘이 탁자를 사이에 두고 앉아 있었다. 오랫동안 기쁜 마음으로 기다려왔으나 두렵기도 한 순간이었다. 모두가 돌아온 나를 환대해주며 기뻐했지만 지난 몇 년간의 내 생활이 결코 깨끗하거나 순수하지만은 않았기 때문이었다.

어머니는 아름답고 따뜻한 눈으로 내 표정을 읽으며 무슨 말을 할지, 어떤 질문을 할지 생각하는 듯했다. 나는 어색해서 어쩔 줄 몰라 말없이 손가락만 만지작만지작하며 시험을 치를 각오를 했다. 전체적으로는 그렇게까지 수치스럽진 않겠지만 하나씩 뜯어보면 상당히 부끄러운 결과가 나올지도 모르는 시험이었다.

잠시 내 눈을 가만히 들여다보던 어머니는 작고 고운 손으로 내 손을 쥐었다.

"아직도 가끔 기도를 올리니?" 어머니가 조용히 물었다.

"요즘 들어선 못 했어요." 나는 그렇게 말할 수밖에 없었다. 어머니는 약간 걱정스레 나를 바라보았다.

"다시 하게 될 테지." 어머니의 말에 나는 말했다. "아마도요."

한동안 침묵하던 어머니가 마침내 물었다. "그래도, 바른 사람이 되고 싶을 거야, 그렇지?"

나는 그렇다고 대답할 수 있었다. 하지만 어머니는 곤혹스런 질문을 던지는 대신 내 손을 쓰다듬으며 고백 같은 것 없이도 믿는다는 듯 고개를 끄덕였다. 그러고는 옷가지며 속옷은 어떻게 했느냐고 물었다. 지난 이 년 동안 세탁하거나 수선할 옷이 있어도 집으로 보내지 않고 내가 알아서 처리했기 때문이었다.

"내일 같이 다 한번 들여다보자꾸나." 그간의 그런 사정을 들은 어머니가 말했고, 그것으로 모든 시험이 끝났다.

곧이어 누이가 나를 데리러 들어왔다. 누이는 '아름다운 방'의 피아노 앞에 앉아 옛 악보들을 꺼냈다. 오랫동안 듣지도 부르지도 못했지만 잊어버리지 않은 노래들이었다. 나는 누이와 슈베르트와 슈만의 가곡들을 부르고 『질허 노래집』*을 꺼내 저녁을 먹기 전까지 독일과 외국의 민요곡들을 불렀다. 내가 앵무새와 노는 동안 누이는 식사 준비를 했다. 폴리는 여자 이름이지만 수놈이라 '폴리 군'이라고도 불렀다. 이런저런 말을 할 줄 알았던 폴리는 우리 가족의 목소리와 웃음소리를 곧잘 흉내냈을 뿐만 아니라 식구 한 사람 한 사람과 특별하면서도 엄격하게 서열이

---

* 〈로렐라이〉의 작곡자로 유명한 독일의 민요 작곡가 겸 수집가 프리드리히 질허의 노래집.

정해진 우정을 맺고 있었다. 제일 친밀한 사이는 아버지였고 하라는 것은 무엇이든 했다. 그다음은 남동생, 어머니, 나 순이었고, 마지막인 여동생에게는 일종의 불신을 품고 있었다.

우리집에서 키우는 유일한 동물인 폴리는 지난 이십 년간 자식이나 다름없는 식구였다. 폴리는 대화와 웃음, 음악을 사랑했으나 너무 가까이서 소리가 들리는 건 싫어했다. 혼자 있는데 옆방에서 이야기꽃을 피우면 귀기울여 엿듣고 있다가 대화를 흉내내며 그 특유의 유쾌하게 비꼬는 투로 소리내어 웃었다. 이따금 홀로 쓸쓸히 나뭇가지에 앉아 있을 때, 주변이 조용해지고 햇살이 따사롭게 방을 비추면 낮고 편안한 목소리로 사람을 칭송하고 신을 찬양했다. 피리 소리와 비슷한 그 소리는 마치 혼자 놀던 아이의 입에서 절로 흘러나오는 노래처럼 즐겁고 따뜻하고 진심이 담겨 있었다.

저녁을 먹고 삼십 분 정도 정원에 물을 주며 시간을 보냈다. 옷이 젖고 지저분한 꼴로 집안에 들어섰을 때 복도에서부터 귀에 익은 소녀의 목소리가 들려왔다. 나는 서둘러 손수건으로 젖은 손을 닦고 안으로 들어갔다. 보라색 원피스를 입고 챙 넓은 밀짚모자를 쓴 키가 크고 아름다운 소녀가 앉아 있었다. 그녀가 일어나 나를 보고 손을 내밀었을 때 누이의 친구인 헬레네 쿠르츠라는 걸 알아보았다. 예전 한때 내가 사랑에 빠졌던 소녀.

"날 알아보겠어요?" 내가 유쾌하게 물었다.

"집에 왔다는 얘기는 로테한테서 들었어요." 그녀가 상냥하게 말했다. 그냥 그렇다고만 대답했더라면 훨씬 기뻤을 텐데. 그녀는 키가 부쩍 크고 예뻐져 있었다. 나는 무슨 말을 더 해야 할지 몰라 꽃이 있는 창가로 다가갔다. 그녀는 어머니와 로테와 함께 이야기를 나누었다.

시선은 거리를 향하고 손가락은 제라늄 잎사귀를 만지작거렸으나 내 생각은 다른 곳에 가 있었다. 시리도록 푸른 겨울 저녁이 눈앞에 선했다. 나는 웃자란 오리나무 관목 사이의 강에서 스케이트를 타고 있었다. 쭈뼛쭈뼛 반원을 그리며 멀리 보이는 한 소녀를 쫓아가는 중이었다. 아직 스케이트를 제대로 탈 줄 모르는 소녀를 친구가 끌어주고 있었다.

전보다 풍성하고 깊어진 그녀의 목소리는 가까운 듯하면서도 딴사람처럼 낯설었다. 그녀는 어엿한 숙녀가 되어 있어서, 내가 그 옆에 나란히 설 수도 없고 같은 또래라는 느낌도 들지 않았다. 나는 여전히 열다섯 살 철부지 같았다. 그녀가 갈 때 다시 손을 내밀고 쓸데없이 비꼬는 듯 몸을 깊이 숙여 인사하며 말했다. "잘 가요, 쿠르츠 양."

"집으로 간 거야?" 나중에 내가 물었다.

"집 아니면 어딜 가겠어?" 로테가 말했고, 나는 더 얘기하고 싶지 않았다.

열시 정각에 문단속을 하고 부모님은 잠자리에 들었다. 아버지가 내 어깨에 손을 얹고 잘 자라며 입을 맞춰주고는 나지막이 말했다. "네가 돌아와서 기쁘구나. 너도 그렇지?"

모두 잠자리에 들었다. 가정부도 안녕히 주무시라는 인사를 하고 들어간 지 꽤 되었다. 문들이 몇 번 열렸다 닫히고 나서 온 집안이 깊은 밤의 고요에 잠겼다.

나는 미리 차게 해둔 맥주 한 잔을 방으로 가져와 탁자 앞에 앉았다. 거실에서는 담배를 피울 수 없게 되어 있었던 터라 이제야 파이프를 채우고 불을 붙였다. 창문 두 개가 어둡고 고요한 마당을 향해 나 있었다. 마당의 돌층계를 올라가면 정원이 나왔다. 정원의 전나무는 하늘 높이 검게 솟아 있고 그 위로 별이 반짝거렸다.

나는 한 시간이 넘도록 깨어 있었다. 등 주위를 날아다니는 솜털로 에워싸인 나방들을 보며 열린 창문으로 천천히 담배 연기를 뿜었다. 고향과 어린 시절의 수많은 풍경이 길고 아련하게 연달아 마음속을 스쳐갔다. 그 풍경들은 소리 없이 크게 무리지어 파도처럼 높아져서는 반짝거리다가 다시 사라졌다.

다음날 아침 나는 고향과 오랜 지인들에게 좋은 느낌을 주도록 제일 좋은 옷을 골라 입었다. 그동안 잘 지냈고 초라한 꼴로 고향에 돌아온 게 아니라는 증거를 보여주기 위해서이기도 했다. 고향의 좁은 골짜기 위로 파랗게 갠 하늘에 해가 반짝거리고, 환한 길에서 먼지가 가볍게 일었다. 근처 우체국 앞에 산골 마을에서 온 우편마차들이 서 있고 골목길에서는 아이들이 구슬과 털실공을 가지고 놀았다.

나는 맨 먼저 작은 도시의 가장 오래된 건축물인 돌다리를 건넜다. 그리고 예전에 수천 번도 넘게 지나다녔던 다리 옆 고딕양식의 작은 예배당을 바라보았다. 난간에 기대 물살이 센 푸른 강물을 이리저리 바라보았다. 바람벽에 하얀 수레바퀴가 그려져 있던 낡고 아늑하던 방앗간은 사라지고 없고 그 자리에 커다란 벽돌 건물이 새로 들어섰다. 그것 말고는 달라진 것 없이, 예전처럼 수많은 거위와 오리가 물에서 헤엄치거나 강가를 돌아다니고 있었다.

다리를 건너 처음 마주친 지인은 피혁공이 된 동창이었다. 반들거리는 오렌지색 앞치마를 걸친 그는 나를 전혀 알아보지 못하고 미심쩍은 양 살피듯 바라보았다. 나는 기분좋게 고개만 끄덕여 보이고는 천천히 걸어갔다. 그사이 그는 나를 다시 찬찬히 바라보며 누굴까 여전히 곰곰이 생각하고 있었다. 구리 대장간의 작업장 창가를 지나가면서는 흰 수염이 성성한 대장장이 영감에게 인사하고, 옆 작업장에서 일하는 선반세공장이를 들여다보았다. 녹로를 돌리던 그는 내게 코담배를 권했다. 그러고 나서 커다란 분수와 낯익은 시청이 있는 광장에 이르렀다. 거기에 서점이 있었다. 몇 년 전 늙은 서점 주인이 내가 하이네의 작품들을 주문했다며 불쾌한 소문을 퍼뜨린 적이 있었지만* 안으로 들어가 연필 한 자루와 그림엽서 한 장을 샀다. 거기서 멀지 않은 곳에 학교가 있었다. 나는 그 앞을 지나가면서 낡은 학교 건물을 바라보았다. 하지만 교문에 이르자 익히 아는 특유의 살벌한 공기가 느껴져 숨을 내쉬고는 서둘러 교회와 목사관으로 향했다.

이 골목 저 골목을 좀더 돌아다니다가 이발소에서 면도를 하고 나니 열시가 되었다. 마토이스 삼촌을 방문할 시간이었다. 호사스런 마당을 지나 근사한 집안으로 들어간 나는 서늘한 복도에서 바지의 먼지를 털고 거실 문을 두드렸다. 안에서는 숙모와 사촌여동생 둘이 바느질을 하고 있었다. 삼촌은 이미 일을 나가고 없었다. 집안 구석구석이 깨끗했고 대단히 고풍스런 분위기가 숨쉬고 있었다. 조금은 엄격하고 실리를 추구하는 태도가 너무 빤히 드러났지만 밝고 믿음이 가는 면도 있었다. 두말할 필요

---

* 하인리히 하이네는 낭만주의와 고전주의를 잇는 서정시인인 동시에 독일의 속물 근성을 비판한 혁명시인이기도 했다. 한때 그의 작품을 읽는 것만으로도 보수 세력의 비난을 받았다.

도 없이 이 집에선 늘 쓸고 닦고 빨고 꿰매고 뜨고 짰다. 그럼에도 딸들은 시간을 내어 음악을 했다. 둘 다 피아노를 치고 노래를 불렀는데, 최근 작곡가들은 몰라도 헨델과 바흐, 하이든과 모차르트에 관한 한은 일가견이 있었다.

숙모가 달려나와 반겨주었고, 사촌누이들은 바느질을 마저 다하고 나서 악수를 청했다. 뜻밖에도 나는 귀한 손님 대접을 받으며 화사한 응접실로 안내되었다. 게다가 베르타 숙모는 굳이 사양하는데도 포도주 한 잔과 다과를 내놓았다. 그러고는 맞은편 화려한 의자에 앉았다. 누이들은 바깥 거실에서 일을 계속했다.

어제 인자한 어머니와 못다 치른 시험의 일부를 여기서 치르게 되었다. 부족한 면들을 그럴싸한 말로 꾸밀 생각은 없었다. 명망 있는 설교자들의 인품에 큰 관심이 있었던 숙모는 내가 살았던 여러 도시의 교회와 목사들에 대해 자세히 물었다. 몇 가지 사소하고 민망한 일은 선의로 받아넘기고 우리는 십 년 전 세상을 떠난 유명한 성직자의 죽음을 한탄했다. 그가 살아 있었다면 나는 슈투트가르트에서 그의 설교를 들었을 수도 있었을 것이다.

화제는 내 운명과 내가 겪은 일들, 앞날에 대한 것으로 이어졌다. 내가 운이 좋고 순탄한 길을 걸어온 편이라는 데는 우리 두 사람의 생각이 같았다.

"육 년 전만 해도 이렇게 되리라고 누가 생각이나 했겠니!" 숙모가 말했다.

"그때 제가 그렇게도 가망이 없어 보였어요?" 나는 그렇게 물을 수밖에 없었다.

"아니, 꼭 그런 건 아니야. 그래도 부모님 속을 무던히 썩인 건 사실이지."

나는 "속상한 건 저도 마찬가지였어요"라고 말하고 싶었다. 하지만 따지고 보면 그녀가 옳았다. 게다가 다 지나간 일들을 다시 들춰내고 싶지 않았다.

그래서 나는 "숙모 말씀이 옳아요"라고 말하고 진지하게 고개를 끄덕였다.

"그런데 넌 이것저것 안 해본 일이 없구나."

"그러게 말이에요, 숙모. 하지만 후회는 없어요. 지금 하는 일도 오래 계속할 생각은 아니고요."

"그럼 안 되지! 진심이냐? 그렇게 좋은 자리를 얻었는데? 한 달에 2백 마르크면 젊은 사람한테는 큰돈인데."

"얼마나 갈지 어떻게 알겠어요, 숙모."

"아서라! 너만 착실히 일하면 오래 계속할 수 있을 거다."

"네, 그러도록 애써보겠습니다. 그럼 이만 전 리디아 대고모님도 뵙고, 삼촌 사무실에도 가봐야겠어요. 그러면 또 뵈어요, 베르타 숙모."

"그래, 잘 가라. 찾아와줘서 고맙구나. 다음에 또 오렴!"

"네, 그럴게요."

나는 바깥 거실에 있던 두 사촌누이에게 잘 있으라고 인사하고 문 앞에서 숙모에게 다시 인사했다. 그리고 넓고 환한 계단을 올라갔다. 안 그래도 옛날 공기를 들이마시는 느낌이었는데, 그 느낌은 한층 강렬해졌다.

위층에는 여든 살의 대고모가 작은 방 두 개를 차지하고 살고 있었다. 대고모는 옛날처럼 살갑고 친절하게 나를 맞아주었다. 방안에는 수채화로 그린 내 증조부모님의 초상화가 걸려 있고 유리구슬을 수놓은 작은 깔개, 꽃다발과 풍경을 그려넣은 주머니, 타원형 액자틀이 있고 백단목 향기와 희미한 해묵은 향수 냄새가 났다.

리디아 대고모는 짙은 보라색의 수수한 옷을 입고 있었다. 눈이 어둡고 체머리를 약간 떠는 것만 빼고는 놀라우리만큼 정정했다. 대고모는 나를 작은 소파에 앉히고는 예전 할아버지 때 이야기 같은 것은 꺼내지 않고 내 생활이나 생각 등에 대해 묻고서 온 관심을 쏟아 내 애기에 귀기울였다. 그토록 나이가 많고 아득한 태고의 체취와 풍모를 지녔으면서 그녀는 이 년 전까지만 해도 자주 여행을 다녔다. 그리고 요즘 세상에 전적으로 동의하는 것은 아니었지만 명확하고 악의 없이 이해하면서 참신하게 받아들이거나 의견을 보태거나 했다. 게다가 조곤조곤 재미있게 대화를 끌어갈 줄도 알았다. 옆에 앉아 있으면 이야기가 쉴새없이 이어졌고 늘 어떤 식으로든 재미있고 편안했다.

헤어질 때 대고모는 키스해주고 다른 누구에게서도 볼 수 없었던 축복의 몸짓으로 나를 보내주었다.

마토이스 삼촌의 가게로 찾아가니 그는 신문과 상품목록들을 보고 있었다. 자리에 앉지 않고 곧 나올 생각이었고, 삼촌도 그런 나를 크게 붙잡지 않았다.

"그래, 다시 온 거냐?" 그가 물었다.

"네, 왔어요. 오랜만에 뵙습니다."

"요즘에는 잘 지낸다지?"

"네, 덕분에요. 고맙습니다."

"우리 집사람한테도 인사하는 거 잊지 말고."

"숙모님께는 벌써 다녀왔어요."

"음, 잘했구나. 그럼 다 된 거구나."

그러고는 다시 장부를 들여다보며 내게 손을 내밀었다. 그가 얼추 방향을 맞춰 내민 손을 잡고 얼른 악수하고는 기분좋게 밖으로 나왔다.

그것으로 공식적인 방문은 일단 마친 셈이라 밥을 먹으러 집으로 향했다. 나를 환영하는 의미로 쌀밥과 송아지고기가 준비되어 있었다. 식사를 마치고 동생 프리츠가 나를 자기 방으로 데려갔다. 벽에는 어릴 때의 나비 수집판이 유리뚜껑이 덮인 채 걸려 있었다. 누이가 함께 수다를 떨고 싶어 문을 열고 고개를 들이밀자 프리츠가 문제를 잡고 손을 내저으며 말했다. "안 돼! 우리 둘이서만 할 얘기가 있어."

그리고 그는 시험하듯 내 얼굴을 들여다보더니 충분히 긴장감이 돈다고 느꼈을 때 침대 밑에서 상자 하나를 꺼냈다. 양철뚜껑이 묵직한 돌들로 눌려 있었다.

"이 안에 뭐가 들어 있는지 맞혀봐." 동생이 뭔가 꿍꿍이가 있는 목소리로 조용조용 물었다.

나는 전에 우리가 좋아하던 것들과 즐겨 하던 놀이들을 곰곰이 떠올려보고는 소리쳤다. "도마뱀!"

"아니야."

"율모기?"

"전혀."

"애벌레?"

"아니, 살아 있는 거 아니고."

"아니야? 그럼 뭐하러 상자를 이렇게 잘 모셔놨어?"

"애벌레보다 위험한 거거든."

"위험해? 아하, 화약?"

동생은 대답 대신 뚜껑을 열었다. 다양한 크기의 화약과 목탄, 뇌관, 심지, 유황덩어리, 초석과 고운 철가루가 담긴 종이갑 등이 들어 있는 상자는 중요한 병기창고 같았다.

"자, 소감이 어때?"

내가 아는 아버지는 아들 방에 이런 상자가 있는 걸 알았다면 하룻밤도 제대로 잠들지 못할 사람이었다. 하지만 나를 놀래준 것이 너무 기쁘고 신이 나서 웃고 있는 프리츠 앞에서 그런 내색을 하기는 조심스러울 수밖에 없었고, 어느새 나까지 그의 꾐에 넘어가고 말았다. 이미 도의적으로는 공범자나 다름없는 나는 수습공이 퇴근 시간을 기다리듯 불꽃놀이를 기대하게 되었다.

"형도 같이 할래?" 프리츠가 물었다.

"당연하지. 저녁때 정원에 나가서 한번 해볼까?"

"물론 할 수 있고말고. 얼마 전에 풀밭에서 화약 반 파운드로 폭탄을 만들었어. 지진이 난 것처럼 쾅 터지던걸. 덕분에 지금은 빈털터리고. 아직 필요한 게 많은데."

"내가 1탈러* 줄게."

"고마워, 형! 그럼 로켓 폭죽하고 커다란 개구리 꽃불**도 만들

---

* 3마르크 정도에 해당하는 옛날 은화.
** 꽃불의 한 종류로, 불을 붙이면 땅 위를 튀어다닌다.

수 있어."

"하지만 조심해야 해, 알지?"

"조심하라니! 이 몸은 한 번도 사고난 적이 없어."

내가 열네 살 때 불꽃놀이를 하다가 하마터면 시력은 물론 목숨까지 잃을 뻔한 위험한 사고를 두고 빈정대는 말이었다.

프리츠는 비축해뒀던 것들과 새로 만들기 시작한 것들을 보여주고 몇 가지 새로운 실험과 발명품에 대해 털어놓으며, 나머지는 내 앞에서 시범을 보일 테지만 당분간은 비밀에 부치겠다고 해서 내 호기심을 자극했다. 그사이 점심시간이 지나 프리츠는 가게로 가야 했다. 그가 나가고 비밀상자의 뚜껑을 다시 덮어 침대 밑에 넣어두자마자 로테가 와서 아버지와 산책을 가자고 했다.

"프리츠는 언제 보이냐?" 아버지가 물었다. "녀석, 많이 컸지?"

"그럼요."

"제법 철도 들었지, 안 그러냐? 이제 막 애티를 벗는 참이다. 그래, 이제 내 자식들이 다 어른이 되는구나."

나 역시 그렇다고 생각하면서도 조금은 부끄러웠다. 하지만 활짝 갠 오후였다. 들판에는 양귀비꽃이 붉게 타오르고 선옹초가 미소짓고 있었다. 우리는 천천히 걸으며 즐거운 이야기만을 나누었다. 정든 길과 숲 가장자리, 과수원들이 내게 손짓하며 인사했다. 지나간 시간들이 다시 떠올랐다. 모든 것이 훌륭하고 부족함이 없는 듯 정겹고 빛나 보이던 시절이었다.

"나도 물어볼 게 있는데." 로테가 말을 꺼냈다. "내 친구를 우리집에 초대해 몇 주 같이 지낼 생각이거든."

"그래, 어디서 오는데?"

"울름에서. 나보다 두 살 많아. 오빠 생각은 어때? 오빠가 집에 와 있으니 당분간은 오빠가 우선이잖아. 누가 오는 게 성가시면 얘기해줘."

"어떤 여자인데?"

"교사시험을 치렀고……"

"오, 저런!"

"오, 저런이 아니야! 아주 좋은 사람인데다 조금도 고리타분하지 않다고. 절대 안 그래. 선생님이 되지도 않았어."

"그건 또 왜?"

"그건 오빠가 직접 물어봐."

"그럼 오는 거네?"

"장난치지 말고! 오빠한테 달렸다니까. 오빠가 식구끼리만 지내고 싶다 하면 내 친구는 다음에 와도 돼. 그래서 물어보는 거야."

"단추를 세어서 점을 쳐보자."

"그럴 거면 그냥 좋다고 해."

"그래, 좋아."

"알았어. 내가 오늘 중으로 편지 쓸게."

"내 안부도 전해주고."

"하나도 안 반가워할걸."

"참, 그 친구 이름은 뭐냐?"

"안나 암베르크."

"암베르크 좋다. 안나는 성녀 이름인데 좀 재미가 없지. 짧게 줄여서 부를 수도 없고."

"그럼 아나슈타지아면 더 좋겠어?"

"그래, 그럼 슈타지라든가 슈타젤이라고 부르면 되겠네."

그러는 사이 우리는 맨 마지막 언덕 꼭대기에 이르렀다. 산중턱에서는 가까워 보였는데 실제로는 훨씬 멀었다. 바위에 올라서서 보니 우리가 지나온 들판은 눈에 띄게 좁고 가팔랐고 그 너머 좁은 골짜기 깊숙이 도시가 자리잡고 있었다. 뒤로는 물결치듯 높낮은 땅 멀리까지 검은 전나무 숲이 펼쳐졌고, 그 사이로 드문드문 좁은 목초지나 곡물 밭이 보였다. 검푸른 빛깔이 시리도록 빛났다.

"역시 어딜 가도 여기만큼 아름다운 곳은 없어요." 나는 생각에 잠겨 말했다.

아버지가 미소지으며 나를 바라보았다.

"네 고향이지 않니. 게다가 아름다운 것도 사실이지."

"아버지 고향은 더 아름다워요?"

"아니란다. 하지만 어릴 땐 어디든 아름답고 소중한 법이지. 고향이 그립지는 않던?"

"왜요, 가끔 그랬죠."

근처에 어릴 때 이따금 작은부리울새를 잡던 숲이 있었다. 좀 더 떨어진 곳에는 어릴 때 같이 돌로 쌓아올린 성의 흔적이 아직도 남아 있을 것이다. 아버지가 고단해서 잠시 쉬었다가 발길을 돌려 다른 길로 내려왔다.

헬레네 쿠르츠에 대해 몇 가지가 궁금했지만 속내를 들킬까봐 물어볼 엄두가 나지 않았다. 고향에 돌아와 느긋하게 쉬며 몇 주에 걸쳐 한가로운 휴가를 보내자니 차츰 솟아오르는 그리움과 미지의 사랑이 내 젊은 마음을 흔들었다. 언제든 적당한 기회만 오면 되었다. 하지만 내겐 바로 그 기회가 없었고 마음속으로 아름다운 소녀의 모습을 그려볼수록 그녀에 대해 솔직하게 물어볼 용기가 나지 않았다.

천천히 집으로 돌아가며 우리는 들길 가에서 커다란 꽃다발을 여러 개 만들었다. 오랫동안 잊고 있었던 취미였다. 우리집에서는 어머니부터 시작해 방마다 화분을 놓아두었을 뿐만 아니라 탁자며 서랍장 위에 싱싱한 꽃다발을 올려두곤 했다. 세월이 흐르면서 꽃병과 유리병, 항아리가 하나둘씩 모여 우리 형제는 산책을 다녀올 때면 으레 꽃이나 고사리 이파리, 나뭇가지들을 꺾어왔다.

몇 년 동안 들꽃이라고는 구경도 못 해본 느낌이었다. 천천히 거닐며 그림 감상을 하듯이 푸른 들판 속 색색깔의 섬으로 여길 때와 무릎을 굽히고 허리를 숙여 하나하나 들여다보면서 제일 예쁜 것을 꺾으려고 할 때 들꽃은 전혀 달라 보이니까. 나는 외진 곳에 숨은 작은 꽃을 발견했다. 꽃을 보니 학창 시절 소풍을 갔던 기억이 떠올랐다. 어머니가 특별히 좋아하거나 따로 이름을 붙여준 꽃도 있었다. 그 모든 것이 여전했고, 어느 것 하나 추억을 불러일으키지 않는 것이 없었다. 푸르고 노란 꽃받침에서도 즐거웠던 어린 시절이 새삼 정겹게 되살아나 눈앞에 어른거렸다.

우리집의 연회실이라 부르는 곳에는 거친 전나무로 만든 커다란 책장이 여러 개 있었다. 그 안에는 할아버지 때부터 전해오는 장서가 무질서하게 약간은 방치된 채로 이리저리 뒹굴었다. 어릴 때 나는 거기서 경쾌한 목판화가 실린 누렇게 변색된 『로빈슨 크루소』와 『걸리버 여행기』를 찾아내 읽었다. 그리고 나서는 옛날 항해가와 탐험가의 이야기들을, 나중에는 많은 양질의 문학 책도 읽었다. 『지그바르트, 어느 수도원 이야기』 『신 아마디스』

『젊은 베르테르의 슬픔』 등과 오시안의 작품들, 그다음에는 장 파울, 슈틸링, 월터 스콧, 플라텐*, 발자크와 빅토르 위고를 비롯해 라바터**의 관상학 소형판, 몇 년 치 연재물을 모아놓은 아기자기한 연감들, 문고판 도서들과 국민달력***을 읽었다. 오래된 국민달력에는 호도비에키의 동판화가, 나중에 나온 것들에는 루트비히 리히터의 삽화가 실려 있었고, 스위스 달력에는 디스텔리의 목판화들이 들어 있었다.

음악을 연주하거나 폭죽을 만드느라 프리츠와 함께 앉아 있는 저녁이 아니면 나는 이 장서들 중 하나를 골라 내 방으로 갔다. 그리고는 할아버지의 열정과 한숨과 사색이 밴 누런 책장 위로 파이프담배 연기를 내뿜었다. 장 파울의 『거인』 중 한 권은 동생이 폭죽을 만드는 데 써버렸다. 처음 두 권을 읽고 3권을 찾자 동생은 자기가 그랬다고 인정하면서도 원래부터 파본이었다고 둘러댔다.

그런 저녁은 항상 기분좋고 유쾌했다. 로테는 피아노를 치고

---

* 아우구스트 그라프 폰 플라텐. 19세기 초에 활동한 독일의 시인이자 극작가.
** 요한 카스퍼 라바터. 계몽주의 시대의 스위스 철학가이자 작가, 목사. 관상학과 골상학 연구로 유명하다.
*** 계몽주의 시대에 신문이 일반적으로 보급되기 전 가장 널리 퍼진 인쇄물. 당시 국민들에게 가장 중요한 정보원이기도 했다.

프리츠가 바이올린을 켜면서 다 같이 노래를 불렀다. 어머니는 어린 시절의 이야기를 들려주고, 새장 안의 폴리는 피리 소리를 내며 잠들지 않고 버티려 했다. 아버지는 창가에서 조용히 쉬거나 어린 조카에게 줄 그림책을 만드는 데 매달렸다.

그러던 어느 날 저녁 헬레네 쿠르츠가 와서 또 삼십 분쯤 수다를 떨었다. 그때도 방해된다는 느낌은 없었다. 그녀가 얼마나 아름다워지고 성숙해졌는지 볼 때마다 새삼 놀라울 뿐이었다. 그때 마침 피아노 위에 촛불이 켜져 있었고, 그녀도 이중창으로 함께 노래를 불렀다. 나는 그녀의 저음을 하나도 놓치지 않으려고 목소리를 아주 작게 낮췄다. 그녀의 등뒤에 서 있었던 나는 그녀의 갈색 머리카락 사이로 황금빛으로 타오르는 촛불을 언뜻언뜻 보았다. 노래를 부를 때 부드럽게 들썩거리던 그녀의 어깨도. 그 머리카락을 쓸어줄 수 있다면 얼마나 좋을까, 하고 생각했다.

나는 견진성사 무렵부터 이미 그녀를 마음에 두고 있었으므로 아무 이유 없이 우리가 전부터 어떤 추억들로 연결되어 있다고 여겼다. 그래서 무심하게 친절하기만 한 그녀에게 조금 실망했다. 그것이 나만의 짝사랑이었으며 그녀는 전혀 모르고 있었다는 사실은 생각하지 않았던 것이다.

나중에 그녀가 돌아갈 때 나는 모자를 쓰고 유리문까지 같이 나갔다.

"안녕히 계세요." 그녀가 말했다. 하지만 나는 그녀의 손을 잡는 대신 이렇게 말했다. "집에 바래다줄게요."

그녀가 웃었다.

"아, 고맙지만 그럴 필요 없어요. 여기서는 안 그러는걸요."

"그런가요?" 나는 그렇게 말하고 그녀가 지나가도록 비켜주었다. 그때 여동생이 파란색 리본이 달린 밀짚모자를 들고 나오며 소리쳤다. "나도 같이 가."

그렇게 해서 우리 셋은 계단을 내려갔고, 나는 허둥지둥 육중한 대문을 열었다. 포근한 황혼 속으로 나선 우리는 천천히 시내를 통과해 다리를 건너고 광장을 지나 헬레네의 부모님이 사는 가파른 교외로 올라갔다. 나는 찌르레기처럼 끊임없이 재잘거리는 두 소녀의 이야기에 귀기울였다. 그들과 함께 있다는 것이, 세 동무 중 한 사람이라는 것이 기뻤다. 이따금 걸음을 늦춰 날씨를 살피는 척하며 한 발짝 뒤로 처지면 깎아지른 듯 하얀 헬레네의 목덜미에 자연스럽게 늘어뜨린 짙은 색 머리와 나긋나긋한 걸음걸이로 또박또박 활기차게 걷는 모습을 볼 수 있었다.

집 앞에서 그녀는 우리에게 악수를 하고 안으로 들어갔다. 문이 닫히기 전 어둑어둑한 현관 복도에서 그녀의 모자가 잠깐 반짝 빛났다.

"오빠." 로테가 말했다. "헬레네는 참 예뻐, 안 그래? 게다가 친절하기까지."

"맞아. 그런데 네 친구는 어떻게 하기로 했어? 곧 오는 거야?"

"편지는 어제 썼어."

"그래, 그랬구나. 그럼 우리 왔던 길로 돌아갈까?"

"아 참, 정원 길로 가면 되겠지?"

우리는 정원 울타리 사이의 오솔길을 걸었다. 주위는 이미 어두웠고 부서질 것 같은 통나무 계단과 헐거워져 튀어나온 썩은 울타리판자가 많아서 조심해야 했다.

우리집 정원 근처에 왔을 때 집안 거실에 늦도록 불이 켜져 있는 것이 보였다.

그때 나지막한 목소리가 들렸다. "쉿! 쉿!" 누이가 겁을 집어먹었다. 하지만 거기 숨어서 우리를 기다리고 있던 사람은 프리츠였다.

"위험해, 거기 멈춰!" 그가 우리를 향해 소리쳤다. 그러고는 성냥을 그어 심지에 불을 붙이고 우리 쪽으로 왔다.

"또 불꽃놀이야?" 로테가 핀잔을 주었다.

"소리는 거의 안 나." 프리츠가 장담했다. "그냥 지켜보기나 해, 내가 발명한 거라고."

우리는 심지가 타들어가길 기다렸다. 잠시 후 치직거리며 젖은 화약처럼 작은 불꽃들이 싱겁게 튈 뿐인데도 프리츠는 좋아서 열을 올렸다.

"이제부터야. 처음엔 하얀 불꽃이 일어나다가 팡 터지면 빨간 불꽃이 되고 그다음에는 근사한 파란색으로 변해!"

하지만 프리츠가 말한 대로 되지는 않았다. 몇 번 번쩍이고 불꽃이 튀는가 싶더니 근사하게 변한다던 불꽃은 강한 폭음과 함께 순식간에 하얀 연기가 되어 허공에 피어올랐다.

로테는 웃고, 프리츠는 풀이 죽었다. 내가 위로해주는 사이 짙은 화약 연기는 차츰 어두운 정원 위로 사라졌다.

"파란색이 약간 보였잖아." 내가 맞장구를 쳐주자 프리츠는 울먹이며 자기가 만든 멋진 폭죽의 구조와 원래는 어떤 일들이 일어났어야 했는지 설명했다.

"한 번 더 해보자." 내가 말했다.

"내일?"

"아니, 프리츠. 다음주에."

내일 하자고 했어도 좋았을 것이다. 하지만 내 머릿속은 온통 헬레네 쿠르츠에 대한 생각뿐이라, 내일은 어쩌면 뭔가 행복한 일이 일어날지도 모른다는, 그녀가 저녁에 또 놀러와 갑자기 나를 좋아하게 될지도 모른다는 망상에 사로잡혀 있었다. 한마디로, 내게는 이 세상 그 어떤 불꽃놀이보다 더 중요하고 설레는 일에 마음을 빼앗긴 것이었다.

우리는 정원을 지나 집안으로 들어갔다. 부모님이 거실에서 체스를 두고 있었다. 모든 것이 단순하고 지극히 당연해서 다른 모습일 수 없었다. 그런데 또 모든 것이 달라져 오늘은 끝없이 멀게만 보이는 곳의 일처럼 느껴지기도 했다. 이제 내게는 고향이란 것이 없다. 옛 집과 정원과 베란다, 구석구석 훤히 아는 방들, 가구들과 그림들, 커다란 새장 안의 앵무새, 정든 옛 도시와 골짜기들이 낯설었고 더는 내 것이 아니었다. 어머니와 아버지는 죽고, 어린 날의 고향은 추억과 향수가 되었다. 그곳으로 나를 안내할 길은 없었다.

밤 열한시쯤 장 파울의 두툼한 책을 읽고 있을 때 작은 기름등이 흐려지기 시작했다. 피싯 하는 작고 근심스러운 소리에 이어 불꽃이 붉어지고 그을음이 올라왔다. 심지를 돋워보니 기름이 없었다. 읽고 있던 재미있는 소설을 내려놓으려니 아쉬웠지만, 그 시간에 기름을 찾으러 캄캄한 집안을 더듬거리며 돌아다닐 수는 없었다.

나는 자욱한 연기가 이는 등을 불어 끄고 하는 수 없이 잠자리에 들었다. 밖에서는 따뜻한 바람이 불어 전나무와 라일락 덤불을 가만가만 흔들었다. 풀이 무성한 마당에서 귀뚜라미가 울었다. 나는 잠을 이루지 못하고 다시 헬레네를 생각했다. 우아하고 아름다운 그녀를 그리운 마음으로 바라보는 것 말고는 달리 이루어질 가망이 없어 보였다. 그것 역시 행복한 만큼 가슴 아프겠지만. 그녀의 얼굴과 나직한 목소리, 오늘 저녁 거리와 광장을 지날 때 보았던 안정감 있고 활기찬 걸음걸이를 떠올리니 몸이 화끈 달아올라 비참했다.

결국 나는 다시 자리에서 벌떡 일어났다. 잠들기에는 너무 덥고 마음이 싱숭생숭했다. 창가로 가서 밖을 내다보았다. 실타래 같은 구름자락 사이로 기운 달이 창백하게 떠돌고, 마당의 귀뚜라미는 여전히 울고 있었다. 밖으로 나가 한 시간만이라도 걷고 싶었다. 하지만 우리집 대문은 밤 열시면 닫혔고, 이 시간 이후에 문이 닫히지 않았다면 늘 뭔가 범상치 않은, 번거롭고 위험한 일이 일어났다는 뜻이었다. 게다가 나는 집 열쇠가 어디 있는지도 몰랐다.

그때 지난날들이 떠올랐다. 철이 덜 들어 애송이 같던 그 시절, 한때 부모님과 한집에 사는 나 자신이 노예처럼 느껴져서, 양심의 가책을 느끼면서도 반항기 섞인 모험심에 밤마다 집을 빠져나가 늦게까지 문을 연 술집에서 맥주를 마셨다. 그럴 때면 빗장만 걸려 있는 정원 쪽 뒷문을 이용했다. 그러고는 울타리를 타넘어 이웃집 정원들 사이의 오솔길을 지나서 거리로 나갔었다.

나는 바지를 입었다. 포근한 날씨라 더 걸칠 필요는 없었다.

신발을 손에 들고 맨발로 나와서 정원 울타리를 타고 넘었다. 그러고는 잠든 도시를 천천히 거닐며 강을 따라 골짜기 쪽으로 거슬러올라갔다. 조용조용 찰랑거리는 강물에 작은 달그림자가 떨고 있었다.

밤에 밖으로 나와서 침묵하는 하늘 아래 고요히 흐르는 물을 따라 걷는 것, 이것은 언제나 신비롭고 영혼을 밑바닥까지 뒤흔드는 일이다. 그럴 때 우리는 우리 근원에 좀더 다가가 동식물들과 동류임을 느낀다. 아직 집도 도시도 지어지기 전 고향 없이 떠돌던 인간이 숲과 냇물과 산, 늑대와 매를 자신과 같은 존재로 혹은 철천지원수로 사랑하거나 미워하던 태곳적 삶이 어렴풋이 떠오르는 것이다. 밤은 또 익숙한 공동생활의 느낌으로부터 우리를 멀리 떼어놓는다. 불빛 한 점 없고 인기척도 나지 않는데 아직 잠들지 못한 사람은 고독을 느끼며 혼자 떨어져나와 스스로를 돌아보게 된다. 인간이라면 피할 수 없는 고독, 혼자 살아가고 혼자 고통과 두려움과 죽음을 맛보며 견뎌내야 한다는 저 두려운 감정이 생각의 갈피마다 조용히 끼어들어 건강하고 젊은 사람에게는 그늘과 경고가, 약한 사람에게는 공포가 된다.

나 역시 그런 감정을 조금은 느꼈다. 적어도 불만은 사그라지고 조용히 관조할 여유가 생겨났다. 아름답고 매력적인 헬레네가 나와 비슷한 감정을 가지게 될 일은 절대 없을 거라고 생각하면 괴로웠다. 하지만 내가 대답 없는 사랑의 고통 때문에 파멸하는 일은 없으리라는 것도 알고 있었다. 불가사의한 삶에는 한 젊은이가 휴가중에 겪는 근심보다 더 어두운 심연과 더 진지한 운명이 감춰져 있음을 막연하게 예감했던 것이다.

그럼에도 끓어오른 피는 쉽사리 식지 않았다. 의지와는 상관없이 미지근한 바람이 소녀의 애무하는 손과 갈색 머리카락으로 느껴져, 밤늦은 산책인데도 피곤하거나 졸리지 않았다. 나는 창백한 목초지를 지나 강가로 내려가서 가벼운 옷을 벗어놓고 차가운 물에 뛰어들었다. 그런데 물살이 거세 온 힘을 다해 맞서야만 했다. 십오 분쯤 상류로 거슬러 헤엄쳐가는 사이 끈끈한 더위와 우울함은 강물과 함께 씻겨내려갔다. 몸의 열이 식고 가벼운 피곤을 느꼈을 때 다시 옷을 찾아 젖은 채로 꿰입었다. 집으로 돌아와 침대에 누웠을 때는 한결 마음이 가볍고 위로받은 기분이었다.

처음 며칠 동안의 긴장이 풀리자 차츰 고요한 고향의 삶에 자연스럽게 익숙해졌다. 고향을 떠나 이 도시에서 저 도시로, 얼마나 많은 사람 사이를, 일과 꿈 사이를, 학업과 밤샘 음주 사이를 떠돌았던가. 한동안은 빵과 우유로, 한동안은 독서와 담배로 연명하면서 매달 다른 사람이 되지 않았던가! 그런데 여기는 십 년 전이나 이십 년 전이나 다를 게 없었다. 하루하루, 한 주 한 주가 밝고 조용하게 똑같은 박자로 흘러갔다. 불안정하고 변화무쌍한 생활에 익숙해져 딴사람이 된 나도 마치 한 번도 이곳을 떠난 적이 없는 사람처럼 다시 적응해갔다. 몇 년 동안 잊고 지냈던 사람들과 사건들에 관심을 가지게 되었고 타향에서의 일은 조금도 그립지 않았다.

하루하루, 매시간이 여름날의 구름처럼 흔적도 없이 가볍게 흘러갔다. 눈앞의 다채로운 이미지들과 갈 곳 잃은 감정들이 반짝거리다가 이내 꿈처럼 여운을 남기고 연기처럼 사라졌다. 나는 정원에 물을 뿌리거나 로테와 노래를 부르고 프리츠와 불꽃놀이를 했다. 어머니와는 낯선 도시에 대해, 아버지와는 최근의 시국에 대해 이야기를 나누었고, 괴테와 야콥센을 읽었다. 이런 일과들이 뒤섞여 하나가 되었고, 특별히 중요한 것은 아무것도 없었다.

그즈음 내게 중요해 보였던 것은 헬레네 쿠르츠와 그녀를 향한 나의 숭배였다. 하지만 그 역시 다른 것과 마찬가지로 한동안 마음을 움직이다가 다시 가라앉았고, 변함없는 것은 맘껏 숨을 들이마시며 살고 있다는 느낌과 조급함도 목적지도 없이 매끄러운 물 위를 수월하고 태평하게 헤엄쳐가는 느낌뿐이었다. 숲에서는 어치가 울고 월귤나무 열매가 익어갔다. 정원에는 장미와 선홍색 한련이 피어났다. 나도 그 일부가 되어 다채로운 세상의 아름다움을 깨닫자 문득 궁금해졌다. 언젠가 어엿한 어른이 되어 성숙하고 현명해지면 그때는 세상이 또 어떻게 보일까.

어느 날 오후 커다란 뗏목이 우리 도시로 흘러왔다. 나는 뗏목에 올라타고 높이 쌓인 판자 위에 드러누워 몇 시간을 하류로 떠내려갔다. 농장들과 조그만 동네들. 다리 밑을 지나는 동안 내 위로는 대기가 파르르 떨리고 낮은 천둥소리와 함께 후텁지근한 구름이 소용돌이쳤고, 아래서는 차가운 강물이 시원하게 물거품을 일으키며 찰랑거렸다. 그때 이런 생각이 들었다. 헬레네 쿠르츠가 여기 있다면 납치해다가 손을 맞잡고 앉아서 서로에게 세상의 멋진 풍경들을 보여주며 여기서 네덜란드까지 내려갈 수도 있을 거라는.

멀리 골짜기 아래서 뗏목을 껑충 뛰어내리다가 발을 헛디뎌 가슴까지 차오르는 강물에 빠지고 말았다. 하지만 무더운 날씨라 따로 옷을 벗어 말릴 필요 없이 돌아오는 길에 물기가 다 날아갔다. 먼 길을 걷느라 먼지를 뒤집어쓰고 지친 발걸음을 천천히 옮겨 도시에 돌아왔을 때, 몇 집 지나지 않아 빨간 블라우스를 입은 헬레네 쿠르츠와 마주쳤다. 내가 모자를 벗어 보이자, 그녀도 고개를 까딱했다. 그녀가 내 손을 잡고 강을 따라 뗏목을 타고 가며 나를 너, 라고 부르면 어떨까 했던 꿈이 떠올랐다. 그러자 이날 저녁 내내 다시 모든 게 가망 없어 보이고 나 자신이 어리석은 몽상가, 헛된 꿈을 좇는 사람처럼 느껴졌다. 그럼에도 자기 전에 풀을 뜯는 두 마리 노루가 그려진 멋진 파이프로 담배를 피우며 열한시가 넘도록 '빌헬름 마이스터'를 읽었다.

다음날 저녁에는 여덟시 반쯤 동생 프리츠와 함께 호흐슈타인에 올랐다. 우리는 무거운 짐을 교대로 들었다. 안에는 화력이 강한 개구리 꽃불 한 다스, 로켓 폭죽 여섯 개, 화약 세 덩어리와 더불어 자질구레한 물건들이 들어 있었다.

날은 포근하고, 푸르스름한 하늘에는 엷은 베일 같은 구름이 잔잔히 떠다니며 교회 첨탑과 산꼭대기를 넘어가고 막 뜨기 시작하는 흐릿한 별들을 자주 가렸다. 호흐슈타인에서 잠시 한숨 돌리고 내려다보니 우리가 사는 좁은 골짜기가 희미한 저녁놀에 물들어 있었다. 도시와 이웃 마을, 다리와 물방아 둑, 그리고 수풀로 둘러싸인 좁다란 강을 바라보는 동안 저녁 분위기와 함께 또다시 아름다운 소녀 생각이 스며들어, 혼자 공상에 잠겨 달이 뜨길 기다리고 싶었다. 하지만 그렇게는 되지 않았다. 뒤에 있던 동생이 이미 상자를 열고 개구리 꽃불 두 개, 그것도 끈으로 둘을 연결해 막대기에 묶은 다음 불을 붙여서 내 귀에 바짝 대고 터뜨려 나를 놀라게 했기 때문이다.

나는 조금 화가 났다. 하지만 프리츠가 주변이 떠나가라 크게 웃으며 좋아하자 나도 금방 전염되어 그를 거들었다. 우리는 재빨리 특제 강력 화약 세 덩이에 연달아 불을 붙였다. 굉장한 폭음이 골짜기를 오르내리며 길게 메아리쳤다. 이어 개구리 꽃불과 원통형 폭죽, 커다란 회전불꽃, 근사한 로켓 폭죽을 어두워진 밤하늘로 쏘아올렸다.

"이렇게 근사하고 멋진 로켓 폭죽은 하느님께 올리는 예배나 다름없어." 비유를 써서 말하길 좋아하는 동생이 말했다. "아니면 아름다운 노래를 부를 때와도 같고. 안 그래? 숙연해지는 기분이야."

맨 마지막 꽃불은 집으로 돌아오는 길에 농장의 사나운 개를 향해 던져넣었다. 화들짝 놀란 개는 컹컹거리더니 우리 등뒤에 대고 십오 분 동안이나 미친듯이 짖어댔다. 우리는 재미있는 장난을 치고 난 개구쟁이들처럼 손이 시커메져서는 잔뜩 들떠 집으로 돌아왔다. 부모님께는 유쾌한 저녁 나들이였다고, 골짜기의 전경과 별이 총총한 하늘을 구경했다며, 대단한 것인 양 너스레를 떨었다.

어느 날 아침, 복도 창가에서 파이프 청소를 하고 있는데 로테가 달려와 소리쳤다. "저기, 열한시에 내 친구가 도착해."

"안나 암베르크 말이야?"

"맞아. 나랑 같이 마중 나갈 거지?"

"난 뭐 괜찮아."

온다는 것은 알고 있었지만 거의 잊고 있었던 손님이라 그다지 기쁠 것도 없었다. 그렇다고 이제 와서 마음을 바꿀 수도 없어서 열한시쯤 여동생과 함께 기차역으로 갔다. 너무 일찍 도착한 우리는 역 앞을 이리저리 서성댔다.

"이등칸을 타고 올지도 몰라." 로테가 말했다.

나는 의아한 눈으로 로테를 바라보았다.

"그럴 수도 있겠지. 검소하긴 해도 부잣집 딸이니까……"

나는 오싹했다. 버릇없이 자란 숙녀가 커다란 여행가방을 들고 이등칸에서 내리는 모습을 머릿속에 그려보았다. 아늑한 우리집을 초라하게 보고 나도 보잘것없다고 여기지 않을까.

"이등칸을 타고 오면 내리지 말고 그냥 계속 가라고 하자, 알았지."

로테는 샐쭉해져서 나를 나무라려고 했다. 그때 기차가 역 안으로 들어와 멈춰 서자 로테는 재빨리 그쪽으로 뛰어갔다. 서두르지 않고 천천히 뒤따라간 나는 삼등칸 열차에서 내리는 로테의 친구를 보았다. 숄을 두르고 잿빛 비단으로 된 양산과 수수한 여행가방을 들고 있었다.

"안나, 이쪽은 우리 오빠야."

내가 말했다. "안녕하세요?" 비록 기차는 삼등칸을 타고 왔지만 그녀가 어떻게 생각할지 몰라서 가벼워 보이는 여행가방을 내가 직접 들지 않고 짐꾼을 불러 맡겼다. 같이 마을로 걸어들어오는 동안 두 아가씨는 서로 할 얘기가 어찌나 많은지 놀라울 지경이었다. 하지만 암베르크 양은 맘에 들었다. 그다지 예쁘지 않아 조금은 실망스럽긴 해도 얼굴과 목소리에 호감이 가고 믿음직스러워 보이는 뭔가 기분좋은 것이 있었다.

　어머니가 유리문에서 두 사람을 맞이하던 모습이 지금도 눈에 선하다. 어머니는 사람 보는 눈이 있었고, 그런 어머니가 한 번 훑어보고 웃으면서 맞아들인 사람이라면 좋은 대접은 보장된 것이었다. 지금도 눈에 선하다, 암베르크 양의 눈을 들여다보고 고개를 끄덕이며 두 손을 내밀어 말없이 식구처럼 편하게 대해주는 어머니의 모습이. 그로써 낯선 사람에 대한 나의 못 미덥던 마음은 사라졌다. 손님도 우리가 내민 손과 친절한 마음을 틀에 박힌 인사치레 없이 담담하게 받아들여 우리는 처음부터 한식구 같았다.

　미숙한 내 지식이나 지혜로도 첫날 이미 그 예쁘장한 처녀가 순진하고 명랑함이 자연스레 몸에 배어 있으며 세상 경험은 많지 않아도 소중한 벗이 될 수 있다는 것은 알았다. 위기와 고통을 통해서만 얻을 수 있는 드높고 값진 명랑함이 있다는 것은 어렴풋이 알고 있었지만 직접 겪은 적은 없었다. 우리집에 놀러온 손님이 바로 이 흔치 않은 명랑함으로 위안을 주는 사람임을 나는 한동안 깨닫지 못했다.

친구처럼 지내며 삶과 문학에 대해 대화를 나눌 수 있는 소녀는 그 당시 내 생활반경 안에서는 찾아보기 어려웠다. 그때까지 여동생 친구들이란 늘 사랑의 대상이거나 아무 감정이 생기지 않는 존재였다. 젊은 숙녀와 허물없이 지내며 나와 동등한 인간으로 다양한 이야기를 나누는 것은 새롭고 유쾌한 일이었다. 동등하다고는 해도 목소리나 말투, 사고방식에 깃든 여성스러움은 내 마음을 푸근하고 부드럽게 어루만져주었다.

조용하고 능숙하면서도 표나지 않게 우리 생활과 방식에 적응해가는 안나의 모습을 보며 조금 부끄럽기도 했다는 것을 덧붙여야겠다. 방학 때 우리집에 놀러왔던 내 친구들은 하나같이 어딘가 성가시거나 서먹한 데가 있었기 때문이다. 아니, 나만 해도 고향에 돌아온 처음 며칠간은 쓸데없이 목소리를 높이던가 투덜거리며 손님 행세를 하지 않았던가.

안나가 내 배려를 크게 바라지 않는 점도 가끔은 신기했다. 대화중에 내가 거칠어질 때조차 그다지 상처받지 않았다. 그에 비하면 헬레네 쿠르츠는 어떤가! 그녀 앞에서는 아무리 대화에 열중했을 때라도 조심스럽고 공손한 단어들을 골라 써야만 했으리라.

　그즈음 헬레네는 우리집에 자주 들렀다. 여동생 친구가 마음에 드는 눈치였다. 한번은 다 같이 마토이스 삼촌 댁의 정원으로 초대를 받았다. 커피와 케이크, 나중에는 구스베리주가 나왔다. 그사이 우리는 아이들처럼 천진난만한 장난도 치고 얌전히 정원 길을 빙 둘러 산책도 했다. 정원이 한 점 흐트러짐 없이 깔끔해서 절로 행동을 가다듬게 되었다.

　헬레네와 안나를 한자리에서 보며 동시에 두 사람과 대화하게 되자 기분이 이상했다. 오늘도 변함없이 아름다운 헬레네와는 피상적인 이야기들만 나누면서도 더할나위없이 고상한 태도로 말했다. 그와 달리 안나와는 아무리 흥미로운 화제도 흥분하거나 긴장하지 않고 수다를 떨었다. 그런 그녀가 고맙고 같이 대화를 나누는 동안 편안하고 마음이 놓이면서도 나는 좀더 아름다운 헬레네를 끊임없이 힐끔거렸다. 그녀를 바라보면 행복했고 아무리 봐도 싫증나지 않았다.

　동생 프리츠는 보기 처량할 만큼 지루해했다. 그는 케이크를 실컷 먹고는 몇 가지 거친 놀이를 제안했는데, 어떤 것들은 호응을 얻지 못했고, 어떤 것들은 도중에 금방 그만두었다. 더러는 날 구석으로 데려가 이날 오후가 재미없다고 불평을 터뜨렸다. 어깨를 으쓱해 보이자 프리츠는 개구리 꽃불 화약을 주머니에 넣어왔다고 털어놓았다. 나는 깜짝 놀랐다. 프리츠는 나중에 으레 그렇듯 소녀들의 작별인사가 길어지면 그때 불을 붙일 작정이었다. 나는 그러지 말라고 간곡히 타일렀다. 그러자 그는 넓은 정원에서 제일 구석진 곳을 찾아 구스베리 덤불 아래 드러누웠다. 나는 프리츠가 안됐고 그 마음을 이해하면서도 다른 사람들과 함께 그의 철없는 불만을 웃어넘김으로써 그를 배반했다.

사촌여동생 두 명은 다루기가 쉬웠다. 둘 다 까다롭지 않게 유행이 한참 지난 유머도 감지덕지하며 재미있게 들었다. 삼촌은 커피를 다 마시자마자 자리에서 일어났다. 베르타 숙모는 대개 로테에게 말을 걸었고 과일잼 만드는 이야기에 내가 끼어들어 거들자 만족스러워했다. 그렇게 나는 두 아가씨 가까이 머물며 대화가 잠시 끊어질 때면 생각했다. 다른 사람도 아닌 사랑하는 소녀와 이야기하기가 왜 이렇게 힘들까 하고. 헬레네에게 사랑의 증표가 될 만한 것을 뭐라도 주고 싶었으나 아무것도 떠오르지 않았다. 결국 정원에 가득 핀 장미들 중 두 송이를 꺾어 한 송이는 헬레네에게, 한 송이는 안나 암베르크에게 주었다.

그것이 내가 휴가중 마음 편히 지낸 마지막 날이었다. 다음날 나는 안면이 있는 고향 사람에게서 헬레네 쿠르츠가 요즘 누구누구 집에 자주 드나들더라, 곧 약혼할 거라더라는 이야기를 전해들었다. 다른 소식들 끝에 나온 얘기이긴 했지만 내 기분을 들키지 않게 조심했다. 하지만 소문에 지나지 않는 얘기라 해도 어차피 헬레네에게 희망을 걸진 않았겠지만 그녀는 나를 떠난 사람이라는 확신이 들었다. 나는 정신없이 집으로 돌아와 도망치듯 내 방으로 들어갔다.

사정이 어떻든 심각할 것 없는 청춘이라 슬픔도 오래가지 못했다. 그런데도 며칠 동안은 뭘 해도 즐겁지 않았다. 혼자 숲길을 걷거나 한참을 멍하니 누워 있었고 저녁에는 창문을 닫아걸고 바이올린을 켜며 공상에 잠겼다.

"얘, 어디 아프냐?" 아버지가 물으며 내 어깨에 손을 얹었다.

"잠을 설쳤어요." 거짓말은 아니었다. 더는 입이 떨어지지 않았다. 그러자 아버지는 훗날 내가 두고두고 떠올리게 될 말을 해주었다.

"잠 못 이루는 밤은," 아버지가 말했다. "괴로운 법이지. 하지만 좋은 생각을 한다면 견딜 만해. 자리에 누웠는데 잠이 안 오면 쉽게 화가 나고 짜증나는 일만 생각하게 되지. 하지만 마음먹으면 좋은 생각을 할 수도 있다."

"그럴 수 있어요?" 내가 물었다. 지난 몇 년간 자유의지라는 게 있기는 한 건지 의심이 싹텄기 때문이다.

"그럼, 그럴 수 있고말고." 아버지가 힘주어 말했다.

나는 지금도 또렷이 기억하고 있다. 쓰라린 심정으로 침묵의 나날을 보내다 비로소 나 자신과 내 고통을 잊고 다른 사람들과 어울려 즐겁게 지낼 마음이 생겼던 시간을. 오후에 프리츠만 빼고 우리 모두 거실에 앉아 커피를 마실 때였다. 다른 사람들은 즐겁게 이야기꽃을 피우고 있었고, 나는 속으론 대화와 소통이 필요하다고 느끼면서도 입을 꼭 다물고 끼어들지 않았다. 젊은이들이 으레 그렇듯 나는 나의 아픔을 침묵과 배타적인 반항이라는 보호벽으로 둘러싼 것이었다. 다른 사람들도 집안의 가풍대로 나를 가만히 내버려두고 언짢아하는 기색이 뻔히 보여도 배려해주었다. 그래서 나는 벽을 허물 결심을 못 하고, 한때는 진심이었고 꼭 필요했으나 이제는 나 자신도 싫증난 연기를 계속하고 있었다. 내 고행이 짧게 끝난 것이 부끄럽기도 했다.

그때 갑자기 커피가 차려진 포근한 거실을 뒤흔들며 우렁찬 나팔 소리가 들려왔다. 대담하고 공격적으로 뻔뻔스럽게 빵빵 울려대는 금속성의 소리에 놀라 순간 우리 모두 의자에서 벌떡 일어났다.

"불이야!" 여동생이 놀라서 외쳤다.

"참 우스운 화재경보도 다 있구나."

"그럼 군대가 야영하러 왔나보네."

그사이 우리는 우르르 창가로 몰려가 있었다. 우리집 바로 앞 한길에 아이들이 떼로 모여 있고 그 한가운데 새빨간 옷을 입고 커다란 백마를 탄 나팔수가 보였다. 그의 호른과 유별난 의상이 햇살에 비쳐 번쩍거렸다. 괴상한 사내는 헝가리식 콧수염을 기른 구릿빛 얼굴로 이 집 저 집 창가에 불쑥 나타나 나팔을 불었다. 사내가 미친듯이 불어대는 여러 가지 신호음과 즉흥적으로 떠오르는 곡조에, 집집마다 창문이 열리고 구경꾼들이 얼굴을 내밀었다. 그제야 악기를 입에서 뗀 사내는 콧수염을 쓰다듬고는 왼손은 허리춤에 대고 오른손으로는 안절부절못하는 말의 고삐를 쥐고서 연설을 시작했다. 세계적으로 유명한 그의 곡마단이 이동중에 오늘 하루만 이 소도시에 묵게 되었으며 열렬한 요청에 따라 오늘 저녁 브뤼엘 광장에서 "조련된 말들의 곡마, 줄타기, 수준 높은 무언극" 등을 선보이게 되었다는 것이었다. 입장료는 어른이 20페니히, 아이들은 그 절반이었다. 우리가 연설을 알아듣기가 무섭게 말에 올라탄 남자는 번쩍이는 호른을 불며 그곳을 떠났다. 아이들의 웅성거림과 먼지구름이 그를 뒤따랐다.

곡마사의 예고와 함께 우리 사이에서 터져나온 폭소와 흥겨운 분위기는 나에게 절호의 기회였다. 이 틈을 타 우울한 침묵을 깨고 유쾌한 사람들과 어울려 유쾌해지고 싶었다. 나는 그 자리에서 두 소녀에게 오늘 저녁 공연을 보여주겠다고 했다. 처음엔 반대하던 아버지도 결국 허락해주었다. 우리 셋은 공연 장소를 확인해둘 겸 천천히 브뤼엘 광장으로 걸어내려갔다. 그곳에서는 남자 둘이 둥그런 야외 공연장을 만드느라 열심히 말뚝을 박고 줄을 치고 있었다. 그리고 나서는 비계를 세우기 시작했는데 그 옆에 세워진 초록색 곡마단 마차의 흔들리는 계단에 엄청나게 뚱뚱한 노파가 앉아 뜨개질을 하고 있었다. 그녀의 발치에 털이 하얀 귀여운 푸들 한 마리가 앉아 있었다. 우리가 구경하는 동안 곡마사가 마을을 한 바퀴 돌고 와 백마를 마차 뒤에 묶어놓고는 번쩍번쩍하는 붉은 옷을 벗어던지더니 팔을 걷어붙이고 무대를 만드는 동료들을 도왔다.

"가엾은 사람들!" 안나 암베르크가 말했다. 하지만 나는 안나의 동정에 반기를 들고 곡예사들의 편에 서서 그들의 자유롭고 즐거운 집단 방랑생활을 소리 높여 찬양했다. 할 수만 있다면 나도 그들과 같이 다니면서 높은 줄을 타고 공연이 끝나면 접시를 들고 돌고 싶다고 했다.

"그 모습 저도 한번 보고 싶은걸요." 안나는 즐겁게 웃었다.

나는 접시 대신 모자를 벗어 돈을 걷는 시늉을 하며 광대를 위해서 약간의 수고비를 달라고 공손하게 청했다. 그녀는 주머니에 손을 넣어 잠깐 뒤적이더니 1페니히짜리 동전 하나를 꺼내 모자 안에 던졌다. 나는 고맙다고 하며 그 동전을 조끼 주머니에 집어넣었다.

나는 한동안 억눌러왔던 즐거움에 마비된 듯 그날 아이처럼 즐거워했다. 어쩌면 내 마음이 이렇게나 쉽게 변할 수도 있다는 것을 깨달았기 때문일 수도 있었다.

저녁에 우리는 프리츠를 데리고 공연을 보러 갔는데 도착하기도 전에 이미 잔뜩 들떠 흥이 올랐다. 브뤼엘에는 사람들이 새까맣게 모여 있었다. 기대에 차 눈이 휘둥그레진 아이들은 즐거워하며 얌전히 서 있었고, 개구쟁이들은 너나없이 서로 장난을 걸며 앞으로 나서겠다고 밀어댔다. 공짜 구경꾼들은 밤나무 위에 자리를 잡았고, 순경은 헬멧을 쓰고 있었다. 야외 공연장 주위로 좌석들이 배치되었다. 원형무대 안쪽에는 손잡이가 네 개 달린 기둥이 세워져 있고 각각의 손잡이에는 등이 걸려 있었다. 등에 불이 들어오자 관객들이 몰려들어 하나둘씩 좌석을 채웠다. 광장을 메운 사람들의 머리 위로 붉은 횃불이 그을음을 내며 너울너울 타올랐다.

우리는 바닥에 깔린 널빤지 위에 자리를 잡고 앉았다. 손풍금이 울리자 단장이 작은 흑마를 이끌고 공연장에 등장했다. 광대하나가 따라들어와 단장과 재담을 나누었고, 따귀를 맞느라 이야기가 중단될 때마다 큰 박수 소리가 터져나왔다. 광대가 먼저 뻔뻔한 질문을 던지고 나오면 단장은 대답을 하는 대신 따귀를 갈기며 말했다. "그럼 넌 내가 낙타인 줄 아느냐?"

그러면 광대는 대답했다. "아닙지요, 단장님. 저도 단장님과 낙타의 차이는 잘 안답니다."

"오, 그래? 그게 뭐냐?"

"단장님, 낙타는 마시지 않아도 여드레 동안 일할 수 있답니다. 하지만 단장님은 일하지 않고도 여드레 동안 마실 수 있잖아요."

단장이 또다시 따귀를 갈겼고, 또다시 박수가 쏟아졌다. 순박한 재담과 그것을 재미있게 들어주는 고마운 관중의 순진함이 신기해서 나도 함께 웃었다.

작은 말이 재주를 부리며 긴 의자를 뛰어넘은 다음 열둘을 셀 때까지 죽은 시늉을 했다. 그다음 등장한 푸들은 점프해서 커다란 링을 통과하고는 앞발을 들고 춤을 추거나 군대의 교련 흉내를 냈다. 중간중간 광대가 다시 등장했고, 잘생긴 염소가 나와 의자 위에서 균형을 잡아 보였다.

마지막으로, 어슬렁거리며 농담이나 던지는 것 말고는 할 줄 아는 게 없느냐고 누가 묻자 광대는 헐렁한 광대 옷을 후닥닥 벗고 몸에 딱 달라붙는 빨간색 운동복 차림으로 높은 줄에 올랐다. 광대는 잘생기고 재주도 좋았다. 그렇지 않다 해도 불빛을 받아 붉게 빛나는 형체가 검푸른 밤하늘 높이 떠 있는 모습은 아름다웠다.

공연이 예정보다 길어지는 바람에 무언극은 무대에 오르지 못했다. 우리도 평소보다 외출 시간이 길어져 곧장 집으로 향했다.

공연중에 우리는 쉴새없이 신나게 이야기를 주고받았다. 나는 안나 암베르크의 옆자리였다. 그냥 생각나는 대로 이야기를 나눈 것뿐이지만 집으로 가는 길에 벌써 따뜻한 그녀의 온기가 그리워졌다.

나는 잠을 자려고 침대에 누웠으나 오랫동안 뒤척이며 이런저런 생각을 했다. 내가 충실하지 못했다는 데 생각이 미치자 부끄럽고 불편하기 짝이 없었다. 아름다운 헬레네를 어쩌면 그토록 빨리 단념할 수 있었단 말인가? 하지만 그날 밤은 물론 그후 며칠 동안 몇 가지 궤변으로 스스로를 합리화하고 겉으로 보이는 모든 모순을 만족스럽게 해결했다.

그날 밤 나는 불을 켜고 조끼 주머니에서 안나가 장난으로 던져준 1페니히짜리 동전을 꺼내 찬찬히 들여다보았다. 동전에는 내가 태어난 해인 1877이란 숫자가 새겨져 있었다. 나는 동전을 하얀 종이에 싼 다음 머리글자 A. A와 그날 날짜를 적고서 행운의 동전으로 간직하려고 지갑 안 깊숙이 넣었다.

휴가의 절반―휴가는 늘 처음 절반이 더 긴 법이다―이 벌써 지났다. 심한 폭풍우가 물러가고 여름도 나이를 먹으며 사려 깊어지기 시작했다. 하지만 나는 세상에 이보다 더 중요한 일은 없다는 듯 사랑의 깃발을 펄럭이며 소리 없이 사라져가는 나날을 항해했다. 하루하루를 황금빛 희망으로 채우고는 다가왔다가 반짝하고 가버리는 날들을 그저 들뜬 기분으로 바라보기만 했다. 붙잡으려고도 안타까워하지도 않았다.

내가 이렇게 들떠 있었던 이유는 우선은 청춘의 이해할 수 없는 태평함 때문이겠지만 사랑하는 어머니에게도 일부 책임이 있었다. 어머니는 말은 하지 않았지만 내가 안나와 친하게 지내는 게 싫지 않은 눈치였다. 사실 나도 영리하고 행실이 단정한 소녀와 친구가 되어서 즐거웠고, 그녀와 좀더 깊고 가까운 사이로 지낸다 해도 어머니는 기꺼이 허락할 것 같았다. 그리하여 나는 아무 걱정도 비밀도 없이 안나와 꼭 다정한 오누이처럼 지내게 되었다.

하지만 그것만으로 내 바람이 다 이루어졌다고 하기엔 한참 부족했고 얼마 후에는 우리 관계가 변함없이 우정에만 머물러 있다는 것 때문에 괴로울 때도 있었다. 나는 우정의 정원에 둘러쳐진 견고한 울타리를 넘어 넓고 자유로운 사랑의 땅으로 나아가고 싶었으나 어떻게 하면 표나지 않게 이 순수한 여자친구를 꼬여낼 수 있을지 도무지 알 수가 없었다. 하지만 휴가가 끝나갈 무렵 친구로 만족하느냐, 그 이상을 바라느냐 하는 두 가지 사이를 자유롭게 왔다갔다했던 시간은 소중했고, 지금도 아주 행복했던 기억으로 남아 있다.

그렇게 우리는 행복한 집에서 즐거운 여름날을 보냈다. 그사이 어머니에게는 다시 옛날 어린 시절로 돌아가 거리낌없이 내 생활에 대해 이야기를 나누고 옛일을 고백하고 앞날의 계획을 의논할 수 있었다. 어느 날 오전 어머니와 둘이 정자에 앉아 실을 감던 일이 아직도 생각난다. 나는 어떻게 해서 하느님에 대한 믿음이 사라졌는지 얘기하고 그 믿음을 되찾으려면 나를 납득시킬 누군가가 나타나야 할 거라고 주장했다.

그러자 미소 띤 얼굴로 나를 바라보던 어머니는 잠시 생각에 잠겼다가 말했다. "널 납득시킬 사람은 아마 영영 없을지도 모르겠구나. 하지만 믿음 없이는 살 수 없다는 걸 너도 차츰 깨닫게 될 거다. 지식이란 건 아무짝에도 쓸모가 없거든. 이제껏 잘 안다고 믿었던 누군가의 어떤 행동으로 실은 그에 대해 제대로 알지 못했다는 걸 깨닫는 일도 매일같이 일어나니까. 사람에게는 믿음과 안정이 필요하단다. 그리고 그걸 위해서는 대학교수나 비스마르크 같은 사람보다는 그리스도를 찾는 게 훨씬 낫지."

"어째서요?" 내가 물었다. "그리스도에 대해서는 확실히 알 수 있는 게 거의 없잖아요."

"아니, 충분히 알고 있지. 물론 오랜 세월 동안 자기 자신만 믿고 두려움 없이 죽어간 사람도 간혹 있어. 소크라테스를 비롯해 몇몇 사람이 그렇다고들 하지. 하지만 그런 사람은 많지 않아. 아니, 아주 적지만 그런 사람들이 고요하고 편안하게 죽음을 맞을 수 있었다면 그건 영리해서가 아니라 마음과 양심이 깨끗했기 때문이야. 그런 몇몇 사람은 각자 나름대로 정당하니까 그것으로 된 거 아니니? 하지만 우리 중 누가 그분들과 같겠니? 그런 분들과는 달리 보잘것없고 평범한 사람이 수없이 많고 또 많지 않니? 그럼에도 이들이 기꺼이 편안하게 죽을 수 있던 건 예수를 믿었기 때문이란다. 너희 할아버지도 돌아가시기 전 열네 달 동안을 고통스럽고 비참하게 보내셨지만 슬퍼하지 않고 고통과 죽음을 기꺼이 받아들이셨단다. 예수에게서 위안을 찾으셨기 때문이야."

마지막으로 어머니는 이렇게 덧붙였다. "네가 납득할 수 없다는 거 안다. 믿음이란 사랑과 마찬가지로 이성을 통해 얻어지는 게 아니란다. 하지만 너도 언젠간 이성만으로 해결할 수 없는 일이 많다는 걸 깨닫게 될 거다. 그러면 고난 속에서 위로가 될 것처럼 보이면 무엇에든 손을 뻗겠지. 어쩌면 그때는 오늘 우리가 주고받은 이야기들이 머릿속에 떠오를 거다."

나는 정원 일을 하는 아버지를 거들기도 하고 산책을 나갈 때면 숲에서 아버지가 화분용으로 쓸 흙을 자주 담아왔다. 프리츠와는 새로운 불꽃놀이 기술을 고안해내서 시험하다가 손을 데었다. 로테와 안나 암베르크와 함께 반나절을 숲에서 보내며 열매를 따거나 꽃을 꺾는 것을 도와주기도 하고, 책을 읽어주고, 새로운 산책길을 찾아내기도 했다.

아름다운 여름날이 하루하루 지나갔다. 나는 거의 언제나 안나 곁에 있는 데 익숙해져갔다. 이것도 곧 끝날 거라고 생각하면 휴가 동안의 푸른 하늘에 먹구름이 몰려들었다.

아름답고 귀중한 모든 것이 덧없고 끝이 오게 마련이듯 내 청춘의 끝으로 기억될 이 여름도 하루하루 지나갔다. 내가 떠날 날이 얼마 남지 않았다는 얘기가 나오기 시작했다. 어머니는 다시한번 내 속옷과 옷가지들을 살펴보고 더러는 깁고, 짐을 싸는 날에는 손수 짠 튼튼한 회색 털양말 두 켤레를 선물해주었다. 그때는 어머니도 나도 알지 못했다. 그것이 내게 주는 어머니의 마지막 선물이 되리란 것을.

마침내 마지막 날이 다가왔다. 오랫동안 두려워했으면서도 막상 닥치니 실감이 나지 않았다. 맑고 푸른 늦여름날이었다. 하늘에는 부드러운 솜털구름이 떠 있고, 잔잔한 동남풍은 정원에 가득 핀 장미 사이에서 놀다가 정오 무렵에는 향기에 취해 고단한지 잠잠해졌다. 나는 하루를 온전히 쓰기 위해 저녁 늦게 출발하기로 하고, 젊은 사람들끼리 다시 한번 멋진 소풍을 즐기며 오후를 보내고 싶었다. 부모님을 위해 남겨둔 오전 시간은 아버지 서재에서 보냈다. 긴 소파에 앉은 두 분 사이에 나도 자리를 잡았다. 아버지는 불안한 마음을 감추고 다정하게 농담 섞인 말투로 작별인사를 몇 마디 보태며 미리 준비해두었던 선물을 주었다. 탈러 몇 개가 들어 있는 옛날식 작은 주머니와 주머니에 꽂을 수 있는 만년필 그리고 말끔히 제본된 수첩이었다. 수첩은 아버지가 손수 만든 것으로, 열두어 개의 인생지침이 엄격한 라틴어 필체로 쓰여 있었다. 은화는 절약하되 인색해서는 안 되고, 펜으로는 고향에 자주 편지를 쓰고, 마음을 움직이는 좋은 격언을 새로 알게 되면 그 수첩에 적어두라고 당부했다. 이미 적힌 것은 당신이 살면서 유익하고 진실되다고 느낀 것들이었다.

우리는 두 시간 넘게 그렇게 나란히 앉아 있었다. 부모님은 내 어린 시절과 당신들과 조부모님의 인생에 대해 들려주었는데 처음 듣는 소중한 이야기였다. 많은 이야기를 잊어버렸고, 그때 사이사이 생각은 안나에게로 달아나 진지하고 중요한 이야기를 건성으로 흘려들었던 것 같다. 하지만 서재에서 보낸 이날 아침은 내 기억에 또렷이 남아 있고, 부모님 두 분에 대한 깊은 감사와 존경심 역시 지금도 여전하다. 그토록 맑고 거룩한 빛에 싸인 모습은 누구에게서도 본 일이 없다.

하지만 당시 내게는 오후의 이별이 더 중요했다. 점심을 먹자마자 두 소녀와 함께 출발한 나는 산을 넘어 아름다운 숲이 우거진 골짜기를 따라 강가의 가파른 계곡으로 향했다.

처음에는 우울해하는 나 때문에 다른 사람까지 생각에 잠겨 입을 다물었다. 키 큰 홍송紅松의 줄기 사이로 굽이굽이 좁은 골짜기와 초록이 우거진 넓은 언덕이 보이고, 줄기가 기다란 우단 담배풀이 바람에 흔들리는 산마루에 이르러서야 나는 환호성을 질러 답답한 기분을 떨쳐냈다. 소녀들은 소리내어 웃으며 곧 방랑의 노래를 불렀다. "오 머나먼 골짜기여, 오 산봉우리여." 어머니의 오랜 애창곡이기도 했다. 노래를 따라 부르다보니 어린 시절과 지난여름 휴가 동안 숲으로 소풍 왔던 즐거운 추억이 새록새록 떠올랐다. 노래가 끝나자마자 우리는 약속이나 한 듯 그때의 소풍과 어머니에 대한 이야기를 시작했다. 그 시간들을 얘기하는 내내 우리 마음속에는 감사함과 뿌듯함이 가득했다. 우리에게는 멋진 청춘의 날들이, 고향에서 보낸 멋진 날들이 있었으므로. 내가 로테와 손을 잡고 걷자 안나도 웃으면서 함께했다. 우리 셋은 그렇게 내내 손을 잡고 흔들면서 산등성이로 쭉 이어지는 길을 즐겁게 춤추듯 걸었다.

그리고 다시 비탈진 오솔길로 접어들어 시냇물이 흐르는 그늘진 골짜기로 내려갔다. 멀리서도 자갈과 바위 위로 튀어오르는 물소리가 들렸다. 냇가 위쪽으로 더 가면 여름에만 문을 여는 유명한 가게가 있었다. 나는 거기서 로테와 안나에게 커피와 아이스크림과 케이크를 사주기로 했다. 비탈길을 내려와 냇가를 따라 갈 때는 한 줄로 서서 걸어야 했다. 나는 안나 뒤에서 그녀를 바라보며 어떻게 하면 오늘 중으로 그녀와 단둘이서 얘기할 수 있을까 궁리했다.

드디어 좋은 생각이 떠올랐다. 목적지 근처 냇가의 초롱꽃이 지천으로 핀 풀밭에 이르렀을 때였다. 거기서 나는 로테에게 먼저 가서 커피를 주문하고 야외에 우리가 앉을 좋은 자리를 맡아달라고 부탁했다. 아름다운 꽃이 이렇게 많이 피어 있으니 나와 안나는 그사이 커다란 들꽃다발을 만들겠다고. 로테는 좋은 생각이라며 먼저 갔다. 안나는 이끼 낀 바위에 앉아 고사리 잎을 꺾기 시작했다.

"오늘이 내 마지막 날이군요." 내가 말을 꺼냈다.

"네, 아쉬워요. 하지만 머지않아 다시 오실 거잖아요, 안 그래요?"

"그건 모르는 일이죠. 어쨌든 내년에는 못 올 겁니다. 온다고 해도 모든 게 이번 같지는 않겠죠."

"어째서요?"

"그야, 그러려면 당신도 여기 있어야 하잖아요!"

"없으리란 법도 없죠. 하지만 이번에도 저 때문에 오신 건 아니잖아요."

"그건 그때 아직 당신을 몰랐으니까요, 안나 양."

"그렇겠죠. 근데 조금도 도움이 안 되네요! 거기 초롱꽃이라도 몇 송이 꺾어주세요."

그 말에 나는 정신을 차렸다.

"꽃은 나중에 원하는 만큼 꺾어드릴게요. 하지만 지금은 그보다 더 중요한 일이 있어요. 내가 당신과 단둘이 있을 수 있는 건 지금 몇 분뿐이고 난 하루종일 이 시간을 기다려왔어요. 왜냐하면, 당신도 알겠지만 나는 오늘 떠나야 하고, 그래요, 간단히 말하면 안나, 물어볼 게 있어요."

나를 바라보는 안나의 영리한 얼굴은 진지했고 사뭇 슬퍼 보이기까지 했다.

"잠깐만요!" 어쩔 줄 몰라하는 나를 그녀가 가로막았다. "당신이 무슨 말을 하려는지 알 것 같아요. 부탁인데 하지 마세요!"

"하지 말라고요?"

"네, 헤르만. 그 이유는 지금 얘기할 수 없어요. 그래도 궁금하겠죠. 나중에 동생한테 한번 물어봐요, 로테는 다 알고 있어요. 지금은 시간이 너무 없고, 그건 슬픈 이야기거든요. 그런데 오늘 우린 슬퍼하고 싶지 않잖아요. 이제 로테가 다시 올 때까지 꽃다발이나 만들어요. 우리 좋은 친구로 남기로 하고 오늘은 즐겁게 보내요. 그래줄 거죠?"

"할 수만 있다면 나도 그러고 싶죠."

"그럼 내 말대로 해요. 내 입장도 당신과 마찬가지예요. 사랑하는 사람이 있는데 그 사람과 이뤄질 수가 없어요. 그런 상황에 처한 사람일수록 우정이나 손에 넣을 수 있는 즐겁고 좋은 것들을 다른 사람보다 두 배는 더 꼭 붙잡아야 해요. 안 그래요? 그래서 좋은 친구로 지내자는 거예요. 마지막 날만큼은 서로에게 명랑한 얼굴을 보여주자고요. 그래줄 거죠?"

나는 나지막하게 알았다고 대답하고 그녀와 악수를 나누었다. 시냇물은 졸졸 흐르며 우리에게 자디잔 물방울을 튀겼다. 우리가 만든 꽃다발은 크고 화려해졌다. 얼마나 지났을까, 로테가 노래를 흥얼거리며 맞은편에서 우리를 불렀다. 로테가 가까이 오자 나는 물을 마시는 척 무릎을 꿇고 잠시 흐르는 차가운 냇물에 이마와 눈을 담갔다. 그러고 나서 꽃다발을 손에 들고 가게까지 얼마 남지 않은 길을 그들과 함께 걸었다.

단풍나무 아래 자리가 마련되어 있었다. 주인아주머니는 아이스크림과 커피, 비스킷을 준비해놓고 우리를 반갑게 맞아주었다. 나는 스스로 놀랄 만큼 아무 일도 없었던 것처럼 말하고 대답하고 먹었다. 쾌활하게 자리에 어울리는 짧은 이야기까지 하고 다들 웃을 때 함께 웃기도 했다.

나는 잊지 않을 것이다. 그날 오후 부끄러움과 슬픔에서 나를 구해준 안나의 자연스럽고도 정다운 배려를. 우리 둘 사이에 무슨 일이 있었다는 것을 아무도 눈치채지 못하도록 그녀가 아름다운 우정으로 대해줌으로써 나는 침착할 수 있었고, 나보다 더 오래되고 깊은 아픔을 밝은 모습으로 참아내고 있는 그녀를 존경하지 않을 수 없었다.

돌아갈 때쯤 좁은 숲 골짜기에 이른 저녁 어스름이 퍼졌다. 하지만 우리는 서둘러 산마루에 올라서서 떨어지는 저녁해를 따라잡았다. 도시로 내려와 눈앞에서 해가 사라지기 전까지 한 시간 동안 더 그 따뜻한 빛 속을 걸었다. 검은 전나무 수관 사이로 커다랗고 붉게 지는 노을을 바라보면서 내일은 멀리 낯선 곳에서 저 해를 보게 되겠구나 생각했다.

저녁에는 온 집안 식구들에게 작별인사를 했다. 로테와 안나가 역까지 배웅 나와 내가 탄 기차가 어둠 속을 달리기 시작하자 손을 흔들어주었다.

나는 차창에 기대 가로등과 창문에 벌써 불을 밝힌 도시를 내다보았다. 우리집 정원 근처에서 커다랗고 피처럼 붉은 불꽃이 보였다. 동생 프리츠가 양손에 벵골 꽃불*을 들고 서 있다가 내가 그 옆을 지나가며 손을 흔드는 순간 커다란 로켓 폭죽을 수직으

---

* 꽃불의 한 종류로, 그 빛이 선명하게 오래 보이는 특징이 있다.

로 쏘아올렸다. 나는 창밖으로 몸을 내밀고 지켜보았다. 솟아오른 불꽃이 공중에 한참 머물다가 다시 부드러운 곡선을 그리며 붉은 불꽃비로 사라지는 모습을.

약혼

히르셴 골목에는 아담한 직물 가게가 하나 있다. 이웃 가게들과 마찬가지로 새로운 시대의 변화에 아랑곳하지 않고 옛 모습을 지켜온 가게에는 손님이 적잖이 드나들었다. 가게를 나올 때는 이십 년 넘게 드나든 단골이라도 어김없이 이런 인사를 받는다. "다시 찾아주신다면 영광이겠습니다!" 이따금 나이든 여자 손님 두세 명이 리본이나 레이스를 사러 와 엘레*로 끊어달라고 할 때도 있다. 손님 상대는 미혼인 주인집 딸과 여점원이 도맡고, 가게 주인은 이른 아침부터 저녁 늦게까지 쉬지 않고 일하면서도 말 한 마디 하지 않는다. 일흔 살쯤 돼 보이는 작은 몸집의

---

* 독일에서 예전에 사용했던 길이의 단위.

주인은 빰이 보기 좋게 발그레했고 희끗희끗한 짧은 턱수염을 기르고 있다. 오래전부터 벗어졌을 대머리에는 언제나 꽃과 물결 무늬가 수놓인 빳빳하고 동그란 모자를 쓴다. 노인의 이름은 안드레아스 온겔트로 이 도시의 어엿한 진짜 본토박이다.

키가 작고 말수가 없는 그 상인을 특별하게 보는 사람은 없었다. 그의 모습은 몇십 년 동안 그대로여서 더 젊었던 때가 없었던 것처럼 더 나이드는 일도 없을 것처럼 보인다. 하지만 안드레아스 온겔트에게도 소싯적이라 불리는 때가 있었다. 나이든 사람들에게 물어보면 그가 전에는 '꼬마 온겔트'라고 불렸으며 뜻하지 않게 유명세를 탄 적도 있다고 한다. 지금은 누구도 그때 일을 이야기하려고도 들으려고도 하지 않지만, 삼십오 년쯤 전에는 게르베르스아우 사람들의 입에 오르내리던 '사건'을 경험하기도 했다. 다름아닌 그의 약혼에 얽힌 이야기였다.

어린 안드레아스 온겔트는 학교 때부터 말이 없고 친구들과 어울리는 걸 좋아하지 않았다. 어딜 가든 자기는 불필요한 존재라 사람들의 구경거리가 되는 느낌이었고 겁이 많고 소심해서 누가 됐건 지레 굽히고 물러나기 일쑤였다. 선생님들을 대하는 태도는 더할 나위 없이 깍듯했고, 친구들을 바라보는 마음에는 경탄과 두려움이 섞여 있었다. 골목길이나 놀이터에서 그의 모습이 눈에 띄는 일도 드물었다. 어쩌다 강가에서 물놀이를 하기도 했지만, 겨울에는 사내아이들이 눈덩이를 뭉쳐 팔을 치켜들기만 해도 움찔하며 고개를 숙였다. 대신 그는 집에서 조용히 누나의 인형과 장난감 상점 세트를 가지고 노는 게 재미있었다. 장난감 저울에 밀가루와 소금, 모래 등을 올려놓고 무게를 달아 조그만 봉투에 담았다가 비워서 내용물을 바꾸고 포장한 다음 다시 달아보는 과정을 반복했다. 어머니를 도와 손쉬운 집안일도 곧잘 하고 대신 장을 보거나 정원 채소밭에서 달팽이를 잡기도 했다.

학교 친구들이 자주 괴롭히고 놀려도 그는 화를 내거나 마음 상하는 법 없이 그럭저럭 만족스런 삶을 살고 있었다. 또래 친구들과 주고받지 못한 우정과 애정은 인형에 쏟았다. 일찍 아버지를 여읜 늦둥이였던 그는 기대와는 다른 아들이었으나 어머니는 유순한 그를 안쓰러워하며 생긴 대로 내버려두었다.

하지만 그럭저럭 유지해온 그런 상황도 안드레아스가 학교를 졸업하고 윗동네 시장에 있는 디를람의 가게에서 수습 기간을 마치자 끝나버렸다. 열일곱 살쯤 되자 애정을 갈구하는 그의 마음이 새로운 대상을 찾기 시작한 것이었다. 여전히 키 작고 수줍음 많은 그는 점점 더 눈을 크게 뜨고 아가씨들을 바라보았다. 짝사랑의 슬픔이 깊어질수록 가슴속에 쌓은 사랑의 제단에는 불꽃이 더 활활 타올랐다.

온갖 연령대의 아가씨들과 알게 되어 그들을 눈여겨볼 기회는 충분했다. 젊은 온겔트가 수습 기간을 마치고 일하는 곳이 고모가 운영하는 직물 가게였기 때문이다. 훗날 그가 물려받게 될 그 가게에는 하루도 빠짐없이 매일 아이들과 여학생들, 젊은 아가씨들, 노처녀들, 하녀들과 부인네들이 들락거렸다. 여자들은 리본이나 리넨 천을 뒤적거리고, 레이스 장식이나 자수 본을 골라 놓고는 좋네 나쁘네 품평을 하고, 흥정도 하고, 그대로 살 것도 아니면서 추천을 부탁하고, 구매한 물건을 교환해가는 경우도 있었다. 그럼에도 이 젊은이는 언제나 깍듯하고 다소곳하게 서랍을 여닫고, 사다리를 오르내리고, 물건을 꺼내 보여주었다가 집어넣고, 주문을 메모하고, 물건 값을 알려주었다. 그는 일주일에 한 번씩 상대를 바꿔가며 가게를 찾는 여자 손님과 사랑에 빠졌다. 좋은 레이스나 양모 천을 권할 때는 얼굴이 붉어지고, 영수증을 내줄 때는 손이 떨렸다. 도도하게 가게를 나서는 아름답고 젊은 아가씨에게 문을 열어주며 다시 찾아주신다면 영광이겠습니다, 하는 예의 그 인사를 할 때는 심장이 쿵쾅거렸다.

아름다운 여자들의 마음을 끌고 호감을 얻기 위해 안드레아스는 섬세하고 자상한 예의범절을 몸에 익혔다. 매일 아침 밝은 금발을 정성껏 손질하고 옷은 속옷까지 깨끗이 챙겨 입었으며, 천천히 나기 시작하는 콧수염을 초조한 마음으로 바라보았다. 손님들에게는 정중하게 고개 숙여 인사하고, 물건을 내보일 때는 왼쪽 손등을 판매대에 괴고 한쪽 다리를 살짝 구부린 자세로 서 있었다. 은은한 미소에서부터 행복에 겨운 환한 웃음까지 어떤 것도 능숙하게 지을 줄 아는 그는 미소의 달인이었다. 그외에도 늘 세련되고 우아한 말을 찾아 쓰려고 애썼는데, 그 말 대부분이 양상부사*였다. 원래 말주변이 없고 소심한 그는 예전에도 주어와 동사를 갖춘 완전한 문장을 말하는 일이 드물었다. 결국 자신이 만들어낸 요상한 말버릇 덕분에 의미나 의사소통은 뒷전이고 번드르르한 말솜씨만 늘어갔다.

예를 들면, 누가 "오늘 날씨가 아주 좋네요"라고 하면 온겔트는 이렇게 대답하는 식이었다. "확실히 그렇기는 한데, 아, 네, 실례입니다만, 물론." 여자 손님이 이 리넨은 질기냐고 물으면 이렇게 대답했다. "아, 그럼요, 네, 두말할 게 없지만, 그러니까, 확실히 그런데." 누가 그의 안부를 물으면 이렇게. "염려 덕분에, 당연히 좋은데요, 아주 편안히." 특별히 중요하고 귀한 손님을 맞을 경우에는 "황송합니다만, 그러하오나, 맹세코 그렇지 않사오며" 같은 표현도 서슴지 않았다. 그럴 때면 조아린 머리부터 몹시 꼼지락거리는 발끝까지 그 자체가 긴장과 공손함의 화신이

---

* '제반' '설마' '과연' '만약' '결코' 등 말하는 이의 태도를 표현하는 부사.

었다. 하지만 무엇보다 표현력이 빼어난 것은 유난히 긴 목이었다. 말라서 힘줄이 불거진 목에는 유달리 크고 바삐 움직이는 울대뼈가 있었다. 작고 깡마른 그가 손님의 질문에 뚝뚝 끊어 답할 때면 몸 3분의 1은 후두가 차지하고 있는 인상이었다.

자연이 나눠준 재능치고 무의미한 것은 없다고, 온켈트의 목이 화술과 상관없다면 그럴수록 정열적인 가수의 재산이나 상징처럼 보였다. 안드레아스는 노래 부르길 굉장히 즐겼다. 제아무리 그럴듯한 칭찬을 할 때도, 세련된 상인 행세를 하며 제 흥에 겨워 "여하튼"이라거나 "그러시다면"을 연발할 때조차도 노래를 부를 때처럼 마음 깊은 곳이 녹아내리지는 않았다. 이런 재능이 학창 시절에는 남들 눈에 띄지 않았지만 변성기가 지나자 갈수록 더 근사해졌다. 하지만 아무도 몰랐다. 걱정 많고 수줍음을 타는 소심한 온켈트에게는 취미와 재주를 비밀리에 즐기는 것이 어울리기도 했다.

저녁을 먹고 잠자리에 들기 전 한 시간 정도 그는 자기 방에 들어가 어둠 속에서 노래를 부르며 서정적인 분위기에 도취되곤 했다. 그의 목소리는 상당히 높은 테너였다. 기술적으로 허술한 부분은 열정으로 채우려고 애썼다. 물기 어린 눈으로 희미한 빛 속을 더듬으며 단정히 가르마를 탄 머리를 뒤로 젖힌 채 노래를 부를 때면 울대뼈가 노래의 음에 맞춰 오르내렸다. 그가 가장 즐겨 부르는 노래는 〈제비가 고향으로 날아갈 때〉였다. "이별은, 아, 이별은 슬퍼라"라는 대목에 이르면 그는 떨리는 목소리를 길게 늘였고, 가끔은 눈물을 글썽이기도 했다.

그는 빠른 속도로 경력을 쌓아갔다. 고모에게는 조카를 몇 년간 대도시로 내보내려는 계획도 있었다. 하지만 금세 그가 가게에서 없어서는 안 될 존재가 되었으므로 지금은 보내줄 마음이 없었다. 훗날 고모에게 가게를 물려받을 예정이니만큼 그의 생활은 언제까지나 안정적일 터였다. 하지만 마음속 그리움은 가늘 길이 없었다. 또래의 어여쁜 아가씨들에게 아무리 눈길을 보내고 공손히 인사해도 그는 웃음거리에 지나지 않았다. 그는 그녀들 모두에게 차례차례 반했다. 누구든 한 발짝만 다가와주었더라면 연인으로 삼았을 것이다. 하지만 조금씩 더 유식한 말을 쓰고 더 화려한 옷을 입어서 외양을 가꿔도 다가오는 사람은 없었다.

단 하나 예외는 있었으나, 정작 안드레아스 본인은 그녀의 존재를 깨닫지 못했다. 파울라 키르허라는 아가씨였다. 키르허스 포일레라고도 불리는 그녀는 그에게 늘 친절했고 그를 진지하게 생각하는 듯 보였다. 어리지도 예쁘지도 않고 나이도 그보다 몇 살 위였던 그녀는 수수한 편이었지만 유복한 수공업자 집안에서 자란 야무지고 조신한 처녀였다. 안드레아스가 길에서 인사를 건네면 다소곳이 답례를 했다. 가게에 와서는 까다롭게 굴지도 않고 다정하고 겸손해서 그로선 시중 들기가 쉬웠고 물건을 팔려고 곰살맞게 하는 그의 말을 곧이곧대로 믿었다. 그러므로 그도 그녀가 싫지 않고 믿음이 갔으나 그 이상의 관심은 두지 않았다. 그녀는 그가 가게를 나서는 순간 머릿속에서 사라지는 몇 안 되는 여자에 속했다.

한때 그는 새로 산 고급 구두나 멋진 스카프에 희망을 걸어보기도 했다. 천천히 나기 시작한 콧수염도 애지중지 관리했다. 어느 날엔가는 행상에게서 커다란 오팔이 박힌 금반지를 사기도 했다. 그의 나이 스물여섯이었다.

그가 서른이 되어도 결혼할 가망이 보이지 않자 어머니와 고모는 적극적으로 나서서 돕기로 결심했다. 이미 고령인 고모는 살아 있을 때 가게를 물려줄 준비를 하고 있었지만, 그가 얌전한 게르베르스아우 집안의 처녀와 결혼해야 한다는 조건이 있었다. 이 말은 그의 어머니에게도 적극적으로 나서라는 신호였다. 그녀는 고심 끝에 아들이 더 자주 사람들을 접하고 여자들을 만나려면 모임에 들어가는 게 좋다는 결론을 내렸다. 아들의 노래 실력을 잘 알고 있었던 그녀는 그 점을 이용해 노래교실에 가입하라고 권했다.

안드레아스는 사람들과 어울리는 게 어려웠지만 근본적으로는 어머니와 생각이 같았다. 다만 노래교실 대신 교회 성가대에 들어가고 싶었다. 말로는 고상한 음악이 더 마음에 든다고 했지만 진짜 이유는 따로 있었다. 바로 성가대에 마르그레트 디를람이 있었기 때문이었다. 그녀는 예전에 온켈트가 수습으로 있었던 가게 주인의 딸인데 스무 살이 조금 넘은 아주 예쁘고 상냥한 아가씨로 그즈음 온켈트가 마음을 빼앗긴 상대였다. 이미 오래전부터 그 또래 아가씨는 거의 없었고 더욱이 얼굴까지 예쁜 여자는 하나도 없었다.

어머니로서는 아들이 성가대에 들어가는 것을 반대할 이유가 없었다. 노래교실에 비하면 축제 행사나 저녁 모임처럼 어울려 노는 일이 절반밖에 되지 않았지만 대신 회비는 훨씬 저렴했으니까. 그리고 연습과 찬양 시간을 기회로 안드레아스와 만날 좋은 집안의 처녀들은 성가대에도 충분히 많았다. 어머니는 지체 없이 아들을 데리고 성가대 책임자를 찾아갔다. 머리가 희끗희끗한 학교 교사이자 지휘자가 친절하게 그들을 맞아주었다.

"자, 온켈트 군," 그가 말했다. "우리 성가대에서 함께 노래하고 싶다고요?"

"네, 그렇습니다만, 괜찮다면—"

"전에도 노래를 해본 적이 있나요?"

"아 네, 그게, 그렇다고 할 수 있는데—"

"그럼, 테스트를 한번 해보지요. 외워서 부를 수 있는 노래가 있으면 뭐든 한 곡 해보세요."

안드레아스 온겔트는 소년처럼 얼굴을 붉히며 좀처럼 노래를 시작하려 하지 않았다. 교사도 전혀 물러서지 않았고 마침내 화를 내려고 하자, 결국 온겔트는 고집을 꺾고 가만히 앉아 있는 어머니를 체념의 시선으로 바라보며 애창곡을 부르기 시작했다. 그리고 차츰 노래에 빠져들어 1절을 막힘없이 불렀다.

지휘자가 그만해도 좋다는 손짓을 했다. 노래는 아주 잘 불렀지만 감동이 없다며 그는 재차 정중하게 말했다. 노래에서 연심戀心이 배어나오는 게 유행가에 더 소질이 있는 것 같으니 노래교실 같은 데 가보는 건 어떻겠냐는 것이었다. 온겔트가 당황해서 대답을 못 하고 우물거리자 어머니가 아들을 변호하고 나섰다. 노래는 정말 잘하지 않느냐, 지금은 좀 당황했을 뿐이다, 아들을 받아주면 좋겠다. 노래교실은 성가대와 달라 점잖지 못하지 않냐, 해마다 교회에 헌금을 내고 있다. 간단히 말하면 선생님이 아량을 베풀어 임시로라도 자리를 달라, 그러면 아들이 여기 어울리는 사람이란 걸 알게 될 거다, 라는 얘기였다. 늙은 지휘자는 다시 위로하듯 교회 성가대는 재미로 나오는 곳이 아니며 이미 오르간 옆에 틈이 없을 만큼 자리도 비좁다고 말했다. 하지만 결국 어머니의 달변이 이겼다. 나이든 지휘자에게 서른이 넘은 남자가 도움을 줄 어머니까지 대동하고 와서 성가대에 지원한 경우는 처음이었다. 이런 식으로 성가대원이 늘어나는 경우는 이례적이고 사실상 번거롭지만 음악과는 상관없이 내심 흥미롭기도 했다. 그는 안드레아스에게 다음 연습 때부터 나오라고 말하고는 웃는 얼굴로 두 사람을 보냈다.

수요일 저녁 꼬마 온켈트는 정확한 시간에 맞춰 성가대 연습이 있는 강당에 나타났다. 부활절 성가 연습이 있었다. 하나둘씩 도착한 남녀 성가대원들이 신입 대원에게 반갑게 인사를 건넸다. 모두 밝고 명랑한 친구들이라 온켈트는 흐뭇했다. 마르그레트 디를람도 와서 새로 온 그에게 미소지으며 고개를 까딱해 보였다. 이따금 등뒤에서 나직한 웃음소리가 들리기도 했지만, 그 정도 놀림은 익숙했으므로 크게 신경쓰지 않았다. 이상한 것은 그 자리에 나온 키르허스포일레의 점잔 빼며 심각하게 구는 태도였다. 곧 알게 된 사실이지만 그녀는 성가대에서 노래를 잘하는 축에 속했다. 평소에는 그에게 친절하던 그녀가 이상하리만큼 냉정했고, 그가 여기로 밀고 들어온 것이 거슬리는 눈치였다. 하지만 키르허스포일레가 그와 무슨 상관이란 말인가?

노래를 할 때 온켈트는 매우 조심스러웠다. 학창 시절 악보 읽는 법을 조금 배워둔 덕분에 몇 소절은 목소리를 죽여 다른 대원들을 따라 불렀지만 전체적으로 자신감이 없었다. 노래 실력이 나아지지 않으면 어쩌나 불안한 마음마저 들었다. 지휘자는 그의 당황한 모습이 우습기도 하고 측은하기도 해서 신경을 써주었고 연습이 끝나고 헤어질 때 이렇게 위로하기도 했다. "꾸준히 노력하면 차차 나아질 겁니다." 하지만 그날 저녁 내내 안드레아스 온겔트는 마르그레트 옆에서 몇 번이고 그녀를 바라보는 기쁨을 누렸다. 예배 전후 오르간 연주에 맞춰 노래를 부를 때 테너 파트는 여자들 바로 뒤에 선다는 데 생각이 미친 그는 부활절을 비롯한 행사 때마다 가까이서 마르그레트 디를람을 맘껏 볼 수 있다는 황홀한 상상에 젖었다. 하지만 작고 왜소한 탓에 다른 성가대원들 사이에 묻혀 아무것도 보이지 않을 거라 생각하니 다시 속이 상했다. 그는 용기를 내어 한 성가대원에게 앞으로 합창석에 설 때 겪게 될 난처한 사정을 더듬더듬 하소연했다. 물론 그런 걱정을 하는 진짜 이유는 말하지 않았다. 동료는 흔쾌히 그를 도와 눈에 잘 띄는 자리를 마련해주겠다고 약속했다.

연습이 끝나자 인사할 새도 없이 모두 뿔뿔이 흩어졌다. 더러 여자를 집까지 바래다주는 남자도 있었고, 어울려 맥주를 마시러 가는 무리도 있었다. 온겔트는 어두운 강당 앞에 홀로 서서 흩어지는 사람들을, 특히 마르그레트의 뒷모습을 답답한 심정으로 바라보며 실망스런 표정을 지었다. 그때 키르허스포일레가 그의 옆을 지나갔다. 그가 모자를 벗고 인사하자 그녀가 말했다. "집에 가는 길이에요? 같은 방향이니 함께 가도 되겠네요." 그는 고마운 마음으로 제안을 받아들여 그녀와 나란히 습하고 쌀쌀한 3월의 거리를 걸어 집으로 갔다. 두 사람이 나눈 말이라곤 잘 가라는 인사 한마디가 전부였다.

다음날 마르그레트 디를람이 가게를 찾았다. 온겔트는 모든 옷감을 비단 다루듯 다루고 치수 재는 자를 바이올린 활처럼 움직이며 사소한 부분에도 세심하게 정성을 기울였다. 그러면서 마음속으로는 그녀가 전날 저녁 일이나 성가대 혹은 연습에 대해 한마디쯤 해주길 은근히 기대했다. 그녀도 기대를 저버리지는 않았다. 가게를 나서려다 말고 그녀가 물었다. "온겔트 씨, 노래도 하는 줄 몰랐어요. 노래 부른 지 오래됐어요?" 그는 가슴이 두근두근했다. "네, 뭐 그렇다기보다는, 실례입니다만" 하고 겨우 내뱉는 사이에 그녀는 고개를 까딱해 보이고는 골목으로 사라졌다.

'이것 봐라, 이것 봐!' 그는 속으로 혼잣말을 하며 앞날을 꿈꾸었다. 그리고 물건을 정리하며 난생처음 혼방모직물 레이스 천과 순모를 혼동했다.

그사이 부활절이 점점 다가오고 있었다. 성가대는 부활절 일요일은 물론 성금요일*에도 노래를 부를 예정이었으므로 그 전

---

* 그리스도 수난의 날로, 부활절 이틀 전이다.

주에는 연습이 여러 번 있었다. 온겔트는 늘 정각에 나타나 작은 실수도 하지 않으려고 정성을 다했으므로 모두 그를 상냥하게 대해주었다. 파울라 키르허만이 여전히 그를 못마땅해하는 것 같아 그는 마음이 편치 않았다. 그녀는 그가 깊이 신뢰하는 유일한 여자였기 때문이다. 또한 집에 갈 때는 항상 그녀와 함께였다. 속으로는 늘 마르그레트를 집에 데려다주고 싶었지만 물어볼 용기가 나지 않았다. 그래서 파울라와 같이 가게 된 것이었다. 처음 함께 집으로 가는 길에는 서로 한 마디도 나누지 않았다. 그다음번에는 키르허가 그에게 왜 그렇게 말이 없느냐, 자기가 무서우냐고 나무라듯이 물었다.

"아닌데요." 그는 놀라서 더듬거렸다. "그게 아니라, 그렇다기보다는, 절대 아니라, 그 반대인데."

그녀는 나직하게 웃으며 물었다. "노래 부르는 건 어때요? 재밌어요?"

"그게, 많이, 네."

그녀는 고개를 저으며 조용히 말했다. "온겔트 씨, 당신하곤 정말 대화란 걸 할 수 없는 건가요? 한 번도 속시원히 대답해주는 법이 없네요."

그는 어쩔 줄 모르고 그녀를 바라보며 말을 더듬었다.

"탓하려는 게 아니에요." 그녀가 말을 이었다. "당신은 그렇게 생각 안 해요?"

그는 열심히 고개를 주억거렸다.

"좋아요, 그럼! 당신은 '저'라든가 '그러니까' '실례지만' 같은 말을 빼면 대화를 못 하나요?"

"아니, 그건 아니지만요. 그럼에도, 어쨌든."

"아니, 그럼에도, 어쨌든. 저녁에 집에 가면 어머니나 고모님 하곤 제대로 된 말로 얘기할 거 아니에요? 그러니까 저나 다른 사람들하고도 그렇게 하라고요. 그러면 대화가 편해질 거예요. 어때요?"

"그럼요. 네. 그래야겠는데, 아무렴요."

"그럼 좋아요. 그렇게 하는 걸로 알게요. 이제 대화할 수 있겠네요. 당신한테 할 얘기가 있었거든요."

그리고 그녀는 그에게는 익숙지 않은 대화를 시작했다. 먼저 노래를 제대로 하는 것도 아니고 대부분이 그보다 어린 사람뿐인데 교회 성가대에 나오는 이유가 뭐냐고 물었다. 사람들이 호시탐탐 그를 비웃고 놀리는 것을 모르느냐고. 얘기를 듣고 창피해서 풀이 죽을수록 그녀의 충고가 얼마나 너그럽고 호의로 가득한 것인지 더 절실히 느끼게 되었다. 그는 그 호의를 차갑게 밀어내버리고 싶은 마음과 가슴 뭉클한 고마움 사이에서 울먹이며 갈피를 잡지 못했다. 어느새 그들은 키르허의 집 앞에 와 있었다. 파울라는 그에게 손을 내밀며 차분히 말했다.

"온겔트 씨, 잘 자요. 부디 나쁘게 생각하진 말고요. 다음에 계속 얘기해요, 네?"

그는 심란해져서 집으로 갔다. 그녀의 솔직한 충고에 마음이 아팠지만, 누군가와 그토록 친절하고 진지하고 호의에 찬 대화를 나눴다는 사실이 신선했고 또 위안이 되었다.

다음 연습을 마치고 돌아오는 길에는 집에서 어머니와 얘기하듯이 제대로 된 말로 그녀와 대화할 수 있었다. 그렇게 되자 용기와 자신감이 생긴 그는 다음날 저녁엔 속마음까지 털어놓으려고 했다. 파울라가 자기편에 서서 도와줄 거라는 말도 안 되는 기대로 디를람의 이름을 밝힐 결심까지 어느 정도 섰다. 하지만 그녀는 그럴 기회를 주지 않았다. 그녀는 그의 고백을 중간에 뚝 끊어버리고서 말했다. "당신은 결혼을 하고 싶은 거예요, 그렇죠? 그것도 현명한 거예요. 나이가 있잖아요."

"나이야 그렇죠." 그가 서글프게 말했다. 그녀는 그냥 웃을 뿐이었고, 온겔트는 서운함을 달래지 못하고 집으로 돌아갔다. 다음번에 그는 다시 결혼 얘기를 꺼냈다. 파울라는 그저 어떤 상대를 원하는지 아는 것, 그게 꼭 필요하며, 그가 성가대에서 하는 일이 전혀 도움이 되지 않는다는 것만은 확실하다고 대꾸했다. 젊은 아가씨들이 다른 건 몰라도 애인이 웃음거리가 되는 건 절대 못 참을 테니까.

그녀의 이야기를 듣고 괴로웠던 마음은 한껏 들떠 성금요일을 준비하면서 사라졌다. 온겔트는 그날 처음으로 오르간이 연주되는 합창 무대에 설 예정이었다. 당일 아침 특별히 신경써서 옷을 차려입고 솔질을 한 실크해트를 쓴 다음 일찌감치 교회로 갔다. 자리를 배정받고 나서 무대 배치 때 도움을 주기로 약속한 동료를 돌아보았다. 그가 약속을 잊지 않은 듯 손짓을 하자 칼칸트*가 낄낄거리며 작은 궤짝을 가져와 온겔트의 자리에 놓아주었다. 그 위에 올라서자 온겔트는 제일 키가 큰 테너들과 똑같이 볼 수 있고 사람들 눈에도 띄게 되었다. 하지만 그런 식으로 서 있는 것은 지나치게 힘들고 위험하기도 했다. 균형을 잡고 똑바로 서야 했고, 떨어져서 다리가 부러지거나 난간에 선 여자들에게로 굴러떨어질까봐 겁이 나 식은땀이 흘렀다. 좁고 가파른 계단식으로 된 오르간 앞의 무대는 신도석과 마주보고 있었다. 대신 기쁘게도 아름다운 마르그레트 디를람의 목덜미가 숨막힐 듯 가깝게 보였다. 합창과 예배가 끝났을 때 온겔트는 녹초가 되어 교회 문이 열리고 종이 울리자 안도의 한숨을 내쉬었다.

다음날 키르허스포일레는 그렇게 억지로 키를 높이는 것은 우

---

* 과거 파이프오르간 연주시 소리가 나도록 송풍구를 밟는 일을 맡았던 조수.

쭐대는 것 같고 우스팡스러워 보인다고 나무랐다. 그는 앞으로 작은 키 때문에 부끄러워하지 않겠다고 약속했지만, 다음날인 부활절만큼은 동료의 성의를 생각해서라도 마지막으로 궤짝을 이용하고 싶었다. 파울라는 그 남자가 당신을 놀리려고 궤짝을 가져다준 걸 모르겠느냐고는 차마 말할 수 없었다. 그녀는 고개를 설레설레 저으며 그가 하는 대로 두었다. 그의 순수함에 감동한 만큼 철없는 행동에 화도 났다.

부활절 당일 성가대의 분위기는 성금요일보다 조금 더 엄숙했다. 어려운 곡이 연주되었고, 온겔트는 용감하게 발판을 딛고 올라가 몸의 균형을 잡았다. 합창이 끝나갈 무렵 그는 발밑이 흔들거리는 걸 알아차리고 기겁했다. 행여나 앞으로 고꾸라질까봐 꼼짝 않고 서 있는 것밖에 달리 방법이 없었다. 큰 소동이나 사고는 일어나지 않았다. 단 하나, 발판이 작게 삐걱거리면서 테너 온겔트의 키가 서서히 작아지더니 겁에 질린 얼굴을 하고서 아래로 가라앉아 사라진 것 말고는. 지휘자와 신도석, 성당 이층석 그리고 금발 마르그레트의 아름다운 목덜미가 차례로 눈앞에서 사라져갔지만 그는 무사히 바닥에 내려섰다. 웃음을 참느라 얼굴을 찡그린 남자 성가대원들과 가까이 앉아 있던 일부 남학생을 제외하면 교회 안의 누구도 이런 사실을 알아채지 못했다. 푹 가라앉은 그의 자리 위로 '환호하라, 기뻐하라' 아름다운 부활절의 합창이 울려퍼졌다.

오르간 연주자의 마지막을 장식하는 곡을 들으며 신도들은 교회를 떠나고, 성가대는 남아서 얘기를 나누었다. 해마다 부활절 다음날에는 성가대원들이 야유회를 가는 전통이 있었다. 안드레아스 온겔트가 처음부터 손꼽아 기다리던 행사였다. 대담하게도 디를람 양에게 같이 갈 생각이냐고 묻기까지 했다. 질문은 힘들지 않게 흘러나왔다.

"네, 그럼요. 가야죠." 아름다운 아가씨는 조용히 답하며 덧붙였다. "그건 그렇고, 아까 어디 다친 덴 없어요?" 그때 참고 있던 웃음이 터져버려 그녀는 대답을 듣기도 전에 쌩하니 가버렸다. 그때 저쪽에서 포일레도 진지하고 연민 어린 눈으로 이쪽을 바라보고 있어서 온겔트는 더욱 어리둥절했다. 잠시 솟았던 용기는 순식간에 사라지고, 어머니의 권유가 아니라면 야유회고, 성가대고, 희망이고 다 포기하고픈 마음뿐이었다.

월요일 날씨는 맑고 화창했다. 두시가 되자 성가대원들은 친척들 친구들과 함께 도시 위쪽의 레르헨 가로수길에 모였다. 온겔트는 어머니와 함께였다. 지난밤 그는 어머니에게 마르그레트를 좋아한다고 털어놓은 터였다. 별로 희망은 없지만 어머니가 함께 나서준다면 야유회에서 어떻게든 해볼 수 있을 것 같다고. 아들이 잘되기만을 바라는 어머니의 눈에도 마르그레트는 그에

비해 너무 어리고 예뻐 보였다. 하지만 시도는 해볼 수 있지 않은가. 가게 때문이라도 아들은 어서 아내를 얻어야 했다.

숲길이 상당히 비탈지고 험해 성가대원들은 노래도 부르지 않고 올라갔다. 그럼에도 온겔트 부인은 침착하게 여유를 가지고 아들에게 앞으로 몇 시간 동안 어떻게 행동해야 하는지 진지하게 일러주고는 자신은 디를람 부인과 쾌활하게 이야기를 나누기 시작했다. 마르그레트의 어머니는 높은 곳을 오르느라 숨이 차꼭 필요한 대답만 했지만, 대화는 재미있고 흥미로웠다. 온겔트 부인은 날씨가 좋다는 말부터 시작해 성가대 음악이 훌륭했다, 디를람 부인이 건강해 보인다. 마르그레트의 봄옷이 예쁘다고 칭찬했다. 한동안 화장 얘기를 열심히 하다가 지난 몇 년간 눈에 띄게 호황을 누리고 있는 시누이의 직물 가게에 대해서도 덧붙였다. 그러자 디를람 부인도 온겔트를 치켜세우지 않을 수 없었다. 그녀는 몇 년 전 수습 기간 동안 이미 남편도 알아보고 인정했는데 안드레아스는 어쩜 그렇게 안목이 뛰어나고 상인의 자질이 풍부한지 모르겠다고 했다. 그녀의 칭찬에 온겔트의 어머니는 내심 기쁨을 가누지 못하면서도 한숨 섞인 어조로 말했다. 안드레아스는 능력이 있으니 앞으로 틀림없이 성공할 테고 성황인 가게도 벌써 그의 것이나 다름없는데 여자들 앞에서 수줍음을 타는 게 탈이라고. 결혼 생각이 없는 것도 아니고 바람직한 조건도 다 갖추었는데 믿고 추진하지를 못하니 어쩌냐고.

디를람 부인은 걱정하는 그녀를 위로하기 시작했다. 자기 딸은 전혀 염두에 두지 않고, 근처에 딸을 둔 사람이라면 누구든지 안드레아스와 맺어지는 걸 환영할 거라고 장담했다. 온겔트 부인에게는 꿀처럼 달콤하게 감겨드는 말이었다.

한편 마르그레트는 젊은 무리와 함께 저만치 앞서가고 있었고, 온겔트도 이 장난꾸러기들 틈에 끼어 짧은 다리로 기를 쓰고 따라갔다.

모두 그에게 특별히 선심을 썼다. 이 장난꾸러기들에게 사랑에 빠진 눈동자의 겁먹은 꼬맹이는 굴러들어온 먹잇감이나 다름없기 때문이었다. 어여쁜 마르그레트도 마찬가지여서 자신을 연모하는 남자에게 때로 진지한 척 말을 걸었고, 그러면 온겔트는 너무 좋아 흥분해서 자꾸 말을 더듬거리는 바람에 온몸이 화끈거릴 지경이었다.

하지만 그 즐거움도 오래가지 못했다. 가련한 온겔트도 차츰 모두가 뒤에서 자기를 비웃고 있다는 걸 깨달았다. 적당히 받아 넘기는 편이 좋다는 걸 알면서도 의기소침해지는 건 어쩔 수 없었고 희망도 사그라져갔다. 하지만 되도록 내색은 하지 않았다. 젊은이들의 장난은 시간이 가면 갈수록 더 심해졌다. 농담과 암시의 대상이 자신이라는 게 분명해질수록 그는 억지로 쥐어짜내 더 크게 따라 웃었다. 결국 그중 제일 짓궂은 키다리 약방 조수가 도에 넘치는 장난을 치는 것으로 놀림은 끝이 났다.

보기 좋게 나이든 떡갈나무 옆을 지나갈 때였다. 약방 조수가 높다란 나무 맨 아래 가지에 손이 닿는지 한번 보겠다고 했다. 그는 몸을 쭉 펴고 여러 번 펄쩍 뛰었지만 손이 닿지 않았다. 반원을 그리며 주위에 둘러서 있던 일행들 사이에서 야유가 쏟아졌다. 그때 그에게 자존심도 회복하고 다른 사람을 웃음거리로 만들 묘안이 떠올랐다. 갑자기 그가 꼬마 온겔트를 붙잡더니 번쩍 들어올려 나뭇가지를 잡고 매달려 있으라고 했다. 깜짝 놀란 온겔트는 화가 나서 버둥거리면서도 흔들흔들하다가 떨어질까봐 무서워 그대로 매달려 있을 수밖에 없었다. 그가 가지를 꽉 움켜쥐고 매달리자 약방 조수는 잡고 있던 손을 놓았다. 젊은이들 사이에서 웃음이 터져나오고 꼼짝없이 높은 가지에 매달린 온겔트는 다리를 버둥거리며 성난 고함을 질렀다.

"내려줘요!" 그가 크게 외쳤다. "어서 내려달란 말이에요!"

온겔트의 목소리가 돌변했다. 너무나 참담했고 씻을 수 없는 모욕을 당한 느낌이었다. 그런데 약방 조수는 내려오고 싶으면 뭔가 보여줘야 한다고 했고, 모두가 갈채를 보내며 환성을 질렀다.

"보여줘야죠!" 마르그레트도 외쳤다.

그는 그 말을 거역할 수 없었다.

"해요, 한다고요." 그가 외쳤다. "알았으니 빨리요!"

그러자 얄미운 약방 조수는 이런 요지의 짧은 연설을 했다. 온 겔트가 성가대원이 된 지 삼 주가 지났는데 아무도 그의 노래를 들어본 적이 없다. 그러니 여기 모인 사람들 앞에서 한 곡 부르지 않으면 높고 위험한 곳에서 내려줄 수 없다.

그의 말이 끝나기 무섭게 안드레아스는 흐느끼다시피 노래를 시작했다. 힘이 빠지는 게 느껴지던 참이었다. "그대여 아직도 기억하나요." 하지만 1절이 끝나기도 전에 손힘이 풀려 외마디 소리를 지르며 굴러떨어지고 말았다. 모두가 깜짝 놀랐다. 그때 만약 다리 하나라도 부러졌더라면 사람들은 후회하면서 그를 측은해했을 것이다. 그런데 얼굴만 창백했을 뿐 온겔트는 멀쩡하게 다시 일어났다. 그러고는 이끼 위에 떨어진 모자를 주워 다시 쓰고 말없이 자리를 떠나 왔던 길로 되돌아갔다. 첫번째 모퉁이를 돌아선 그는 길가에 주저앉아 기운을 추스르려고 했다.

약방 조수는 미안했는지 몰래 뒤따라와 사과했지만 온겔트는 대꾸하지 않았다.

"정말 너무 미안합니다." 그가 다시 애걸하듯 말했다. "나쁜 생각으로 그런 건 아니었어요. 부디 마음 풀고 다시 우리랑 함께 가요!"

"됐어요." 온겔트가 손을 저으며 말했다. 약방 조수는 시무룩해져서는 돌아갔다.

잠시 후 온겔트와 마르그레트의 어머니가 어른들 일행과 함께 천천히 다가왔다. 온겔트는 어머니에게로 가서 말했다.

"집에 가요."

"집에? 왜 그러니? 무슨 일 있었어?"

"아니요. 하지만 소용없어요. 이젠 확실히 알겠어요."

"그래? 거절당한 거니?"

"아니요. 하지만 나도 안다고요……"

온겔트의 어머니는 그 말을 가로막고 아들을 끌어당겼다.

"더는 아무 말 마라! 잘될 거니까 나만 따라오면 돼. 두고 봐라, 커피 마실 때 마르그레트 옆에 앉게 해줄 테니."

온겔트는 걱정스러운 듯 고개를 저으면서도 어머니의 말에 따랐다. 키르허스포일레가 그에게 말을 걸려다 말았다. 말없이 앞만 보며 걷는 그의 얼굴이 전에 없이 분하고 침통해 보였던 것이다.

삼십 분쯤 지나 일행은 목적지인 작은 숲속 마을에 도착했다. 이곳 음식점은 커피맛이 좋기로 유명했고, 인근에는 옛날 도둑 기사들이 살던 성터가 남아 있었다. 그들보다 훨씬 먼저 도착한 젊은이들은 음식점 마당에서 떠들썩하게 장난치고 있었다. 식당에서 테이블을 가지고 나와 나란히 붙여놓자 젊은이들은 의자와 벤치를 날랐다. 깔끔한 테이블보가 덮이고 커피잔과 주전자, 접시와 다과류가 준비되었다. 온겔트 부인은 말했던 대로 아들을 마르그레트 옆에 앉혔다. 하지만 온겔트는 울적한 마음으로 방금 당한 봉변을 하염없이 되새기느라 기회를 이용할 생각도 하지 못했다. 그래서 어머니가 아무리 눈짓을 보내도 알아채지 못하고 고집스레 말없이 식은 커피를 젓고 있었다.

커피를 두 잔째 마시고 나서 젊은이들은 성터에 놀러가자고 했다. 아가씨들까지 함께 우르르 자리에서 일어났다. 마르그레트 디를람도 일어났다. 그때 그녀는 풀이 죽어 앉아 있는 온겔트에게 진주가 박힌 예쁜 손가방을 건네며 말했다.

"온겔트 씨 이것 좀 맡아주실래요? 우리는 놀러가서요." 그는 고개를 끄덕이며 그것을 받아들었다. 그가 함께 가지 않고 당연히 나이든 사람들 곁에 머물 거라 여기는 인정 없는 말투에도 더는 놀라지 않았다. 성가대 연습 시간에 보여준 묘하게 친절한 태도들, 궤짝에 얽힌 일들, 그리고 그외 모든 것을 진작 알아차리지 못한 자신이 기막힐 따름이었다.

젊은이들이 떠나자 남은 사람들은 커피를 마시며 이야기를 나누었다. 온겔트는 슬며시 자리를 피해 뒤뜰을 지나 들판 너머 숲으로 갔다. 손에 든 예쁜 손가방이 햇빛에 반짝거렸다. 그는 갓 베어낸 나무 그루터기 앞에 멈춰 섰다. 손수건을 꺼내 아직 물기가 남아 번들거리는 나무 위에 깔고 앉았다. 그는 머리를 감싸쥐고 슬픈 생각에 빠졌다. 그의 시선이 다시 알록달록한 손가방에 멈췄을 때 젊은이들의 와자지껄한 환호 소리가 바람에 실려왔다. 온겔트는 고개를 푹 숙이고 소리 없이 어린아이처럼 울기 시작했다.

그렇게 앉아 한 시간쯤 지났을까. 어느새 눈물은 마르고 흥분했던 마음도 가라앉았다. 하지만 노력이 허사로 돌아갔다는 실망감과 슬픔은 어느 때보다 더 또렷이 다가왔다. 그때 나지막한 발소리와 옷자락 끌리는 소리가 가까워졌다. 그가 미처 자리에서 일어나기도 전에 파울라 키르허가 옆에 와 섰다.

"혼자 고독을 즐기는 거예요?" 그녀가 장난치듯 물었다. 아무 대답이 없자 그의 얼굴을 더 빤히 들여다보고는 갑자기 정색하며 부드럽게 물었다. "어디 불편해요? 무슨 안 좋은 일이라도 있어요?"

"아닙니다." 온겔트는 낮은 소리로 되는대로 말했다. "아니에요. 그저 내가 사람들과 어울릴 수 없다는 걸 깨달았을 뿐이에요. 그들의 놀림감에 불과했다는 걸요."

"그 정도는 아닐 거예요."

"아니요. 사실이 그래요. 난 그들의 놀림감이었다고요. 특히 아가씨들한테요. 내가 너무 순진하고 만만하게 굴었던 거죠. 당신 말이 맞았어요. 성가대에 들어가는 게 아니었어요."

"지금이라도 성가대를 나가면 되잖아요. 그럼 다 잘될 거고요."

"그거야 어렵지 않아요. 내일까지 미룰 것도 없이 오늘 당장 나갈 수 있죠. 하지만 그런다고 달라질 건 없어요."

"어째서요?"

"내가 저들의 노리개가 되었으니까요. 이제 다시는……"

그는 흐느낌을 주체하지 못할 지경이었다. 그녀가 다정하게 물었다. "이제 다시는 뭐요?"

그가 떨리는 목소리로 말을 이었다. "이제 다시는 나를 진지하게 봐주는 아가씨가 없을 거라고요."

"온겔트 씨." 파울라가 천천히 말했다. "지금 본인이 틀렸다는 생각은 안 들어요? 아니면 제가 당신을 진지하게 봐주지 않는다는 건가요?"

"아니, 그런 건 아니에요. 날 생각해준다는 건 알아요. 하지만 내 말뜻은 그게 아니에요."

"그럼 뭔데요?"

"아, 내 입으로는 절대 말 못 하겠어요. 세상 사람들이 다 나보다 낫다고 생각하면 돌아버릴 것 같아요. 나도 인간이잖아요? 하지만 나랑, 나랑 결혼하려는 사람은 아무도 없다고요!"

한동안 침묵이 흘렀다. 포일레가 다시 말을 꺼냈다.

"좋아요, 그럼 여자들한테 의향을 물어본 적은 있어요? 당신과 결혼하고 싶은지 아닌지?"

"물어본 적이 있느냐고요! 아니, 그건 아니에요. 뭐하러요? 누구도 그럴 마음이 없다는 걸 뻔히 아는데."

"그럼 여자들이 당신에게 와서 이렇게 말하길 바라고 있나보네요. 온겔트 씨, 실례지만 제발 저랑 결혼해주세요, 라고요! 그렇다면 아주 오래 기다리셔야겠어요."

"나도 알아요." 안드레아스가 한숨을 내쉬었다. "파울라 양, 내 말뜻이 뭔지 알잖아요. 나한테 조금이라도 호의가 있는 아가씨가 있다면야……"

"있다면 그 아가씨에게 친절히 대해주고 눈짓도 보내고, 집게손가락으로 가리켜보기라도 하겠다고요? 맙소사, 당신은, 당신은……"

그 말과 함께 그녀는 뛰어가버렸다. 하지만 킥킥거리며 웃는 대신 눈물을 글썽거렸다. 온겔트는 그 눈물을 보진 못했지만 그녀의 목소리와 뛰어가는 뒷모습에서 이상한 낌새를 채고 뒤따라 달려갔다. 드디어 마주선 두 사람은 무슨 말을 해야 좋을지 몰라 꼭 끌어안고 키스를 했다. 이렇게 꼬마 온겔트는 약혼을 한 것이었다.

그가 신붓감과 함께 쑥스럽지만 당당하게 팔짱을 끼고 음식점 마당으로 돌아왔을 때 모두 떠날 채비를 마치고 두 사람이 나타나기만을 기다리고 있었다. 모두 놀란 얼굴로 고개를 내저으며 축하의 말을 떠들썩하게 쏟아낼 때 아름다운 마르그레트가 온켈트 앞에 나타나 물었다. "저기, 제 손가방은 어디 두셨어요?"

화들짝 놀란 예비 신랑은 어디 뒀다고 하며 다시 서둘러 숲으로 갔고 파울라도 뒤따라갔다. 그가 한참을 앉아 울던 자리의 갈색 낙엽 사이에서 손가방이 반짝거리고 있었다. 파울라가 말했다. "다시 오길 잘했어요. 저기 당신 손수건도 있네요."

마티아스 신부

1

푸른 강물이 굽이쳐 흐르는 구릉진 고도시의 한복판, 화창한 늦여름의 오전 햇살이 고요한 수도원을 비추고 있었다. 어둡고 넓은 수도원 건물은 도시와는 높은 담장에 둘러싸인 정원을, 마찬가지로 넓고 고즈넉한 수녀원과는 강을 사이에 두고 저만치 떨어져 굽은 강둑에서 여유롭게 쉬며 뿌예진 수많은 유리창 너머로 타락한 시대를 도도하게 내려다보았다. 수도원 뒤편 그늘진 언덕에는 교회와 예배당, 학교, 귀족들의 저택이 즐비한 신앙심 깊은 도시가 자리했고, 언덕마루에 높은 본당이 있었다. 고독하게 서 있는 수녀원과 강 건너 가파른 언덕에는 환한 햇살이 고루 퍼져 있었다. 언덕배기의 양지바른 풀밭과 과수원 군데군데 돌무더기와 진흙 구덩이가 누런 황금색으로 빛났다.

　마티아스 신부는 삼층 창문을 열어놓고 그 앞에 앉아 책을 보고 있었다. 금발의 수염을 기른 그는 한창나이의 사내로, 호감가는 친절하고 존경받는 인물로 수도원 안팎에서 명성이 자자했다. 하지만 겉으로 보이는 잘생긴 얼굴과 고요한 눈빛 뒤에는 은밀한 어둠과 혼돈의 그늘이 드리워 있었다. 동료 신부들은 십이년 전 그를 이 고요한 수도원으로 내몬 깊은 청춘의 우수가 남은 탓이라고 여겼다. 그나마도 오래전부터 차츰 사라지고 이제는 여유로운 친절함으로 변한 것처럼 보였다. 그러나 사람은 겉만 보고 알 수 없는 법, 그 그늘의 숨은 이유를 아는 사람은 마티아스 신부 본인뿐이었다.

　들끓는 청춘의 질풍노도가 지나간 후, 난파의 경험은 한때 열정으로 가득하던 이 사람을 수도원으로 이끌었다. 파괴적인 자기부정과 우울로 수년을 흘려보낸 그는 인내의 시간과 타고난 강인함에 의지해 과거를 잊고 새로운 삶을 살아갈 용기를 얻었다. 그는 신망받는 수도사가 되었다. 그에게는 선교 여행을 떠나거나 지방 신도들과 만날 때 사람들이 마음을 열고 손을 내밀게 하는 남다른 재주가 있었다. 여행에서 돌아올 때면 항상 현금이나 막대한 유산증서 같은 넉넉한 성과를 거두어 수도원을 기쁘게 했다.

　의심할 바 없이 그는 수도원에서 존경받아 마땅한 인물이었다. 하지만 그가 뿜어내는, 그리고 쩔렁거리는 돈의 광채 탓에 신부들은 아끼는 동료에게서 몇 가지 다른 면을 보지 못했다. 실제로 마티아스 신부는 어두운 청춘의 격랑을 헤치고 나와 평정을 찾은 인상을 주었다. 개인적인 소망과 사고방식이 신부로서의 의무와 조화를 이룬 그는 누구에게나 쾌활한 사람으로 비쳤다. 그러나 영혼을 들여다볼 줄 아는 사람이라면 마티아스 신부의 그런 유쾌한 온화함은 내면의 일부만 드러난 것일 뿐이며 침묵하고 있는 나머지 영혼의 굴곡들을 덮고 있는 허울좋은 가면에 불과하다는 것을 알아챘을 것이다. 마티아스 신부는 과거의 찌꺼기를 가슴에 묻고 드러내지 않는 완벽한 사람이 아니었다. 오히려 영혼이 건강해지면서 타고난 옛 본성도 함께 깨어났고, 과거와 달리 절제된 시선이기는 했어도 오래전부터 활짝 열린 욕망으로 화려한 속세의 삶을 곁눈질하고 있었다.

　단도직입적으로 말해, 마티아스 신부는 이미 여러 번 수도원의 서약을 어겼다. 신성한 수도복을 입고 속세의 쾌락을 추구한다는 것은 그의 결백한 성품과는 맞지 않거니와 실제로 수도복을 더럽힌 적도 없었다. 아무도 몰랐지만, 이미 몇 번이나 수도복을 감춰두었다가 세속의 소풍이 끝나고 다시 걸친 것이었다.

마티아스 신부에게는 위험한 비밀이 있었다. 그는 혼자만 아는 안전한 장소에 우아한 속인의 의상을 숨겨두었다. 물론 속옷과 모자, 장신구도 빼놓지 않았다. 백 일 중 아흔아홉 날을 수도복을 입고 철저히 성직자의 의무를 다하며 성실하게 산다 해도, 마음은 하루가 멀다 하고 그가 세속인으로 세속인들 사이에서 보냈던 그 몇 안 되는 은밀한 날들에 머물렀다.

마티아스 신부의 성품은 이 이중생활의 아이러니를 즐길 만큼 분방하지 못했으므로, 고해하지 못한 죄가 마음 한편을 짓눌렀다. 만약 그가 열등하고 나태하고 사랑받지 못하는 수사였다면 오래전에 과감히 수도복을 벗어버리고 솔직한 자유를 찾았을 것이다. 하지만 그는 존경과 사랑을 한 몸에 받는 수사로 그에 준하는 의무를 다하고 있었고, 가끔은 그 정도면 자신의 허물을 덮고도 남는 게 아닌가 하는 생각까지 들었다. 정직하게 노력한 대가로 교회와 수도회에 보탬이 될 때면 마음이 흡족하고 가벼웠다. 그런데 그것은 금지된 방법으로 타고난 욕망을 충족시키고 억눌러 있던 욕구를 해소할 때도 마찬가지인 듯했다. 그럼에도 한가로운 시간이면 그의 선량한 눈가에는 어두운 그늘이 졌다. 안정을 추구하는 영혼이 후회와 반감, 용기와 두려움 사이에서 흔들렸다. 그는 동료들의 순결을 부러워했고, 바깥세상 사람들의 자유를 시샘했다.

지금도 그렇게 그는 창가에 앉아 책을 읽다 말고 시선을 돌려 바깥 풍경을 힐끔힐끔 내다보고 있었다. 밝고 활기찬 건너편 언덕 기슭을 바라보고 있자니 기이한 사람들의 행렬이 나타났다. 그들은 회엔 가에서부터 보도로 다가오고 있었다.

네 명의 남자 중 한 사람은 어쩐지 기품이 흐르는 것 같았으나 나머지는 모두 닳아빠진 남루한 차림새였다. 번쩍거리는 제복을 입은 시골 경찰이 그들의 앞에서 걸었고, 또다른 경찰 둘이 맨 뒤에 따랐다. 호기심 어린 눈으로 바라보던 마티아스 신부는 곧 그들이 유죄판결을 받은 죄수임을 알아챘다. 자주 보아왔듯이 그들은 기차역에서 소도시의 형무소로 향하는 제일 가까운 길로 호송되어가는 중이었다.

마티아스 신부는 답답한 심정에서 벗어날 기회가 생긴 데 반색하며 침통하게 걷는 무리를 지켜보았다. 하지만 남모르는 우울함은 절로 못마땅한 생각들로 이어졌다. 그는 고개를 떨군 채 떨어지지 않는 걸음을 옮기는 죄인들이 불쌍했지만, 사실 그들의 처지가 눈에 보이는 만큼 가련한 건 아니라는 생각이 들었다.

'저 죄수들은,' 그는 생각했다. '석방되어 다시 자유를 찾게 될 날을 눈이 빠져라 기다리며 지낼 것이다. 하지만 내게는 그런 날이 오지 않을 것이다. 가까운 날에도 먼 미래에도. 대신 한없이 안락한 감옥생활이 계속되리라. 그 생활은 머리를 굴려 훔쳐낸 자유 시간을 통해서만 깰 수 있을 뿐이다. 저 건너 불쌍한 사내들 중 한둘은 지금 여기 앉아 있는 나를 보며 진심으로 부러워할지도 모르지. 하지만 감옥에서 풀려나 일상으로 돌아가는 날 그 부러움은 끝이다. 그때부터는 나를 보기 좋은 창살 안에 갇혀 사육되는 불쌍한 바보라고 생각하겠지.'

그가 끌려가는 죄수와 경찰들을 넋을 잃고 바라보며 여전히 생각에 빠져 있을 때 동료가 방으로 들어와 수도원장님이 집무실에서 기다리고 있다고 전했다. 마티아스 신부는 언제나처럼 상냥하게 인사하고 미소지으며 일어나 책을 제자리에 놓아두고 갈색 수도복 소매를 털었다. 강물에 반사된 빛이 소매 위에서 적갈색 반점으로 일렁거렸다. 마티아스 신부는 흠잡을 데 없이 기품 있고 당당한 걸음으로 길고 서늘한 복도를 지나 수도원장에게로 갔다.

원장은 품위 있고 따뜻하게 마티아스 신부를 맞이해 자리를 권하고 얘기를 꺼냈다. 힘든 시절이다, 지상에서 신의 권위가 눈에 띄게 약해지고 있다, 물가가 뛰고 있다는 등의 얘기였다. 마티아스 신부에게는 오래전부터 익숙한 대화였던 터라 진지하게 맞장구를 치기도 하고 의견을 내놓기도 하며 설레는 마음으로 결론을 기다렸다. 고매한 원장도 서두르지 않고 이야기를 매듭지어가고 있었다. 그는 한숨을 내쉬며 마티아스가 시골에 한번 다녀와야겠다고 말을 끝맺었다. 가서 신심 어린 영혼들의 믿음을 북돋워주고, 믿음이 부족해 시험에 든 자들을 꾸짖어주어야 한다고. 은혜로운 선물인 헌금도 가져오길 기대한다고 했다. 수도원장은 지금이 더없이 적절한 시기라고 했다. 모든 신문이 먼 남쪽 지방에서 일어난 정치혁명으로 교회와 수도원이 치명적인 공격을 당했음을 보도하고 있었다. 수도원장은 이에 맞서 싸우고 있는 교회에서 일어난 최근의 순교 일화를 세심하게 추려 신부에게 들려주었다. 더러는 끔찍하고 더러는 감동적이었다.

감사인사를 하고 기분좋게 원장실을 나온 마티아스 신부는 작은 수첩에 메모를 해가며 눈을 감고 주어진 임무를 곰곰이 생각했다. 하나둘 좋은 방법과 해결책이 떠올랐다. 그는 여느 때처럼 기쁜 마음으로 식사를 하러 갔고 그다음에는 이것저것 소소하게 여행 떠날 채비를 하면서 오후 시간을 보냈다. 곧 간단한 짐이 꾸려졌다. 사제관들과 몇몇은 구면인 대접이 후한 독실한 신자들에게 방문 사실을 알리는 데는 그보다 더 많은 시간과 공을 들였다. 저녁 무렵에는 한 손 가득 편지를 들고 우체국에 들렀다가 전보국에서도 한참 머물러 일을 보았다. 마지막으로 소책자와 포교용 전단지, 작은 성화 등을 넉넉히 준비하고 나서 단잠에 빠져들었다. 그는 명예로운 임무를 다할 준비가 단단히 되어 있었다.

2

다음날 아침 여행을 떠나기 직전에 달갑지 않은 일이 생겼다. 수도원에는 정신이 온전치 않은 젊은 평수사 한 명이 살고 있었다. 과거에 간질병을 앓은 이력이 있지만 순수하고 정이 많아 수도원에서는 누구나 그를 좋아했다. 이 우직한 청년이 작은 여행 가방을 들고 마티아스 신부를 기차역까지 배웅했다. 역까지 오는 길에도 어딘가 안절부절못하고 불안해 보이던 그는 역에 도착하자 갑자기 애원하듯 떠날 준비가 끝난 마티아스 신부를 인적 없는 모퉁이로 끌고 갔다. 그러고는 눈물을 글썽이며 제발 부탁이니 이번 여행을 떠나지 말라고, 필시 좋지 않은 일이 일어날 것만 같다고 말했다.

"전 압니다. 신부님은 돌아오실 수 없어요!" 그가 일그러진 얼굴로 울며 외쳤다. "전 확실히 알아요. 신부님은 절대 돌아오실 수 없어요!"

사람 좋은 마티아스 신부는 자기를 걱정하는 그 마음을 헤아려 절망에 빠진 그를 안심시키려고 애썼다. 결국에는 완력으로 그를 떼어놓다시피 하고 바퀴가 움직이기 시작했을 때 기차에 뛰어올라야 했다. 멀어지는 기차 안에서 내다보니 반편이 수사는 여전히 그 자리에 서서 두려움이 가득한 얼굴로 안타깝고 걱정스레 그를 바라보고 있었다. 누덕누덕 기운 남루한 수도복을 입은 초라한 평수사는 이별을 아쉬워하듯, 애원하듯 오래도록 손을 흔들었다. 마티아스 신부는 한동안 가벼운 오한에 몸을 떨었다.

하지만 머지않아 그동안 억눌러왔던 여행의 기쁨에 사로잡힌 그는 민망했던 방금 전 일은 잊어버리고 편안한 눈빛으로 마음을 다잡고 모금 여행의 모험과 승리를 향해 기차를 달렸다. 언덕과 숲의 풍경은 다가올 눈부신 날을 예감하듯 빛나고, 가을을 알리는 첫 단풍이 물들어가고 있었다. 꼼꼼히 정리해둔 수첩과 기도서는 제쳐두고 마티아스 신부는 들뜬 마음으로 차창 밖의 활짝 갠 날을 내다보았다. 저 숲과 안개가 자욱한 골짜기를 지나면 곧 한 점 티없이 파란 하늘에 금빛 햇살이 환한 가을날이 펼쳐지리라. 그의 생각은 여행의 즐거움과 당면한 의무 사이를 유연하게 오갔다. 수확철의 이 풍성한 아름다움을, 가까이 다가온 저 듬직한 과실과 포도주의 수확을 어떻게 표현할 것인가! 낙원과도 같은 이 땅과 저멀리 믿음 없는 곳에서 보복당한 신자들의 끔찍한 소식을 함께 전하면 설교의 효과는 배가될 것이다.

두세 시간 남짓한 기차 여행은 빠르게 지나갔다. 마티아스 신부가 내린 곳은 들판의 작은 숲 옆에 외떨어진 초라한 기차역이었다. 그곳에서 근사한 마차가 기다리고 있었고, 마차 주인은 신부에게 정중하게 인사를 건넸다. 신부는 상냥하게 답례하고 기쁜 마음으로 아늑한 마차에 올라탔다. 마차는 이내 경작지와 아름다운 초원을 지나 풍요로운 마을을 향해 달렸다. 그의 임무가 시작될 마을이 포도밭과 과수원 사이에서 그를 반기듯 환하게 미소짓고 있었다. 기분좋게 도착한 신부는 아기자기하고 친절한 인상을 풍기는 마을을 흐뭇한 마음으로 둘러보았다. 마을에는 곡식과 사탕무가 자라고, 포도와 과일이 열리고, 감자와 배추가 밭을 가득 메우고 있었다. 어디를 보나 건강함과 기름진 풍요로움이 느껴졌다. 샘이 이토록 흘러넘치니 어찌 이곳의 문을 두드린 사람에게 넘치게 채운 물 한 잔을 대접하지 않을 수 있겠는가?

　마을의 담임신부는 마티아스 신부를 맞아 사제관에 숙소를 마련해주었다. 그리고 오늘 저녁 마을 예배당에서 그의 초대 설교가 예정되어 있음을 벌써 널리 알렸고 마티아스 신부의 명성이 자자하니 이웃 마을에서도 꽤 많은 사람이 몰려들 것 같다고 했다. 그는 겸손하게 칭찬을 받아들이고 동료 신부의 기분이 상하지 않게 예의를 갖추려고 애썼다. 시골 마을의 신부에겐 달변으로 명성을 얻어 지방 설교단에 서는 초빙 신부들을 질투하는 경향이 있음을 익히 알고 있었기 때문이었다.

　한편 마티아스 신부가 사제관에 도착하자마자 마을 신부는 호화로운 점심을 차려냈다. 다분히 꿍꿍이가 있는 대접이었으나 이

때도 마티아스 신부는 의무와 욕망 사이에서 중도를 지키는 법을 알고 있었다. 그는 그 지방의 요리법을 칭찬하면서 차려진 음식을—특히 포도주의 경우—소화할 수 있는 정도를 넘지 않고 의무를 잊는 법 없이 적당히 맛있게 먹어 보였다. 식사 후 잠시 휴식을 취한 그는 이내 기운을 차리고 담임신부에게 유쾌하게 말했다. 이제 하느님의 포도밭에서 일할 준비가 되었습니다. 배불리 먹여 상대를 무기력하게 만들려 했던 것이 마을 신부의 계략이었다면 완전히 빗나간 셈이었다.

대신 그는 마티아스 신부에게 까다롭고 미묘한 과제를 내놓았다. 얼마 전부터 마을에는 부유한 맥주 양조업자의 미망인이 남편의 고향인 이곳에 이사 와 새로 별장을 짓고 살고 있었다. 여자는 돈도 돈이지만 분별력이 있는데다 말솜씨까지 보통이 넘는 걸로 마을에서도 적잖이 알려져 있었다. 마을 신부가 마티아스 신부에게 특별히 심방尋訪을 부탁한 사람들의 명단 제일 위에 프란치스카 타너라는 여인이 있었다.

마티아스 신부는 동료의 꼼수에 대처할 여유도 없이 적당한 오후 시간을 택해 별장으로 타너 부인을 찾아갔다. 면담을 청하자 친절한 하녀가 그를 응접실로 안내해주었다. 하지만 오래 기다려도 부인은 나타나지 않았고 이런 무례한 대접을 받는 일은 드물었던 터라 어리둥절했다. 그러고 나서 뜻밖에 촌사람도 겁은 상복 차림의 미망인도 아닌, 회색 실크 옷을 입은 우아한 귀부인이 응접실로 들어왔다. 그녀는 침착하게 인사를 건네고서 무슨 일로 찾아왔느냐고 물었다.

마티아스 신부는 갖은 수를 차례차례 동원해 그녀를 설득하려 했으나 실패했다. 새로운 시도는 번번이 무효가 되었다. 여자는 노련하게 미소지으며 요리조리 빠져나갈 뿐 아니라 말끝마다 은근슬쩍 새로운 미끼를 던졌다. 그가 엄숙한 태도로 말하면 그녀는 농담을 건넸다. 그가 종교적인 위엄을 보이면 천진하게 재산을 과시하며 자선하겠다는 의향을 내비쳤다. 그녀가 신부님의 최종 목적은 알고 있으니 그런 희사가 실질적으로 어떤 이득을 가져올지 증명해 보이기만 한다면 돈을 내놓을 준비가 되어 있다는 뜻을 분명히 하자, 그는 새로 불이 붙어 논쟁을 시작했다. 그녀는 결코 어리숙하지 않은 마티아스 신부를 가볍고 사교적인 말투로 꼼짝 못하게 하다가도 언제 그랬느냐는 듯이 공손하게 지체 높은 성직자로 대했다. 그가 그녀를 성령의 자녀로 여기며 설교를 시작하면 어느새 쌀쌀맞은 숙녀로 변했다.

이런 가면 놀이와 말싸움에도 불구하고 두 사람은 서로에게 호감을 느꼈다. 그녀는 자기 장난에 말려들어 기꺼이 한발 양보하려는 잘생긴 신부의 남자다운 포용력을 높이 샀고, 그는 당황해서 진땀을 빼면서도 여자답게 재치 있고 애교스런 상대의 연극을 보고 있자니 은근히 즐거웠다. 힘든 고비도 있었으나 대화는 좋게 끝났고, 긴 심방 시간은 만족스럽게 흘러갔다. 딱히 말로 확인하지는 않아도 정신적 승리를 거둔 것은 당연히 여자 쪽이라고 할 수 있었다. 미망인은 마지막에 신부에게 지폐를 건네며 그와 수도회에 경의를 표했지만 그저 형식적인 예우에 지나지 않았으며 가벼운 비아냥거림마저 묻어났다. 신부의 감사와 작별인사 역시 고상한 체면치레에 불과한 것으로, 그는 늘 하던 엄숙한 축복의 말도 잊고 그곳을 떠났다.

그다음 집부터는 방문 시간이 어느 정도 줄었고 틀에 박힌 형식에 따라 진행되었다. 방에 돌아와 삼십 분 정도 휴식을 취한 마티아스 신부는 준비된 자세로 활기차게 저녁의 설교장으로 향했다.

그의 설교는 훌륭했다. 먼 남쪽 지방의 약탈당한 제단, 수도원들과 자신이 속한 수도원이 필요로 하는 얼마간의 돈 사이에 신비로운 내적 관련성이 생겨났다. 그것은 냉정하고 논리적인 사고에 따른 결론이라기보다 화술로 동정 여론을 고조시키고 알 수 없는 신앙심을 자극한 것에 가까웠다. 여자들은 눈물을 흘렸고, 헌금통은 요란하게 울렸다. 마을 신부는 타너 부인이 신자들 사이에 앉아 차분하지만 호의와 관심을 가지고 설교를 듣는 모습에 놀랐다.

이로써 마티아스 신부는 헌금 모금의 첫발을 훌륭하게 뗐다. 그의 얼굴에는 소임에 대한 애정과 진정한 자부심이 넘쳤고, 비밀스런 가슴 안주머니에는 지폐와 금화가 두둑이 쌓여갔다. 그 사이 유력 신문들이 혁명으로 피해를 입은 수도원들의 실상을 보도했다. 처음 인상처럼 피해가 그렇게 심각한 수준은 아니라는 것이었다. 물론 마티아스 신부는 이런 사정을 까맣게 몰랐고 알았다 해도 큰 장애는 되지 않았을 것이다.

예닐곱 교구에서 마티아스 신부를 기쁘게 맞아주었고, 여행은 내내 더할 나위 없이 순조로웠다. 그는 어느새 개신교 지역과 인접한 마을에 가까워지고 있었다. 마지막 방문지로 예정된 곳이었다. 그는 자랑스럽기도 하고 슬프기도 한 마음으로 지난 수일간의 영광을 돌이켜보았다. 흥미진진한 이 여행에 뒤따를 기약 없는 수도원 생활의 고요함과 권태로움에 대해서도.

마티아스 신부에게는 늘 이때가 가장 짜증스럽고 위험한 시간이었다. 기쁜 마음으로 출중한 능력을 펼칠 때 마음속에 들끓던 소리들과 열정이 가라앉고 화려한 배경 뒤에서 무미건조한 일상이 고개를 내미는 이 시간. 전투는 끝났고 그 대가는 주머니 안에 있었다. 이제 수도원으로 돌아가 돈을 전달하고 칭찬을 듣는 짧은 기쁨의 순간 외에는 바랄 것이 없었지만, 이 기쁨도 더는 진정한 기쁨이 아니었다.

한편 그가 자신의 기묘한 비밀을 숨겨둔 장소는 여기서 그리 멀지 않았다. 축제 기분이 가라앉고 수도원으로 돌아갈 시간이 다가올수록 기회를 틈타 수도복을 벗어던지고 거칠 것 없이 즐거운 나날을 만끽하고 싶은 욕망은 거세져갔다. 어제까지만 해도 이럴 줄은 전혀 몰랐었다. 그저 늘 그랬듯이 그런 생각과 실랑이하는 것이 지긋지긋할 뿐이었다. 하지만 여행의 끝에는 어김없이 그런 유혹이 다가왔고, 그는 으레 항복하고 말았다.

이번에도 그랬다. 작은 마을을 방문하는 것으로 충실히 소임을 마친 마티아스 신부는 다음 기차역까지 걸어갔다. 그러고는 대담하게 수도원 방향으로 가는 기차를 보내버리고, 개신교 지역이라 보다 안전하게 느껴지는 인근 대도시행 기차표를 샀다. 손에는 어제까지는 볼 수 없던 작고 멋진 여행가방을 들고 있었다.

3

마티아스 신부는 여행가방을 들고 열차들이 쉴새없이 드나드는 교외의 번잡한 기차역에 내렸다. 조용히 움직이는 그를 눈여겨보는 사람은 없었다. 그는 '남자용'이라고 쓰인 하얀 푯말이 붙은 작은 목조건물로 갔다. 그로부터 한 시간쯤 지났을까, 역에 도착한 기차들이 승객들을 쏟아내는 순간 그가 다시 나타났다. 똑같은 여행가방을 들고 있었지만 더는 마티아스 신부가 아니었다. 최신 유행을 따르지는 않았어도 맵시 있게 차려입은 인상 좋고 환한 얼굴의 신사였다. 짐을 창구에 맡긴 그는 유유히 시내로 향했다. 전차 승강장, 진열창 앞에 언뜻언뜻 나타나던 그의 모습은 어느새 혼잡한 거리 속으로 사라졌다.

이 소리 저 소리가 섞여 쉴새없이 울리는 소음과 화려한 가게들, 햇빛 비치는 거리에 떠다니는 먼지 속에서 신사 마티아스는 어리석은 속세의 취할 듯한 다채로움과 그리웠던 현란한 색깔들을 빨아들이듯 숨을 들이마셨다. 속세의 때가 거의 묻지 않은 그의 감각은 그 모든 것을 하나하나 기꺼이 즐거운 마음으로 받아들였다. 깃털 달린 모자를 쓰고 산책하거나 호화로운 마차를 타고 지나가는 우아한 여자들을 보는 것도 신나는 일이었다. 아름다운 가게의 멋진 탁자 앞에 앉아 아침으로 마시는 코코아 한 잔과 부드럽고 달콤한 프랑스제 리큐어도 진미였다. 따뜻한 기운이 온몸으로 퍼져 기분이 좋아진 그는 저녁 오락프로그램을 알리는 광고탑을 기웃거리며 나중에 점심을 어디서 먹을까 생각했다. 그는 이 모든 것이 진심으로 즐거웠다. 이런 크고 작은 갖가지 즐거움을 서두르지 않고 아이처럼 천진한 마음으로 찾아다녔다. 그런 모습을 보고 이 소박하고 호감 가는 신사가 금지된 길을 걸고 있다고 생각하는 사람은 아무도 없었을 것이다.

그는 맛있는 음식을 먹고 블랙커피에 담배를 곁들여 피우며 오후까지 긴 점심식사를 했다. 그는 레스토랑 바닥까지 닿는 커다란 유리창 가에 앉아 향기로운 담배연기 사이로 여유롭고 활기찬 거리를 내다보았다. 오래 앉아 식사를 한 탓인지 노곤해져 멍하니 지나가는 인파를 보고 있었다. 딱 한 번 불그스름하게 물든 얼굴을 번쩍 들고 지나가는 날씬한 여자의 모습을 주의깊게 살폈다. 아주 잠깐 타너 부인인가 싶었는데 착각이었음을 알게 되자 조금은 실망스러웠다. 그는 자리에서 일어나 밖을 거닐기로 했다.

한 시간쯤 뒤 그는 활동사진 상영관의 광고판 앞에 머뭇머뭇 서서 굵직한 글씨로 쓰인 상영중인 작품의 제목을 읽고 있었다. 그때 불붙인 담배를 들고 있던 그에게 웬 젊은 남자가 정중하게 담뱃불을 빌려달라고 청하는 바람에 광고판에서 눈을 뗐다.

그는 대단한 것도 아니라 흔쾌히 부탁을 들어주었다. 그리고 낯선 젊은이를 보며 말했다. "그런데 어디서 뵌 분 같아요. 혹시 오늘 아침 로열 카페에 계시지 않았습니까?"

젊은이는 그렇다며 공손히 인사했다. 그러고는 모자를 들고 가던 길을 가려다가 문득 생각이 바뀐 듯 웃으면서 말했다. "제가 보기에 우리 둘 다 외지 사람인 것 같군요. 전 여행 온 김에 몇 시간 즐겼으면 하는 마음 말고는 뭐 딴 볼일은 없습니다. 저녁엔 귀여운 아가씨들도 만났으면 싶고요. 괜찮으면 저와 같이 시간을 보내지 않으시겠어요?"

마티아스는 젊은이의 제안이 무척 반가웠다. 한가한 두 여행자는 나란히 거리를 활보했다. 젊은이는 예의바르게 줄곧 자기보다 연장자처럼 보이는 마티아스의 왼쪽에 서서 걸었다. 그는 넉살 좋게 처음 보는 사람의 신상과 앞으로의 계획 등에 대해 물었고, 마티아스가 제대로 대답을 못 하고 당황한 기색이 역력하자 대충 질문을 얼버무리고는 상대의 구미에 맞는 즐거운 화제를 꺼냈다. 브라이팅거라는 그 젊은 신사는 여행을 두루 다녀 낯선 도시에서 하루를 즐기는 법을 잘 아는 것처럼 보였다. 여기도 이미 여러 번 와본 곳이라 마음에 드는 상대와 유쾌한 시간을 보냈던 유흥가 몇 군데를 기억하고 있었다. 그렇게 해서 곧 자연스럽게 그가 안내를 맡게 되었고, 마티아스는 고맙게 받아들였다. 껄끄러운 문제는 브라이팅거 씨가 미리 잘라 말했다. 비용은 각자 알아서 그때그때 지불하면 좋겠다는 것이었다. 그는 겸연쩍어하며 자신은 결코 계산에 밝거나 인색한 사람이 아니고 그저 돈 문제만큼은 깔끔하게 해두고 싶은 것뿐이라고 덧붙였다. 하루 유흥비로 얼마 이상 낭비하고 싶은 생각은 없으니 혹여 사치를 즐기는 분이라면 실망하거나 불쾌한 일이 생기기 전에 좋게 헤어지는 편이 낫지 않냐고.

그런 솔직한 태도도 마티아스의 취향에 맞았다. 그는 흔쾌히 맞장구를 치며 금화 20마르크 정도 선이라면 문제없고, 어쨌든 둘이서 기분좋게 하루를 보낼 수 있을 거라고 했다.

그 말에 브라이팅거는 갈증이 난다면서 이제 술잔을 부딪치며 서로 좋은 친구가 생긴 것을 축하할 때도 된 것 같다고 했다. 그는 낯선 골목을 지나 후미진 곳에 자리잡은 작은 술집으로 새로운 친구를 데려갔다. 그곳이라면 확실히 진귀한 술을 마실 수 있다는 것이었다. 그들은 호탕하게 유리문을 열고서 좁고 천장이 낮은 방으로 들어갔다. 손님은 그들뿐이었다. 어딘지 모르게 불쾌한 느낌의 주인이 브라이팅거가 주문한 술병을 가져와 마개를 열고는 차갑고 톡 쏘는 노란빛 포도주를 따라주었다. 두 사람은 잔을 부딪쳤다. 주인이 나가자 곧이어 키가 크고 얼굴이 예쁜 아가씨가 들어왔다. 그녀는 두 신사에게 웃으며 인사하고는 막 비운 잔에 술을 다시 따랐다.

"건배!" 브라이팅거가 마티아스에게 말하며 여자를 향해 몸을 돌렸다. "건배, 예쁜 아가씨!"

그녀는 웃으며 소금병을 들어올려 그와 장난스레 건배했다.

"이런, 건배할 잔이 없군." 브라이팅거가 큰 소리로 말하고는 직접 바에 가서 여자의 술잔을 가져왔다. "자, 아가씨, 우리 말동무 좀 해줘!"

그는 그녀의 잔에 술을 따르며 자기와 마티아스 사이에 앉으라고 했고 여자도 사양하지 않았다. 이런 스스럼없고 가벼운 만남이 마티아스는 신선했다. 그도 여자와 잔을 부딪치고 의자를 그녀 가까이로 당겨 앉았다. 그사이 우중충한 방은 이미 어둑해졌다. 여종업원은 가스등에 불을 붙이고 술병이 비었다고 알렸다.

"다음 병은 내가 삽니다!" 브라이팅거 씨가 외쳤다. 마티아스가 그럴 순 없다고 해서 가벼운 언쟁이 오갔다. 결국 마티아스는 나중에 자기가 샴페인 한 병을 더 산다는 조건을 붙이고서야 한발 물러났다. 메타 양은 그사이 새 술병을 가져와서 자리에 앉았다. 젊은이가 코르크 마개를 여는 동안 그녀는 탁자 아래서 마티아스의 손을 가볍게 어루만졌고, 이런 공략에 금세 달아오른 그는 받아들인다는 뜻으로 자기 발을 그녀의 발에 올렸다. 메타는 발을 뒤로 빼긴 했지만 대신 애무하는 손길은 멈추지 않았다. 두 사람은 무언의 동의하에 우쭐해서는 나란히 앉아 있었다. 말수가 많아진 마티아스는 포도주며 전에 동석했던 술자리 얘기를 늘어놓았고 두 사람과 연신 잔을 부딪쳤다. 가짜 포도주를 마시고 몸이 뜨거워지자 눈에서 광채가 났다.

얼마 후 메타 양은 근처에 아주 귀엽고 재미있는 친구가 있다고 했다. 두 신사는 그녀를 불러 저녁 시간을 즐기자는 의견을 마다하지 않았다. 그사이 바깥주인과 교대한 안주인이 여자를 데리러 갔다. 브라이팅거가 잠시 자리를 비운 사이 마티아스는 어여쁜 메타를 안고 뜨겁게 키스했다. 그녀는 미소지으며 그가 하는 대로 내버려두었다. 하지만 그가 격정을 억누르지 못하고 더 큰 욕망을 보이자 이글거리는 눈으로 그를 밀어냈다. "나중에, 나중에요!"

　마티아스는 자신을 밀어내는 그녀의 몸짓보다 덜컹거리는 유리문 소리에 더 놀라 정신을 차렸다. 안주인은 데리러 갔던 여자말고도 또다른 젊은 여자와 그녀의 약혼자까지 데려왔다. 가운데 가르마를 탄 검은 머리에 중산모를 비스듬히 눌러쓴, 꽤나 멋을 부린 청년이었다. 꼬부라진 콧수염 아래 드러난 입술이 거만하고 난폭해 보였다. 그때 마침 브라이팅거도 자리로 돌아왔다. 서로 인사를 나누고, 함께 저녁을 먹기 위해 테이블 두 개를 이어 붙였다. 음식 주문은 마티아스에게 맡겨졌다. 그가 생선요리와 로스트비프를 주문하자 메타가 캐비아와 연어, 정어리를 추가로 제안했고 그녀의 친구는 펀치 케이크를 보탰다. 그런데 약혼자는 이상하게 흥분해서 사람을 깔보듯이 얘기했다. 저녁식사에 가금류가 빠져서는 안 되는 법이며 쇠고기 다음에 꿩구이가 나오지 않으면 식사를 함께 하지 않겠다는 것이었다. 메타가 구슬려보려고 했으나 그사이 부르고뉴산 포도주를 마시고 있던 마

196

티아스가 호기롭게 끼어들었다. "뭐 어때요, 꿩을 주문하면 되지! 여러분, 제가 한턱내도 되겠죠?"

모두가 그의 제안을 받아들였다. 늙은 안주인은 메뉴판을 들고 나가고 바깥주인이 다시 나타났다. 메타는 이제 마티아스 곁에 바짝 붙어 있고, 그녀의 친구는 맞은편에서 브라이팅거 씨와 나란히 앉았다. 이 집에서 요리하지 않고 길 건너에서 날라온 것으로 보이는 음식들이 속속 차려졌다. 음식맛은 좋았다. 후식을 먹을 즈음 메타 양은 그녀에게 푹 빠진 사내에게 새로운 맛을 알려주었다. 그녀는 그를 위해 직접 만들었다며 굽이 없는 커다란 잔에 담긴 향긋한 음료를 내밀었다. 샴페인과 셰리, 코냑을 섞은 것이라고 했다. 약간 진하고 달았지만 맛은 좋았다. 그녀는 한 잔 권할 때마다 자기도 잔을 입에 대고 홀짝거렸다. 마티아스가 브라이팅거에게도 권했지만 그는 단것을 좋아하지 않거니와 일단 이 음료를 마시고 나면 샴페인 말곤 입에 댈 수 없어서 곤란하다며 사양했다.

"하하, 그게 뭐 곤란하다고!" 마티아스가 지나치게 큰 소리로 외쳤다. "이봐, 여기 샴페인 가져와!"

그는 눈에 눈물이 가득 고이도록 요란하게 웃음을 터뜨렸다. 그 순간부터 그는 구제 불능 주정뱅이였다. 이유 없이 쉬지 않고 웃어대는가 하면 테이블에 포도주를 쏟고 취기와 쾌락이 흘러가는 대로 자신을 내맡겼다. 이따금 잠시 정신이 들면 흥겨운 술자리를 놀라운 듯 바라보며 메타의 손을 잡고 키스하고 어루만지다가 이내 놓아주고는 잊어버렸다. 한번은 건배를 외치러 일어났다가 비틀거리며 잔을 놓치는 바람에 어지러운 테이블 위에서 잔이 산산조각났다. 그는 다시 재미있어 죽겠다는 듯이, 하지만 이미 피곤에 절어 웃어대기 시작했다. 메타가 그를 끌어당겨 의자에 앉히고 브라이팅거가 심각하게 버찌주를 한 잔 권했다. 마티아스는 잔을 비웠다. 그 짜릿하게 타들어가는 맛이 그날 밤 희미하게 남은 그의 마지막 기억이었다.

4

마티아스 신부는 죽음처럼 무거운 잠에서 깨어났다. 햇살에 눈이 부셨고, 허탈감과 피로, 고통과 혐오가 뒤섞인 오싹한 기분이 들었다. 두통과 현기증 때문에 몸을 가눌 수 없었고, 눈은 뻑뻑하고 쓰라렸다. 손이 아파서 보니 긁힌 상처에 딱지가 앉아 있었다. 어쩌다가 상처를 입었는지 기억이 나지 않았다. 쉽게 정신이 들지 않자 벌떡 일어나서 몸을 내려다보며 기억의 실마리를 잡으려고 애썼다. 낯선 방 낯선 침대였고 그는 반쯤 벌거벗고 있었다. 깜짝 놀라 펄쩍 뛰듯이 창가로 가보니 낯선 거리에 아침이 오고 있었다. 그는 신음하며 세면대에 물을 가득 받아 화끈거리는 꼴사나운 얼굴을 담갔다. 수건으로 얼굴을 닦아낼 때 불길한 의혹이 섬광처럼 뇌리를 스쳐갔다. 그는 바닥에 떨어져 있는 외투를 황급히 주워들었다. 이리저리 더듬어보고 뒤집어보고 주머니를 샅샅이 뒤져보고 나서 몸이 굳었다. 손이 떨려 들고 있던 옷을 놓치고 말았다. 도둑맞은 것이다. 검은 가죽지갑이 사라졌다.

곰곰이 생각해보니 불현듯 모든 것이 명백해졌다. 지폐와 금화를 합치면 천 크로네가 넘는 액수였다.

그는 조용히 다시 침대로 가서 삼십 분 정도 흠씬 두들겨맞은 사람처럼 누워 있었다. 취기와 졸음이 말끔히 가시고 통증도 더는 느껴지지 않았다. 남은 것은 지독한 피로와 슬픔뿐이었다. 그는 느릿느릿 다시 일어나 구석구석 몸을 씻고 옷에 묻은 더러운 것들을 가능한 한 말끔히 털어내고는 그 옷을 입고 거울 앞에 섰다. 푸석하고 슬픈 얼굴이 낯설게 그를 보고 있었다. 그는 온 힘을 다해 통렬한 결단을 내리고 자신이 처한 상황을 곱씹어보았다. 그리고 할 수 있는 몇 가지 안 되는 것을 쏠쏠한 기분으로 조용히 행동에 옮겼다.

제일 먼저 옷가지 전부와 침대, 바닥까지 샅샅이 뒤졌다. 외투 주머니는 텅 비었고 바지 주머니에서 구겨진 50크로네 지폐와

10크로네 금화가 나왔다. 돈은 그게 전부였다.

벨소리를 듣고 달려온 종업원에게 그는 자기가 어젯밤 몇시에 여기 왔느냐고 물었다. 젊은 종업원은 미소 띤 얼굴로 마주보며 손님이 모르시면 알 사람은 문지기뿐일 거라고 했다.

그는 문지기를 불러 금화를 쥐어주고는 캐물었다. 내가 여기 온 게 몇시경인가? —열두시쯤이었습니다. —내가 정신을 잃었던가? —아닙니다. 약간 취하신 것 같았을 뿐입니다. —날 데려온 사람은 누구였나? —젊은 남자 둘이었습니다. 연회에서 과음하셔서 여기서 묵어가야겠다고 했습니다. 처음에는 손님을 받지 않으려고 했지만 팁을 두둑이 주는 바람에 그러기로 했습죠. —그 두 남자를 보면 알아볼 수 있겠나? —네, 한 사람은 기억납니다. 모자를 삐딱하게 쓴 분이요.

마티아스는 문지기를 내보내고 커피 한 잔을 시키고는 청구서를 가져오라고 했다. 뜨거운 커피를 홀홀 들이켠 그는 숙박비를 치르고 그곳을 나왔다.

그는 자기가 묵었던 여관이 시내 어디쯤인지 알 수 없었다. 한참을 걷다보니 어렴풋이 눈에 익은 거리들이 나타나긴 했지만 몇 시간을 걸어도 어제 그 작은 술집은 다시 찾을 수 없었다.

물론 없어진 것을 되찾으리라는 희망을 품은 것은 아니었다. 불현듯 번쩍 의심이 들어 외투를 뒤져 안주머니가 빈 것을 알게 된 순간 한 푼도 되찾을 수 없으리라는 것을 직감했다. 몹쓸 우연이나 액운이라는 느낌은 들지 않았고 원망할 것도 없었다. 그는 쓸쓸하긴 해도 이미 일어난 일은 단호히 받아들이는 편이었다. 일어난 일은 자신의 본질과 일치한다는 느낌, 내적이고 외적인 필연성에 따라 일어날 수밖에 없었다는 감정이 사기당한 가없은 신부를 절망에서 구해주었다. 그런 감정은 누구나 느낄 수 있는 것이 아니었다. 단 한 순간도 속임수로 자신의 결백을 밝혀 명예와 존경을 되찾을 생각은 하지 않았다. 목숨을 끊을 생각도 없었다. 아니, 마땅히 일어났어야 할 일이 일어난 거라 여겼고 슬펐지만 그에 항의할 생각은 전혀 없었다. 드러나지 않아 의식하지는 못했지만 불안과 걱정보다는 구원받았다는 느낌이 더 강렬했기 때문이었다. 그동안의 불만과 수년간 떳떳지 못하게 유지해온 은밀한 이중생활에 이제야 단호하게 종지부를 찍을 수 있을 터였다. 마치 예전에 사소한 과오들을 저질렀을 때처럼 한 남자로 마음의 자유를 얻은 느낌이었다. 비록 그 자유에는 고통이 뒤따르긴 해도. 고해실에 무릎을 꿇고 수모를 당하며 벌을 받아야 할 테지만 영혼은 그동안 저질러온 비행의 압박감에서 풀려나는 것 같았다.

그럼에도 막상 어떻게 해야 할까 생각하니 막막했다. 마음 같아서는 수도회를 나와 모든 명예를 포기하고만 싶었다. 그러나 새삼 문제를 크게 만들어 고통스럽고 추한 꼴을 보이면서 죄인으로 쫓겨날 생각을 하니 불쾌하고 쓸데없다는 생각이 들었다. 속세의 기준으로 보면 그다지 큰 죄가 될 일도 아니지 않은가. 게다가 수도원의 그 많은 돈을 훔친 것은 그가 아니라 브라이팅거가 틀림없었다.

확실한 점은 오늘 안으로 결단을 내려야 한다는 것이었다. 오늘까지도 수도원에 연락을 취하지 않으면 의심을 사 수사가 시작될 테고 그럼 자유를 잃는다. 지칠 대로 지친 그는 허기를 느끼고 식당을 찾아갔다. 수프 한 접시를 비우기가 무섭게 배가 불러왔다. 그러자 혼란스런 기억들이 떠올라 괴롭기 짝이 없었다. 그는 대략 전날과 비슷한 시간에 피곤한 눈으로 창밖을 내다보고 있었다.

자신이 처한 상황을 곱씹어보며 이 세상에 믿고 도움을 청할 사람이 단 한 명도 없다는 사실을 뼈저리게 느꼈다. 그를 도와주고, 조언해주고, 충고해주고, 곤경에서 구해주거나 위로해줄 만한 사람이 주변에 아무도 없었다. 그때 문득 일주일 전 일이 떠올랐다. 그동안 까마득하게 잊고 있던 그 기억이 불시에 되살아나자 이상하게 가슴이 미어졌다. 누더기 수도복을 입은 젊은 반편이 평수사가 수도원 근처 기차역에 서서 두렵고 근심 어린 얼굴로 그를 바라보던 모습이었다.

그는 애써 그 장면을 떨쳐내려고 창밖으로 시선을 돌렸다. 그런데 유별난 기억을 에둘러가던 그 앞에 한 사람의 이름과 모습이 나타났다. 그의 영혼은 본능적으로 신뢰를 느끼며 당장 그에 매달렸다.

그 사람은 다름아닌 부유한 미망인, 프란치스카 타너 부인이었다. 바로 얼마 전에 그는 지적이고 예의바른 그녀에게 감동받고 그 우아하고 깔끔한 자태를 남몰래 마음 한편에 품었다. 그는 눈을 감고 그녀를 그려보았다. 회색 실크 옷, 영리해 보이는데다 거의 조롱기가 어린 입, 아름답고 창백한 얼굴. 그 얼굴을 더 자세히 들여다볼수록 낭랑한 목소리의 야무진 억양이 또렷해지고, 흔들림 없이 그윽하게 바라보는 회색 눈동자가 눈앞에 어른거렸다. 그럴수록 자신이 처한 범상치 않은 상황을 이 범상치 않은 여인에게 호소한다는 것이 점점 더 자연스런 일로 느껴졌다.

다음 단계에 할 일이 분명해지자 그는 감사하고 기쁜 마음으로 결심을 당장 실행에 옮기기로 했다. 그리고 그 순간부터 실제로 타너 부인 앞에 설 때까지 한 발 한 발 소신 있고 빠르게 움직였다. 딱 한 번 주저한 순간은 있었다. 교외 기차역에 다시 도착했을 때였다. 어제 그가 사악한 변장을 시작한 곳이자 지금까지 그의 여행가방을 보관하고 있는 곳. 타너 부인 앞에 서기 전에 그녀가 너무 크게 충격받지 않도록 그는 신부로서 수도복으로 갈아입을 작정이었다. 그런데 창구에서 물건을 내달라고 청하기 직전에 문득 그런 의도가 우매하고 정직하지 못한 것처럼 여겨졌다. 수도복을 입는다고 생각하니 전에 없이 두렵고 거부감이 들었다. 그는 순간적으로 계획을 수정해 앞으로 무슨 일이 있어도 절대 수도복을 몸에 걸치지 않으리라 스스로에게 맹세했다.

다른 귀중품들과 함께 물품보관증도 도둑맞았다는 사실에는 생각이 미치지 못했다.

여행가방은 거기 그냥 두고 마티아스 신부는 어제 아침 신부로 지나왔던 길을 간편한 신사복 차림으로 되짚어가고 있었다. 심장이 쿵쾅거리고, 마을이 가까워질수록 부끄러움이 깊어갔다. 기차가 며칠 전 설교하던 곳들을 지나갈 때 새로 승차하는 승객이 있으면 정체가 탄로나지 않을까 마음을 졸여야 했다. 다행히 그런 일은 없었다. 날이 저물어 누구의 눈에도 띄지 않고 목적지역에 무사히 도착할 수 있었다.

밤이 이슥해질 무렵 그는 지친 다리를 이끌고 마을로 향하고 있었다. 지난번은 환한 대낮에 마차를 타고 지나가던 길목이었다. 아직은 곳곳에서 창밖으로 불빛이 새어나오고 있었던 터라 그날 밤이 가기 전에 타너 부인의 별장 초인종을 눌렀다.

지난번에 본 하녀가 문을 열어주었다. 하녀는 그를 알아보지 못하고 그때처럼 찾아온 용건을 물었다. 마티아스는 오늘 중으로 주인마님을 만나뵙고 싶다고 말하고 시내에서부터 미리 세심하게 써서 봉해둔 편지를 전했다. 늦은 시간이라 겁을 먹은 하녀는 그를 밖에서 기다리게 하고 문을 잠갔다. 한동안 초조하게 기다리자 황급히 문이 열리고 하녀가 밖에 서 있게 해서 죄송하다며 허둥지둥 사과했다. 하녀를 따라 거실로 들어가니 타너 부인이 혼자 그를 기다리고 있었다.

"안녕하십니까, 타너 부인." 그는 약간 경직된 목소리로 말했다. "잠시 시간을 내줄 수 있으신가요?"

타너 부인은 공손히 인사하고 그를 바라보았다.

"편지를 보니 아주 중요한 일로 오신 것 같은데 도움이 되어드려야죠. 그런데 신부님 차림새는 어떻게 된 건가요?"

"다 말씀드릴 테니 제발 놀라지 마세요! 부인을 믿지 못했다면 여길 찾아오지 못했을 겁니다. 이렇게 곤란한 상황에 처한 절충고나 도움 없이 내치시진 않겠지요. 아, 존경하는 부인, 제 꼴 좀 보십시오!"

그의 말이 끊어졌다. 눈물이 나서 목이 메는 듯했다. 다시 용기를 낸 그는 너무 지쳐서 그렇다고 사과하고 긴장이 풀린 듯 아늑한 소파에 앉아 얘기를 이어갔다. 그는 우선 자신이 몇 년 전부터 수도원 생활에 권태를 느껴왔으며 여러 차례 과오를 저질렀다는 것부터 고백했다. 그다음에는 과거의 삶과 수도원 생활,

복음 여행과 최근 여행의 임무에 대해 간략하게 설명했다. 이어 구구절절하게는 아니더라도 정직하고 이해할 만한 수준으로 도시의 모험에 대해 털어놓았다.

5

그가 얘기를 마치자 긴 침묵이 흘렀다. 타너 부인은 도중에 말을 끊는 일 없이 주의깊게 귀기울여주었다. 간혹 웃거나 고개를 젓기도 했지만 한결같이 진지하게 집중해서 한 마디도 놓치지 않았다. 두 사람 다 한동안 말이 없었다.

"우선 간단히 요기라도 하시겠어요?" 드디어 그녀가 물었다. "어찌됐든 오늘밤은 여기 머무세요. 정원사 거처에서 주무시면 될 거예요."

마티아스 신부는 제안을 고맙게 받아들였으나 먹고 마시는 데는 관심이 없었다.

"제가 어떻게 해드리기를 바라시죠?" 그녀가 천천히 물었다.

"저한테 필요한 건 무엇보다 조언입니다. 저도 제가 어째서 부인을 이토록 신뢰하는지 모르겠습니다. 하지만 이렇게 어려울 때 절 도와줄 만한 사람이 부인 말곤 떠오르지 않았습니다. 제발 제가 어떻게 해야 할지 말해주세요!"

타너 부인이 살짝 웃었다.

"사실 안타깝기 짝이 없네요." 그녀가 말했다. "그런 건 지난번 뵈었을 때 물어볼 수도 있었을 텐데요. 수도자로서 너무 호감이 간다고나 할까, 아니 호탕한 분이라는 건 알았어요. 하지만 비밀리에 속세로 돌아갈 계획을 세우려 하는 건 바람직하지 않아요. 그래서 지금 벌을 받고 있는 거고요. 수도회에서 탈퇴할 생각이었다면 스스로 떳떳한 방법을 찾았어야 했어요. 이제는 어쩔 수 없이 그렇게 해야겠네요. 제가 보기엔 높은 분께 모든 걸 솔직하게 털어놓는 것 말고는 방법이 없을 것 같은데요. 신부님 생각도 그렇지 않나요?"

"네, 맞습니다. 저도 달리 도리가 없는 것 같습니다."

"그럼 됐네요. 그러고 나면 신부님은 어떻게 되는 거죠?"

"바로 그게 문제입니다! 분명 수도원에서 쫓겨날 겁니다. 설령 붙잡는다 해도 제가 받아들일 수 없을 테고요. 제 바람은 조용히 인생을 다시 시작하는 겁니다. 부지런하고 정직한 사람으로 말입니다. 웬만한 일은 할 준비가 되어 있어요. 그럴 만한 지식도 갖춘 편이고요."

"그러셔야죠. 그러실 거라고 생각해요."

"네. 하지만 수도원에서 쫓겨날 뿐 아니라 제가 받은 헌금에 대해서도 책임을 져야 합니다. 그건 수도원 재산이니까요. 사실은 제가 횡령한 게 아니라 악한한테 약탈당한 건데 그 때문에 파렴치한 사기꾼으로 몰려 추궁당한다면 억울한 일 아닙니까."

"그 심정은 잘 알겠어요. 하지만 어떻게 피할 수 있겠어요?"

"저도 모르겠습니다. 당연히 가능한 한 빨리 돈을 원래대로 돌려놓을 방법을 찾아야겠지요. 누가 당분간 보증만 서준다면 형사상의 절차를 면할 수도 있을 텐데요."

타너 부인이 그를 살피듯 빤히 보았다.

"그럴 경우 신부님 계획은 뭐죠?" 그녀가 조용히 물었다.

"그렇게 되면 무엇보다 돈을 먼저 갚을 수 있도록 다른 나라에서라도 일자리를 구해보려고 합니다. 하지만 보증인이 다른 조언을 한다든가 다른 일을 권유한다면 당연히 그분이 바라는 대로 할 겁니다."

타너 부인은 자리에서 일어나 흥분한 듯 거실을 서성거렸다. 잠시 후 불빛이 미치지 않는 어둑한 곳에 서서 나직이 말했다. "그렇다면 신부님이 말한, 신부님을 위해 보증을 서야 할 사람이 저란 말인가요?"

마티아스 신부도 자리에서 일어났다.

"부인께서 허락만 하신다면, 네, 그렇습니다." 그가 심호흡을 하고는 말했다. "잘 알지도 못하는 처지에 이렇게 모든 걸 털어놓는다는 게 무모한 짓인지도 모르겠습니다. 아, 타너 부인, 이런 처참한 상황에 이런 대담한 생각을 하다니 저 자신도 놀라울 따름입니다. 하지만 부인이 아닌 어떤 재판관에게도 이토록 순순히 판결을 맡기지 못했을 겁니다. 부인의 말 한마디면 오늘이라도 눈앞에서 영원히 사라지겠습니다."

타너 부인은 탁자 앞으로 다시 왔다. 저녁부터 시작한 아름다운 자수와 신문이 접힌 채로 놓여 있었다. 그녀는 가볍게 떨리는 손을 등뒤로 감추고 보일락 말락 미소지으며 말했다. "저를 믿어주셔서 감사합니다. 좋은 방법이 있을 거예요. 그래도 사무적인 일은 이런 늦은 밤에 처리하는 법이 아니죠. 오늘은 이만 가서 쉬세요. 하녀가 정원사 거처로 안내해드릴 거예요. 내일 아침 일곱시에 여기서 아침을 먹으며 계속 이야기해요. 그래도 첫 기차는 타실 수 있을 거예요."

이날 밤 쫓기는 신세인 마티아스 신부는 친절한 그 집 안주인보다도 더 편안하게 잤다. 그는 지난 이틀 밤낮 쉬지 못한 것을 여덟 시간의 숙면으로 보충하고 마침맞은 시간에 개운한 기분으로 눈을 떴다. 아침식사 자리에서 타너 부인은 그런 그를 어이없으면서도 안심한 눈으로 바라보았다.

그녀는 마티아스 신부의 일로 밤잠을 설쳤다. 그가 부탁한 것이 잃어버린 돈뿐이었다면 그토록 괴롭지 않았을 것이다. 그런데 딱 한 번 만났을 뿐인 낯선 사람이 곤경에 처해 어린아이가 어머니에게 매달리듯 자신에게 의지하고 있다는 사실이 이상하게 마음을 흔들었다. 게다가 그런 얘기를 듣고도 애초에 자신이 크게 놀라지 않았고 다른 때 같으면 의심부터 하고 들었을 텐데 아무렇지도 않게 이해하고 마치 기다렸던 일인 양 받아들였다는 사실이 어떤 징조처럼 여겨졌다. 그녀와 이 낯선 사람 사이에는 동기간의 우애나 은밀히 통하는 게 있다는.

지난번 찾아왔을 때 그녀는 신부에게서 좋은 인상을 받았다. 그는 적극적이고 악의 없는 사람처럼 보였을 뿐 아니라 인물도 좋고 교양 있는 남자였다. 그때의 인상은 조금도 달라지지 않았다. 다만 자극적인 경험을 한 빛이 겉모습에 언뜻언뜻 비쳐 성격상의 약점을 드러내고 만 것처럼 보였을 뿐이었다.

이만하면 그가 바라는 보증이나 돈의 액수와는 상관없이 남자를 도와줄 수도 있었다. 하지만 근심 어린 밤을 보내면서도 여전히 강렬하게 느껴지던 이상한 호감 때문에 모든 것이 다르게 보이기 시작했다. 사무적인 일과 사적인 일이 긴밀히 연결되어 사소한 것도 중요하게, 분명 운명적인 것으로 여겨졌다. 만약 이 남자가 그녀에게 이토록 큰 힘을 행사한다면, 그리고 두 사람이 서로 강하게 끌린다면 한 번의 선심으로 끝날 일이 아니었다. 그와 지속적이고 친밀한 관계를 맺게 되는 것이었고, 그렇게 되면 여하간 그녀의 삶에 큰 영향을 미치게 될 터였다.

그의 운명에 미칠 다른 것은 고려하지 않은 채로, 돈을 변통해 줘 신부였던 그를 곤경에서 구하고 외국으로 나가는 걸 도와주는 것으로 간단히 문제를 해결해버릴 수는 없었다. 그러기에는 너무 아까운 사람이었다. 그의 자유로움과 대범함은 마음에 들었지만 묘한 그의 고백을 듣고 나니 한편으로는 그를 자기 삶에 끌어들이고 싶지 않다는 생각도 들었다. 그렇다 해도 마음이 아픈 건 사실이었고, 그 가엾은 사람을 도와주지 않고 내버려두기란 불가능해 보였다.

그렇게 그녀는 몇 시간을 고민했다. 잠시 눈을 붙이고 일어나 몸단장을 마치고 아침식사 자리에 나타난 그녀는 약간 지치고 피곤해 보였다. 마티아스가 인사하며 맑은 눈빛으로 그녀를 바라보자 곧 다시 마음이 훈훈해졌다. 그녀는 알 수 있었다. 그가 어제 한 말은 모두 진심이었고 앞으로도 신뢰를 지킬 것임을.

타너 부인은 마티아스 신부에게 커피와 우유를 따라주었다. 꼭 필요한 경우가 아니면 말은 하지 않았다. 그리고 그를 기차역까지 바래다줄 마차를 준비시켰다. 그녀는 얌전하게 은그릇에 담긴 계란을 먹고 우유를 한 잔 마시고 손님도 커피를 다 마시고 나서야 말을 꺼냈다.

"어제 저한테," 그녀가 말했다. "꺼내놓으신 질문과 부탁에 대해 생각해봤습니다. 신부님은 어떤 경우든 제가 바라는 대로 하겠다는 약속도 했습니다. 진심이라는 걸 다시 한번 확인시켜주시겠어요?"

그는 진지하고 간절한 표정으로 그녀를 바라보며 간단히 말했다. "네."

"좋아요. 그럼 제 생각을 말씀드리지요. 아시겠지만, 이 부탁을 들어드리면 신부님은 저의 채무자만 되는 게 아니에요. 저 그리고 제 삶과 더욱 가까워지는 거예요. 그 의미와 결과가 우리 두 사람에게는 중요해요. 신부님이 저한테 바라는 것은 한 번의 선심이 아니라 저의 신뢰와 우정이에요. 저로서는 더없이 영광스런 일이죠. 하지만 도움을 청한 시점이 신부님이 비난을 면치 못할 때라는 건 인정하셔야 할 거예요. 당신을 좋지 않게 생각할 수도 있다는 걸요."

마티아스는 얼굴을 붉히며 고개를 끄덕였다. 그가 살짝 웃어 보인 탓에 그녀의 말투는 좀더 딱딱해졌다.

"그래서 안타깝게도 신부님의 청을 들어드릴 수 없습니다. 신부님의 선한 마음이 얼마나 지속될 것이고 어느 정도 신뢰할 수 있는지 저로서는 알 길이 없습니다. 신부님의 우정과 성실함이 어떤 것인지는 시간이 흘러야만 알 수 있겠지요. 신부님에게 브라이팅거라는 친구의 얘기를 듣고 나니 제 돈이 어떤 식으로 쓰일지도 모르겠고요. 그렇기 때문에 어떻게 하면 신부님이 약속을 지키게 할지 고민했습니다. 돈과 맞바꾸기에 신부님은 제게 과분합니다. 하지만 제 삶의 궤도에 끌어들이기에는 너무 낯설고 불안한 상대이기도 합니다. 그래서 저는, 가혹할지도 모르지만 신부님의 성실성을 시험해보기로 했습니다. 제 청은 이렇습니다. 수도원으로 돌아가세요. 그리고 모든 걸 수도원의 결정에 맡기세요. 처벌받는 한이 있더라도 모든 걸 털어놓으세요! 절 끌어들이지 않고 이 모든 일을 용감하고 정직하게 해낼 수만 있다면 의심하지 않고 도와드리겠어요. 신부님이 용감하고 기쁜 마음으로 새로운 삶을 시작할 용의가 있다면요. 제 말 이해하고 그렇게 하실 수 있나요?"

마티아스는 그녀가 내민 손을 잡았다. 충격과 깊은 감동을 받은 그는 그녀의 핏기 없는 아름다운 얼굴을 바라보았다. 그러다 그녀를 품에 안을 듯 갑작스럽고 묘한 동작을 취했다. 하지만 그 대신 정중하게 고개 숙여 인사하고 가냘픈 여자의 손에 힘주어 키스했다. 그러고는 별다른 작별인사 없이 방을 나와 정원 밖에 대기하고 있던 마차에 올라탔다. 놀란 타너 부인은 훤칠한 그가 단호하게 걸어가는 모습을 착잡한 심정으로 지켜보았다.

6

마티아스 신부가 속인의 옷을 입고 묘하게 달라진 얼굴로 수도원으로 돌아와 곧장 원장실을 찾아가자 충격과 실망, 원색적인 호기심이 오래된 수도원을 들쑤셨다. 하지만 누구도 확실한 사연은 알 수 없었다. 한 시간 후에는 상부의 비밀회의가 열렸다. 미심쩍은 것이 태반이었으나 이 불미스런 사건을 철저히 비밀에 부치는 것으로 회의는 끝났다. 잃어버린 돈은 포기하고 신부는 꽤 오랫동안 외국 수도원으로 보내 참회시키기로 했다.

안으로 불려들어가 이런 결정을 통고받은 마티아스 신부가 받아들일 수 없다고 거부하자 관대한 처분을 내려주었던 원로들은 적잖이 충격을 받았다. 위협해봐도 좋게 설득해봐도 소용없었다. 마티아스의 청은 오로지 수도원에서 나가게 해달라는 것뿐이었다. 자신의 과오로 잃은 돈은 개인의 빚으로 돌려서 천천히 상환할 수 있게 해준다면 큰 자비로 알고 감사할 거라고, 그렇지 않으면 이 문제를 세속의 법정에서 매듭짓겠다고 덧붙였다.

딱히 좋은 방법이 없는데다 마티아스를 삼엄한 독방에 감금한 채로 하루하루 시간이 흘러가자 상부에서는 그의 사건을 로마 교황청에까지 의뢰했다. 갇혀 있던 마티아스 신부는 이런 상황을 알 리 없었다.

외부에서 예기치 못한 일이 터져 모든 것이 전혀 다른 방향으로 흘러가지 않았더라면 그런 상태로 시간이 더 흘렀을지 모른다.

　마티아스 신부가 초라한 행색으로 돌아온 지 열흘 후 관청에서 다급한 문의가 들어왔다. 모처의 기차역에 맡겨진 의문의 여행가방에서 수도복이 발견되었는데, 수도원에서 지내던 사람 중 누군가 최근에 사라졌거나 이러이러한 수도복을 잃어버리지 않았는가 하는 것이었다. 이 여행가방은 정확히 십이 일 전 역에 맡겨졌으며, 경찰이 미해결 사건을 조사하던 중 그 가방을 열어보게 되었다. 무거운 혐의를 받고 체포된 사기꾼이 훔친 물건들 중에 그 가방의 보관증도 있었기 때문이었다.

　수사 중 한 명이 황급히 경찰서로 달려가 더 상세한 설명을 부탁했으나 듣지 못하고 인근 소도시로 보내졌다. 그곳에서 그는 선량한 마티아스 신부의 물건들과 사기꾼의 사건이 아무 관련이 없음을 입증하려고 노력했으나 허사였다. 그와 반대로 검사는 그 물건들에 유별난 관심을 보이며 병상에 있어 올 수 없다는 마티아스 신부를 친히 대면하기를 원했다.

　이 일로 수도원 신부들의 계획은 급변했다. 그들은 구할 수 있는 것부터 구해야 했다. 마티아스 신부는 보기 좋게 수도회에서 쫓겨난 후 검찰로 넘겨져 수도원의 돈을 가로챈 혐의로 기소되었다. 재판은 재판관과 변호사의 서류철에서 한자리를 차지했을 뿐 아니라 신문마다 대서특필되어 온 나라에 마티아스 신부의 이름이 알려졌다.

아무도 이 사내의 불운을 염려하지 않았고 수도원에서도 나몰라라 방치했기 때문에 여론은 신부에게 가차없이 굴었다. 진보적인 신문들은 이때를 기회 삼아 수도원을 비방하기도 했다. 피고인 마티아스 신부는 의심과 비난의 지옥에 떨어져 상상 이상의 격심한 고통을 받았다. 하지만 그는 온갖 굴욕을 순순히 참아내고 사실이 아닌 진술은 한 마디도 하지 않았다.

그 와중에 복잡하게 얽혀 있던 두 사건의 해결이 급물살을 타기 시작했다. 마티아스는 피고인 신분으로 포교 여행을 갔던 지역의 담임신부와 성구聖具 관리인들을 만났고, 증인 신분으로 어여쁜 메타와 브라이팅거 씨와 대질하기도 했다. 브라이팅거는 원래 '말라깽이 야콥'이란 이름으로 근방에 알려진 사기꾼이자 포주였다. 브라이팅거 사건에서 그와 관련된 부분들이 확실해지자 브라이팅거 일당은 곧 마티아스 신부의 눈앞에서 사라졌다. 그리고 불과 몇 차례의 격렬한 심리 공판을 거쳐 그 자신의 판결이 준비되었다.

한 가지 죄목은 그가 처음부터 각오한 것이었다. 그사이 도시에서 보낸 그날의 사소한 행적이 낱낱이 드러난데다가, 수도원과 여론이 압박한 결과 재판관들은 그의 명백한 죄과에 가장 가혹한 법조항을 적용해 장기 징역형을 선고했다.

그에게는 견디기 힘든 충격이었다. 악의 없이 저지른 과오에 비하면 너무 심한 처벌 같기도 했다. 무엇보다 타너 부인을 생각하면 괴로웠다. 이렇게 긴 형기를 마치고 그녀 앞에 나타나면 어떻게 대해줄까. 예상외로 커진 스캔들을 겪은 그를 아는 척은 할까.

그즈음 타너 부인도 이 일의 결과에 대해 그 못지않게 걱정하고 분노했다. 그리고 그를 그런 궁지로 몰아넣은 자신을 질책했다. 그녀는 그에게 짤막한 편지를 썼다. 그에 대한 그녀의 변함없는 신뢰와 희망을 확인시켜주는 한편, 온당치 않은 가혹한 형벌을 꿋꿋이 견뎌내고 나면 보다 나은 앞날이 기다리고 있으리라는 내용이었다. 편지를 쓰고 나서야 마티아스 신부를 의심할 근거가 없다는 걸 깨달았으나 그가 이 시험을 어떻게 통과하는지는 두고 봐야 할 문제였다. 그녀는 다 쓴 편지를 다시 읽어보지도 않고 책상서랍에 넣고 열쇠를 단단히 채웠다.

그사이 가을은 깊어가고 포도즙 짜기도 끝났다. 몇 주 동안 계속되던 늦가을의 흐린 날들은 다시 따뜻하고 청명하고 부드러운 날들로 변해갔다. 푸른 강물이 굽어지는 곳에 자리잡은 수도원은 출렁이는 수면에 그림자를 드리우고 평화롭게 서서 수많은 유리창 너머로 황금빛 햇살이 퍼져가는 가을날을 내다보고 있었다. 이 아름다운 늦가을 날씨에도 어김없이 무장한 경찰이 죄인들을 이끌고 비탈진 언덕길을 올라가고 있었다.

　죄수들 사이에는 전직 신부 마티아스도 끼어 있었다. 그는 이따금 고개를 들어 햇살이 환한 골짜기 저편과 고요한 수도원을 바라보았다. 힘든 나날이었으나 어떤 의혹도 희망을 이길 수는 없었다. 이 쓰라린 치욕의 길에 들어서기 전, 그가 손에 입맞추었던 아름답고 창백한 타너 부인을 생각하면. 그는 무심코 운명의 여행을 떠나기 전의 날들을 떠올렸다. 그때는 수도원의 보호와 그늘 아래 권태와 짜증을 느끼며 이쪽을 바라보았었다. 그러자 그의 핼쑥한 얼굴에 미소가 피어났다. 절반의 만족뿐이던 그때가 희망 가득한 지금보다 더 좋고 바람직한 것은 아닌 듯했다.

나비

해질 무렵, 손님으로 와 있던 친구 하인리히 모어가 산책을 하고 돌아와 나와 함께 서재에 앉아 있었다. 창밖으로 멀리 언덕에 둘러싸인 창백한 호수가 선명하게 내다보였다. 마침 내 어린 아들이 안녕히 주무시라는 인사를 하고 간 터라 우리는 아이들이나 어린 날의 추억들에 대해 이야기했다.

"아이들이 생기고부터는," 내가 말했다. "어릴 때의 여러 취미가 다시 좋아졌다네. 일 년 전부터는 나비 수집까지 새로 시작했다니까. 자네도 볼 텐가?"

친구가 좋다길래 나는 밖으로 나가 가벼운 종이상자 두세 개를 가져왔다. 첫번째 상자를 열고 나서야 우리 두 사람은 주위가 이미 어두워졌음을 깨달았다. 펼쳐진 나비의 윤곽을 거의 알아볼 수 없었다.

내가 등을 찾아 성냥을 긋자 순간 창밖의 풍경은 가라앉았고 칠흑 같은 어둠이 창유리를 가득 채웠다.

하지만 밝은 등불 아래 상자 안의 나비들은 환히 빛났다. 우리는 고개를 숙이고 고운 빛깔의 나비들을 보며 하나하나 이름을 불러갔다.

"여기 이건 광대노랑뒷날개나방이란 거네." 내가 말했다. "학명은 풀미네아라고 하는데 여기선 보기 드문 거지."

하인리히 모어는 조심스레 핀에 꽂힌 나비 하나를 상자에서 꺼내더니 날개 아랫부분을 유심히 들여다보았다.

"이상하지." 그가 말했다. "이 나비를 볼 때만큼 어린 시절 기억이 강하게 되살아나는 적은 없으니."

나비를 다시 제자리에 꽂아놓고 뚜껑을 닫으며 그가 말했다. "이제 됐네!"

그가 서둘러 단호하게 말한 것으로 미루어 그리 달가운 기억은 아닌 듯했다. 곧이어 내가 상자를 치우고 오자 그는 볕에 그을린 갸름한 얼굴에 미소를 띠며 담배를 한 대 달라고 했다.

"자네 수집품을 자세히 보지 않았다고 언짢아하지는 말게." 그가 말했다. "나도 어릴 때는 당연히 그런 걸 갖고 있었지. 그 기억을 망친 장본인은 바로 나야. 좀 창피하긴 하지만 자네한테 얘기해주지."

그가 등불 유리통 위로 담뱃불을 붙이고 다시 초록 갓을 씌우자 우리 얼굴은 어스름 속으로 내려앉았다. 열린 창문 앞 창턱에 앉은 수척한 그의 모습이 어둠에 묻혀 잘 보이지 않았다. 내가 담배를 한 대 피우는 동안 멀리서 들려오는 개구리의 높은 울음소리가 밤을 가득 메웠다. 내 친구가 들려준 이야기는 이러했다.

내가 나비 수집을 시작한 건 여덟 살인가 아홉 살 무렵이었다. 처음에는 다른 놀이나 취미와 마찬가지로 특별히 열심이랄 것도 없었다. 그런데 이 넌째 여름이던가, 아마 열 살쯤이었던 것 같다. 그때부터 나는 이 취미에 푹 빠져 다른 일들은 안중에도 없이 소홀히 하는 바람에 주변 사람들이 나서서 못 하게 말려야 한다고 할 정도였다. 나비를 잡고 있을 때면 등교 시간이든 점심때든 시계탑의 종소리도 들리지 않았다. 방학 때는 식물 채집 양철통에 빵 한 덩이를 넣어가지고 나와 끼니때도 잊고 아침 일찍부터 밤까지 온종일 밖에서 살다시피 했다.

지금도 가끔 눈에 띄게 아름다운 나비를 보면 그때의 열정이 새록새록 되살아난다. 어릴 때 맨 처음 산호랑나비를 잡으려고 살금살금 다가가던 그 순간처럼 아이들만 느낄 수 있는 뭐라 표현하기 힘든 황홀경에 잠시나마 빠지는 것이다. 그러고 나서는 문득 셀 수 없이 많은 어린 날의 순간들이 눈앞에 떠오른다. 작열하는 오후 풀향기가 코를 찌르는 메마른 들판에서, 서늘한 아침 정원에서, 저녁나절 신비한 숲 언저리에서 보물을 찾는 사람처럼 채집망을 들고 웅크린 나는 매순간 경이로움과 행복에 사로잡혀 있었다. 특별히 희귀한 것이 아니라도 좋았다. 어여쁜 나비가 나타나 햇살이 아른거리는 꽃가지 위에 앉아 고운 날개를 숨쉬듯이 접었다가 폈다가 하는 걸 볼 때면 잡고 싶어 숨이 막힐 지경이었다. 살금살금 다가가 반짝이는 색깔 하나하나와 투명한 날개의 혈관, 더듬이의 고운 갈색 솜털을 바라볼 때의 기분은 긴장과 희열 그 자체였다. 그후로는 자주 느껴보지 못한, 잔잔한 기쁨과 거친 욕망이 뒤섞인 기분이었다.

가난한 우리집 형편상 채집한 나비들은 흔한 낡은 종이상자에 보관할 수밖에 없었다. 나는 병마개에서 잘라낸 동그란 코르크를 바닥에 붙이고 그 위에 나비를 꽂았다. 그리고 마분지 조각으로 칸을 만들어 그 사이사이에 내 보물들을 간직했다. 처음에는 친구들에게 표본상자를 보여주는 것이 좋았다. 하지만 유리뚜껑이 달린 나무상자나 초록색 거즈를 방충망 삼아 덧댄 유충상자 아니면 다른 사치스런 물건을 가진 아이들 앞에서 초라한 내 것을 자랑할 수는 없었다. 원래 나는 그런 것에 크게 신경쓰지 않는 성격이라 그 대단하고 흥미진진한 채집에 대해 얘기하는 법도 없었고 진귀한 나비를 잡았을 때조차 누이들에게나 보여주면 그만이었다. 한번은 우리나라에서는 희귀종으로 알려진 푸른색 번개오색나비를 잡아 표본을 만든 적도 있었다. 물기가 마르자 나는 우쭐해서는 적어도 옆집 아이, 마당 건너에 사는 선생님의 아들에게만은 보여주고 싶어졌다. 나무랄 데가 없다는 게 그애의 흠이었는데, 아이라서인지 그런 점이 어른들보다 더 섬뜩하게 느껴졌다. 그애도 작고 보잘것없는 채집상자를 갖고 있었다. 하지만 꼼꼼하게, 정성껏 보관한 덕에 보석상자처럼 보였다. 게다가 그애는 상하거나 부러진 나비 날개를 접합하는 데 비상한 재주까지 있었다. 나는 은근히 감탄하면서도 시샘하며 매사에 모범적인 그애를 미워했다.

최고로 모범적인 이 소년 에밀에게 나는 내 번개오색나비를 보여주었다. 그는 전문가처럼 유심히 들여다보더니 희귀성을 인정해 20페니히의 값을 매겼다. 에밀은 우표나 나비는 물론이고 수집품이라면 훤히 꿰고 값을 매길 수 있는 아이였다. 그러더니 푸른 번개오색나비를 잘못 펼쳐놓았네, 오른쪽 더듬이가 구부러졌네, 왼쪽이 너무 늘어났네, 하며 트집을 잡기 시작했다. 나비 다리 두 개가 없다는 결점도 놓치지 않았다. 나는 대수롭지 않은 척했지만 그 불평꾼은 번개오색나비를 잡은 내 기쁨을 얼마간 망쳐버렸고 그래서 나는 두 번 다시 내가 잡은 나비를 보여주지 않았다.

이 년 후 우리는 이미 머리가 굵은 소년들이 되어 있었으나 나비 수집에 대한 내 열정은 식지 않았다. 그 무렵 에밀이 황제나방을 잡았다는 소문이 퍼졌다. 오늘날 어느 친구녀석이 백만 마르크의 유산을 상속받았다거나 리비우스의 사라진 책을 찾았다는 소리를 듣는대도 그때보다 더 흥분되지는 않으리라. 황제나방은 우리 중 누구도 잡아본 적이 없었다. 나도 집에 있는 낡은 나비도감에서만 봤을 뿐이었다. 손으로 채색한 동판화는 오늘날의 컬러 인쇄 그림보다 훨씬 더 아름다웠고 사실 더 정교하기까지 했다. 내가 아는 모든 나비 중에, 그리고 아직 내 수집상자에 없는 것들 중에 그토록 간절히 갖고 싶어했던 것이 바로 황제나방이었다. 나비도감의 그 그림을 자주 들여다보는 내게 친구 하나가 이런 얘길 해주었다. 저 갈색 나비는 나뭇가지나 바위에 앉아 있다가 새나 다른 적의 공격을 받아도 끄떡없어. 접혀 있던 검은 앞날개를 활짝 펴서 예쁜 뒷날개를 보여주면 그만이거든. 날개에 박힌 커다랗고 빛나는 눈 문양을 보고는 새가 놀라서 날아가버리니까.

그토록 놀라운 곤충이 저 답답한 에밀의 손에 있다니! 소문을 들은 나는 그 희귀한 곤충을 드디어 내 눈으로 직접 보게 되었다는 기쁨과 호기심에 불타올랐다. 동시에 질투도 생겨서, 하필이면 그런 한심하고 심술궂은 녀석이 저 신비롭고 귀한 것을 운좋게 손에 넣었다는 게 불쾌하기 짝이 없었다. 그래서 나는 보고 싶은 마음을 꾹 참으며 그가 잡은 황제나방을 내게 보여주는 영광을 누리지 못하도록 애썼다. 그러나 그 생각을 도무지 떨쳐버릴 수가 없었고 며칠 후 학교에서 소문이 사실로 밝혀지자 당장 가보리라 결심했다.

밥을 먹고 집에서 빠져나오자마자 마당을 지나 옆집 사층으로 달려갔다. 하녀들이 쓰는 골방과 쪽방 옆에 에밀이 혼자 쓰는 작은 방이 있었다. 내가 부러워하는 방이었다. 거기까지 가는 동안 누구와도 마주치지 않았다. 방문을 두드렸지만 대답이 없고, 에밀은 보이지 않았다. 문손잡이를 돌려보니 녀석이 방을 비울 때면 얄미우리만치 꼭꼭 잠가두는 문이 그날따라 열려 있었다.

나는 보기만이라도 해야겠다는 생각에 안으로 들어가 곧장 에밀이 수집품을 보관하는 커다란 상자 두 개를 들었다. 상자 안을 살펴보았으나 허사였다. 문득 나비가 아직 전시판展翅板에 있으리라는 생각이 스쳐갔다. 내 생각이 옳았다. 갈색 날개를 폭이 좁은 종이테이프로 활짝 펴놓은 황제나방이 전시판에 꽂혀 있었다. 나는 고개를 숙이고 가까이서 솜털로 덮인 밝은 갈색 더듬이부터 우아하고 한없이 부드러워 보이는 고운 색깔의 날개 테두리, 섬세하고 보드라운 아랫날개 안쪽의 솜털까지 빠짐없이 들여다보았다. 종이테이프로 덮인 눈 문양만은 볼 수 없었다.

나는 쿵쾅거리는 심장 소리를 들으며 종이테이프를 떼고 판에서 핀을 뽑고야 말았다. 그러자 도감의 그림보다 더 아름답고 경이로운 커다란 눈 네 개가 나타났고 나는 이 멋진 곤충을 갖고 싶다는 욕망을 억누를 수 없었다. 나는 천천히 핀을 뽑고 원형대로 잘 건조된 나비를 빈손에 숨겨가지고 방을 나왔다. 난생처음 주저 없이 남의 것을 훔쳤지만 그때는 터질 듯한 만족감 외에는 아무 느낌도 없었다.

오른손에 그 곤충을 감추고 계단을 내려오는데 아래층에서 누군가 올라오는 기척이 났다. 그 순간 양심이 깨어났다. 돌연 내가 도둑질을 한 나쁜 놈이라는 걸 깨달았다. 동시에 들킬지도 모른다는 끔찍한 불안이 엄습해, 훔친 곤충을 쥐고 있던 손을 본능적으로 재킷 주머니에 넣었다. 마주보며 천천히 다가오던 하녀가 옆을 스쳐갈 때는 나의 사악함과 치욕에 몸을 떨었다. 현관에 멈춰 서자 심장이 쿵쾅거리고 이마에 식은땀이 흘렀다. 나는 스스로에 대한 혐오감으로 제정신이 아니었다.

나는 곧 이 나비를 가질 수 없고 가져서도 안 된다는 것을, 도로 가져가 가능한 한 아무 일도 없었던 것처럼 해두어야 한다는 것을 깨달았다. 나는 누군가와 마주치거나 눈에 띌 위험을 무릅쓰고 재빨리 돌아서서 황급히 계단을 뛰어올라갔다. 일 분 후 나는 다시 에밀의 방에 서 있었다. 주머니에서 조심스레 나비를 꺼내 탁자 위에 올려놓았다. 그것을 보기도 전에 불행한 사태를 예감한 나는 금방이라도 울음이 터질 것 같았다. 황제나방은 망가져 있었다. 오른쪽 앞날개와 더듬이가 사라지고 없었다. 부러진 날개를 조심조심 주머니에서 꺼냈으나 이미 잘게 부서져 이어붙일 수 없는 지경이었다.

도둑질을 했다는 것보다 내가 망가뜨린 희귀하고 아름다운 곤충을 보는 것이 더 마음 아팠다. 손가락에 묻은 부드러운 갈색 날개의 인분鱗粉과 찢어진 날개를 보니 원래대로 되돌려놓을 방법만 알 수 있다면 내가 가진 것은 무엇이든, 어떤 즐거운 것이든 내놓을 수 있을 것 같았다.

슬퍼하며 집에 돌아온 나는 오후 내내 작은 정원에 앉아 있다가 해질 무렵에야 용기를 내 어머니에게 자초지종을 털어놓았다. 어머니가 얼마나 놀라고 슬퍼할지는 알고 있었지만, 그럼에도 벌을 받기 전에 잘못을 털어놓길 더 바란다는 것도 알았다.

"에밀에게 가서 네가 직접 얘기해야 한다." 어머니가 말했다. "네가 할 수 있는 건 그것뿐이야. 그전엔 널 용서할 수 없다. 그 애한테 미안하다고 사과하고, 망가진 것 대신 네 물건 중에서 뭔가를 골라 가지라고 해보려무나."

상대가 에밀만 아니라면 어려울 것도 없었다. 하지만 나는 알고 있었다. 그애는 나를 이해하지 못할 테고 어쩌면 내 말을 아예 믿지도 않으리라는 것을. 저녁이 지나고 밤이 이슥해지도록 나는 그애에게 건너갈 엄두를 내지 못했다. 그때 아래층 현관에서 어머니가 조용히 말했다. "오늘 중으로 가야 한다. 어서 가!"

나는 에밀의 집으로 가서 아래층으로 그를 불러달라고 했다. 그는 내려오자마자 투덜거렸다. 누가 내 황제나방을 망가뜨렸어. 어떤 못된 녀석이 그랬는지, 새인지 고양이가 그랬는지 모르겠다니까. 나는 나도 좀 보여달라고 부탁했다. 우리는 함께 올라가 방문을 열고 촛불을 켰다. 전시판에 망가진 나비가 꽂혀 있었다. 그는 원래 그 모양대로 되돌려보려고 축축한 압지 위에 망가진 날개를 세심하게 펼쳐놓았다. 하지만 원래대로 될 가망은 없었고, 떨어져나간 더듬이도 물론 찾을 수 없었다.

나는 그걸 망가뜨린 게 나였다고 말하고는 자초지종을 설명하려 했다.

그러자 에밀은 화를 내거나 소리를 지르는 대신 잇새로 피이 바람 빠지는 소리를 내더니 한동안 나를 조용히 보다가 말했다. "그렇지. 넌 그런 애야."

내 장난감을 전부 주겠다고 했으나 그는 여전히 싸늘한 경멸의 시선으로 나를 바라볼 뿐이었다. 내가 수집한 나비들도 통째로 주겠다 했다. 하지만 그는 이렇게 말했다.

"고맙지만 됐어. 네 수집품은 벌써 내가 다 알거든. 오늘 보니 네가 나비를 어떻게 다루는지도 알겠고."

그 순간 그의 멱살을 움켜쥐고 싶다는 것 말고는 아무 생각도 나지 않았다. 하지만 어쩔 수 없었다. 어디까지나 잘못은 내게 있었으니까. 에밀은 냉정하게 나를 비웃으며 마치 우주를 지배하는 질서처럼 내 앞에 서 있었다. 그는 욕설 한 마디 내뱉지 않고 그저 경멸의 시선으로 나를 빤히 바라볼 뿐이었다.

그때 나는 처음 알게 되었다. 한번 망가진 것은 원래대로 되돌릴 수 없다는 것을. 에밀의 집에 다녀온 내게 다행히 어머니는 아무것도 묻지 않고 입을 맞춰주고는 늦었으니 그만 자라고 했다. 하지만 잠자리에 들기 전에 나는 몰래 부엌에서 커다란 갈색 상자를 가져와 침대에 올려놓고 어둠 속에서 열었다. 그러고는 나비들을 꺼내 하나씩 하나씩 손가락으로 꼭 눌러 가루로 만들어버렸다.

로버트 애기언

18세기 영국에서는 새로운 형태의 기독교와 기독교 활동이 일어났다. 보잘것없는 뿌리에서 진기한 거목으로 급성장한 이 움직임은 오늘날 복음주의 선교라는 이름으로 널리 알려져 있다.

영국에서 퍼져나간 개신교의 선교활동에는 외적인 요인과 계기가 적잖이 있었다. 찬란한 개척의 시대가 시작된 이래 인류는 지구 곳곳을 발견하고 정복해왔다. 그리고 대양을 넘나드는 모험심 가득한 영웅담과 함께 먼 지역의 섬들과 산악의 형태에 관한 학문적인 관심은 차츰 근대정신에 자리를 내주었고, 그 정신은 새로이 발견한 이방에서의 흥미로운 사건과 경험, 희귀한 동물이나 낭만적인 야자수 숲이 아닌 후추와 설탕, 비단과 모피, 쌀과 전분처럼 한마디로 무역을 통해 돈을 벌어들일 수 있는 재화에 관심을 가지게 되었다. 이런 상업활동을 하면서 사람들은 배타적이고 과격해져 유럽의 기독교 사회에서는 당연한 규칙들을 망각하고 어겼다. 그들은 공포에 질린 수많은 토착민을 약탈자처럼 뒤쫓아가 무자비하게 쏘아 넘어뜨렸다. 교양 있는 기독교신자인 유럽인들이 아메리카와 아프리카, 인도에서 닭장을 습격한 담비처럼 행동했다. 특별히 감상적으로 보지 않더라도 그들의 습격은 너무나 잔인했고 약탈 행각은 너무나 야만적이고도 천박했다. 유럽의 자국민들 사이에서 끓어오른 수치심과 분노는 특히나 선교활동으로 이어졌다. 그것은 이교도들에게 화약과 브랜디 외에 뭔가 다른 것, 유럽의 더 좋고 고귀한 것을 전해주려는 훌륭한 바람에서 비롯되었다.

　18세기 후반 영국에서 뜻있는 개인이 이 같은 선교에 대한 생각을 적극적으로 받아들여 재정적인 도움을 주는 일은 드물지 않았다. 오늘날이야 이런 목적으로 조직된 단체나 기관이 번성하고 있지만 당시만 해도 존재하지 않았고 그저 개개인이 각자의 재량으로 선행을 베푸는 게 보통이었다. 선교사가 되어 먼 이국으로 떠나는 사람은 수취인 주소가 분명히 적힌 요즘의 우편물처럼 바다 건너 정해진 행선지로 곧장 가서 사전에 준비한 대로 조직적인 활동을 펼치는 것도 아니었다. 그들은 신앙에만 의지해 변변한 안내서도 없이 무턱대고 불확실한 모험을 떠났다.

1790년대에 런던의 한 상인이 상당한 재산을 인도의 기독교 선교를 위해 기부하기로 결심했다. 인도는 상인의 형이 부를 이루고서 후손 없이 세상을 떠난 곳이었다. 막강한 동인도회사의 임원을 비롯한 여러 성직자가 고문으로 초청되어 이에 따른 계획을 수립했다. 그들은 우선 젊은 남자 서너 명을 선발해 충분한 물품과 여행경비를 지원한 다음 선교사로 파견하기로 했다.

이 계획이 알려지자 모험심 넘치는 남자들이 몰려들었다. 무명 연극배우나 해고당한 이발사 조수들은 자기야말로 이 매혹적인 여행에 걸맞은 사람이라고 믿었다. 자문 위원단은 성가신 이런 무리 가운데서 적임자를 찾아내느라 애를 먹었다. 조용히 젊은 신학도를 찾아보고 있었으나 영국 신학자들 중에는 제 나라가 싫증나 떠나겠다는 사람도, 이 힘들고 위험하기까지 한 일을 자청하는 사람도 없었다. 선발이 늦어지자 후원자는 조바심이 나기 시작했다.

상인의 뜻과 좌절에 대한 소식은 드디어 랭커셔 지역 농촌마을과 그곳 목사관에까지 알려지게 되었다. 존경받는 목사에게는 로버트 애기언이라는 조카가 있었는데 숙식을 제공받으며 목사관 일을 돕고 있었다. 선장인 아버지와 독실하고 근면한 스코틀랜드인 어머니 사이에서 태어난 로버트 애기언은 어려서 아버지를 채 알기도 전에 잃고, 자질을 알아본 숙부의 도움으로 학교에 다니며 정식으로 성직자 양성과정을 거쳤다. 성적이 우수해 목사가 되기에 손색없었으나 그만한 재산이 없었던 그는 당장은 부목사로서 은인이기도 한 숙부 곁에 머물고 있었지만 숙부가 살아 있는 동안에는 정식 목사가 되기를 바랄 수 없었다. 숙부 애기언은 아직 정정했으므로 조카의 미래는 썩 밝아 보이지 않았다. 모든 상황을 고려해봤을 때 중년이 되기 전까지는 확실한 지위와 수입이 없을 것으로 보이는 가난한 젊은이는 아가씨들, 적어도 조신한 아가씨들이 탐내는 신랑감은 아니었고, 그렇지 않은 여자는 그도 만난 적이 없었다.

신앙심 깊은 어머니를 둔 아들답게 소박한 기독교 정신과 믿음의 소유자인 그는 목회자로서 그 정신과 믿음을 드러내 표현할 수 있는 것이 기뻤다. 하지만 그가 진실로 영적인 기쁨을 누리는 순간은 자연을 관찰할 때였고 이에 걸맞은 훌륭한 안목을 갖추고 있었다. 뛰어난 안목과 손재주를 가진 소박하고 풋풋한 젊은이였던 그는 주변의 자연물을 관찰해 알아가고 수집하고 연구하는 데서 만족을 느꼈다. 어릴 때는 꽃을 가꾸고 식물을 채집하기도 하고 한동안은 돌과 화석에 열을 올리기도 했었다. 그즈음, 특히 시골에 살면서부터는 다른 무엇보다 다채로운 곤충의 세계에 마음을 빼앗겼다. 그중에서도 제일 좋아한 것은 나비였다. 애벌레와 번데기를 거쳐 나비가 되는 극적인 변신과정은 매번 짜릿한 감동을 주었고 나비의 무늬와 색감은 순수한 즐거움을 선사했다. 이런 감정을 느낄 만한 자질이 부족한 사람들은 유년 시절 초기에만 잠깐 맛볼 법한 즐거움이었다.

그런 연유로 젊은 신학자 애기언은 후원 소식을 듣자마자 누구보다 귀가 솔깃했고, 마음속 깊은 곳의 나침반은 이미 인도를 가리킬 만큼 간절한 바람을 품게 되었다. 어머니는 몇 년 전에 돌아가셨고 약혼녀나 은밀한 언약을 맺은 처녀도 없었다. 그는 런던으로 편지를 보냈고 고무적인 답장과 함께 수도까지 여행할 경비를 받았다. 그는 그길로 작은 책상자와 옷꾸러미를 챙겨들고 의기양양하게 런던으로 떠났다. 다만 아쉬웠던 건 식물 채집본과 화석, 나비 표본상자를 가져가지 못한다는 것이었다.

비 내리는 우중충한 런던 구시가지에 도착한 그는 신앙심 깊은 상인의 높고 위압적인 집으로 쭈뼛쭈뼛 들어섰다. 어두운 복도에서는 동반구東半球가 그려진 커다란 벽걸이 지도가 눈에 들어왔고, 이어지는 첫번째 방에는 그토록 고대해온 나라를 눈앞에 펼쳐놓은 듯 얼룩덜룩한 커다란 호랑이 가죽이 깔려 있었다. 어리둥절하고 가슴이 답답한 채로 그는 공손한 하인을 따라 주인이 기다리는 방으로 들어갔다. 깔끔히 면도한, 키가 크고 진지해 보이는 남자가 그를 맞았다. 날카로운 하늘색 눈에 나이든 얼굴은 엄격해 보였지만, 수줍어하는 지원자와 몇 마디 나눠보곤 마음에 들어서 자리를 권했고 기대가 담긴 호의적인 분위기에서 면담을 이어나갔다. 면담을 마치고 나서는 그에게서 증명서를 건네받고 종을 울려 하인을 불렀다. 하인은 말없이 젊은 신학자를 손님방으로 안내했고, 곧이어 또다른 하인이 차와 포도주와 햄, 버터, 빵을 가져왔다. 혼자 남겨진 젊은 남자는 간단한 음식으로 허기와 갈증을 달랬다. 그러고는 푸른 벨벳 안락의자에 편안히 앉아 자신의 상황을 곱씹으며 한가롭게 방안을 둘러보았다. 잠시 후 머나먼 열대의 나라에서 그를 마중나온 또다른 물건을 발견했다. 벽난로 옆 구석의 적갈색 원숭이 박제와 그 위쪽 파란색 비단벽지에 걸린 거대한 뱀이었다. 무두질을 한 껍질에 눈알이 없는 채로 속이 텅 빈 대가리가 축 늘어져 있었다. 그 진귀한 물건들을 알아본 그는 가까이서 살펴보고 또 만져보고 싶어 얼른 다가갔다. 반짝이는 은빛 껍질을 동그랗게 말아보며 살아 있는 보아뱀을 상상하자 얼마간 무섭고 혐오스러웠지만, 보는 것만으로도 신비로운 먼 나라에 대한 호기심은 더 커졌다. 그는 뱀도 원숭이도 무서워하지 말자고 다짐하며 흥분해서는 축복받은 나라에서 무성히 자라고 있을 각양각색의 꽃과 나무, 새, 나비를 눈앞에 그려보았다.

그사이 날이 저물고, 말없는 하인이 불 밝힌 등을 가져다주었다. 높은 창문은 안개 섞인 어스름으로 물들었다. 그는 문득 적막한 고급 저택과 아득하고 희미한 대도시의 잔상들, 천장이 높고 서늘한 방안에 혼자 갇힌 기분이 들었다. 딱히 할 일도 없고 소설에나 나올 법한 그의 불확실한 처지가 깊어가는 런던의 가을밤과 하나가 되어 젊은 남자의 영혼을 희망의 봉우리에서 천천히 끌어내리고 있었다. 안락의자에 앉아 귀를 쫑긋 세우고 기다린 지 두 시간이 넘자 오늘은 기대하지 말아야겠다 싶었다. 금세 고단해진 그는 근사한 손님용 침대에 누워 깜빡 잠이 들었다.

한밤중에 하인이 그를 깨웠다. 젊은 손님이 저녁을 먹으러 오길 모두 기다리고 있으니 서둘러달라고 했다. 애기언은 잠이 덜 깬 채 옷을 꿰입고 졸린 눈을 비비며 하인을 따라서 방과 복도를 지나 계단을 내려갔다. 샹들리에 불빛이 눈부신 식당에 들어서니, 벨벳 옷에 번쩍거리는 장신구를 걸친 여주인이 안경 너머로 그를 눈여겨보았고 집주인은 두 명의 목사에게 그를 소개했다. 그들은 식사를 시작하자마자 바로 젊은 신학자에게 날카로운 질문들을 던져 그의 기독교적 신념이 진실한지부터 알고 싶어했다. 잠에 취한 사도는 질문을 이해하고 답하는 것만으로도 애를 먹었지만 그런 조심스런 태도가 오히려 득이 되었다. 전혀 다른 부류의 지원자들만 숱하게 만나온 시험관들은 그가 대단히 마음에 들었다. 식사가 끝나자 옆방에 지도가 펼쳐졌다. 애기언은 자신이 하느님의 말씀을 전할 지역들을 처음 눈으로 확인했다. 인도 지도에서 봄베이 남쪽의 노란 점으로 표시된 곳이었다.

다음날 그는 덕망 있는 노신사와 만나게 되었다. 상인의 종교적 고문들 중 가장 지위가 높은 노인은 순수한 젊은이를 대번에 마음에 들어했다. 애기언의 심성과 사람됨을 재빨리 파악하고 종교적인 기상이 모자란다고 느낀 노인은 젊은이가 측은했다. 그는 선박 여행의 위험과 남방에 도사린 공포를 눈앞에 보이듯 생생하게 들려주었다. 선교사의 임무를 수행할 만한 특별한 자질과 뜻이 없는 젊은이가 외지에 나가 자신을 희생하고 망가지는 건 어리석은 일이었기 때문이었다. 노인은 지원자의 어깨에 손을 얹고 진심 어린 표정으로 그의 눈을 보며 말했다. "젊은이의 말은 훌륭하고 타당하지만, 어째서 젊은이가 인도에 가려고 하는지 난 아직도 잘 모르겠습니다. 젊은 친구, 숨기지 말고 솔직히 털어놔봐요. 무슨 세속적인 바람이나 절박함이라도 있는 거요? 불쌍한 이교도들에게 우리 은혜로운 기독교의 복음을 전파하겠다는 것이 진짜 바람인 거요?" 그 말에 로버트 애기언은 덜미를 잡힌 사기꾼처럼 얼굴이 붉어졌다. 눈을 내리깔고 잠시 침묵하던 그는 솔직하게 털어놓았다. 믿음에서 우러나온 뜻은 진실되긴 하지만 만약 열대의 희귀한 동식물들, 그중에서도 특히 나비에 대한 관심이 없었더라면 인도에 가겠다거나 선교사가 되리란 생각은 하지 않았을 거라고. 노인은 이것이 젊은이의 마지막 비밀이며 그래서 더는 털어놓을 게 없다는 걸 알아차렸다. 그는 미소지으며 고개를 끄덕이더니 다정하게 말했다. "그렇다면 그 죄는 스스로 감수해야지요. 젊은이, 인도로 가요!" 금세 다시 진지해진 노인은 두 손을 젊은이의 머리에 얹고 성경 말씀을 인용해 축복해주었다.

삼 주 후 젊은 선교사 애기언은 짐상자와 트렁크로 단단히 무장한 채 멋진 범선의 승객으로 여행길에 올랐다. 그는 고국이 점차 잿빛 바다 아래로 가라앉는 모습을 지켜보았고 스페인에 닿기도 전인 첫 주에 이미 바다의 변덕과 위험을 알게 되었다. 요즘이야 유럽에서 쾌적한 증기선을 타고 수에즈운하를 통과해 아프리카를 지나고, 실컷 자고 먹느라 흐리멍덩하게 풀어져 있다 보면 인도 해안이 눈앞에 떡하니 펼쳐지지만, 그 시절 인도로 가는 사람들은 산전수전 다 겪기 전에는 목적지에 닿을 수 없었다. 범선을 타고 몇 달에 걸쳐 광대한 아프리카 대륙의 해안을 따라 돌아가는 동안 갖은 고생을 하며 폭풍우 때문에 위험에 빠지고, 무풍지대에서 오도 가도 못한 채 하릴없이 긴 시간을 보내고, 땀을 흘리고, 추위에 떨고, 굶주리고, 잠을 설쳤다. 그렇게 여행을 무사히 마치고 나면 더는 세상모르는 풋내기가 아닌, 어느 정도 홀로 서는 법을 터득한 사람이 되었다. 선교사 애기언의 경우도 그랬다. 영국에서 인도까지 156일의 항해를 마치고 항구도시 봄베이에 첫발을 내디뎠을 때 그는 볕에 그을리고 깡마른 뱃사람이 되어 있었다.

그사이 조금 잦아들긴 했지만 그의 기쁨과 호기심은 사라지지 않았다. 이미 여행중에도 해안에 닿을 때마다 야자수가 자라는 낯선 섬을 경외심과 호기심에 가득차 탐험가의 눈으로 관찰했다. 그때처럼 주린 눈을 크게 뜬 채 인도라는 나라에 들어와 불굴의 용기를 품고 아름답게 빛나는 도시로 진입했다.

애기언은 우선 추천받은 집을 찾아갔다. 교외의 한적한 골목에 있는 야자수가 우뚝 솟은 집이었다. 그는 안으로 들어서다가 훨씬 더 중요한 일이 있는데도 한참이나 앞마당에 시선을 빼앗겼다. 그곳에는 잎이 무성한 어두운 관목에 핀 황금빛 꽃 주위를 고운 흰나비떼가 나풀나풀 날아다니고 있었다. 눈부신 잔상을 담은 채 평평한 계단을 몇 개 올라가니 널찍하고 그늘진 베란다가 나왔다. 애기언은 그 너머 열린 문 안으로 들어갔다. 흰옷을 입은 인도인 하인이 짙은 갈색의 맨발로 차가운 붉은색 벽돌 바닥을 뛰어왔다. 그는 깍듯이 허리를 굽혀 절하고는 노래하는 듯한 억양의 힌두스타니어*에 콧소리를 섞어 말했다. 하지만 손

---

* 인도의 옛 공용어.

님이 자기 말을 알아듣지 못한다는 걸 얼른 알아채고는 나긋나긋한 몸을 계속 배배 꼬며 고개 숙여 인사하면서 집안 더 깊숙한 곳으로 선교사를 안내했다. 입구에 문 대신 식물 껍질을 엮은 발이 느슨하게 드리운 방이었다. 안쪽에서 발을 젖히며 키가 크고 여윈데다 고압적으로 보이는 남자가 나타났다. 남자는 열대지방의 흰옷을 입고 맨발에 짚으로 만든 샌들을 신고 있었다. 그가 알아들을 수 없는 인도어로 몇 마디 꾸짖자 기가 죽은 하인은 벽을 따라 슬금슬금 사라졌다. 그러고 나서 남자는 애기언을 돌아보며 영어로 들어오라고 했다.

애기언은 먼저 연락도 없이 불쑥 찾아온 것을 사과하고 하인은 아무 잘못도 없다며 감싸주려 했다. 하지만 상대는 성급히 그의 말을 가로막았다. "잔꾀 부리는 하인을 다루는 법은 머지않아 터득하게 될 겁니다. 들어와요! 잘 오셨습니다."

"브래들리 씨 맞으시죠?" 자신에게 조언을 해주고 가르침을 줄 사람이자 동료가 될 사람과의 첫 대면에서 서먹함과 냉랭함을 느끼면서 신참인 애기언이 정중하게 물었다.

"예, 내가 브래들리입니다. 당신은 애기언이겠군요. 그러니까 애기언 씨, 이제 그만 안으로 들어와요! 점심은 들었소?"

큰 키에 뼈만 앙상한 브래들리는 곧 해외에서 살며 산전수전 다 겪은 무역중계상 특유의 무뚝뚝하고 거만한 태도로 자신을 찾아온 손님의 미래를 시커먼 털이 북슬북슬한데다 볕에 그을린 자기 손안에 넣고 주물렀다. 그는 손님에게 양고기와 매운 카레를 곁들인 밥을 내오게 하고, 묵을 방을 알려주고, 집 구경을 시켜주었다. 애기언에게서 편지와 지시사항을 넘겨받고 나서, 우선 궁금해하는 사항들에 대해 답해주고 인도 생활에 꼭 필요한 규칙들을 알려주었다. 그러고는 갈색 피부의 인도 하인 네 명을 불러모아 집안이 쩌렁쩌렁 울리도록 냉랭하고 성난 목소리로 호통치며 이런저런 지시를 했다. 인도인 재단사도 불러 당장 애기언이 입을 인도식 평상복을 여러 벌 짓게 했다. 신출내기 애기언은 고마워하면서도 약간 얼떨떨한 채로 그가 베푸는 호의를 받아들였다. 하지만 마음 같아선 인도에 도착한 첫날을 좀더 조용하고 평화롭게 보내고 싶었다. 인도의 첫인상과 여행지에서의 강렬한 추억들에 대해 진솔한 대화를 나누는 건 이곳에 조금이라도 적응한 다음으로 미루는 게 좋을 것 같았다. 그는 지난 반년간 배를 타고 여행하는 동안 주어진 것에 만족하며 여러 상황에 대처하는 법을 배운 터였다. 저녁 무렵 브래들리 씨가 사업상의 볼일을 보러 시내로 나가자 젊은 기독교인 애기언은 그제야 숨통이 트이는 것 같아 이제 홀로 조용하게 편안한 기분으로 도착을 자축하며 인도라는 나라에 인사를 건네기로 했다.

그는 문도 창문도 없이 사방 벽에 널따란 구멍이 나 바람이 잘

통하는 방을 엄숙한 마음으로 나와 야외로 나섰다. 햇빛을 가려
주는 긴 베일이 달린 챙 넓은 모자를 금발 위에 눌러쓰고 손에는
단단한 지팡이를 들고 있었다. 정원에 발을 들여놓자마자 심호흡
을 하고 주변을 둘러보면서 탐색하듯이 낯설고 신비로운 나라의
바람과 냄새와 빛과 색을 열심히 빨아들였다. 겸허한 그리스도의
일꾼으로 그가 정복을 도와야 할 곳이었고 그러기 위해 기꺼이
자신을 헌신하리라 생각한 나라였다.

눈으로 보고 느낄 수 있는 주위의 모든 것이 마음에 쏙 들었고
수많은 꿈과 예감이 마치 현실임을 증명하듯 수천 겹으로 빛나
며 눈앞에 나타난 것만 같았다. 작열하는 햇살 속에 높은 덤불이
빽빽이 자라고 그 사이로 놀랍도록 강렬한 색채의 커다란 꽃송
이들이 만발해 있었다. 기둥처럼 날씬하고 매끈한 야자수 줄기
는 아찔한 높이로 솟아 미동도 않는 둥그런 수관으로 이어졌다.
저택 뒤 대추야자나무에는 성인 남자 키만한 이파리들이 정확
하게 대칭을 이루며 회전식 관람차처럼 위로 뻣뻣하게 솟아 있
었다. 그때 길 가장자리의 작은 생물체가 자연의 벗인 그의 눈에
들어왔다. 조심스레 다가가보니 세모난 머리에 작은 눈이 음흉
해 보이는 초록색 카멜레온이었다. 애기언은 그 위로 허리를 굽
혀 들여다보며 아이처럼 즐거워했다.

깊이 몰두해 있던 그를 낯선 음악이 흔들어 깨웠다. 초록빛 나

무들과 정원에 자라는 야생식물들의 고요한 속삭임을 깨뜨리며 북과 팀파니의 금속성 소리와 관악기의 높고 날카로운 소리가 규칙적으로 들려왔다. 신과 자연을 사랑하는 애기언은 깜짝 놀라 귀를 기울였는데 아무것도 보이지 않아서 호기심에 그 미개하고 정신 사나운 소리의 진원지를 찾아나섰다. 소리를 따라 활짝 열린 정원 문밖으로 나섰다. 풀이 듬성듬성한 갓길을 따라 정원과 야자수들, 연둣빛으로 활짝 웃는 논밭이 펼쳐진 친근한 풍경을 지나쳐갔다. 마침내 어느 정원의 높은 울타리를 끼고 돌아 인도식 움막들이 늘어서 촌락을 이루고 있는 듯 보이는 골목길에 이르렀다. 작은 움막들은 진흙이나 대나무 줄기로만 지어졌고 말린 야자수 이파리를 지붕 삼아 덮어놓았다. 문구멍이 뚫린 곳마다 갈색 피부의 인도인 가족들이 서 있거나 웅크리고 있었다. 그는 호기심 어린 눈으로 그들을 바라보았다. 낯선 원시민족의 시골 생활을 처음 접한 그는 첫눈에 갈색 피부의 사람들을, 무의식적이고 헤어나지 못할 슬픔으로 가득한 그들의 아름답고 천진한 눈을 사랑하게 되었다. 긴 까만 머리를 쫑쫑 땋아 늘어뜨린 아름다운 여인들이 노루 같은 눈망울로 조용히 밖을 내다보았다. 얼굴 한가운데는 물론 손과 발목에 은색 장신구를 달고 있었고 발가락 반지를 끼고 있었다.

벌거벗은 어린아이들은 얇은 인피靭皮 줄에 은이나 뿔로 만든 기이한 부적만 달랑 걸고 있었다.

광란의 음악은 이제 아주 가까이서 변함없이 울려퍼지고 있었다. 다음 골목의 모퉁이에 이르러 그는 드디어 찾던 것을 발견했다. 상상 속에나 나올 법한 기이한 형태에 아찔하리만치 높은 건물이었다. 건물 중앙에 거대한 문이 있었다. 그는 놀라워하며 건물의 웅장한 전면을 올려다보았다. 동물과 사람, 신 혹은 사탄의 석상이 사원의 아득하고 뾰족한 꼭대기까지 수백 개가 넘게 쌓여 있었다. 그것은 몸통과 팔다리, 머리 들이 어지러이 얽힌 숲이었다. 수평으로 퍼지는 황혼 속에 번쩍거리는 이 무시무시한 석상, 거대한 인도 사원은 넋이 나간 이방인에게 분명히 말하고 있었다. 저 동물처럼 유순하고 반벌거숭이나 다름없는 사람들은 낙원에서 살아온 원시민족이 아니라, 수천 년 전부터 이미 사상과 신과 예술과 종교를 가져왔다는 것을.

요란한 팀파니 음악이 멎자 사원에서 흰색과 원색 옷을 입은 신심 깊은 인도인들이 쏟아져나왔다. 맨 앞에 격식을 차린 작은 브라만 무리가 사람들과 떨어져 걷고 있었다. 수천 년 동안 다져온 학식과 위엄을 갖춘 이들다운 오만함이 엿보였다. 그들은 수습공 앞을 지나가는 귀족처럼 백인 남자 옆을 당당하게 지나갔다. 그들은 물론 뒤따르는 좀더 소박해 보이는 사람들도 여행 온 타지인에게서 신과 인간의 선악에 대한 가르침을 들을 의향은 조금도 없어 보였다.

　사람들이 흩어지고 그곳이 한결 조용해지자 로버트 애기언은 사원으로 다가갔다. 넋이 나간 채 사원 전면의 형상들을 찬찬히 살펴보던 그는 혼란과 충격을 느끼며 뒤로 물러섰다. 그 형상들에 깃든 기괴한 언어가 당황스럽기도 했거니와 뒤엉킨 신상들 사이에서 발견한 뻔뻔스럽게 묘사된 외설적인 장면들은 적잖이 두려웠기 때문이었다.

　돌아서서 갈 길을 찾아 둘러보는 사이 별안간 사원과 골목길이 어두워졌다. 하늘이 잠시 오색으로 물드는가 싶더니 순식간에 밤이 몰려왔다. 익히 아는 어둠이 순식간에 밀려들자 젊은 선교사는 가벼운 한기를 느꼈다. 어스름이 내리며 동시에 나무와 덤불 주변에서 수많은 곤충이 일제히 귀청이 찢어져라 울어대기 시작했다. 멀리서는 낯설고도 사나운 짐승의 울부짖음이 들려왔다. 분노인지 두려움인지 모를 것이 뒤섞인 소리였다. 다행히 길을 찾은 그는 돌아가는 걸음을 재촉했다. 얼마 안 되는 거리였지만 이미 그 일대는 깊은 어둠에 잠기고 높고 어두운 하늘에는 별이 총총했다.

　이런저런 생각에 잠겨 심란한 채 집에 온 애기언은 불 켜진 방으로 다가갔다. 브래들리 씨가 그를 맞아주었다. "아, 거기 있었군. 이렇게 늦은 시간에 돌아다니면 안 됩니다. 위험할 수 있소.

그런데, 총은 잘 다룹니까?"

"총이요? 아니요, 배운 적 없는데요."

"그렇다면 곧 배우는 게…… 대체 오늘 저녁에는 어디 있었던 거요?"

애기언은 잔뜩 흥분해서 이야기했다. 그리고 기갈 들린 사람처럼 그곳이 어떤 종교의 사원인지, 어떤 신이나 우상을 모시는지, 그 많은 조각상은 무엇을 의미하고 이상한 음악의 정체는 무엇인지, 흰옷을 걸친 당당하고 잘생긴 남자들이 사제인지, 그들이 모시는 신들의 이름은 무엇인지 질문을 퍼부어댔다. 하지만 돌아온 대답은 실망스러웠을 뿐이었다. 무엇보다 그의 조언자는 그가 물어보는 것들에 대해 조금도 흥미가 없었다. 그저 그 우상숭배라는 괴상망측하고 음란한 난장판에 대해 자세히 아는 사람은 아무도 없으며, 브라만들이 구제불능의 착취자이자 게으름뱅이임은 물론이고, 인도인은 하나같이 거지 아니면 파렴치한 더러운 족속들이니 점잖은 영국인이라면 상대하지 않는 편이 좋다고 할 뿐이었다.

"하지만," 애기언이 소심하게 말했다. "그래도 제 임무는 저 길 잃은 자들을 옳은 길로 인도하는 건데요! 그러기 위해서 저는 그들을 만나 사랑하고 또 그들에 대해 속속들이 알아야……"

"그들에 대해서는 차차 당신이 원하는 것보다 더 많은 걸 알게 될 거요. 물론 당신은 힌두스타니어를 배워야 할 테고 나중에는 아마 저 지긋지긋한 검둥이들의 말도 몇 가지 배워야겠지요. 하지만 사랑으로 될 일은 아니란 말이오."

"아니, 사람들이 꽤 선해 보이던데요!"

"그랬습니까? 그렇다면 두고 보시죠. 어차피 당신이 인도인들을 상대로 뭘 하겠다는 건지 당최 나는 이해도 안 가고 뭐라고 왈가왈부할 생각도 없소. 우리 의무는 하느님을 모르는 이 족속들에게 더디게나마 문명이란 뭔지 살짝 맛보여주고 최소한의 예절을 알려주는 게 아니겠소. 더 많은 건 절대 기대할 수 없을 거요!"

"우리의 윤리, 혹은 당신이 예절이라고 말하는 그것이 그리스도의 윤리입니다. 브래들리 씨!"

"사랑 말입니까? 그래요. 그럼 인도인 아무나 붙들고 사랑한다고 한번 말해봐요. 그자가 오늘은 당신한테 매달려 구걸하고, 내일은 당신 침실에서 셔츠를 훔쳐갈 테니!"

"그럴 수가 있어요?"

"그럴 수 있다마다요. 애기언 씨. 당신은 정직이나 올바름 같은 것은 눈곱만큼도 모르는 청소년들을 상대하게 될 거요. 얌전한 영국 학생들이 아니라 몹쓸 장난을 일삼는 영악한 갈색 피부의 사내녀석들을 상대해야 한다 이겁니다. 언젠가는 내 말이 생각날 거요."

애기언은 서글펐지만 질문을 더 하는 건 포기하고 이제부터는 그가 하라는 대로 부지런히 현지에서 배워야 할 모든 것을 배우기로 마음먹었다. 엄격한 브래들리의 말이 옳든 그르든, 저 무시무시한 사원과 거만해서 다가가기 어려운 브라만을 보고 난 뒤로는 이미 자신의 계획과 사명을 이 나라에서 실천하기가 생각했던 것보다 한없이 힘겨울 것 같다는 생각이 든 것이었다.

다음날 아침 짐상자들이 집으로 날라져왔다. 선교사 애기언이 고향에서 가져온 물건들이 들어 있었다. 조심스레 짐을 풀어 셔츠는 셔츠끼리, 책은 책끼리 포개놓던 그는 몇 가지 물건들을 보면서 상념에 잠겼다. 검은 액자틀 안의 작은 동판화가 손에 떨어졌다. 유리는 운반중에 깨지고 『로빈슨 크루소』의 저자 디포의 초상만 남아 있었다. 어릴 때부터 보아온 어머니의 정든 기도서와 숙부가 그를 격려할 겸 미래를 향한 안내서로 선물한 인도 지도도 있었다. 나비를 잡을 때 쓰려고 런던에서 특별히 제작한 금속 채집망 두 개도 나왔다. 그중 하나는 가까운 날 금방 쓸 수 있도록 옆으로 치워놓았다.

저녁이 되자 모든 물건이 제자리를 찾아 차곡차곡 쌓였다. 작은 동판화를 침대 머리맡 위에 걸자 방 전체가 깔끔하게 정돈되었다. 탁자와 침대는 누군가 귀띔해준 대로 납작한 질그릇 안에 세우고 그릇에 물을 채워 개미들이 못 올라오게 했다. 브래들리가 일 때문에 하루종일 집을 비운 사이, 공손한 하인이 손짓으로 식사 때를 알리고 말 한마디 없이 식사 시중을 들어주자 애기언은 기분이 묘했다.

다음날 일찍부터 애기언의 일이 시작되었다. 브래들리가 소개해준 눈동자가 까만 잘생긴 청년 비야르덴야가 모습을 드러냈다. 그에게 힌두스타니어를 가르쳐줄 선생이었다. 미소지으며 그를 바라보는 인도 청년의 영어 실력은 나쁘지 않았고 몸가짐도 훌륭했다. 다만 애기언이 멋모르고 인사차 다정하게 손을 내밀었을 때 흠칫 뒤로 물러섰다. 그후로도 청년은 자칫 고귀한 신분인 자신을 백인이 더럽히기라도 할까봐 일체의 신체 접촉을 피했다. 낯선 애기언이 앉았던 자리에는 절대 앉으려 하지 않고, 대신 매일같이 멋진 돗자리를 둘둘 말아 옆구리에 끼고 와서 벽돌 바닥에 펼치고는 우아하고 바른 자세로 가부좌를 틀고 앉았다. 열성적인 배움의 자세로 선생을 흐뭇하게 한 애기언은 가부좌까지 배워 수업 시간에는 비슷한 돗자리를 바닥에 깔고 앉았다. 처음에는 온몸의 마디마디가 아팠지만 익숙해졌다. 그는 부지런히 인내심을 가지고 단어 하나하나를 익혀갔다. 젊은 선생이 지치지도 않고 웃으면서 따라 하도록 하는 일상적인 인사말부터 시작해 매일매일 새롭게 각오를 다지며 비둘기가 구구 우는 듯한 인도식 구개음과 씨름했다. 처음에는 발음이 불분명한 그르렁거림으로만 들리던 것들을 차차 구별하고 따라 말할 수 있게 되었다.

예의바른 언어 선생에게 요상하기 짝이 없는 힌두스타니어를 배우다보면 오전 시간은 눈 깜짝할 사이에 지나갔지만, 부지런한 애기언에게 오후와 저녁 시간은 길고 외롭게 느껴졌다. 집주인과의 관계는 모호했다. 후견인 같기도 하고, 때로는 윗사람 같기도 한 집주인은 집에 있는 일이 드물었다. 대개 점심때쯤 걸어서, 또는 말을 타고 시내에서 돌아와 집주인으로 식사 시간을 주관했다. 가끔은 영국인 서기를 데려와 같이 식사를 했고, 저녁에 사무실이나 창고로 가기 전 두세 시간 동안 베란다에 누워 담배를 피우거나 눈을 붙였다. 때때로 물건을 구입하러 며칠씩 여행을 떠나기도 했으나 새로운 동거인인 애기언은 그의 부재가 아쉽지 않았다. 아무리 애써도 거칠고 말수가 적은 사업가와는 친해질 수 없었던 것이다. 게다가 브래들리의 생활습관 중에는 선교사의 눈에 거슬리는 것이 몇 가지 있었다. 그중에서도 그가 퇴근 후 서기와 함께 물과 럼주, 레모네이드를 섞어 만취할 때까지 마셔대는 것이 마음에 들지 않았다. 처음에 몇 번은 젊은 신학자 애기언에게도 같이 마시자고 했지만 그때마다 에둘러 거절했다.

상황이 이러했으므로 애기언의 하루하루가 유쾌할 수만은 없었다. 그는 처음 배운 엉성한 언어지식을 활용할 겸 부엌으로 하인들을 찾아가 대화를 시도했다. 더디고 지루한 오후였고 찌는 듯한 더위에 나무집 안은 찜통 같았다. 회교도인 요리사는 대꾸도 하지 않고 그를 없는 사람 취급하며 거만하게 굴었으나 물지기와 심부름꾼 소년은 달랐다. 그 둘은 군말 없이 몇 시간이고 느긋하게 돗자리에 쪼그리고 앉아 구장잎을 씹으면서 기를 쓰고 인도어를 해보려는 선교사를 보며 재미있어했다.

어느 날 장난기 많은 두 사람이 마침 실수도 있고 단어를 혼동하기도 하는 선교사의 엉터리 인도어를 듣고 마른 허벅지를 치며 낄낄거리고 있는데 브래들리가 부엌문 앞에 나타났다. 입술을 앙다물고 그들의 행태를 지켜보던 브래들리는 벼락처럼 심부름꾼 소년의 따귀를 갈기고 물지기를 발로 찼다. 그러고는 깜짝 놀란 애기언을 말없이 잡아끌었다. 브래들리는 그의 방으로 가서야 화난 목소리로 말했다. "대체 몇 번을 더 말해야 알아듣겠소? 그 사람들과 상종하지 말라고 하지 않았소! 아무리 좋은 의도였다 해도 당신은 내 하인들의 버릇을 망치고 있소. 이유야 어떻든 영국인이 저 갈색 무뢰한들 앞에서 웃음거리가 된다는 게 말이 되느냐 말이오!" 모욕을 당한 애기언이 미처 뭐라고 변명하기도 전에 그는 자리를 떠났다.

외롭게 지내는 선교사가 사람들과 어울리는 건 일요일뿐이었다. 그는 정기적으로 교회에 나갔고 한번은 그다지 열의 없는 영국인 목사를 대신해 설교를 맡았다. 하지만 고향에서 농부들과 방직 기술자들을 상대로 애정 어린 설교를 했던 그가 부유한 사업가들과 고단하고 병약한 여자들, 세상 부러울 것 없는 젊은 월급쟁이들로 이루어진 냉랭한 신도들 앞에 서자 위화감에 기운이 빠졌다.

이따금 자신의 상황을 생각하면 암담하고 신세가 처량하게 느껴질 때 위로가 되는 확실한 방법은 있었다. 식물 채집통을 둘러메고 가늘고 긴 대나무 손잡이를 연결한 채집망을 들고 소풍을 나서는 것이었다. 대부분의 영국인들은 괴롭다고 불평을 터뜨리기가 예사인 인도의 이글거리는 태양과 풍토가 그는 마음에 들었고 근사해 보였다. 그는 항상 몸과 마음을 가볍게 해서 스스로 무기력해질 틈을 주지 않았다. 철저히 자연에 대한 관심과 애정만 놓고 보면 이 나라는 끝이 보이지 않는 초원이었다. 걸음을 내디딜 때마다 이름 모를 나무와 꽃, 새와 곤충이 있었고, 그는 시간을 두고 빠짐없이 이름을 확인하리라 마음먹었다. 진기한 도마뱀과 전갈, 거대하고 살진 지네와 안경원숭이를 보고 놀라는 일이 점점 줄어든 것은 물론 굵직한 뱀을 욕실에서 호기롭게 나무 양동이로 때려죽이고부터는 으스스한 동물에 대한 두려움도 차츰 사라졌다.

채집망으로 크고 화려한 나비를 처음 잡았을 때는 조심조심 꺼내 가까이서 들여다보았다. 기품 있게 빛을 발하는 나비의 넓은 날개는 설화석고처럼 반짝거리는데다 고운 빛깔의 솜털로 덮여 있었다. 어릴 때 산호랑나비를 처음 잡은 뒤로는 느껴본 적이 없는 격렬한 기쁨에 가슴이 두근두근했다. 그는 기꺼이 정글의 불편함에 적응해갔다. 원시림의 진흙 구덩이에 깊이 빠져도, 원숭이떼가 울부짖으며 약을 올리고 성난 개미군단이 덮쳐와도 용기를 잃지 않았다. 딱 한 번 벌벌 떨며 거대한 고무나무 뒤에 꿇어앉아 기도한 적이 있기는 했다. 코앞에서 천둥이 치고 지진이 일어난 듯 한 무리의 코끼리들이 빽빽한 덤불 사이로 돌진해왔을 때였다. 그는 이른 아침이면 바람이 잘 통하는 방에 누워 가까운 숲에서 들려오는 원숭이의 성난 고함에 잠이 깨고, 밤에는 자칼의 으르렁거리는 울부짖음을 들으며 잠드는 데 익숙해져갔다. 마르고 그을리고 남자다워진 얼굴에서 눈이 형형하게 빛났다.

그는 도시는 물론 고요한 뜰 같은 분위기의 변두리 마을들을 점점 더 자주 둘러보게 되었고, 볼수록 인도인들이 마음에 들었다. 한 가지, 여자들까지 상반신을 벌거벗고 돌아다니는 하층민의 풍습만은 거북하고 민망하기 짝이 없었다. 아주 어여쁜 여자도 자주 보았지만 그렇다 해도 길에서 그들의 훤히 드러난 목과 팔, 가슴과 마주하는 일은 좀처럼 익숙해지지 않았다.

이런 상스러움 외에 그의 기운을 빼는 수수께끼 같은 문제는 이 사람들의 정신적인 삶이었다. 돌아보는 곳마다 어디든 종교가 있었다. 런던에서는 가장 큰 교회의 축제일에도 느끼기 힘든 깊은 신앙심을 이곳에서는 평일에도 어느 골목에서나 볼 수 있었다. 도처에 사원과 성스러운 그림이 있고, 어디서나 기도와 제물을 올리는 모습이나 행렬과 의식, 참회자들과 승려들을 볼 수 있었다. 하지만 그 누가 이토록 얽히고설킨 실뭉치 같은 종교들 가운데서 올바른 길을 찾아내겠는가? 이곳에는 브라만과 회교도, 배화교도와 불교도, 시바신과 크리슈나의 종, 터번을 두른 자와 머리를 빡빡 민 신자, 뱀을 숭배하는 자와 거북을 신봉하는 종교가 있는데.

이 모든 길 잃은 자들의 신은 어디 있는가? 그는 어떤 모습이고, 그 많은 의식 중 더 오래되고 신성하고 순결한 것은 무엇인가? 그것은 아무도 몰랐고 특히나 인도인들에게는 전혀 문제되지 않았다. 아버지에게서 물려받은 종교에서 만족을 얻지 못하면 다른 신에게 가거나 회개하는 자로서 새로운 종교를 찾아 떠났고 찾지 못하면 새로 만들기도 했다. 아무도 그 이름을 모르는 신과 정령 들에게 제물을 바치면서 수백 가지 예배의식과 사원과 사제가 사이좋게 공존했다. 어떤 종교의 신자도 기독교 국가들의 관습처럼 이교도를 증오하거나 말살해야 한다는 생각은 하지 않았다. 심지어 많은 것이, 이를테면 피리 연주와 제단에 바친 고운 꽃들이 아름답고 사랑스러워 보이기까지 했고 수많은 신자의 얼굴에는 영국인에게서는 찾아봐야 소용없는 평화와 밝고 고요한 광채가 어려 있었다. 애기언이 보기에 살생을 금하는 인도인들의 엄격한 계율도 훌륭하고 숭고했다. 아름다운 나비와 풍뎅이를 무자비하게 죽여 바늘에 꽂았던 자신이 어찌나 부끄럽던지 이런저런 핑곗거리가 필요할 지경이었다. 그런데 한편으로는 벌레 한 마리까지 조물주의 창조물로 신성하게 여기고 진심을 다해 기도하며 사원의 일에 정성을 쏟는 민족 사이에서 절도와 사기, 중상모략과 배신이 일상처럼 일어나기도 했다. 그래도 누구 하나 분노하거나 경악하지 않았다. 선량한 종교계율을 생각할수록 그에게 이 민족은 어떤 논리와 이론에도 모순되는, 풀 수 없는 수수께끼가 되어갔다. 그러지 말라는 브래들리의 엄한 지시에도 불구하고 다시 대화를 나누곤 했던 하인과 마음이 통했다고 생각한 지 한 시간 만에 그에게 면 셔츠를 도둑맞았다. 애기언이 화내지 않고 자애롭게 묻자 처음엔 한사코 발뺌하던 하인도 겸연쩍은 미소를 지으며 사실을 인정했다. 하인은 셔츠를 내보이며 여기 작은 구멍이 나서 주인께선 입지 않을 거라 생각했다고 천연덕스럽게 말했다.

한번은 물지기 때문에 놀란 적도 있었다. 매일 근처 빗물 통에서 물을 길어와 부엌과 욕실에 채워놓는 것으로 보수를 받고 밥을 얻어먹는 이 사내는 언제나 이른 아침과 저녁에만 일하고 나머지 시간은 부엌이나 하인들의 움막에 앉아 구장잎과 사탕수수를 씹으며 보냈다. 어느 날 산책을 하고 온 애기언이 외출하고 없는 다른 하인 대신 물지기 사내에게 잔디 씨가 잔뜩 묻은 바지를 털어달라고 부탁했더니 뒷짐을 지고서 웃기만 했다. 선교사가 별거 아닌 일이니 당장 하라고 엄하게 명령하자 결국 울며 겨자 먹기로 따르긴 했으나, 그러고 나서는 울적하게 부엌에 앉아 있다가 자포자기한 사람처럼 한 시간 넘게 욕을 해대며 난리를 피웠다. 갖은 고생 끝에 수많은 오해를 극복하고 나서야 애기언은 그날 자신이 정해진 일 외의 일을 지시한 게 그 사람에게는 심한 모욕이었음을 알게 되었다.

이 모든 사소한 경험이 차츰 쌓이면서 유리벽처럼 그를 주변과 떼어놓고 갈수록 괴로워지는 고독 속으로 쫓아내버렸다. 그럴수록 그는 필사적으로 언어를 배우는 데 매달렸고, 실력이 하루바삐 늘어 이 낯선 민족을 이해할 날이 오기를 애타게 희망했다. 그는 더 자주 용기를 내 길거리의 원주민들에게 말을 걸고, 통역사 없이 양복점과 잡화점, 제화점에 갔다. 장인이 만든 물건을 칭찬하거나 어머니와 함께 있는 젖먹이를 다정한 눈길로 바라보며 예뻐해주고 보통 사람들과 허물없이 수다를 떨었다. 이방인들의 말과 눈빛에서, 특히나 그들의 선량하고 천진하고 행복한 웃음에서 낯선 민족의 맑은 영혼과 형제애가 느껴졌다. 그런 순간에는 모든 장벽이 무너지고 생경한 느낌도 사라졌다.

마침내 그는 촌락의 아이들과 순박한 사람들이 거의 언제나 마음을 열어준다는 것을, 뿐만 아니라 온갖 난관과 불신과 도시 사람들의 타락은 유럽에서 온 뱃사람과 무역상 탓이라는 것을 알게 되었다. 그때부터 그는 자주 말을 타고 대담하게 점점 더 촌락 깊숙한 곳으로 들어갔다. 구리동전과 때로는 아이들에게 줄 설탕조각도 주머니에 넣어갔다. 깊은 산골마을에 있는 농가의 진흙 움막 앞에 닿으면 야자수에 말을 묶어두고 갈대 지붕 아래로 들어갔다. 물이나 코코넛밀크 한 잔을 청하면 대개 자연스레 안면을 트고 유쾌하게 수다를 떨 기회가 생겼다. 아직은 서투른 언어 실력에 어른 아이 할 것 없이 곧잘 신기해하며 깔깔댔지만 그런 그들이 싫지 않았다.

그런 자리에서는 자비로운 하느님에 대한 이야기를 일절 꺼내지 않았다. 그에게는 급한 일도 아닐뿐더러 아직 기독교에서 일상적으로 쓰는 표현에 딱 들어맞는 인도어를 찾지 못한 터라 어렵다 못해 불가능에 가까운 일처럼 보였다. 게다가 자신이 인도인들과 어느 정도 보조를 맞춰 생활하고 대화가 통할 만큼 그들의 삶을 자세히 알기 전까지는 그들에게 중요한 변화를 요구한다든가 감히 선생인 척 가르치려 들 권리가 없다고 느꼈다.

그렇게 연구의 폭은 점점 넓어졌다. 그는 원주민의 삶과 노동, 생업을 알아가려고 애썼다. 나무와 열매, 가축과 사용하는 기구를 관찰하고 이름을 익혔다. 건식, 습식 벼 재배의 비밀, 식물의 내피와 면직물의 생산공정도 차츰 터득해갔다. 집 짓는 과정과 옹기 굽기, 짚 세공, 그리고 고향에서부터 보아온 직물 일을 유심히 관찰했다. 질퍽이는 논에서 쟁기질을 하는 살진 붉은 물소도 유심히 지켜보았다. 길들여진 코끼리들이 하는 일을 알게 되었고 조련당한 원숭이가 주인에게 나무에서 코코넛 열매를 따다주는 모습도 보았다.

소풍을 나갔다가 높고 짙푸른 언덕 사이 평화로운 골짜기에서 세찬 소나기를 만나 놀란 적도 있었다. 그는 발길이 닿는 제일 가까운 움막에서 비를 피했다. 대나무 벽에 진흙을 덧바른 좁은 공간으로 들어가자 단출한 가족이 옹기종기 모여 앉아 있었다. 그들은 움막 안으로 들어서는 낯선 사람에게 겁을 먹고 놀란 듯 인사를 건넸다. 잿빛 머리를 헤나로 붉게 염색한 안주인은 구장잎을 즐겨 씹는 모양인지 활짝 웃자 머리만큼 붉은 이가 훤히 드러났다. 키가 크고 검은 머리를 길게 기른 남편은 눈빛이 진지했다. 바닥에 앉아 있다가 일어난 그는 왕처럼 우뚝 서서 손님과 인사말을 주고받고는 금방 코코넛 열매를 깨서 권했다. 애기언은 달콤한 즙을 한 모금 마셨다. 그가 들어설 때 조용히 구석의 돌 아궁이 뒤로 숨었던 어린 소년은 반지르르한 까만 머리를 내밀고 두려움과 호기심이 섞인 눈을 반짝이고 있었다. 볕에 탄 소년의 가슴에서 어른거리는 황동 부적이 유일한 장식이자 옷이었다. 커다란 바나나 몇 송이가 문 위에 매달려 익어가고 있었다. 열린 문으로 빛이 들어오는 움막 안 어디에도 빈곤은 없었다. 더없이 꾸밈없고 아름답고 깨끗하게 정돈된 인상을 주었다.

머나먼 어린 시절의 기억에서 피어오른 아련한 향수가 선교사에게 밀려들었다. 나그네에게는 화목한 가정을 보는 것만으로도 쉽게 전해지는 그런 향수는 브래들리의 방갈로에서는 한 번도 느껴본 적이 없는 것이었다. 이곳에 발을 들여놓게 된 것이 그저 나그네가 비를 피하기 위해서만은 아닌 것처럼 생각될 정도였다. 우울한 삶의 혼란스러움에서 벗어나 올바르고 자연스럽고 자족적인 삶의 의미와 기쁨을 마침내 다시 마주한 기분이었다. 움막의 촘촘한 갈댓잎 지붕을 요란하게 두드리며 거센 빗줄기가 쏟아지자 문 앞에 마치 두껍고 매끈한 유리벽을 세운 것 같았다.

노인들은 처음 보는 낯선 손님과 대화를 나눴다. 대화 끝에 자연스럽게 이 나라에는 무슨 목적으로 온 거냐는 정중한 질문이 이어지자 당황한 그는 말머리를 돌렸다. 자주 그랬듯이 이번에도 겸손한 애기언은 이 사람들의 신과 신앙을 밀어내고 다른 신을 전파할 목적으로 이역만리에서 파견되어온 자신이 뻔뻔하고 불손하게 느껴졌다. 인도어에 능숙해지면 그런 수치심은 사라질 거라고 늘 생각해왔지만 착각이었다는 게 오늘 의심할 바 없이 명백해졌다. 갈색 피부의 그들을 이해하면 할수록 이 민족의 삶에 주인처럼 관여할 권리도 그럴 열의도 느끼지 못하게 되었다.

비가 잦아들면서 비옥한 붉은 흙과 뒤섞인 빗물이 울퉁불퉁한 골목으로 흘러가고, 비에 젖어 반짝거리는 야자수 줄기의 틈새를 뚫고 나온 햇살이 바나나 나무의 투명하고 커다란 이파리를 눈이 부시도록 강렬하게 비추었다. 선교사 애기언은 주인에게 감사를 표하고 가보겠다는 눈짓을 했다. 그때 바닥에 그늘이 드리우더니 작은 방에 어둠이 고였다. 재빨리 뒤돌아보니 누군가 맨발로 소리 없이 안으로 들어섰다. 젊은 아가씨 같기도 하고 소녀 같기도 했다. 예기치 못한 애기언의 모습에 그녀는 깜짝 놀라며 소년처럼 아궁이 뒤로 도망쳤다.

"인사드려라!" 아버지가 큰 소리로 말하자 그녀는 수줍어하며 두 발짝 걸어나와 가슴에 손을 엇갈려 모으고 연신 허리를 굽혔다. 숱 많고 새까만 머리에서 빗방울이 반짝거렸다. 영국인은 어색해하며 소녀의 머리에 손을 얹고 친절하게 인사를 건넸다. 손가락 사이로 부드럽고 매끄러운 머리카락이 생생히 느껴졌다. 소녀는 고개를 들고 더없이 아름다운 눈으로 상냥하게 웃어 보였다. 목에 건 산호목걸이와 발목에 찬 묵직한 금발찌 말고는 가슴 아래서 질끈 졸라맨 적갈색 하의가 몸에 걸친 것의 전부였다. 그렇게 그녀는 놀란 이방인 앞에 아름다운 자태로 서 있었다. 햇살이 그녀의 머리카락과 맨살이 드러난 갈색 어깨를 살포시 비추었고, 입속에서 치아가 하얗게 빛났다. 로버트 애기언은 황홀하게 소녀의 고요하고 부드러운 눈을 들여다보다가 금세 어쩔 줄 몰라했다. 머리카락에서 젖은 향기가 풍겨오고 드러난 어깨와 가슴에 눈길이 닿자 당황한 그는 소녀의 때묻지 않은 시선을 피했다. 그러고는 가방에서 손톱과 수염을 깎거나 식물을 채집할 때도 쓰는 작은 철제가위를 꺼내 소녀에게 건넸다. 그들에게는 대단히 귀한 선물이 될 터였다. 소녀는 쑥스러워하면서도 기분좋게 놀라며 애기언의 선물을 받아들었고, 부모들은 입에 침이 마르도록 고맙다는 인사를 했다. 그녀는 작별인사를 하고 나오는 그를 움막 처마 밑까지 따라와 그의 왼손에 키스했다. 꽃잎같은 입술의 온기와 부드러움이 남자의 혈관을 타고 흘렀다. 마음 같아서는 입술에 키스하고 싶었으나 대신 그녀의 두 손을 오른손으로 붙잡고 눈을 들여다보며 그는 말했다. "몇 살이지?"

"몰라요." 그녀가 대답했다.

"그러면 이름은?"

"나이사."

"잘 있어, 나이사. 나 잊지 말고!"

"나이사는 아저씨 안 잊어요."

그는 돌아갈 길을 재촉했다. 골똘히 생각에 잠긴 채로 어두워지고 나서 늦게 도착한 그는 방에 들어와서야 깨달았다. 나비나 풍뎅이 한 마리, 이파리 하나, 꽃 한 송이조차 없이 빈손으로 돌아왔다는 것을. 어슬렁거리는 하인들과 냉정하고 퉁명스러운 브래들리와 더불어 남자들만 모여 사는 썰렁한 집이 이날 저녁처럼 스산하고 쓸쓸하게 느껴진 적은 없었다. 그는 작은 기름등을 켜고 흔들거리는 작은 탁자 앞에 앉아 성경을 읽으려고 애썼다.

이날 밤 어렵사리 마음을 가라앉히고 앵앵거리는 모기 소리에도 불구하고 마침내 잠이 들었을 때 선교사는 이상한 꿈을 꾸었다. 그는 황혼이 지는 종려나무 숲에 있었다. 노란 햇살이 적갈색 땅 위에 점점이 어른거렸다. 높은 곳에서는 앵무새들이 울고, 원숭이들은 겁도 없이 하늘을 찌를 듯 높은 나무기둥을 탔다. 보석처럼 영롱한 색깔의 작은 새들이 진기한 빛으로 반짝거렸다. 갖가지 곤충들이 소리와 빛깔과 움직임으로 삶의 환희를 알렸다. 선교사 애기언은 행복하고 감사한 마음으로 그 장관 한가운데를 거닐고 있었다. 그는 먼저 줄타기하는 원숭이를 불렀다. 날렵한 원숭이가 고분고분 땅으로 기어내려와 하인처럼 다소곳이 그 앞에 섰다. 그는 자신이 이 축복받은 피조물들의 구역을 지배하고 있음을 깨닫고 곧 새와 나비를 주위로 불러모았다. 그러자 새와 나비가 반짝이는 거대한 무리를 지어 그에게로 왔다. 그는 손을 흔들거나 박자를 맞추고 고개를 끄덕이거나 눈짓과 혀를 차는 소리로 명령을 내렸다. 황금빛으로 물든 허공에서 멋진 동물들이 그의 명령에 따라 아름답게 떠다니며 원무를 추고 축제의 행렬을 만들었다. 휘리릭, 윙윙, 찌르륵 하나로 뒤섞여 정교한 합창을 부르다 도망가고, 서로 쫓고 낚아채며 허공에 근사한 원과 장난스런 소용돌이를 번갈아 그렸다. 그것은 훌륭하고 빛나는 발레 공연이자 콘서트였고 되찾은 낙원이었다. 꿈속에서 애기언은 자신에게 복종하고 자신이 소유한 영토인 조화로운 마법의 세계에 머물며 고통에 가까운 환희를 느꼈다. 넘치는 행복 가운데 이미 희미한 예감이랄까 예지가 있었기 때문이다. 어쨌든 독실한 선교사로서 관능적인 쾌락을 느낄 때마다 분에 넘친다는 생각과 허무한 예감이 혀끝에 감돌았다.

불안한 예감은 틀리지 않았다. 자연을 사랑하는 애기언은 여전히 원숭이들의 카드리유를 넋을 잃은 채 즐기면서 커다랗고 푸른 뱀눈나비를 쓰다듬고 있었다. 그의 왼손에 스스럼없이 앉은 나비는 작은 비둘기처럼 그 손길에 몸을 맡기고 있었다. 하지만 불안과 붕괴의 그림자는 이미 마법의 숲에서 날개를 퍼덕거리며 꿈꾸는 자의 마음을 에워싸기 시작했다. 갑자기 새들이 저마다 겁에 질려 새된 비명을 지르고, 높은 우듬지에서 돌풍이 떠들썩하게 포효했다. 환하고 따뜻하던 햇살은 파리하게 쇠약해져갔다. 새들은 사방팔방으로 재빨리 모습을 감추고, 크고 아름다운 나비는 억누를 수 없는 공포 속에서 바람과 함께 사라졌다. 빗방울이 흥분해서 나뭇가지를 때리고, 멀리서 나지막이 들려오던 천둥소리가 둥근 하늘에 천천히 울려퍼졌다.

그때 브래들리 씨가 숲에 나타났다. 마지막 남은 알록달록한 새들이 날아가버렸다. 몸집이 거인처럼 우람한 브래들리가 죽임을 당한 왕의 혼령처럼 음산하게 다가와 선교사의 발치에 경멸하듯 침을 뱉더니 상처를 주는 비아냥 섞인 모욕적인 말로 그를 질책하기 시작했다. 당신은 이교도들을 전도한답시고 런던의 후원자에게 돈을 받아서는 여기서 어슬렁어슬렁 풍뎅이나 잡고 산책이나 다니는 사기꾼에다 게으름뱅이야. 애기언은 회한 속에 그가 옳으며 자신이 태만했음을 인정했다.

애기언의 생활비를 대는 영향력 있고 부유한 영국의 후원자는 물론 목사도 여러 명 나타났다. 그들은 브래들리와 함께 선교사를 수풀과 가시덤불 사이로, 사람들이 북적거리는 길을 지나 탑처럼 높은 기괴한 힌두사원이 있는 봄베이 외곽까지 짐승처럼 몰아댔다. 여기서는 각양각색의 사람들, 벌거벗은 쿨리들과 흰옷을 걸친 거만한 브라만들이 밀려들어왔다가 밀려나가고 있었다. 사원 맞은편에는 기독교 교회가 들어섰는데, 교회 정문 위의 돌에 아버지이신 하느님이 새겨져 있었다. 그리스도의 진지한 눈빛과 늘어뜨린 수염이 구름 속에 떠 있었다.

재촉에 못 이겨 떠밀려온 선교사는 신의 처소로 올라가 손을 흔들며 인도인들에게 설교를 시작했다. 그는 큰 소리로 이쪽을 보고 한번 비교해보라고 했다. 당신들이 믿는 팔과 주둥이가 여러 개 달린 가엾고 흉측한 신이 진정한 신과 어떻게 다른지 보라고. 그는 손가락을 뻗어 인도 사원 전면의 얽히고설킨 조각상들을 가리키고는 다시 초대하듯 교회의 신의 형상을 가리켰다. 하지만 자신의 손짓을 따라 위를 올려다본 순간 얼마나 경악했던지. 그리스도의 모습이 달라졌다. 어딘지 멍하고 기운 없어 보이는 평소 모습 대신 세 개의 머리와 여섯 개의 팔을 가진 그리스도가 뽐내듯 쾌활한 미소를 짓고 있었다. 인도의 성화들에 곧잘 등장하는 신의 모습 그대로였다. 기가 꺾인 설교자는 브래들리를, 후원자들과 성직자들을 돌아보았다. 하지만 그들은 모두 사라지고 그 홀로 힘없이 교회 계단에 서 있었다. 그리스도조차 그를 떠났다. 그리스도는 사원을 향해 여섯 개의 팔을 흔들며 힌두 신들에게 환한 신의 미소를 지어 보였다.

완전히 버림받고 모욕당한 애기언은 망연자실한 채 교회 계단에 서 있었다. 그는 눈을 감고 몸을 꼿꼿이 세웠다. 영혼의 모든 희망이 꺼지고 절망적인 고요 속에서 인도인들이 자신에게 돌을 던지기만을 기다렸다. 하지만 두려운 시간이 지나고 돌팔매 대신 힘있으면서도 부드러운 손이 옆구리를 밀고 들어왔다. 눈을 뜨자 돌로 된 그리스도가 대단한 위엄을 갖춘 채 계단을 내려가고 있었고, 맞은편 사원의 조각상들도 줄줄이 그들의 자리에서 내려왔다. 하느님은 그들 모두에게 인사하고는 힌두 사원으로 들어가 자애로운 몸짓으로 흰옷을 입은 브라만에게서 경배를 받았다. 코가 기다랗고 곱슬머리에 눈이 찢어진 이방의 신들이 다함께 교회를 방문하고는 모든 것을 흡족하고 아름답게 여겨 수많은 기도자를 데려왔다. 그렇게 교회와 사원 사이에 신과 인간의 이동이 이루어졌다. 징과 오르간이 오누이처럼 울리고, 조용하고 피부색이 어두운 인도인이 삭막한 영국 기독교 교회의 제단에 연꽃을 바쳤다.

그런데 떠들썩한 군중 한가운데 매끄럽고 윤기 나는 검은 머리에 아이처럼 눈이 큰 아름다운 나이사가 걷고 있었다. 사원의 수많은 신도 사이에서 걸어나온 그녀는 교회 계단을 올라가 선교사 앞에 섰다. 그녀는 진지하고 다정한 눈빛으로 그의 눈을 들여다보더니 고개를 끄덕이며 연꽃을 내밀었다. 그는 너무나 감격한 나머지 그녀의 맑고 고요한 얼굴 위로 고개를 숙여 입술에 키스하고 그녀를 품에 안았다.

나이사가 뭐라고 말하는지 듣기도 전에 애기언은 꿈에서 깨어났다. 기진맥진하고 소스라치게 놀란 그는 깊은 어둠 속 침대에 누워 있었다. 무수한 감정과 충동이 고통스럽게 뒤엉켜 그를 괴롭히며 절망으로 몰고 갔다. 꿈은 그에게 베일을 벗은 스스로의 모습을 보여주었다. 나약함과 낙담, 자신의 사명에 대한 불신, 갈색 피부의 이교도 소녀를 향한 사랑, 브래들리에게 느끼는 비기독교적인 증오, 영국인 후원자에 대한 양심의 가책, 이것이 지금 그의 모습이었다.

한동안 그는 비통한 심정으로 누워 있었다. 어둠 속에서 눈물이 솟구쳤다. 기도를 하려 해도 마음처럼 되지 않고 나이사를 사탄이라고 상상하며 연모의 정을 떨쳐내려 했지만 그럴 수도 없었다. 결국 자리에서 일어났다. 어렴풋한 흥분이 이어졌고 여전히 꿈의 그늘과 공포에 에워싸여 있었다. 그는 밖으로 나와 브래들리의 방으로 갔다. 사람의 얼굴을 마주하고 위로받고 싶다는 충동적인 욕구도 있었지만 그 남자에 대한 자신의 혐오를 뉘우치고 마음을 터놓고 친구가 되고자 하는 선의의 동기도 있었다.

그는 나무껍질로 만든 신을 신고 살그머니 어두운 베란다를 따라 브래들리의 침실로 갔다. 대나무를 이어 만든 가벼운 문은 입구의 절반만 가리고 있어 희미하게 불 밝힌 방 위쪽이 보였다. 브래들리는 인도의 유럽인들이 으레 그렇듯 밤새도록 작은 기름등을 켜두었다. 애기언은 조심스레 얇은 문짝을 밀고 안으로 들어갔다.

방바닥의 작은 질그릇 안에서 짧은 기름 심지가 그을음을 내며 타오르고, 불빛이 던지는 으스스한 그림자가 밋밋한 벽에 어른거렸다. 갈색 나방 한 마리가 윙윙거리며 불꽃 주위를 맴돌았다. 넓은 침대 주변에는 커다란 모기장이 빈틈없이 드리워 있었다. 선교사는 기름등 접시를 들고 침대 쪽으로 다가가 모기장을 한 뼘쯤 젖혔다. 잠자는 사람의 이름을 부르려다가 브래들리 혼자가 아니라는 걸 알아채고 소스라치게 놀랐다. 그는 얇은 실크 잠옷을 입고 누워 있었다. 아래턱이 튀어나온 얼굴은 낮에 볼 때보다 더 온화하다거나 상냥한 인상은 아니었다. 그 옆에 검은 머리를 길게 기른 여자가 있었다. 여자가 선교사를 향해 잠든 얼굴을 돌렸을 때 그는 그녀가 누군지 알아보았다. 매주 빨랫감을 가지러 오는 키가 크고 억센 소녀였다.

애기언은 모기장을 채 닫지도 못하고 그곳을 빠져나와 자기 방으로 돌아갔다. 다시 잠을 청해봐도 소용없었다. 낮에 여러 일을 겪고 기이한 꿈을 꾼데다 벌거벗고 잠든 소녀의 모습까지 보게 되자 도무지 흥분이 가라앉지 않았다. 동시에 브래들리에 대한 거부감은 더욱 심해졌고, 더구나 아침식사 자리에서 다시 얼굴을 마주하고 인사할 생각을 하니 벌써부터 꺼림칙했다. 무엇보다 집주인의 생활방식을 비난하고 개선하라고 할 권리가 자신에게 있을까 하는 의문이 그를 짓누르고 괴롭혔다. 애기언의 천성은 거부했으나 사명을 다하기 위해서는 비겁함을 이겨내고 담대하게 죄인의 양심에 호소해야 했다. 그는 불을 켜고 모기떼가 앵앵거리며 귀찮게 하는데도 몇 시간 동안 신약을 읽었다. 하지만 마음의 안정과 위로는 얻을 수 없었다. 그는 거의 인도 전체를, 이런 막다른 골목으로 자신을 이끈 호기심과 방랑벽까지도 저주했다. 지금껏 미래가 이토록 암담하게 느껴진 적은 없었다. 그리고 이날 밤처럼 자신이 사도로도 순교자로도 자질이 부족함을 절실히 깨달은 적도 없었다.

아침식사 자리에서 그는 퀭한 눈에 피곤한 얼굴을 하고 앉아 김이 오르는 차를 숟가락으로 건성건성 젓고, 바나나 하나를 떼어내 짜증스레 만지작거리며 브래들리가 나타날 때까지 오래 껍질을 벗겼다. 브래들리는 평소처럼 짧고 차갑게 인사를 건네고 심부름꾼 소년과 물지기에게 명령을 내린 다음 밖으로 쫓아냈다. 그리고 진저리날 만큼 신중하게 바나나 송이에서 가장 잘 익은 것을 골라 고압적인 태도로 빠르게 먹어치웠다. 그사이 하인이 양지바른 마당으로 말을 끌고 나왔다.

"할 이야기가 있습니다." 브래들리가 막 자리를 뜨려고 할 때 애기언이 말했다. 브래들리는 미심쩍은 듯이 그를 바라보았다.

"그래요? 시간이 별로 없는데. 꼭 지금 해야 합니까?"

"네, 그편이 좋겠습니다. 당신이 인도 여성과 해선 안 되는 일을 했다는 것을 알게 된 이상, 반드시 짚고 넘어가야 한다는 의무감이 들어서요. 제가 얼마나 곤혹스러울지 아시리라 생각되지만……"

"곤혹스럽다고요!" 브래들리가 벌떡 일어나 대답하고는 성난 웃음을 터뜨렸다. "선교사님, 당신은 내가 생각한 것보다 훨씬 더 멍청하군요. 당신이 나를 어떻게 생각하든 그건 아무래도 좋지만, 내 집을 쑤시고 다니고 날 염탐하는 것은 비열한 짓이오. 간단히 끝냅시다! 일요일까지 시간을 줄 테니 그때까지 시내의 다른 거처를 알아보는 게 좋겠소. 당신이 이 집에 있는 꼴은 단하루도 못 봐주겠으니까!"

어느 정도 퉁명스럽고 냉담한 반응은 예상했지만 이런 대답을 예상한 건 아니었다. 하지만 애기언은 주눅들지 않았다.

"그거 잘됐군요." 그가 침착하게 말했다. "이참에 성가신 하숙생으로부터 해방시켜드리죠. 좋은 아침입니다, 브래들리 씨!"

애기언이 자리를 뜨자, 브래들리는 한편으로는 어이가 없고 또 한편으로는 재미있다는 듯 그의 뒷모습을 유심히 보았다. 브래들리는 빳빳한 콧수염을 쓰다듬고는 입술을 오므리고 휘파람을 불어 개를 부르더니 나무계단을 밟고 마당으로 내려갔다. 말을 타고 시내로 가기 위해서였다.

짧은 폭풍처럼 휘몰아친 발언과 해명은 두 남자 모두에게 잘
된 일이었다. 여하튼 애기언은 전혀 뜻하지 않게 한 시간 전만
해도 아득히 먼 곳에서 떠돌던 근심과 결단을 마주하게 되었다.
자신이 처한 상황을 진지하게 심사숙고할수록, 브래들리와의 다
툼은 부차적인 문제에 지나지 않고 이제는 이런 혼란스런 상황
을 가차없이 타개할 필요가 있다는 생각이 분명해지자 머릿속이
맑아졌다. 이 집에서의 생활, 쓰임새를 찾지 못해 놀고 있는 힘,
채워지지 않는 욕망과 죽은 시간들은 그에게 고통이었다. 그의
타고난 성정으로는 어차피 오래 견디지 못할 일이었다.

　아직 이른 아침이었고, 그가 즐겨 찾는 정원 한구석은 그늘이
져 서늘했다. 가장자리에 벽돌을 쌓은 연못 위로 제멋대로 자란
관목의 가지가 낮게 드리워 있었다. 한때는 미역을 감기도 했던
연못인데 돌보는 사람 없이 방치되어 지금은 노란 거북들이 살
았다. 그는 이곳으로 대나무 의자를 가져와 누워서 소리 없는 거
북들을 조용히 바라보았다. 기분좋게 느릿느릿 미지근한 녹색
물속을 헤엄치는 거북들은 영리한 작은 눈으로 조용히 한곳을
응시하고 있었다. 건너편 농장 마당 한구석에는 마구간에서 일
하는 소년이 일없이 쪼그리고 앉아 노래를 불렀다. 단조로운 콧
노래가 파도처럼 밀려왔다가 따뜻한 공기 속에서 녹아내렸다.
흥분으로 잠 못 이룬 간밤의 피로가 쏟아져 애기언은 눈을 감고

팔을 늘어뜨린 채 까무룩 잠이 들었다.

　모기가 무는 바람에 잠이 깼을 때는 부끄럽게도 오전이 훌쩍 지나간 후였다. 하지만 몸은 가뿐했다. 그는 곧바로 자신의 생각과 원하는 바를 정리하고 삶의 엉킨 실타래를 천천히 풀었다. 그러자 오래전부터 알게 모르게 자신의 꿈을 위협했던 것이 의심할 여지 없이 분명해졌다. 즉 인도에 오기로 한 것은 더없이 현명하고 잘한 결정이었지만 그에게는 선교사라면 갖추어야 할 소명의식과 열의가 부족했던 것이었다. 그는 그 과정에서 패했고 슬프게도 결함이 있었다는 걸 직시할 만큼 겸허한 사람이었다. 하지만 절망할 이유는 없었다. 오히려 자신에게 걸맞은 일을 찾기로 마음먹자 풍요로운 인도가 비로소 좋은 은신처이자 고향이 될 수 있을 듯했다. 거짓 신을 섬기는 이곳 원주민들이 안타깝다 해도 그들을 바꾸는 것이 그의 사명은 아니었다. 그의 사명은 이 나라를 정복하고 다른 사람들과 자신을 위해 최상의 것을 얻어내는 것이었다. 그의 안목과 지식, 행동하는 청춘을 필요로 하는 일이라면 무엇이든 할 준비가 되어 있었다.

　그날 저녁, 간단한 협의를 거쳐 애기언은 봄베이에 사는 슈투르로크 씨에게 인근 커피 농장 일을 관리할 비서 겸 감독으로 채용되었다. 지금까지 후원해준 사람에게는 그가 자초지종을 설명하면서 그동안 지원받은 돈을 갚겠다는 편지를 쓰면 슈투르로크

씨가 런던으로 부쳐주기로 했다. 새로운 감독 일자리를 얻고서 집으로 돌아가자 마침 브래들리가 셔츠 바람으로 혼자 저녁을 먹고 있었다. 애기언은 자리에 앉기도 전에 상황을 설명했다. 브래들리는 입안 가득 음식이 든 채 고개를 끄덕이며 마시던 물에 위스키를 약간 섞었다. 그리고 의외로 친절하게 말했다. "앉아서 좀 들어요, 생선은 벌써 식었어요. 그럼 이제 우린 동료가 된 셈이군요. 그래요, 잘되었으면 좋겠습니다. 커피 농사가 인도인들을 개종시키는 것보다는 쉬울 거요. 그건 확실해요. 어쩌면 그만큼 가치 있는 일일지도 모르고. 이렇게 냉철한 판단력이 있는 사람인 줄은 미처 몰랐네요, 애기언!"

새로 일하게 된 농장으로 가려면 내륙으로 이틀 정도 들어가야 해서, 애기언은 이틀 후 쿨리들을 따라 출발할 예정이었다. 채비를 위해 그에게 허락된 시간은 단 하루였다. 그가 내일 하루 말을 빌려달라고 부탁하자 브래들리는 놀라는 눈치였으나 궁금증을 억누르고 더는 질문하지 않았다. 두 남자는 엄청나게 많은 벌레들이 날아드는 램프를 치우게 하고 깜깜한 인도의 어두운 밤 속에 마주앉았다. 어쩔 수 없이 함께 지내야 했던 지난 몇 달 중 그 어느 때보다 서로가 가깝게 느껴졌다.

"말씀해보세요." 긴 침묵 끝에 애기언이 말했다. "당신은 처음부터 제 선교 계획을 믿지 않은 거죠?"

"아, 천만에요." 브래들리가 차분히 대꾸했다. "어쨌든 당신이 진지하다는 건 알 수 있었어요."

"하지만 애초에 제가 여기서 하겠다고 생각한 일의 적임자가 아니라는 것도 알았을 거 아닙니까. 왜 저한테 그런 말씀은 한 번도 안 했어요?"

"내 일이 아니니까요. 난 누가 나한테 이래라저래라 하는 건 딱 질색이요. 그러니 나도 남한테 그러지 않죠. 게다가 인도에서 도무지 말도 안 되는 일들이 행해지고 성공하는 걸 봐왔거든. 전도는 당신 일이지 내 일이 아니잖소. 그리고 이제 당신 스스로 잘못된 생각을 깨닫지 않았습니까! 다른 잘못도 그런 식으로……"

"예를 들어 무슨 잘못 말입니까?"

"예를 들면, 오늘 아침 당신이 나한테 했던 가당찮은 말 같은 거지요."

"아, 그 소녀 얘기군요!"

"그래요. 당신은 성직자였지만 그래도 이건 인정하겠지요. 건강한 남자는 이따금 여자를 취하지 않고는 오래 살 수도 일할 수도 없고 건강도 잃는다는 것 말이오. 맙소사, 그렇게 얼굴 붉힐 거 뭐 있소! 이봐요. 인도에 온 백인은 처음부터 선택의 여지가 없소. 영국에서 여자를 데려온 경우가 아니라면. 영국 여자는 여기 없거든. 영국인이 여기서 여자애를 낳으면 어릴 때부터 유럽으로 보내니까요. 남은 선택은 항구의 창녀 아니면 인도 여자뿐이고, 난 인도 여자가 더 좋소. 그게 왜 나쁘다는 거요?"

"브래들리 씨, 이 문제에 관한 한 우리는 생각이 다르군요! 전 성경이나 교회에서 규정하듯 혼인으로 맺어지지 않은 남녀관계는 나쁠뿐더러 옳지 않다고 생각합니다!"

"달리 방법이 없다면요?"

"왜 다른 방법이 없습니까? 한 남자가 한 여자를 진심으로 사랑한다면 결혼을 해야죠."

"하지만 인도 여자와는 안 되죠."

"어째서요?"

"애기언, 당신은 나보다 아량이 넓군요! 나라면 유색인종이랑 결혼하느니 손가락을 자르겠소, 알겠소? 나중엔 당신도 아마 그렇게 생각하게 될 거요!"

"아, 제발. 그렇게 되지 않길 바랍니다. 이렇게 된 이상 말씀드리죠. 전 인도 소녀를 사랑합니다. 그 소녀를 아내로 맞이할 생각이고요."

브래들리의 표정이 진지해졌다. "그러지 마시오!" 그가 간청하듯 말했다.

"아니요, 전 할 겁니다." 감정이 북받친 애기언이 말을 이었다. "그 소녀와 약혼해 그녀를 교육하고 가르칠 것입니다. 그녀가 기

독교인으로 세례받을 때까지요. 그러고 나면 영국 국교회에서
결혼할 거고요."

"그 여자 이름이 뭡니까?" 브래들리가 생각에 잠겨 물었다.

"나이사요."

"아버지는?"

"모릅니다."

"하긴 세례받을 때까지는 아직 시간이 있지. 다시 생각해보는
편이 나을 거요! 물론 우리도 인도 여자를 사랑할 수는 있소. 예
쁜 여자가 많으니까. 듣기로는 정숙하고 양순한 아내도 있다더
군. 하지만 내가 보기엔 그냥 짐승들이오. 재미있게 생긴 염소나
아름다운 노루 말이오. 나와 같은 사람이 아니라."

"그건 선입견 아닙니까? 모든 인간은 형제입니다. 인도인들도
오랜 역사를 간직한 훌륭한 민족이고요."

"그럼요, 어련하시겠소, 애기언. 하지만 내 경우엔 선입견을
존중하는 편이라서."

브래들리는 일어나 인사를 하고 어젯밤 키 크고 아름다운 빨
래 나르는 여자와 함께 잠들었던 침실로 갔다. "그냥 짐승들 같
다니." 애기언은 뒤늦게 반발심이 들었다.

다음날 일찍, 브래들리가 아침을 먹으러 나오기도 전에 애기
언은 말을 타고 집을 나섰다. 원숭이들이 아직도 나무 꼭대기에

서 소리를 지르는 시간이었다. 그가 나이사를 만났던 움막 근처에 말을 묶고 그 집 쪽으로 다가갈 때까지도 해는 아직 높이 뜨지 않았다. 문지방에 벌거숭이 어린 아들이 쪼그리고 앉아 새끼염소와 놀고 있었다. 염소가 가슴을 쿡쿡 들이받아도 소년은 계속 웃기만 했다.

움막으로 들어가려고 길에서 벗어났을 때 방문객은 쪼그리고 있던 소년 너머로 움막 안에서 일어나 나오는 어린 소녀를 보았다. 나이사였다. 그녀는 오른손에 물을 담을 질항아리를 편안하게 들고 거리로 나와 그를 알아보지 못하고 스쳐지나갔다. 그는 기쁜 마음으로 그녀를 쫓아갔다. 부지런히 따라가 인사를 건네자 그녀도 고개를 들고 나지막하게 인사하고는 황금빛이 감도는 아름다운 갈색 눈으로 처음 보는 사람처럼 차갑게 남자를 쳐다보았다. 그리고 애기언이 손을 잡자 흠칫 놀라 잡아빼더니 종종걸음을 쳤다. 그는 담이 둘러쳐진 수조까지 따라갔다. 마르다시피 한 샘에서 이끼 낀 오래된 바위 위로 가느다란 물줄기가 조금씩 흘러내리고 있었다. 애기언이 항아리에 물을 채워 들어올리는 것을 거들려고 하자 그녀는 말없이 손을 뿌리치고 뚱한 표정을 지었다. 계속되는 냉담함에 실망하고 놀란 애기언은 가방에서 그녀에게 주려고 가져온 선물을 꺼냈다. 내내 냉담하다가 금세 달라져 그가 내민 물건을 받아드는 소녀의 모습을 보자 마음 한

편이 아려왔다. 아기자기한 꽃무늬가 있는 작은 에나멜 상자로 동그란 뚜껑 안쪽에 작은 거울이 달려 있었다. 그는 어떻게 뚜껑을 여는지 보여주고는 물건을 소녀의 손에 쥐여주었다.

"저 주는 거예요?" 소녀가 어린아이 같은 눈을 하고 물었다.

"네 거야!" 그가 말했다. 그러고는 상자를 만지작거리는 소녀의 비단처럼 부드러운 팔과 검은 머리를 쓰다듬었다.

소녀가 고맙다며 엉거주춤 물 항아리를 들자 그는 분명 소녀가 절반밖에 알아듣지 못한다 해도 뭔가 다정하고 부드러운 말이 하고 싶어졌다. 무슨 말이 좋을까 고심하며 어색하게 옆에 서 있는 동안 두 사람 사이의 거리감이 새삼 느껴졌다. 서로를 연결해주는 것이 얼마나 부족한지 생각하자 슬펐다. 그녀가 그의 애인이 되고 신부가 되기까지는, 그의 말을 이해하고 성격을 파악하고 그와 생각을 나누기까지는 얼마나, 얼마나 오래 걸릴까.

그사이 그녀는 천천히 집으로 향하는 길에 접어들었고, 그도 나란히 걸어 움막으로 향했다. 소년은 염소와 쫓고 쫓기는 긴장감 넘치는 놀이를 시작한 참이었다. 짙은 갈색 등이 금속처럼 햇빛에 빛나고 볼록 나온 배 때문에 얇은 다리가 한층 가늘어 보였다. 영국인은 자신이 나이사와 결혼하면 이 벌거벗은 아이가 처남이 된다고 생각하자 문득 이질감이 들었다. 그 상상에서 벗어나려고 그는 다시 소녀를 보았다. 황홀하리만큼 아름다운 얼굴,

큰 눈과 시원시원하고 순진한 입술을 넋 놓고 바라보는 사이 이런 생각이 들었다. 과연 오늘은 저 입술이 내게 첫 키스를 해줄까.

그때 갑자기 그의 눈앞에서 벌어진 불가사의한 광경에 깜짝 놀라 달콤한 생각에서 깨어났다. 움막의 문가에 서 있다가 밖으로 나와 그의 앞에 선 것은 또다른 나이사였다. 나이사의 거울 상 같은 두번째 나이사가 그에게 웃으며 인사하고는 허리를 감싼 천을 잡고 뭔가를 꺼내 의기양양하게 머리 위에서 흔들어 보였다. 햇살을 받아 빛나는 물건을 그도 이내 알아보았다. 자신이 얼마 전 나이사에게 선물한 가위였다. 그러니까 그가 오늘 거울이 달린 상자를 선물하고 아름다운 눈을 들여다보고 팔을 쓰다듬은 소녀는 나이사가 아니라 그 여동생이었다. 둘이 나란히 서 있는데도 여전히 구분이 안 갈 정도니 사랑에 빠진 애기언은 말도 안 되게 착각하고 잘못 생각한 것이었다.

노루 두 마리도 이보다 더 비슷할 수 없었다. 그리고 지금 이 순간 누군가 그 둘 중 하나를 선택해 영원히 함께하라고 한다면 그는 사랑하는 소녀가 누구인지 둘 중에서 가려낼 수 없을 것 같았다. 그도 차츰 진짜 나이사가 둘 중 언니고 키가 약간 더 작다는 걸 알게 되었으나 방금 전만 해도 그토록 확고하던 그의 사랑은 두 동강이 나고 말았다. 마치 눈앞에서 돌연 섬뜩하게 둘이 된 소녀들처럼.

브래들리는 이 사건에 대해서 전혀 듣지 못했다. 애기언이 점심때 집으로 돌아와 말없이 식탁 앞에 앉았을 때 아무것도 묻지 않았다. 다음날 아침 애기언이 쿨리들을 불러들여 그의 짐상자와 가방들을 챙겨나가게 하고 작별인사로 손을 내밀었을 때 브래들리는 힘주어 마주잡으며 말했다. "잘 가요! 훗날 알랑거리는 인도인의 주둥이 대신 우직하고 융통성 없는 영국인의 얼굴이 다시 보고 싶어질 날이 올 거요! 그땐 나를 찾아오시오. 오늘은 달랐던 우리 생각도 그때쯤이면 하나가 되어 있을 테니!"

회오리바람

1890년대 중반이었다. 당시 고향의 작은 공장에서 실습생으로 일하고 있었던 나는 그해 영원히 고향을 등지고 말았다. 내 나이 열여덟 살 무렵이었고, 새가 하늘을 날아다니듯 매일같이 청춘을 즐기고 느끼면서도 그것이 얼마나 아름다운지는 전혀 몰랐었다. 이제 한 해 한 해를 일일이 기억하지 못하는 연세 지긋한 분들은 한 가지 사실만 기억하면 된다. 내가 이야기하려는 그해 우리 마을에는 유례없는 회오리바람 혹은 폭풍이 불어닥쳤었다. 바로 그해 폭풍이 불어오기 이삼일 전 나는 쇠끌에 왼손을 다쳤었다. 상처가 깊고 심하게 부어올라 붕대를 감아야 했고 작업장에는 나갈 수 없었다.

지금도 기억한다. 그해 늦여름 내내 우리 마을의 작은 골짜기가 몹시 후텁지근했고 이따금 며칠씩 악천후가 이어지기도 했다는 것을. 자연이 밑바닥부터 뜨겁게 요동치고 있었다. 물론 나는 그런 자연에 대해 무의식적으로 어렴풋하게나마 느꼈을 뿐이지만 그래도 사소한 것들은 기억한다. 예를 들어 저녁 낚시를 가면 후텁지근한 공기 때문인지 이상하게 흥분한 물고기들이 미지근한 물에서 다투듯 튀어올라 닥치는 대로 낚싯줄에 걸리곤 했다. 그러다가 마침내 더위가 한풀 꺾이고 서늘해지면서 천둥 번개도 드물어졌고, 이른 아침 공기에서는 조금씩 가을 냄새가 났다.

어느 날 아침 나는 책 한 권과 빵 한 조각을 주머니에 넣고 집을 나와 발길 닿는 대로 걸었다. 어릴 때의 버릇대로 먼저 집 뒤 정원으로 갔다. 아직 그늘진 정원에는 아버지가 심은, 내 눈에도 어리디어리고 여려 보이던 전나무가 크고 늠름하게 자라 있었다. 나무 발치에는 밝은 갈색의 침엽이 수북이 쌓여 있었다. 몇 년 전부터 그곳에는 상록수 외에 다른 나무들은 자라지 않았다. 하지만 그 옆 길고 좁은 화단에는 어머니가 심은 꽃나무들이 밝고 화사하게 피어 있었고, 일요일이면 그곳에서 꽃을 꺾어 커다란 꽃다발을 만들었다. 그중에 '불타는 사랑'이라 불리는 주홍빛 작은 꽃송이가 달린 식물도 자라고 있었다. 가느다란 줄기에 심장 모양의 희고 붉은 꽃들이 다닥다닥 매달린 연약한 꽃나무는 '여인의 심장'이라 불렸고, '냄새나는 건방진 놈'이라 불리는 관목도 있었다. 바로 옆에는 줄기가 긴 과꽃이 있었는데 아직 꽃이 필 때가 아니었다. 그 사이 땅을 잎이 두껍고 보드라운 가시가 잔뜩 달린 바위솔과 이상하게 생긴 쇠비름이 그물처럼 뒤덮고 있었다. 길고 좁다란 이 화단은 우리가 제일 아끼는 꿈의 정원이 었다. 거기서 앞다투어 피어나는 진기한 꽃들은 큰 원형 화단 두 곳에 피는 장미보다도 신기하고 좋았기 때문이었다. 볕이 들어 담쟁이덩굴로 뒤덮인 담을 비추면 꽃들이 저마다 개성과 아름다움을 뿜냈다. 글라디올러스는 눈부신 색깔을 뿜어내고, 헬리오트로프는 마치 홀린 듯이 제가 풍기는 애절한 향기에 잠겨 기운 없이 서 있었다. 줄맨드라미는 시들어 고개를 숙이고, 매발톱꽃은 힘차게 뻗어나가 종 모양으로 생긴 네 겹의 여름꽃을 흔들었다. 메역취와 푸른 풀협죽도 위로 꿀벌들이 붕붕거리고, 빽빽한 담쟁이덩굴 사이로는 작은 갈색 거미들이 바삐 오갔다. 비단향꽃무가 내려다보이는 허공에서 통통한 몸통에 유리 같은 날개를 단 나비들이 잽싸고 변덕스레 움직이며 파르르 몸을 떨기도 했다. 박각시나 꼬리박각시라는 나비였다.

한가로운 휴일이면 나는 이 꽃 저 꽃 들여다보고 다니며 여기저기 핀 산형화의 향기를 맡거나 조심스레 꽃받침을 열어보았다. 신비롭고 연한 빛깔의 안쪽, 엽맥과 암술, 부드러운 솜털 같은 섬유, 수정처럼 투명한 물관을 들여다보고 싶었던 것이다. 꽃들 사이로 보이는 아침 하늘에는 양털구름과 가느다란 실안개가 기이하게 뒤엉켜 있었다. 틀림없이 오늘 다시 천둥 번개가 치고 폭우가 쏟아질 것 같았다. 오후에 몇 시간 낚시할 생각에 나는 급히 지렁이를 찾으려고 길섶의 검은 돌 몇 개를 들춰보았으나 딱딱한 회색 쥐며느리떼만 기어나와 사방으로 후다닥 흩어졌다.

이제 뭘 할까 생각해보았지만 당장은 아무것도 떠오르지 않았다. 일 년 전 방학 때만 해도 나는 아직 어린애일 뿐이었다. 개암나무 활로 과녁을 쏘거나 연을 날리거나 들판의 쥐구멍을 화약으로 날려버리는 것 등이 당시 즐겨 하던 놀이였다. 지금은 그 모든 것이 그때의 매력과 희미한 빛을 잃어버렸고 내 영혼의 일부는 지친 듯 한때 그토록 정답고 재미있었던 소리들에 더는 응답하지 않았다.

나는 경이로움에 가슴 졸이며 어린 시절 기쁨을 주던 낯익은 장소들을 둘러보았다. 작은 정원과 꽃으로 장식된 발코니와 볕이 들지 않아 습하고 포석에는 이끼가 낀 마당은 예전과는 다른 얼굴로 나를 바라보고 있었고 꽃들의 무궁무진한 신비로움마저 퇴색한 듯했다. 정원 구석에 관이 달린 낡은 물통이 밋밋하고 지루하게 서 있을 뿐이었다. 전에는 반나절이나 물을 틀어놓고 나무로 만든 물레방아 바퀴를 만들어 돌리거나 정원 길에 둑을 쌓고 운하를 만들어 제법 큰 홍수를 일으켜서 아버지의 속을 썩이

곤 했다. 오랜 비바람에 시달려 낡은 물통은 내겐 충실한 벗이자 오락거리였다. 그 통을 보고 있으니 즐거웠던 어린 시절의 여운이 불현듯 되살아났으나 그마저도 서글픈 느낌이었다. 그 물통은 더는 샘이나 강, 나이아가라가 아니었다.

생각에 잠겨 울타리를 타고 넘는데 파란 나팔꽃 한 송이가 얼굴을 스쳐, 나는 그 꽃을 따서 입에 물었다. 산책을 나가 산 위에서 우리 도시를 내려다볼 생각이었다. 산책은 예전의 나라면 생각도 하지 않았을, 좋기도 하고 싫기도 한 일이었다. 산책은 사내아이가 할 일이 못 된다. 사내아이는 숲으로 가서 산적이 되고, 기사나 인디언이 되어 논다. 강으로 가서 뗏목꾼이나 어부가 되고 물방앗간을 만드는 사람이 되고, 들판을 달리며 나비와 도마뱀을 잡는다. 그래서 나는 산책이란 혼자서 뭘 해야 좋을지 제대로 모르는 어른들의 점잔 빼는, 조금은 따분한 일이라고 여겼었다.

입에 문 파란 나팔꽃은 곧 시들어서 던져버리고 회양목 가지를 꺾어 씹었더니 씁쓸하고 진한 맛이 났다. 키 큰 금작화가 자란 철둑에서 초록빛 도마뱀이 발밑을 기어가자 잠들었던 동심이 깨어나 가만있을 수가 없었다. 뛰다가 살금살금 걷다가 쪼그리고 앉아 기다려서 겁먹은 그놈을 기어이 손에 넣었다. 햇볕의 온기가 느껴졌다. 도마뱀의 보석처럼 반짝이는 작은 눈을 들여다보고 있자니 동물이며 곤충을 잡으러 다니던 그 옛날 즐거웠던 추억의 여운이 느껴졌다. 미끄럽고 팔팔한 몸뚱이와 빳빳한 다리가 내 손가락 사이를 빠져나가려고 버둥거렸다. 하지만 그 재미도 시들해지고 놈을 처리할 적당한 방법이 떠오르지 않았다. 아무런 쓸모도 기쁨도 없었다. 나는 허리를 굽히고 앉아 손을 폈다. 도마뱀은 어리둥절한 듯 잠시 꼼짝도 않고 숨을 몰아쉬더니 쏜살같이 풀밭으로 달아났다. 그때 기차가 반짝이는 철로를 달려와 내 옆을 지나갔다. 멀어지는 기차를 바라보는 순간 확실히 느꼈다. 이제 여기서는 진정한 즐거움은 피어나지 않을 것임을. 나는 미치도록 기차를 타고 넓은 세상으로 나가고 싶었다.

혹시 근처에 건널목지기가 있지는 않을까 둘러보았지만 눈에 띄는 것도 들리는 것도 없었다. 나는 얼른 철로를 넘어 건너편의 높고 붉은 사암 절벽으로 올라갔다. 철로 공사를 할 때 화약 폭파로 생긴 구멍들이 군데군데 시커멓게 그은 채 남아 있었다. 샛길을 알고 있었던 나는 꽃잎이 떨어진 질긴 금작화 줄기를 붙잡고 올라갔다. 붉은 암석에서 메마르고 더운 숨이 풍겨나오고, 기어오르는 내내 뜨거운 모래가 소매 안으로 흘러들어갔다. 머리 위를 올려다보면 깎아지른 암벽 너머로 따스하게 빛나는 하늘이 놀랄 만큼 가까이 보였다. 어느새 절벽 위에 이르러 바위 가장자리에 손을 짚은 다음 가시 돋친 가느다란 아카시아나무 밑동을 꼭 붙잡고 다리를 끌어올렸다. 그러자 쓸쓸하고 경사진 풀밭이 눈앞에 펼쳐졌다.

아래쪽 급경사를 이룬 곳으로 기차가 빠져나가는 이 고요하고 작은 황야는 내가 즐겨 찾던 장소였다. 이곳에는 사람의 손길이 닿지 않아 제멋대로 자라난 억센 풀 말고도 여린 가시가 돋친 작은 장미덤불과 바람에 실려온 씨에서 자란 왜소한 아카시아나무 몇 그루가 있었다. 얇고 투명한 아카시아 이파리가 햇살에 빛났다. 붉은 암벽으로 둘러싸인 섬 같은 풀밭에서 한때 나는 '로빈슨'이 되어 살았다. 이 외진 곳은 험한 바위를 기어오를 용기와 모험심이 있는 사람에게만 허락된 곳이었다. 나는 열두 살 때 여기 있는 바위에 끌로 내 이름을 새겨두었다. 언젠가는 여기서 『로자 폰 타넨부르크』*를 읽고 유치한 희곡을 쓴 적도 있었다. 몰락해가는 인디언 부족의 용감한 추장 이야기였다.

햇볕에 말라버린 풀이 가파른 산비탈에 창백하고 흰 실타래처럼 늘어져 있고 빨갛게 달아오른 금잔화 잎은 바람 한 점 없는 더위 속에 강렬하고 쓸쓸한 냄새를 풍겼다. 나는 메마른 풀밭에 누워 지나치리만큼 우아한 배열에 따라 돋아난 섬세한 아카시아

---

* 로마 가톨릭교회의 사제이자 작가이며 특히 동화작가로 동시대에 가장 성공을 거둔 크리스토프 폰 슈미트의 베스트셀러 중 하나.

이파리들이 새파란 하늘을 배경으로 눈부신 햇살을 받으며 쉬는 모습을 보며 생각에 잠겼다. 내 인생과 미래를 차분히 살펴볼 적당한 시기가 온 것 같았다.

하지만 새로운 것은 찾아낼 수 없었다. 사방에서 기이한 황폐함이 나를 위협하고, 예전에 누렸던 기쁨과 기분좋은 생각들은 믿을 수 없이 퇴색하고 시들어갈 뿐이었다. 내 직업은 마지못해 포기할 수밖에 없었던 일들과 잃어버린 어린 시절의 행복을 보상해줄 수 없었다. 나는 내 직업이 그다지 마음에 들지 않았고 성실하고 진득하게 일을 하지도 못했다. 내겐 그저 틀림없이 어딘가에 있을, 새로운 만족을 찾을 수 있는 세계로 가는 길일 뿐이었다. 그런데 대체 그 만족이란 어떤 것일까?

세상 구경을 하고 돈을 벌고 어떤 일을 계획해 행동으로 옮길 때 부모님에게 미리 물어볼 필요도 없고 일요일이면 볼링을 하며 맥주를 마실 수 있었다. 하지만 이 모든 것은 그저 부수적인 것일 뿐 나를 기다리는 새로운 삶의 의미는 아닌 것 같았다. 어딘가 다른 곳에 더 심오하고 아름답고 신비로운 궁극적인 의미가 있었고, 내 생각에 그것은 여자나 사랑과 연관되어 있는 듯했다. 그리고 거기엔 분명 깊은 쾌락과 만족감이 숨어 있을 터였다. 그게 아니라면 소년 시절의 즐거움을 희생한 보람이 없지 않은가.

사랑이라면 나도 잘 알고 있었다. 많은 연인을 보았고 마음을 홀리는 아름다운 연애시도 읽었다. 이미 여러 번 사랑에도 빠져보았고 꿈속에서는 이루고자 하는 것을 위해서라면 목숨을 거는 사나이가 되어 달콤함에도 젖어보았다. 동창 중에는 벌써 여자와 사귀는 친구들도 있고, 일요일의 무도회에 가거나 늦은 밤 여자집의 창문을 넘어간 일을 아무렇지 않게 털어놓는 작업장 동료들도 있었다. 하지만 그동안에도 내게 사랑은 아직 문 닫힌 정원이었고 나는 그 문 앞에서 수줍게 그리워하며 기다리고 있었다.

　지난주 끝에 손을 다치기 바로 얼마 전에야 비로소 확실한 사랑의 부름을 받았다. 그후로는 이별을 앞둔 사람처럼 붕 떠서 생각이 많아졌고 이전의 내 삶은 과거가 되면서 미래의 의미가 또렷해졌다. 어느 날 저녁 우리 작업장에 두번째로 들어온 수습공이 함께 집으로 돌아가는 길에 나를 마음에 둔 어여쁜 처녀를 자기가 알고 있다고 했다. 여태 애인이 없는 그녀는 나 말곤 다른 사람을 원치 않는 것은 물론 나에게 줄 비단 돈지갑을 만들고 있다는 것이었다. 그는 나더러 맞혀보라며 여자의 이름을 말해주려 하지 않았다. 내가 잠시 캐묻다가 관심 없는 척하자 그가 자리에 우뚝 멈춰 서서—그때 마침 우리는 아래로 물이 흐르는 물레방아 다리 위에 있었다—낮은 목소리로 말했다. "우리 바로 뒤에 오고 있어." 당황한 나는 기대 반 두려움 반으로 고개를 돌렸다. 모든 것이 그저 농담에 지나지 않을 수도 있었다. 우리 뒤로 방직공장에서 나온 어린 아가씨가 다리 계단을 오르고 있었다. 견진성사 성서강독 시간에 알게 된 베르타 푀그틀린이었다. 멈춰 서서 나를 보고 미소짓는 그녀의 얼굴이 천천히 붉게 물드는가 싶더니 이내 얼굴 전체가 활활 타올랐다. 나는 집으로 걸음을 재촉했다.

그후로도 두 번 더 그녀와 마주쳤다. 한번은 함께 일하는 방직공장에서였고, 한번은 저녁 퇴근길에서였다. 그녀는 인사를 건네고 겨우 한마디 덧붙였다. "퇴근하나봐요?" 이야기를 더 하고 싶다는 뜻이었으나 나는 고개만 끄덕이며 예, 하고 답하고는 허둥지둥 자리를 피했다.

여하튼 나는 그 일로 머릿속이 꽉 차 갈피를 못 잡고 있었다. 아름다운 처녀를 사랑하는 것, 이것은 이미 내가 자주 간절히 꿈꿔온 일이었다. 그런데 나보다 키가 약간 더 큰 예쁜 금발의 아가씨가 내게 키스하고 내 품에 안기고 싶어했다. 그녀는 키가 크고 건강한데다 흰 피부에는 장밋빛이 돌았고 예쁜 얼굴에 목덜미에는 짙은 금빛 곱슬머리가 살랑거렸다. 그녀의 눈빛은 기대와 사랑으로 가득했다. 하지만 나는 그녀를 생각하거나 연심을 품어본 적이 없었다. 달콤한 꿈속에서조차 그녀를 따라다닌다든가 베개에 얼굴을 묻고 몸을 떨며 이름을 불러본 적이 없었다. 원한다면 그녀를 애무하고 내 것으로 만들어도 됐지만, 나는 그녀를 흠모할 수도 그 앞에 무릎 꿇고 애원할 수도 없었다. 그렇게 하면 대체 어찌되겠는가? 나는 어떻게 해야 한단 말인가?

나는 기분이 언짢아져 풀밭에서 일어났다. 아, 이 시간이 지긋지긋하다! 내일이라도 실습기간이 끝나 여길 떠날 수만 있다면, 모든 것을 잊고 새로 시작할 수만 있다면.

살아 있다는 걸 느끼려면 뭐라도 해야 했으므로 힘들지만 산꼭대기까지 올라가기로 했다. 정상에서는 도시가 내려다보이고 먼 곳까지 시야가 트였다. 나는 질풍처럼 산비탈에서 위쪽 암벽까지 달려가 비좁은 바위 사이를 요리조리 빠져나갔다. 무리해서 고지대로 올라가자 푸석한 바위와 관목으로 덮인 척박한 산이 모습을 드러냈다. 땀에 흠뻑 젖은 채 숨을 헐떡이며 도착한 나는 해가 내리쬐는 고지대의 희박한 공기를 마음껏 들이마셨다. 옆을 스쳐지나갈 때마다 덩굴에 힘없이 매달린 시든 들장미에서 창백하고 기운 없는 이파리들이 떨어졌다. 사방에 널린 덜여문 작은 나무딸기들은 햇빛을 받은 쪽만 희미한 금속성의 갈색 빛이 어른거리고 있었다. 작은멋쟁이나비가 바람 한 점 없는 온기 속을 평화롭게 날아다니며 허공에 오색 빛을 뿌렸다. 파란 빛이 감도는 톱풀 위에는 셀 수 없이 많은 까맣고 빨간 점박이 풍뎅이들이 모여 길고 얇은 다리들을 기계처럼 버둥거리는 진기한 풍경이 소리 없이 펼쳐지고 있었다. 어느새 구름이 걷힌 새파란 하늘에는 가까운 산마루에 자란 검은 전나무 가지가 뾰족뾰족 솟아 있었다.

학교 다닐 때 가을이면 우리가 불을 피우던 제일 높은 바위에 멈춰 주변을 둘러보았다. 반쯤 그늘에 잠긴 깊은 골짜기에서 강물이 햇빛에 반짝거리고 물레방아 둑이 하얀 물거품을 일으키며 빛나고 있었다. 조금 더 내려가면 우리 구시가지의 갈색 지붕들이 보였고 그 위쪽으로는 바람 한 점 없는 허공으로 한낮의 파란 굴뚝 연기가 똑바로 피어올랐다. 우리집과 오래된 다리, 작업장 대장간에서 붉게 타오르는 불빛도 보였다. 강 아래로 더 내려가면 납작한 지붕에 풀이 자란 방직공장이 있었다. 그 반짝거리는 유리창 너머에서 베르타 푀그틀린도 여러 동료와 일하고 있을 터였다. 아, 그녀! 나는 그녀에 대해 아무것도 알고 싶지 않았다.

정원들과 놀이터들, 골목 구석구석까지 오랜 친밀감이 깃든 고향의 도시가 익숙한 얼굴로 나를 올려다보고 있었고, 교회 시계의 금빛 숫자들이 햇빛을 받아 갑자기 날선 빛을 발하기 시작했다. 집들과 나무들이 운하에 서늘하고 검은 그림자를 선명하게 드리웠다. 변한 것은 나 자신뿐이었으며 나와 이 풍경 사이에 드리운 정체가 모호한 낯선 베일은 오로지 나로 인한 것이었다. 내 삶은 담장과 강과 숲으로 이루어진 이 작은 곳에 더는 안주할 수 없었다. 여전히 이 장소와 튼튼한 끈으로 연결되어 있긴

할 테지만 이제는 담을 둘러치고 뿌리를 내릴 수 없었다. 그보다는 오히려 좁은 경계를 벗어나 넓은 세상으로 나가고 싶은 동경이 물결치고 있었다. 혼자만의 우수에 젖어 아래를 내려다보니 비밀스런 희망들이 엄숙하게 가슴에 차올랐다. 아버지의 말, 존경하는 시인들의 말이 내가 했던 은밀한 맹세들과 더불어 떠오르며 어엿한 사내로 자신의 운명을 제대로 인식하고 이끌어가는 것이야말로 진지하고 값진 일처럼 여겨졌다. 그러자 베르타 뢰그틀린과의 일로 가슴을 짓누르던 의문에 섬광이 비치는 듯했다. 그녀가 아름답든 나를 사랑하든 내 알 바 아니었다. 아무것도 한 것 없이 여자가 내미는 행복을 거저 받아들일 수는 없었다.

정오가 얼마 남지 않았다. 금세 마음이 바뀌어 나는 산에 오르는 대신 시내로 향하는 오솔길을 내려가 철교 밑을 빠져나왔다. 여름마다 무성한 쐐기풀 틈에서 짙은 솜털이 보송보송한 공작나비의 애벌레를 잡던 곳이었다. 그러고 나서는 묘지 담을 지나왔는데 문 앞에 이끼 낀 호두나무가 짙은 그림자를 던지고 있었다. 열린 문 안에서는 분수의 물이 첨벙거리는 소리가 들려왔다. 바로 옆에는 시의 유원지가 있었다. 5월제와 스당의 날*이면 이곳

---

* 1870년 9월 2일 스당에서 벌어진 프랑스와의 전투에서 독일이 승리한 것을 기념하는 날. 그날 나폴레옹 3세가 포로로 붙잡히면서 독불전쟁의 양상이 달라졌다.

에서 먹고 마시고 연설을 듣고 춤을 추었다. 지금은 잊힌 채 커다란 늙은 밤나무 그늘에 묻혀 적막한 유원지에 남은 것이라고는 불그스름한 모래 위로 부서지는 눈부신 햇살 조각뿐이었다.

골짜기 아래 강가에 면한 양지바른 길이 정오의 열기로 사정없이 달아올랐다. 강렬한 햇볕이 내리쬐는 집들을 마주보는 강가에 듬성듬성 서 있는 물푸레나무와 단풍나무의 여윈 이파리들은 늦여름답게 이미 누렇게 물들어 있었다. 나는 버릇처럼 물가로 가서 물고기들을 들여다보았다. 유리처럼 맑은 강물에 수염이 무성한 수초가 긴 꼬리를 단 듯 살랑살랑 흐느적대고, 그 사이사이 내가 잘 아는 어두운 틈마다 살진 물고기들이 게으르게 물이 흘러오는 쪽으로 주둥이를 댄 채 꼼짝 않고 떠 있었다. 수면 가까이서 이따금 어린 황어들이 까맣게 떼지어 가기도 했다. 아침에 낚시하러 가지 않길 잘한 것 같았다. 하지만 대기와 물의 상태나 둥그런 바위들 사이의 맑은 물에서 늙은 돌잉어가 가만히 쉬고 있는 모습으로 미루어, 오후에는 고기를 꽤 낚을 조짐이 보였다. 나는 그렇게 생각하고 걸음을 옮겼다. 눈이 부신 길에서 지하실처럼 서늘한 집 현관에 들어서자 깊은 한숨이 절로 나왔다.

"오늘 또 천둥 번개가 치겠구나." 날씨에 민감한 아버지가 탁자 앞에 앉아 말했다. 하늘에는 구름 한 점 없고 서풍이 불어올 낌새조차 없다는 내 말에 아버지가 웃으며 말했다. "대기가 얼마나 팽팽한지 못 느끼겠니?"

여하튼 날씨는 후텁지근했고 하수도에서는 뭔 바람이 불기 시작할 때처럼 고약한 냄새가 진동했다. 산을 타느라 더위를 먹었는지 피곤이 몰려와 나는 정원 옆 베란다로 나갔다. 그러고는 깜빡깜빡 졸기도 하며 카르툼의 영웅인 고든 장군의 이야기를 읽었다. 시간이 갈수록 내가 느끼기에도 곧 폭풍이 불어닥칠 것 같았다. 하늘은 여전히 구름 한 점 없이 맑았지만, 흡사 달아오른 구름층이 저 높이 맑게 떠 있는 태양 앞에 쌓여가듯 대기는 점점 더 무거워졌다. 두시에 나는 집안으로 들어가 낚시도구를 챙겼다. 낚싯줄과 고리를 살피는 동안 물고기를 잡을 생각에 미리부터 들떴고, 내게 이토록 깊고 열정적인 즐거움이 아직 남아 있다는 사실에 감사했다.

유난히 후텁지근하고 바람 한 점 없어 숨막힐 것 같았던 그날 오후를 나는 지금도 잊을 수 없다. 물고기를 담을 양동이를 들고 강 하류 다리 밑으로 갔을 때는 이미 다리 반 정도가 높은 집들이 드리우는 그늘에 잠겨 있었다. 가까운 방직공장에서 벌이 윙윙대는 듯한 규칙적이고 나른한 기계음이, 위쪽 방앗간에서는 일정한 사이를 두고 이 빠진 톱니바퀴가 돌아가는 불쾌한 소리가 들려왔고, 그외에는 적막만 흘렀다. 수공업자들은 작업장 그늘에서 쉬고 있었고, 길에는 인적이 없었다. 물레방아 섬에는 벌거숭

이 사내아이 하나가 젖은 바위들 사이를 휘젓고 다녔다. 달구지
목수의 작업장 앞 벽에는 생나무 판자가 비스듬히 기대서 있었
다. 생나무가 햇빛에 말라가는 코를 찌르는 냄새가 내가 있는 곳
까지 전해졌다. 짙은 비릿한 물 냄새와 또렷이 구별되는 싸한 냄
새였다.

물고기들도 심상치 않은 날씨를 감지하고 변덕스럽게 굴었다.
처음 십오 분여 동안은 로치 몇 마리가 낚였고 지느러미가 붉고
아름다운 묵직한 녀석 하나는 손으로 잡으려는 순간 줄을 끊고
달아났다. 바로 뒤이어 물고기들이 동요하기 시작했다. 로치들
은 진흙 속 깊이 숨어 미끼는 거들떠보지도 않았다. 어린 물고기
들만 수면에 떼를 지어 도망치듯 하류로 흘러갔다. 모든 것이 일
기가 급변할 징조였지만 대기는 유리처럼 고요하고 하늘에는 구
름 한 점 없었다.

더러운 폐수가 흘러들어 물고기들을 쫓아버린 게 틀림없었지
만 그래도 여전히 단념할 마음이 없었던 나는 장소를 옮겨 방직
공장의 운하로 갔다. 창고 근처에 자리를 잡고 도구를 풀어놓기
도 전에 공장의 계단 옆 창가에 베르타가 나타나 손을 흔들었다.
나는 못 본 척 낚싯대 위로 몸을 굽혔다.

물은 운하의 벽돌담 사이로 어둡게 흘러갔다. 고개를 푹 숙이
고 앉은 내 모습이 수면에 비쳐 물결을 따라 출렁거렸다. 소녀는

여전히 저쪽 창가에 서서 내 이름을 불렀지만 나는 고개를 돌리지 않고 미동도 없이 물속만 뚫어져라 보았다.

여기서도 물고기들은 급한 일이 있는 듯 이리저리 분주히 오갈 뿐, 잡히는 건 한 마리도 없었다. 나는 숨막히는 더위에 지쳐 오늘 낚시는 완전히 허탕쳤다는 생각으로 야트막한 바람벽에 걸터앉아 어서 저녁이 되길 바랐다. 등뒤의 방직공장 작업실마다 돌아가는 기계 소리는 영원히 그치지 않을 것만 같았다. 운하의 물은 초록색 이끼가 낀 축축한 담에 나지막이 찰랑찰랑 부딪히며 흘러갔다. 졸음이 밀려와 낚시에 흥미를 잃은 나는 낚싯줄을 감는 것도 귀찮아서 그냥 앉아 있기만 했다.

삼십 분쯤 지났을까, 멍하니 나른해져 있던 나는 근심과 극심한 불쾌감에 퍼뜩 정신이 들었다. 불안한 기류가 소용돌이치며 지나갔고, 대기는 무겁고 맥이 빠진 느낌이었다. 제비 몇 마리가 놀란 듯 수면 가까이 날고 있었다. 어지럽고 더위를 먹었는지 아까보다 더 짙어진 듯한 물비린내에 속이 메슥거렸다. 뱃속부터 차오른 불쾌감이 머리끝까지 치밀며 이마에서 식은땀이 흘렀다. 나는 낚싯줄을 감고 낚시도구를 챙기기 시작했다. 줄을 감을 때 물방울이 손에 튀어 시원했다.

자리에서 일어나자 방직공장 앞 공터에서 조각구름 같은 먼지가 빙글빙글 돌더니 별안간 높이 치솟아 하나의 구름 덩어리를 형성했다. 새들은 채찍질에 쫓기듯 저 높이 요동치는 대기 속으로 날아가버렸다. 곧이어 거센 눈보라가 불어닥치듯 골짜기 아래의 대기가 하얗게 변해갔다. 전에 없이 차가운 바람이 적대적으로 나에게 달려들어 낚싯줄을 앗아갔다. 모자를 날려버리고 주먹질을 하듯 얼굴을 때렸다.

멀리 지붕들 너머 눈의 장벽처럼 서 있던 하얀 대기가 순식간에 내 주위로 몰려들었다. 고통스러우리만치 차갑게. 운하의 물이 빠르게 돌아가는 물레방아 아래의 물처럼 치솟아오르고, 낚싯줄은 사라졌다. 가쁜 숨을 헐떡이는 하얀 광풍이 주변을 집어삼킬 듯 포효하며 미쳐 날뛰었다. 바람이 머리와 손을 때리고 흙이 튀어오르고 모래와 나뭇조각들이 바람 속에서 소용돌이쳤다.

모든 것이 불가사의했다. 나는 뭔가 무서운 일이 일어나고 있으며 위험하다는 것만 느낄 수 있었다. 그저 놀라고 무서워서 한달음에 창고로 들어갔다. 그러고는 쇠기둥을 꼭 붙잡고 현기증에 시달리며 한동안 숨을 죽인 채 짐승처럼 두려움에 떨었다. 문득 정신이 들었을 때 일찍이 본 적도 상상해본 적도 없는 폭풍이 악마처럼 불어닥쳤다. 하늘 높이 미쳐 날뛰는 바람 소리가 들려왔다. 머리 위 평평한 지붕과 문밖의 땅바닥으로 하얗고 굵은 우박 알갱이들이 쏟아지며 창고 안 내 발치까지 굴러들어왔다. 우박과 바람 소리는 무시무시했고, 빗물이 하얀 거품을 내며 운하로

급히 빨려들어갔고, 성난 파도가 축대를 위아래로 할퀴어댔다.

모든 것이 순식간에 일어난 일이었다. 나무판자와 지붕 널빤지, 나뭇가지가 허공으로 끌려들어가고, 돌덩이들과 석회조각들이 굴러떨어지자마자 그 자리를 어마어마한 양의 우박이 뒤덮었다. 망치로 빠르게 연타를 맞은 듯 기왓장이 무너져내리고, 유리가 깨지고, 빗물 홈통이 우지끈 부서지는 소리가 났다.

그때 공장에서 누군가 몸을 잔뜩 움츠리고서 폭풍에 옷자락을 펄럭거리며 우박으로 뒤덮인 마당을 가로질러 달려왔다. 모든 것을 뒤엎고 지나가는 엄청난 폭우 속에 바람과 싸우며 비틀비틀 내 쪽으로 다가왔다. 창고에 들어선 그녀는 내게 달려들었다. 커다랗고 다정한 눈에 조용하고 익숙하면서도 낯선 얼굴이 서글픈 미소를 지으며 눈앞에 떠 있었다. 조용하고 따뜻한 입술이 내 입술을 찾아 숨막힐 듯 애타게 오래도록 키스했다. 두 팔이 내 목을 감고 젖은 금발이 내 뺨을 눌렀다. 우박이 섞인 폭풍이 온 세상을 뒤흔드는 동안 소리 없고 불안한 사랑의 폭풍이 더 깊고 사납게 나를 덮치고 있었다.

우리는 말없이 꼭 끌어안고 널빤지 위에 앉아 있었다. 경탄과 수줍음이 뒤섞인 손길로 베르타의 머리카락을 쓰다듬으며 내 입술을 그녀의 도톰하고 동그란 입술에 갖다대자, 그녀의 온기가 달콤하고 아플 만큼 짜릿하게 나를 감쌌다. 나는 눈을 감았다.

그녀가 내 머리를 그녀의 쿵쾅거리는 가슴에, 품에 가져다대더니 떨리는 손으로 내 얼굴과 머리카락을 부드럽게 쓰다듬었다.

아찔한 암흑 속으로 떨어지다 눈을 뜨자 윤곽이 또렷하고 진지한 그녀의 얼굴이 애처로운 아름다움에 젖어 나를 내려다보고 있었다. 나를 바라보는 그녀의 눈이 외로워 보였다. 헝클어진 머리카락 아래 깨끗한 이마에서 한줄기 가느다란 선홍빛 피가 얼굴을 타고 목까지 흘러내렸다.

"이게 다 뭘까요? 무슨 일이 일어난 거죠?" 나는 두려워하며 물었다.

그녀는 내 눈을 더 깊숙이 들여다보며 엷은 미소를 지었다.

"세상이 끝나려나봐요." 주위를 뒤흔드는 폭우 소리가 그녀의 속삭임을 삼켜버렸다.

"당신 피 나요." 내가 말했다.

"우박 때문이에요. 신경쓰지 마요! 무서워요?"

"아뇨. 당신은요?"

"난 무섭지 않아요. 아, 이제 온 도시가 다 무너지겠어요. 그런데 당신은 날 사랑하지 않아요?"

나는 입을 다물고 애잔한 사랑이 가득 어린 그녀의 크고 맑은 눈을 빨려들듯이 바라보았다. 그녀가 내게로 몸을 숙여왔다. 그녀의 입술이 그토록 무겁고 아프게 내 입술과 겹쳐 있는 동안 나는 꼼짝도 않고 그녀의 진지한 눈을 들여다보았다. 그녀의 왼쪽 눈 옆 해맑은 피부 위로 가느다란 선홍색 핏줄기가 흘러내리고 있었다. 내 감각이 취해 비틀거리는 동안 내 마음은 폭풍에 휘말리지 않으려고 필사적으로 저항하고 있었다. 나는 몸을 일으켰고, 그녀는 내 시선에서 그녀에 대한 연민을 읽었다.

그녀는 몸을 뒤로 빼고 화난 것처럼 나를 쏘아보았다. 내가 걱정과 연민으로 한 손을 내밀자 양손으로 감싸쥔 그녀는 거기에 얼굴을 파묻고는 꿇어앉아 울기 시작했다. 그녀의 따뜻한 눈물이 떨리는 내 손에 흘렀다. 당황한 나는 그녀를 내려다보았다. 훌쩍거릴 때마다 내 손에 얹힌 그녀의 머리가 흔들렸다. 목덜미의 부드러운 솜털이 그늘을 드리우며 가볍게 움직였다. 이 귀여운 솜털을 얼마나 쓰다듬고 싶었을까. 이 하얀 목덜미에 얼마나 키스하고 싶었을까! 그녀가 다른 여자라면, 내가 정말 사랑하고 내 영혼을 바치고 싶은 상대라면. 그런 생각이 강하게 들었다. 하지만 내 피는 식어갔고, 내 청춘과 긍지를 바치고 싶지도 않은 여자가 내 발치에 무릎을 꿇고 있는 상황이 부끄럽고 고통스러웠다.

내가 겪은 이 모든 일이 일 년 동안 일어난 마법처럼 느껴졌다. 지금도 그때의 사소한 기분 변화며 수백 가지 몸짓 하나하나가 긴 시간에 걸쳐 일어난 일처럼 기억나지만, 실제로는 불과 몇 분 동안 일어난 일이었다. 그사이 뜻밖에 해가 비쳐들고 언제 그랬느냐는 듯 파란 하늘이 촉촉한 얼굴을 내밀었다. 갑자기 칼로 베어낸 듯 폭풍의 포효가 멎고, 놀랍고 믿을 수 없는 정적이 우리를 둘러쌌다.

나는 꿈의 동굴을 빠져나오듯 창고에서 해가 비치는 바깥으로 나왔다. 내가 아직 살아 있다는 게 놀라웠다. 황량한 마당은 난장판이 되어 있었다. 말발굽에 챈 듯 흙이 파헤쳐지고, 어딜 보나 우박이 수북하게 쌓여 있었다. 낚시도구들은 사라지고 양동이도 흔적을 감추었다. 공장에서 사람들이 웅성거렸다. 산산이 부서진 유리창 너머로 들여다보이는 안쪽 작업실에서는 문마다 사람들이 밀려나오고 있었다. 바닥에는 유리파편과 깨진 기왓장이 수북했다. 긴 양철 빗물 홈통이 떨어져나가 구부러진 채 건물 중턱에 매달려 있었다.

방금 전 일은 모두 잊었다. 폭풍 때문에 무슨 일이 벌어졌고 피해는 어느 정도인지 눈으로 확인하고 싶은 소심하지만 맹렬한 호기심 외에는 아무 느낌도 없었다. 공장의 부서진 창문과 기왓장은 척 봐도 황폐해 암담하기 짝이 없었다. 그래도 내가 회오리바람에 대해 느꼈던 무시무시했던 인상과는 비교도 되지 않았다. 나는 안도의 한숨을 내쉬었다. 한시름 놓으면서 놀랍게도 얼마간은 실망스럽고 맥이 풀렸다. 집들은 전과 다름없이 서 있고 골짜기 양쪽의 산도 그대로였다. 그렇다, 세상은 끝나지 않았던 것이다.

그러나 공장을 떠나 다리를 건너서 첫번째 골목에 들어서자 피해는 막심했다. 길에는 온통 유리파편과 부서진 덧창 문짝이 널려 있고, 굴뚝이 무너져내리며 지붕 일부가 떨어져나간 곳도 있었다. 놀란 사람들이 슬픈 얼굴로 문 앞에 나와 서 있었다. 그림에서 본, 포위되어 점령당한 도시의 모습 그대로였다. 돌무더기들과 나뭇가지들이 길을 막고 있었다. 금이 가거나 유리파편만 남고 휑하니 구멍 뚫린 창들이 태반이었다. 정원 울타리는 바닥에 널브러져 있거나 담벼락에 매달려 삐걱거리고 있었다. 없어진 아이들을 찾느라 분주했고, 들에서 우박을 맞아 죽은 사람도 있다고 했다. 은화만하거나 그보다 더 큰 우박도 눈에 띄었다.

채 흥분이 가시지 않은 나는 우리집과 정원의 피해를 돌아볼 엄두가 나지 않았다. 나 자신이 무사했으므로 내가 없어졌다고 가족들이 걱정하리라는 생각도 미처 하지 못했다. 계속 잔해에 걸려 넘어지며 집으로 돌아가느니 다시 야외로 나가기로 했다. 어린 시절 축제가 있을 때마다 가서 놀던 내가 좋아하는 묘지 옆 유원지에 가보고 싶어졌다. 불과 너덧 시간 전에 그곳을 지나왔는데도 희한하게 오래전 일처럼 느껴졌다.

그렇게 해서 나는 골목을 되돌아나와 마을 아래쪽의 다리를 지나갔다. 가는 길에 어느 집 정원 사이로 우리 동네의 붉은 사암으로 된 교회 탑이 멀쩡하게 서 있는 모습이 보였다. 체육관도 피해를 거의 입지 않았다. 그 너머로 멀리 외따로 있는 오래된 술집도 보였다. 멀리서도 그 지붕을 알아볼 수 있었다. 예전 모습 그대로인데도 왠지 달라 보였다. 처음에는 그 이유를 알지 못했는데 곰곰이 생각해보고 나서야 술집 앞에 서 있던 커다란 포플러 두 그루가 기억났다. 나무들은 이제 거기 없었다. 아주 오래전부터 알고 있던 낯익은 풍경이 파괴되고 정겨운 장소는 흉물스럽게 변해버린 것이었다.

나는 문득 이보다 더 귀한 것이 더 많이 망가진 것은 아닐까 하는 불길한 예감에 사로잡혔다. 새삼 내가 고향을 얼마나 사랑하는지, 이 지붕과 탑, 다리와 골목, 나무, 정원과 숲에 내 마음과 행복이 얼마나 많은 부분을 기대고 있는지 깨달았다. 새로운 흥분과 걱정 속에 나는 유원지로 갔다.

그리고 그곳에 꼼짝 않고 서서 가장 즐거운 추억을 간직한 장소가 여지없이 파괴되어 이름 없는 폐허가 되어버린 모습과 마주했다. 그 그늘 아래서 축제를 즐겼고 어린아이 서넛이 손을 맞잡고 팔을 둘러봐도 안을 수 없었던 늙은 밤나무는 부러지고 뿌리째 뽑혀 넘어졌고 그 자리에는 집채만한 구멍뿐이었다. 성한 나무가 없는 그곳은 소름 끼치는 싸움터나 다름없었다. 보리수도 단풍나무도 보이지 않고, 나무들이 겹겹이 쓰러져 있었다. 넓은 광장은 부러진 나뭇가지와 쪼개진 나무 밑동, 뿌리와 흙더미가 쌓인 무시무시한 언덕으로 변해 있었다. 커다란 나무의 밑동들은 아직 땅에 박혀 있기도 했지만 가지도 없이 휘어져 하얀 속살을 드러내고 있었다.

더는 앞으로 나아갈 수 없었다. 뒤죽박죽 섞인 나무 밑동과 부러진 나뭇가지들이 집채처럼 쌓여 광장과 길을 가로막고 있었다. 나의 유년 시절 초기부터 녹음이 짙었던 그곳은 이제 텅 빈 하늘 아래 파괴되어 있었다.

마치 비밀스런 내 뿌리가 송두리째 뽑혀 눈부신 한낮에 가차 없이 드러난 기분이었다. 며칠 동안 주변을 돌아다녀보았지만, 숲길도 정답던 밤나무 그늘도 어릴 때 기어오르던 참나무도 찾지 못했다. 어딜 가나 수북이 쌓인 파편과 뻥 뚫린 구멍과 잔디를 깎은 것처럼 숲이 끊어진 산비탈과 뿌리를 햇빛에 드러낸 채 쓰러진 나무들만이 도시를 에워싸고 있었다. 나와 내 유년 시절 사이에 심연이 생겨났고, 고향은 더는 예전의 고향이 아니었다. 지나간 세월의 순진하고 달콤하던 기억들이 내게서 떠나갔다. 그리고 얼마 지나지 않아 나는 도시를 떠났다. 어른이 되어 내 삶에 처음으로 그늘을 드리웠던 그 시절을 견뎌내기 위해서.

어린아이의 영혼

가끔 우리는 행동하고 들어갔다 나오고 이런저런 일을 하기도 한다. 하지만 그 모든 것은 가볍고 부담 없고 이를테면 책임으로부터 자유로우며 다른 것으로 대체될 수도 있다. 그러나 가끔은 다른 것으로 대체될 수 없는 시간들이 있다. 그런 시간에는 그 무엇도 자유롭거나 가볍지 않다. 우리가 숨쉬는 순간순간이 강한 힘에 좌우되고 운명의 무게를 진다.

인생에서 우리가 좋은 것이라 말하고 그에 대해 쉽게 얘기할 수 있는 행동들은 대개 전자인 '가벼운' 유형에 속하며 그런 기억들은 쉽게 잊힌다. 반면 힘들게 얘기하고 절대 잊지 않는 행동들이 있다. 어떤 의미에서는 그런 행동들이 더 우리다운 것이며 우리 삶에 오래도록 그림자를 드리운다.

아버지의 집은 볕이 잘 드는 길에 있는 크고 환한 집이었다. 높은 대문을 들어서자마자 냉기와 어둠, 돌에 밴 습한 공기가 몸에 감겨왔다. 높고 어둑어둑한 복도는 말없이 사람을 맞아들이고, 붉은 사암 타일 바닥은 가벼운 경사를 이루며 층계로 이어졌다. 계단이 시작되는 곳은 어둑한 안쪽이었다. 이 높은 대문을 수천 번 드나들면서도 나는 대문과 복도나 계단을 눈여겨보지 않았다. 그럼에도 그것은 늘 다른 세계, '우리' 세계로 통하는 문이었다. 복도에서는 돌 냄새가 났다. 어둡고 높은 복도 안쪽으로 들어가면 서늘한 어둠 속에서 계단이 나타나 환하고 아늑한 곳으로 이끌어주었다. 하지만 늘 복도와 엄숙한 어둠이 먼저였다. 그것은 아버지다운 어떤 것, 존엄과 힘, 처벌과 양심의 가책과도 같은 무엇이었다. 수천 번 큰 소리로 웃으며 그곳을 지나갔지만, 가끔은 들어서자마자 주눅들고 작아지는 느낌에 불안해져서 서둘러 그곳을 벗어나게 해줄 계단을 찾았다.

내가 열한 살 때의 어느 날이었다. 학교를 마치고 집에 돌아오는 참이었다. 운명이 한구석에 숨어 기다리고 있는 날, 무슨 일이 일어날 것만 같은 날이었다. 그런 날이면 머릿속의 무질서와 혼돈을 반영하듯 주변의 모든 것이 일그러져 보인다. 불쾌함과 불안이 가슴을 조여오는데 이유가 될 만한 것들을 밖에서만 찾으려 든다. 온 세상이 불공평해 보이고, 사사건건 어려움에 부딪힌다.

그날도 비슷한 날이었다. 아침 일찍부터 기분이 언짢았고ㅡ누가 그 이유를 알겠는가? 어쩌면 간밤에 꾼 꿈 때문인지도ㅡ딱히 잘못한 것도 없는데 양심의 가책 같은 것이 느껴졌다. 아침에 아버지는 괴롭고 불만 섞인 표정을 짓고 있었고, 우유는 미지근하고 맛이 없었다. 학교에서 힘든 일은 없었으나 따분하고 지루하고 의욕을 앗아가는 하루가 으레 그렇듯 무기력하고 절망적인 기분과 합쳐졌다. 시간은 끝없이 이어질 것이고, 해마다 우리는 이 지긋지긋하고 진저리나는 학교라는 감옥에 갇혀 영원히 왜소하고 힘없는 존재로 지낼 것이며, 인생 전부가 무의미하고 혐오스러울 것만 같은 기분.

그 무렵 친하게 지냈던 아이도 그날따라 내 속을 긁었다. 얼마 전부터 나는 오스카르 베버라는 증기기관사의 아들과 친하게 지냈다. 그애에게 왜 관심이 갔던 건지는 나도 모르겠다. 최근 그 아이는 자기 아버지가 하루에 7마르크를 번다며 우쭐거렸고, 나는 에라 모르겠다 싶어 우리 아버지는 14마르크를 번다고 맞받아쳤다. 그가 내 말에 토를 달지 않고 감탄한 것이 일의 발단이었다. 며칠 후 나는 베버와 손잡고 함께 돈을 모아 철물점 진열장에 있는 권총을 사기로 했다. 푸르스름한 총구가 두 개나 되는 듬직한 무기였다. 베버는 한동안만 열심히 돈을 모으면 살 수 있을 거라고 장담했다. 돈은 항상 들어온다. 심부름을 하고 10페니히씩 용돈을 받고, 팁도 받고, 길에서 돈을 주울 때도 있고, 말발굽이나 납덩이처럼 팔면 돈이 될 만한 물건도 얼마든지 있다는 것이었다. 그러고는 10페니히짜리 동전 하나를 그 자리에서 저금통에 넣었다. 그 돈은 우리 계획이 충분히 가능성 있고 희망차 보인다고 나를 설득했다.

  그날 정오 우리집 현관에 들어섰을 때 나를 맞이하던 지하실 냄새가 밴 서늘한 공기 속에는 수천 가지 불편하고 혐오스런 일들에 대한 어두운 경고가 서려 있었음에도, 내 머릿속은 온통 오스카르 베버에 대한 생각뿐이었다. 세탁부부터 떠올리게 되는 그의 착해 보이는 얼굴이 마음에 들긴 해도 내가 그 아이를 좋아하는 것 같지는 않았다. 내가 그에게 끌리는 건 인간성 때문이 아니라 뭔가 다른 것, 그러니까 그가 처한 상황 때문이라고 할 수 있었다. 그것은 기질과 태생이 베버와 같은 소년이라면 거의 누구나 처하게 마련인 상황이었다. 뻔뻔한 처세술, 위험과 좌절에 맞설 뱃심, 돈과 가게, 작업장, 물건과 흥정, 부엌일이나 빨래 같은 일상의 사소한 것들을 대하는 스스럼없는 태도. 베버 같은 소년들은 학교에서 매를 맞아도 아프지 않은 것 같았고, 하인이나 마부나 여공과 친척이거나 가깝게 지내는 사이였다. 그들은 나와 달리 세상에 좀더 안정감 있게 발을 딛고 서 있는 것 같았다. 한층 어른스러운데다 아버지가 하루에 돈을 얼마나 버는지는 물론이고 내가 모르는 다른 것도 많이 알고 있는 게 분명했다. 나로서는 도저히 흉내낼 수 없는 방식으로 내가 이해하지 못하는 표현이나 농담을 듣고 웃었다. 지저분하고 상스럽지만 확실히 어른스럽고 '남자답게'. 그들보다 똑똑하다거나 학교 성적이 좋다는 것은 아무 도움이 되지 않았다. 옷을 더 잘 입고 빗질을 단정하게 하고 몸을 더 깨끗이 씻는다고 해도 마찬가지였다. 반대로 그들에게는 이 차이가 도움이 되었다. 내게 '세상'은 막연한 상상과 모험의 세계일 뿐이었다. 베버 같은 소년들은 아무 어려움 없이 그 안으로 들어갈 수 있는 것처럼 보였지만, 내게 '세상'은 꼭 닫혀 있고 하나씩 문을 열 때마다 한없이 오랜 시간이 걸리는, 학교에 앉아 시험을 치르고 교육을 받음으로써 힘들게 정복해가야 하는 대상이었다. 당연히 그런 아이들은 길에서 말발굽이며 돈, 납덩이를 발견했고, 심부름 값을 받았고, 가게에서 이것저것 선물을 받으며 두루 혜택을 누렸다.

그와 함께 돈을 모으기로 한 것을 포함한 내 우정이 '세상'을 향한 걷잡을 수 없는 동경에 지나지 않는다는 사실이 나로선 암담했다. 베버가 부러운 건 그의 커다란 비밀 때문이었다. 그 비밀의 힘으로 그는 나보다 더 어른의 세계 가까이서, 나와는 달리

꿈과 소망으로 이루어진 세계가 아닌, 베일을 벗은 더 적나라하고 거친 세계에 살 수 있었다. 그리고 나는 이미 예감했다. 그가 나를 실망시키리라는 것을, 내가 그 비밀과 마법 같은 열쇠를 그의 손에서 빼낼 수 없으리라는 것을.

나와 막 헤어져 여유롭고 느긋하게 휘파람을 불며 집으로 돌아가는 그는 불안하거나 초조하지 않고 마냥 즐거울 거라는 걸 나는 알고 있었다. 수수께끼 같고 근사할 수도 죄스러울 수도 있는 하녀들이나 공장 직공들의 삶을 들여다본다 한들 그에게는 그것이 수수께끼나 엄청난 비밀이나 위험한 세계가 아니었다. 가슴 뛰고 흥미진진할 것도 없이 오리가 물에서 놀듯 그에게는 그저 당연하고 익숙한 고향 같은 것이었다. 그랬다. 반면 나는 언제나 외롭고 위태롭게 그 바깥에 서 있으리라. 모든 것이 추측일 뿐 확신이 없는 채로.

그날도 삶은 역시나 확신했던 대로 맥이 빠졌고, 토요일인데도 월요일 같은 기분이 들었다. 다른 날들보다 세 배는 더 길고 세 배는 더 지겨운 월요일의 냄새가 났다. 삶이란 저주스럽고 성가신 것, 기만적이고 역겨운 것이었다. 어른들은 마치 세상이 완벽한 것처럼 반쯤은 신이라도 된 양 행동했지만, 우리 소년들은 쓰레기고 인간 말종에 지나지 않았다. 선생님들은 또 어떤가! 우리는 스스로 분발해 성실하고 열정적인 학생이 되려 노력하고,

그리스어의 불규칙 변화를 외운다든가 복장을 단정히 하고, 부모님에게 순종하며 모든 고통과 우울을 말없이 씩씩하게 참아내려고 애썼다. 신에게 자신을 바치기 위해, 이상적이고 깨끗하고 고귀한 높은 곳에 이르기 위해, 덕을 쌓고 침묵으로 사악한 것들을 참아내고 다른 사람을 돕기 위해. 아, 몇 번이고 새로운 열의와 믿음을 다지며 일어서도 언제나 시도에, 시작에, 잠깐 퍼덕이는 날갯짓에 그칠 뿐이었다! 언제나 며칠을 못 넘기고, 아니 몇 시간만 흘러도 일어나서는 안 되는 일이, 비참하고 꺼림칙하고 수치스런 일들이 일어났다. 언제나 가장 반항적이고 고상한 결단과 맹세 한가운데서 별안간 옴짝달싹할 수 없는 죄와 비루함으로, 일상과 평이함으로 되돌아오게 된다! 어째서였을까. 아름다움과 옳은 것을 좋은 의도로 깊이 인정하고 가슴으로 느끼는데도 어째서 (어른들을 포함한) 삶은 송두리째 평범함의 악취를 풍기고, 늘 천박하고 비열한 것들이 승리를 거두었을까? 어떻게 아침이면 침대에서 무릎을 꿇은 채, 저녁에는 촛불을 켠 채, 선과 빛에 성스런 맹세를 할 수 있었을까? 신을 부르며 모든 죄에 영원토록 맞서겠다 작정한 지 불과 몇 시간도 지나지 않아 어떻게 그 성스런 맹세와 다짐을 저버릴 수 있었을까? 그저 남들의 웃음소리에 솔깃해 따라 하다가, 어리석은 농담에 귀기울이다가 그렇게 되었던 걸까? 왜 그랬을까? 다른 사람들은 나와 달랐을까? 영웅들, 로마인들과 그리스인들, 기사, 초기 기독교인들—
이들은 모두 나와는 다른 사람이었을까. 더 낫고 완벽한 사람이
라 악한 충동이 없었을까? 천국에서 일상으로, 고매한 성품에서
인격적 결함을 가진 인물로 추락하지 못하게 하는, 내게는 없는
기관이 그들에게는 있었을까. 영웅들과 성인들은 원죄라는 것을
몰랐을까? 성인군자라는 것은 드물게 선택된 몇 안 되는 자들에
게만 가능했을까? 하지만 나는 선택된 자가 아닌데도 어째서 아
름다움과 고귀함을 추구하려는 본능을 타고났는가. 정결함, 선
량함, 덕을 향한 이 격렬한 그리움은 무엇인가? 어리석지 않은
가? 신의 세계에서 한 인간, 한 소년이 온갖 고매함과 악한 본능
을 동시에 타고나 고통받고 절망해야 했던 경우가 있던가? 단지
신의 즐거움을 위해 존재하는 그런 불행하고 우스꽝스런 인물
로? 그런 경우가 있었나? 그것이 아니라면, 그래, 세상이란 결국
침을 뱉어 마땅한 악마의 조롱거리가 아니던가?! 신은 폭군이자
미치광이, 어리석고 혐오스런 어릿광대였던가? 아, 슬며시 폭도
의 쾌락을 느끼며 이런 생각을 하고 있노라면 신성모독에 겁먹
은 심장이 이미 덜덜 떨리며 나를 벌준다!

　삼십 년이 지난 지금도 우리집 현관이 어찌나 선명하게 그려
지는지. 이웃집 벽 쪽으로 나 있어 빛이 잘 들지 않던 높고 뿌연
창문들, 하얗게 문질러 닦은 전나무 계단과 중간 천장. 매끄럽고

단단한 나무난간은 내가 수없이 타고내려가 반들반들 윤이 났었다! 유년 시절이 대체로 아득히 멀고 손에 잡히지 않는 동화처럼 느껴지면서도 당시 행복의 한가운데서 느꼈던 고통과 갈등은 또렷이 기억난다. 이런 감정들은 당시 어린 내가 느낀 것과 똑같이 여전히 내 안에 있다. 스스로의 가치에 대한 의구심, 자존심과 낙담, 세상을 경멸하는 이상과 세속적인 쾌락 사이에서 그때처럼 그후에도 수백 번 내 성정에서 가끔은 경멸스러운 병을, 가끔은 칭찬받을 만한 면을 발견했다. 때로는 신이 나를 이 괴로운 길을 통해 특별한 고독과 심연으로 이끄려나보다고 믿기도 했다. 시시한 성격적인 결함이나 신경증의 표시에 지나지 않는 것이라고 여기기도 했다. 사는 내내 그것을 힘겹게 끌고 가는 수천 명의 다른 사람들과 마찬가지로.

이 모든 감정과 그 괴롭기 짝이 없는 모순을 한 가지 감정에 소급해 하나의 이름을 붙인다면 내게 떠오르는 단어는 이것뿐이다. 두려움. 그것은 두려움이었다. 어린 시절의 행복을 방해받을 때 내가 느낀 것은 바로 두려움과 불안이었다. 벌에 대한 두려움, 스스로의 양심에 대한 두려움, 금단과 범죄처럼 느껴지던 영혼의 동요에 대한 두려움.

내가 이야기하려는 그 시간에도 두려움의 감정이 엄습했다. 점점 환해지는 층계참에서 유리문으로 다가가고 있을 때였다.

아랫배에서 시작된 압박감이 턱밑까지 차올라 숨이 막히고 욕지기가 날 것 같았다. 동시에 이런 순간이면 늘 그렇듯이 숨기고 싶은 수치심, 바라보는 모든 사람을 향한 불신, 안전한 곳으로 피해 혼자 있고 싶은 강박이 느껴졌다.

이 역겹고 저주스런 느낌, 진짜 범죄자라도 된 기분으로 나는 복도를 지나 거실로 들어갔다. 그리고 알아챘다. 오늘 무슨 사달이 나겠구나, 무슨 일이 일어나겠구나 하고. 기압계가 기압의 변화를 감지하듯 알아차렸다. 도리 없이 받아들여야 하는 느낌이었다. 아, 또 왔구나, 말로 표현할 수 없는 이것이! 사탄이 집안에 몰래 숨어들었다. 원죄가 심장을 갉아먹고 있었다. 벽마다 그 뒤에 보이지 않는 거대한 유령이, 아버지이자 재판관이 숨어 있었다.

아직은 아무것도 알지 못했다. 아직은 모든 것이 짐작일 뿐이었다. 예감이고 마음을 좀먹는 불쾌감일 따름이었다. 그럴 때는 앓는 것이, 토하고 침대에 눕는 것이 제일인 경우가 많다. 그러면 가끔은 불상사 없이 지나가기도 한다. 엄마나 누이가 오고, 차를 가져다주고 다정하게 돌봐주는 사람들에게 둘러싸여 울거나 잠이 든다. 그러고 나면 기운을 차리고 기분이 좋아져 완전히 달라진 모습으로 구원받고 밝은 세계에서 깨어난다.

어머니는 거실에 없고, 부엌에도 가정부뿐이었다. 나는 아버지에게 올라가보기로 했다. 좁은 계단을 올라가면 아버지의 서재가 있었다. 아버지는 무서웠으나 가끔은 가서 용서를 비는 것도 괜찮았다. 어머니에게서 위로받는 편이 쉽고 간단하기는 했다. 하지만 아버지에게서 받는 위로는 그보다 값어치가 있었다. 아버지의 위로는 선악의 판결과 화해, 선한 세력과의 새로운 동맹을 의미했다. 민망한 장면들, 시험, 고백과 처벌이 끝나면 나는 종종 아버지의 서재에서 착하고 정결한 사람으로 새롭게 태어났다. 벌을 받고 훈계를 듣긴 했어도, 강력한 자와 동맹을 맺음으로써 적대적인 악에 맞설 결의를 완전히 새롭게 다질 수 있었다. 나는 아버지에게 가서 속이 불편하다고 말하기로 했다.

나는 서재로 통하는 작은 계단을 올라갔다. 특유의 카펫 냄새와 속이 빈 가볍고 메마른 소리를 내는 작은 나무계단은 현관보다도 훨씬 더 의미심장한 길이자 운명의 문이었다. 많은 중요한 인생 여정이 이 계단 너머로 나를 이끌었고, 나는 두려움과 양심의 가책을 지고 수백 번 그리로 올라갔다. 거센 반항심이 치밀고 화가 나긴 했지만 구원을 얻거나 다시 안정을 찾는 일도 드물지 않았다. 우리집 아래층에는 어머니와 아이가 있고 무해한 공기가 감돌았다면, 위층은 권력과 정신이 기거하는 법정이요 사원이자 '아버지의 왕국'이었다.

언제나처럼 답답한 마음으로 나는 구식 손잡이를 눌러 내리고 문을 반쯤 열었다. 아버지 서재의 익숙한 냄새가 흘러나왔다. 반쯤 열린 창문 사이로 흘러들어온 공기에 희석된 책과 잉크 냄새, 희고 깨끗한 커튼, 희미한 오드콜로뉴 냄새와 책상 위의 사과 한 알. 그런데 서재는 비어 있었다.

한편으로는 실망스럽고 한편으로는 숨통이 트여 나는 안으로 들어섰다. 발꿈치를 들고 소리 죽여 걸었다. 아버지가 주무시거나 두통이 있을 때 여기선 그래야 했다. 내가 살금살금 걷고 있다는 사실을 의식하지도 못했다. 심장이 두근두근했고, 아랫배와 목구멍이 다시 두려움으로 굳었다. 나는 두려움에 떨며 발소리를 죽이고 걸음을 뗐다. 한 발, 또 한 발. 나는 이미 죄 없는 방문객도 도움을 구하러 온 사람도 아니었다. 침입자였다. 전에도 벌써 여러 번 아버지가 없을 때 서재와 서재에 딸린 작은 방에 숨어들어 그의 은밀한 왕국을 엿보고 탐구했으며 두 번은 뭔가를 슬쩍하기도 했었다.

당장에 그 기억이 되살아나 머릿속을 채웠고, 나는 곧 깨달았다. 드디어 올 것이 왔다. 무슨 안 좋은 일이 생기겠구나. 내가 지금 해서는 안 될 일, 사악한 짓을 저지르고 있으니까. 도망칠 생각 마라! 아니, 나는 간절하고 애타게 그곳을 벗어나고 싶다고 생각했을 것이다. 계단을 내려가 내 방으로 가거나 정원으로 가고 싶다고. 하지만 나는 알고 있었다. 내가 그러지 않을 테고 그럴 수도 없다는 것을. 속으로 나는 아버지가 옆방에서 기척을 내고 들어오기를, 그래서 나를 사탄처럼 끌어당기고 옥죄어오는 이 소름 끼치는 마력을 깨뜨려주길 바랐다. 아, 아버지 제발 와주세요! 꾸지람을 하더라도 와주기만 한다면, 너무 늦기 전에!

나는 기척을 내려고 헛기침을 했다. 아무 대답이 없자 나지막이 불러보았다. "아빠!" 정적만이 흘렀다. 벽을 가득 메운 수많은 책은 침묵했고 덧창 한쪽이 바람에 덜컹거렸으며 바닥에는 햇살이 일렁거렸다. 아무도 나를 구원해주지 않았고, 내 안에도 자유는 없어서 사탄이 원하는 대로 끌려갈 수밖에 없었다. 죄책감에 속이 울렁거리고 손끝이 차갑게 식었다. 겁이 나서 심장이 콩닥거렸다. 나는 그때까지도 내가 뭘 하려는 건지 몰랐다. 아는 것은 그저 뭔가 좋지 않은 일이 일어날 거라는 것뿐이었다.

어느덧 나는 책상 옆에 서서 책 한 권을 들고 이해하지도 못하는 영어 제목을 읽었다. 나는 영어가 싫었다. 영어는 아버지가 우리에게 알리고 싶지 않은 일을 어머니와 얘기하거나 두 분이 다툴 때 쓰는 말이었다. 이쑤시개, 쇠로 된 펜촉, 압정 같은 자질구레한 잡동사니들이 들어 있는 그릇이 보였다. 나는 펜촉 두 개를 집어 주머니에 넣었다. 도대체 어디 쓰려고 그랬을까. 딱히 필요하지도 않았고 게다가 펜촉이 없는 것도 아니었다. 그저 숨막힐 듯한, 뭔가 나쁜 짓을 해야 한다는 강박을 따라 나 스스로를 해하고 죄를 짊어지기 위해 그렇게 했을 뿐이었다. 아버지의 서류들을 뒤적이던 중 쓰다 만 편지가 눈에 띄어 읽어보았다. "저희와 아이들은 잘 지냅니다. 덕분에 아주 잘 지내지요." 아버지가 손으로 쓴 라틴어 글자들이 눈처럼 나를 바라보았다.

그러고 나서 나는 조용히 침실로 건너갔다. 그곳에는 아버지의 철제 야전침대가 있고 밑에 갈색 실내화가 놓여 있었다. 협탁 위에는 수건 한 장이 놓여 있었다. 나는 서늘하고 환한 방안 가득한 아버지의 공기를 들이마셨다. 아버지의 모습이 눈앞에 떠올라 답답한 가슴속에서 경외심과 반항심이 싸웠다. 잠시 아버지가 증오스러웠다. 나는 심술궂게도 고소해하며 아버지를 떠올렸다. 때때로 두통이 있으면 말없이 낮은 야전침대에 몸을 쭉 뻗고 드러누워 젖은 수건을 머리에 올려놓고는 이따금 한숨을 내쉬곤 하던 아버지를. 그때 나는 어렴풋이 깨달았던 것 같다. 그렇게 큰 아버지에게도 삶은 만만치 않다는 걸, 존경스러운 아버지도 스스로에 대한 회의나 두려움을 모르는 건 아니라는 걸. 이상한 증오는 이미 사라지고 연민과 감동이 뒤따랐다. 하지만 그사이 나는 서랍장의 서랍 한 칸을 열고 있었다. 차곡차곡 갠 속옷과 아버지가 즐겨 쓰는 향수 한 병이 들어 있었다. 향을 맡아보려 했지만 아직 개봉하지 않은 새것이라 꼭 닫혀 있어서 도로 제자리에 놓았다. 그 옆에 감초맛 사탕이 든 작고 동그란 통이 있었다. 나는 사탕 몇 개를 입에 털어넣었다. 적잖이 실망했으나 한편으로는 정신이 번쩍 들며 다른 것은 더 찾지도 손에 넣지도 못한 것이 오히려 기뻤다.

이미 마음속으로는 그만하자고 단념했는데도 나는 유유히 다른 서랍을 열었다. 불안은 조금 가라앉았고 아까 슬쩍했던 펜촉 두 개는 나중에 제자리에 갖다놓기로 작정했다. 어쩌면 거기서 돌이키거나 뉘우칠 수도 있었다. 원상태로 복구하거나 구원받을 수도 있었다. 나를 보살피는 신의 손길이 그 어떤 유혹보다 강할 수도 있었고……

나는 다 열리지도 않은 서랍 틈으로 흘낏 안을 들여다보았다. 아, 거기 양말이나 셔츠 혹은 신문 같은 게 들어 있었더라면! 하지만 나는 무슨 일이든 저지르고 싶은 유혹에 사로잡혀 있었다. 누그러들었던 경련과 두려움이 순식간에 되살아나며 손이 떨리고 심장이 맹렬하게 뛰었다. 서랍 안에는 연모피로 꼬아 만든 인도나 열대풍의 그릇이 들어 있었다. 뭔가 놀랍고 매혹적인 것. 하얀 분이 핀 말린 무화과를 고리 모양으로 엮은 것이었다!

손에 들어보니 굉장히 묵직했다. 나는 무화과 열매 두세 개를 빼내 하나는 입에 넣고 나머지는 주머니에 집어넣었다. 두려움과 모험이 헛되지는 않은 셈이었다. 구원도 위로도 여기서는 더 얻을 수 없었지만 적어도 빈손으로 나가고 싶지는 않았다. 둥그런 고리에서 무화과 서너 개를 더 빼내도 무게는 별 차이가 없었다. 몇 개를 더 빼 주머니를 꽉 채우자 고리를 이루던 무화과 중반은 넘게 없어졌다. 나는 벌어진 틈이 눈에 띄지 않게 끈적거리는 고리에 남은 무화과들을 띄엄띄엄 벌려두었다. 그리고 화들짝 놀라 황급히 서랍을 닫고 침실과 서재 너머의 좁은 계단을 뛰어내려와 내 방으로 갔다. 그러고는 높고 작은 책상에 몸을 기대고 서 있었다. 무릎이 후들거리고 제대로 숨을 쉴 수가 없었다.

곧이어 식사 시간을 알리는 종이 울렸다. 머릿속이 하얘지고 막막한 두려움과 혐오에 휩싸여 무화과를 책꽂이에 쑤셔넣고 책들로 가린 다음 식당으로 갔다. 식당 문 앞에서 손이 끈적거린다는 걸 깨닫고 부엌으로 가서 손을 씻었다. 식당으로 들어가니 온 가족이 식탁에 둘러앉아 기다리고 있었다. 나는 얼른 인사를 했고, 아버지는 식전기도를 올렸다. 나는 그릇에 코를 박고 식욕이 없어서 한 모금 한 모금 억지로 수프를 삼켰다. 옆에는 누이들이, 맞은편에는 부모님이 앉아 있었다. 모두 밝고 당당한데 범죄자인 나만 그 사이에 처량하고 외롭고 초라하게 앉아 나를 바라보는 다정한 눈길들을 무서워하며 피했다. 아직도 입안에는 무화과맛이 남아 있었다. 내가 위층 침실 문을 닫았던가? 서랍은?

이제는 비참해질 차례였다. 나는 위층 서랍장에 있던 무화과를 원래대로 돌려놓을 수만 있다면 손도 자를 수 있을 것 같았다. 나는 무화과를 버리기로 결심했다. 학교에 가져가서 나눠주자. 그렇게 해서 없애버릴 수만 있다면, 다시는 내 눈에 띄지 않을 수 있다면!

"너 오늘 안색이 안 좋구나." 아버지가 식탁 맞은편에서 말했다. 나는 접시에서 고개를 들지 않은 채 내 얼굴에 와 닿는 아버지의 시선을 느꼈다. 아버지는 눈치챌 것이다. 무엇 하나 놓치는 법이 없는 분이니까. 어차피 그렇게 될 거라면 어째서 그전부터 나를 괴롭힐까? 내 입장에서는 차라리 아버지가 당장 데리고 나가 죽도록 패주는 편이 낫겠다.

"어디 불편한 거냐?" 다시 아버지의 목소리가 들렸다. 나는 머리가 아프다고 거짓말을 했다.

"밥 먹고 나서 잠깐 누워 있어라." 그가 말했다. "오늘 오후에는 수업이 몇 시간이나 있지?"

"체육 시간뿐이에요."

"음, 체육이라면 그리 나쁠 것 같지 않구나. 하지만 억지로라도 뭘 좀 먹어야지! 그러다보면 두통도 가실 거다."

나는 슬며시 건너다보았다. 어머니는 아무 말이 없었지만 나를 보고 있다는 걸 알 수 있었다. 나는 수프를 삼키고 고기, 야채와 씨름하고 물을 두 잔이나 마셨다. 더는 아무 일도 일어나지 않았다. 모두가 나를 가만히 내버려두었다. 마지막으로 아버지가 감사기도를 올렸다. "자비로운 주님, 감사드립니다. 당신의 은혜가 영원토록 함께하시길 기도하나이다." 그때 다시 모욕적인 단절감이 저 환하고 거룩하고 신뢰로 가득한 말들로부터, 식탁에 둘러앉은 사람들로부터 나를 떼어놓았다. 모아 쥔 내 두 손은 거짓말이었고, 기도에 몰두하는 척하는 건 신성모독이었다.

내가 일어나자 어머니가 머리를 쓸어주며 열이 있는지 잠시 이마를 짚어보았다. 이 모든 게 얼마나 씁쓸했던가!

내 방으로 돌아온 나는 책꽂이 앞에 섰다. 오늘 아침은 거짓말을 하지 않았다. 모든 징조에 근거가 있었다. 그날은 불행의 날, 그것도 내가 지금껏 겪어온 불행 중 최악인 날이었다. 그보다 더 심한 불행은 견뎌낼 사람이 없을 것이다. 그런 경우라면 삶을 끝내야 할 것이다. 독을 마시는 게 제일 좋고 목을 매는 방법도 있었다. 어쨌든 사느니 죽는 게 훨씬 나았다. 모든 것이 잘못되어 불쾌했다. 나는 선 채로 곰곰이 생각하다가 얼떨결에 숨겨둔 무화과로 손을 뻗어 무심코 하나둘 먹기 시작했다.

책들을 얹어둔 선반에 있는 우리의 저금통이 눈에 띄었다. 원래는 담뱃갑이던 것에 내가 단단히 못질해서 만들었다. 뚜껑에는 주머니칼로 동전이 들어갈 만한 가느다란 홈을 팠다. 투박하고 거친 솜씨라 파낸 홈 주위로 나무 거스러미가 거칠게 일어나 있었다. 나는 그것도 제대로 못했다. 친구들 중에는 그런 것을 목수가 대패로 민 듯 정성스럽고 참을성 있게 흠잡을 데 없이 해내는 아이도 여럿 있었다. 하지만 나는 항상 날림이었다. 조급하게 구는 바람에 말끔하게 끝내는 법이 없었다. 목공예도 그랬다. 필체도 그랬고, 스케치도 나비 채집도 모든 게 다 그랬다. 내 손길이 닿으면 제대로 되는 게 없었다. 그리고 이번에는 거기 서서 또다시 물건을 훔친 것이었다. 그 어느 때보다도 나쁜 짓이었다. 펜촉도 여전히 주머니에 들어 있었다. 뭐하러? 왜 이걸 가져왔을까? 아니, 가져와야 했을까? 어째서 전혀 원치 않는 짓을 해야 했을까?

담뱃갑에서는 달랑 동전 하나가 달그락거렸다. 오스카르 베버의 10페니히짜리 동전이었다. 그후로는 더 들어간 게 없었다. 이 저금통에 대한 일 역시 내가 벌인 일다웠다! 내가 시작한 일들은 되는 게 없고 실패하고 모두 시작에 머물렀다. 빌어먹을 저금통 따위 없어져버려라! 더는 저금통 때문에 신경쓰기 싫었다.

오늘 같은 날은 점심과 오후 수업 사이의 시간이 언제나 불쾌하고 견디기 힘들었다. 좋은 날, 평화롭고 기분좋은 날에는 기다려지는 좋은 시간이었다. 그런 날이면 내 방에서 인디언 책을 읽거나 밥을 먹자마자 다시 학교 운동장으로 달려나갔다. 그곳에 가면 모험을 좋아하는 친구 몇몇은 나와 있게 마련이었다. 우리는 열을 내 소리지르면서 뛰놀았다. 까맣게 잊고 있던 '현실'을 일깨우는 종소리가 들릴 때까지. 하지만 오늘 같은 날 누구랑 놀고 싶겠는가. 무슨 수로 가슴속 악마를 잠재우겠는가? 내가 보기에 올 것이 오고 있었다. 오늘은 아니더라도 다음번에, 어쩌면 곧 올 것이었다. 그러면 내 운명은 제대로 폭발할 것이다. 확실히 아직은 사소한 요소들이 모자랄 뿐이었다. 두려움이나 고통, 당황스러움이 아주 조금이라도 더 보태지면 넘쳐흘러 공포스런 끝을 볼 것이다. 어느 날, 바로 오늘 같은 날, 나는 완전히 악의 늪에 가라앉아 무의미하고 견디기 힘든 일상에 대한 반감과 분노로 뭔가 잔혹하고 단호한 행동을 할 것이다. 잔혹하지만 자유롭고, 두려움과 고통을 영원히 끝장낼 어떤 행동을. 그런 환상과 일시적인 강박관념들이 이미 수차례 어지러이 머릿속을 지나갔다. 세상에 복수하고 동시에 나 자신을 희생하고 파괴할 범죄에 대한 상상이었다. 이따금 나는 우리집에 불을 지르는 상상을 했다. 무시무시한 불길이 날개를 달고 어둠 속을 타오르고, 골목골목과 집들이 화염에 휩싸이고, 온 도시가 검은 하늘을 향해 훨훨 타올랐다. 아니면 또다른 상상 속에서의 범죄는 아버지를 잔인하게 죽여 복수하는 것이었다. 하지만 그때 나는 엄청나게 모여든 사람들 사이를 뚫고 우리 도시를 지나 호송되어가던, 유일하게 진정한 범죄자 같던 그 죄수처럼 행동할 것이다. 체포되어 수갑을 차고 법정으로 끌려가던 절도범은 뻣뻣한 중산모를 삐뚜름하게 쓰고 앞서 걸었고, 그 앞뒤로 경관이 한 명씩 있었다. 호기심을 못 이기고 쏟아져나온 거대한 인파에 밀려 지나가던 남자는 수없는 욕설과 조롱과 목청 높이 외치는 악담을 들으면서도 대부분의 악당들과는 다르게 처신했다. 이따금 경찰들에게 호송되어가던 불쌍하고 겁먹은 악당들은 대개 동냥질을 하던 가난한 도제들일 뿐이었다. 그런데 그 남자는 기술을 배우는 소년도 아니었고 경박하지도 겁을 먹지도 울먹이지도 않았다. 또 예전에 보았던 어느 죄수처럼 민망하고 머쓱한 웃음 속으로 달아나지도 않았다. 진정한 범죄자였던 남자는 우그러진 모자를 대담하게 쓰고 빳빳이 고개를 들고 걸었다. 창백한 얼굴에는 소리 없는 경멸의 미소가 어려 있었다. 그를 욕하고 침 뱉던 대중은 천한 폭도가 되었다. 당시에는 나도 함께 소리를 질렀었다. "놈이 잡혔다, 목을 매달아라!" 하지만 나는 그의 꼿꼿하고 당당한 걸음걸이를, 꽁꽁 묶여 앞으로 내민 손을 보고 말았다. 사악하고도 고집 센 머리에 쓴 중산모는 멋진 왕관이라도 되는 것 같았다. 게다가 그 미소란! 거기서 나는 침묵했다. 사람들이 나를 법정으로 그리고 단두대로 이끈다면, 많은 사람들이 나에게 몰려들어 조롱하며 소리지른다면, 나도 이 범죄자처럼 고개를 삐딱하게 들고 미소지을 것이다. 그렇다, 아니라고 부인하지 않을 것이며 침묵하고 무시할 것이다.

교수형을 당해 하늘나라에서 영원한 재판관 앞에 선다 해도 나는 절대 고개를 숙이거나 무릎을 꿇지 않을 것이다. 천사들이 재판관을 둘러싸고 서 있고 그에게서 성스러움과 존엄함의 광채가 뿜어져나온다 해도, 절대! 그가 저주의 말을 퍼붓고 나를 역청에 삶는다 해도! 나는 사과하지 않을 것이며, 주눅들어 용서를 빌지 않을 것이며, 아무것도 회개하지 않을 것이다! 그가 "이런저런 짓을 했느냐?"고 묻는다면 나는 외칠 것이다. "그래요, 했습니다. 어디 그뿐인가요. 그보다 더 많은 짓을 했지만 나는 잘못이 없어요. 할 수 있다면 몇 번이고 더 하겠습니다. 나는 사람을 죽이고 집에 불을 질렀어요, 재미로요. 그리고 당신을 조롱하고 화를 돋울 작정이었죠. 당신을 증오하니까요. 하느님, 당신 발에 침을 뱉겠어요. 당신은 나를 괴롭히고 착취하고, 아무도 지킬 수 없는 계율을 주었어요. 당신은 우리 아이들의 삶을 망치도록 어른들을 부추겼어요."

이런 상상이 완벽하고 또렷해지고 상상했던 대로 똑같이 행동하고 말할 수 있다는 확신이 들 때면 잠시나마 언짢은 기분이 가셨다. 하지만 곧 다시 회의에 빠졌다. 이대로 겁을 먹고 무너진다면 나약한 건 아닐까? 내 고집대로 반항한다 해도 신은 빠져나갈 길을 찾지 않을까? 어른이나 권력가가 늘 그렇듯 결국은 으뜸패를 꺼내 사람을 수치스럽게 만들고 무시하며 저주받은 선량함의 가면을 쓰고 사람의 자존심을 꺾는 데 성공하지 않을까? 아, 보나마나 뻔한 일이다.

오락가락하는 환상 속에서 때로는 내가, 때로는 신이 승자가 되었다. 환상은 나를 희대의 범죄자로 치켜세웠다가 다시 아이로, 약자로 끌어내리기도 했다.

나는 창가에 서서 이웃집의 아담한 뒷마당을 내려다보았다. 담벼락을 따라 지지대가 세워져 있고, 손바닥만한 뜰에는 야채들이 듬성듬성 자라고 있었다. 별안간 오후의 적막 속에 종소리가 울렸다. 정신이 번쩍 드는 단호한 소리가 환상 속으로 파고들었다. 명료하고 엄격하게 시간을 알리는 소리가 한 번 더 울렸다. 두시였다. 나는 놀라 두려운 꿈에서 현실세계로 돌아왔다. 체육 시간이 시작되었다. 내가 마법의 날개를 달고 체육관으로 달려간다고 해도 이미 많이 늦었을 것이다. 또 재수없이! 모레 수업에 가면 이름이 불려 야단맞고 벌을 받게 생겼다. 차라리 가지 말자. 돌이킬 수 없다. 세세한 부분까지 신경써서 그럴듯하게 잘 꾸며낸 핑곗거리라도 있으면 모를까. 하지만 그 순간에는 아무 생각도 떠오르지 않았다. 선생님들이 그렇게 거짓말을 잘하도록 가르쳤는데도. 나는 거짓말을 하거나 없는 말을 지어내거나 짜맞출 처지가 못 됐다. 차라리 수업을 빠지는 편이 나았다. 지금의 커다란 불운에 작은 불운 하나를 더해서 뭐하겠는가!

하지만 나는 시간을 알리는 종소리에 깨어났고 환상게임도 끝났다. 갑자기 힘이 쭉 빠졌다. 내 방이, 엄중한 현실의 무게를 진 책상과 그림들, 침대와 서가가 나를 초현실적으로 바라보고 있었다. 내가 살아가야 하지만 오늘도 내게 적대적이고 위험한 세상의 갈채를 받으면서. 어찌된 걸까? 나는 체육 시간을 놓치지 않았던가? 게다가 도둑질을, 치졸한 도둑질을 하지 않았던가? 먹어치우지 않은 빌어먹을 무화과는 책꽂이 뒤에 있지 않은가? 범죄자와 자비로운 신과 최후의 심판이 나와 무슨 상관이란 말인가! 때가 되면 다 올 텐데. 하지만 지금 이 순간 범죄가 발각될 수 있었다. 어쩌면 이미 발각되어 아버지가 위층에서 서랍을 열어보고 내가 저지른 못된 짓을 짐작하고는 치욕과 노여움을 느끼며 나를 어떤 식으로 꾸짖을지 숙고하고 있는지도 몰랐다. 아, 어쩌면 내 방으로 오는 중인지도 몰랐다. 당장 도망치지 않으면 잠시 후 안경 쓴 아버지의 엄한 얼굴과 마주하게 될 것이다. 아버지는 내가 범인인 것을 당장 알아차릴 테니까. 우리집엔 나를 빼면 그럴 짓을 할 만한 사람이 없었다. 이유는 정말 모르겠지만 누이들은 그러지 않았다. 아버지는 뭐하러 그런 무화과 다발을 서랍장에 감춰뒀을까?

나는 곧 내 방을 나와 뒷문으로 정원을 빠져나왔다. 정원과 풀밭은 환한 햇살을 받으며 누워 있고 노랑나비가 뒤따라왔다. 모든 것이 오늘 아침보다 더 나쁘고 위협적으로 보였다. 아, 이미 알고 있었지만 그럼에도 지금보다 더 괴로운 적은 없었던 것 같았다. 모든 것이 그들의 본질 그대로 죄책감 없이 나를 바라보고 있었다. 도시와 교회 탑, 초원과 길, 풀꽃과 나비들. 기쁜 마음으로 지켜보았던 어여쁘고 흥겹던 그 모든 것이 마법에 걸린 듯 낯설었다! 나는 알고 있었다. 죄책감을 안고 익숙한 주변을 돌아다니는 게 어떤 느낌인지 알고 있었다. 희귀한 나비가 초원을 날아와 발치에 앉아도 아무 의미 없었다. 기쁘지도 매혹적이지도 위로가 되지도 않았다. 늠름한 버찌나무가 열매가 주렁주렁 달린 가지를 내민다 해도 가치가 없었다. 거기에는 행복이란 게 없었다. 이제는 도망칠 수밖에 없었다. 아버지에게서, 처벌로부터, 나 자신에게서, 내 양심으로부터. 그러고 나서는 가혹하게도 닥칠 일이 모두 닥칠 때까지 어쩔 도리 없이 끊임없는 불안에 떠는 수밖에 없었다.

　나는 안절부절못하고 달렸다. 고개를 넘어 숲까지 달려올라가 참나무 마루에서 농장 방앗간까지 달려내려갔다. 다리를 건너고 그 너머에서 다시 고개를 올라 숲속으로 달려갔다. 우리가 마지막으로 인디언 마을을 만든 곳이었다. 아버지가 여행중이던 작년 부활절에는 어머니가 이곳 숲의 이끼 틈에 우리에게 줄 계란을 숨겨놓고 함께 그날을 즐겼다. 어느 방학 때인가 여기서 사촌들과 함께 지은 성은 아직도 반쯤 남아 있었다. 어디나 언젠가의 일부가, 남은 그림자가, 오늘의 내가 아닌 다른 누군가가 나를 바라보고 있었다! 그게 전부 나였던가? 그렇게 즐겁고 만족스럽고 감사하며 화목하고 어머니에게 그렇게 사분사분하던 아이, 겁도 없고 말할 수 없이 행복하던 아이가? 그게 나였던가? 어쩌다 나는 지금의 내가 되었나, 이토록 다르고 악하고 두려움에 가득차 망가지게 되었나? 모든 것이 여느 때와 다름없었다. 숲과 강, 고사리들이며 꽃들, 성과 개미소굴. 그럼에도 모든 것이 오염되고 황폐해졌다. 돌아갈 길은 없었을까, 행복과 순수함이 있던 곳으로? 다시는 예전처럼 될 수 없었을까? 언젠가는 내가 다시 웃을 수 있을까? 누이들과 놀 수 있을까? 그렇게 부활절을 즐길 수 있을까?

나는 달리고 또 달렸다. 이마에 땀이 나고 등줄기를 타고 죄책감이 흘러내리고 거대한 아버지의 그림자가 추적자처럼 따라붙었다.

가로수길이 스쳐가고 숲 가장자리가 아래로 가라앉았다. 나는 어느 언덕 위에 멈춰 서 길가 풀섶으로 몸을 던졌다. 비탈진 언덕을 올라오느라 그런지 심장이 쿵쾅거렸으나 곧 가라앉을 터였다. 아래쪽으로 도시와 강이 내려다보였다. 지금쯤 수업이 끝나 소년들이 뿔뿔이 흩어지고 있을 체육관도 보였다. 우리집의 긴 지붕도 보였다. 거기 아버지의 침실과 무화과가 사라진 서랍장이 있었다. 내 작은 방이 있었다. 돌아가면 법정이 기다리고 있을 터였다. 하지만 돌아가지 않는다면?

　나는 내가 돌아갈 거라는 걸 알고 있었다. 언제나, 매번 돌아가게 되어 있었다. 그렇게 끝이 나게 마련이었다. 떠날 수 없었다. 아프리카로도 베를린으로도 도망갈 수 없었다. 어리고 돈도 없고 도와주는 사람도 없었다. 그래, 세상의 모든 아이가 함께 모여 서로 도울 수만 있다면! 아이는 많았다. 부모보다 자식이 많지 않은가. 하지만 모든 아이가 도둑이고 범죄자인 건 아니었다. 나 같은 아이는 얼마 없었다. 아니, 어쩌면 내가 유일할지도 몰랐다. 아니, 나는 알고 있었다. 나와 같은 경우가 종종 있다는 것을. 친척아저씨 한 분도 어려서 물건을 훔치고 말썽을 피웠다. 부모님이 나누는 이야기를 들어서 알고 있었다. 알 가치가 있는 일들을 알아낼 때 그래야 하듯, 몰래 엿들었다. 그렇다 해도 내게 도움될 것은 없었다. 설령 아저씨가 여기 있다 해도 나를 돕지는 못할 것이다! 아저씨는 어른이 된 지 이미 오래인데다 목사였다. 그는 어른 편을 들 것이고 어려움에 처한 나를 본체만체할 것이다. 그들은 다 그랬다. 아이들에 맞서 그들은 거짓되고 불성실했으며 자기가 아닌 다른 사람인 척했다. 어머니는 좀 덜한 편이었다.

그래, 내가 지금 집으로 돌아가지 않는다면? 무슨 일이 일어날 수도 있었다. 목이 부러지거나 물에 빠져 죽거나 기차에 치일 수 있었다. 그러자 모든 게 달라 보였다. 그렇게 되면 사람들이 나를 집으로 데려갈 것이고 소리 없이 경악하며 눈물을 흘리고, 모두가 나를 불쌍히 여기며, 무화과 얘기는 꺼내지 않을 것이다. 나는 사람이 스스로 목숨을 끊기도 한다는 것을 알고 있었다. 언젠가 훗날 정말 나쁜 상황이 닥치면 그렇게 할 거라는 생각도 했다. 병이 난다면 좋을 것이다. 기침하는 정도가 아니라 제대로 심한 병에 걸린다면. 예전에 성홍열에 걸렸을 때처럼.

그사이 체육 시간은 이미 오래전에 끝났고, 내가 커피를 마시러 집에 올 거라고들 생각할 시간도 지났다. 아마도 지금쯤이면 식구들이 내 방과 정원, 마당, 다락방으로 나를 찾아다닐지도 몰랐다. 하지만 내가 물건을 훔쳤다는 걸 아버지가 알게 된 다음이라면 찾지 않을 것이다. 그렇다면 아버지는 알고 있는 것이다.

나는 더는 누워 있을 수가 없었다. 운명은 나를 잊지 않고 뒤따라와 있었다. 나는 다시 공원 안 벤치로 달려갔다. 그곳에도 추억이 있었다. 한때 아름답고 정다웠던 또하나의 추억이 불처럼 타오르고 있었다. 아버지에게서 주머니칼을 선물받은 곳이었다. 우리는 즐겁게, 기분좋은 평화로움을 느끼며 함께 산책을 했다. 내가 수풀 속에서 기다란 개암나뭇가지 채찍을 깎는 동안 아버지는 이 벤치에 앉아 있었다. 나는 급하게 서두르다가 칼을 부러뜨렸다. 손잡이 바로 밑에서 칼날이 떨어져나가자 나는 겁을 먹고 돌아와 처음에는 사실을 숨기려고 했다. 아버지는 곧 칼은 어쨌느냐고 물었다.

너무나도 속이 상했다. 칼 때문이기도 했지만 꾸지람을 들을 게 뻔했기 때문이다. 하지만 아버지는 빙그레 웃기만 했다. 그러더니 내 어깨를 가볍게 토닥이며 말했다. "저런, 안됐구나, 불쌍해서 어쩌냐, 얘야!" 그 순간 나는 아버지를 얼마나 사랑했던가, 속으로 아버지에게 얼마나 용서를 빌었던가! 그때 아버지의 얼굴, 아버지의 목소리, 연민을 떠올려보고 있는 지금, 나는 지독한 괴물이 아닌지. 그런 아버지를 자주 속상하게 하고 속이고, 또 오늘은 물건까지 훔쳤으니!

다시 도시로 들어오자 우리집에서 멀리 위쪽에 있는 다리 근처로 해가 넘어가고 있었다. 상점의 유리진열장 너머에 불이 켜졌다. 그때 소년 하나가 달려와 돌연 내 옆에 서더니 이름을 불렀다. 오스카르 베버였다. 그 순간 내게 그보다 거북한 상대는 없었을 것이다. 여하튼 나는 그를 통해 체육 시간에 내가 빠진 걸 선생님이 눈치채지 못했다는 사실을 알게 되었다. 그런데, 나는 어디 있었느냐고?

"아무데도." 내가 말했다. "몸이 별로 안 좋았어."

나는 입을 다물고 우물쭈물했다. 한동안 시간이 흘렀다. 짜증스러울 만큼 길게 느껴지는 시간이었다. 그는 내가 귀찮아한다는 걸 알아차리고 화를 냈다.

"날 그냥 내버려둬." 내가 차갑게 말했다. "집에 혼자 갈 수 있어."

"그래?" 그가 맞받아쳤다. "나도 너처럼 혼자 집에 잘 갈 수 있어, 이 바보야! 말해두겠는데, 난 네 똘마니가 아니야. 그건 그렇고, 우리 저금통은 어떻게 된 거야! 나는 10페니히짜리 동전을 넣었지만 넌 한 푼도 안 넣었잖아."

"그깟 10페니히, 그렇게 불안하면 오늘 안에 도로 찾아가든가. 네 녀석을 다시는 안 볼 수만 있다면. 내가 너한테 뭐라도 얻어먹으려는 줄 알아!"

"저번에는 잘도 가져가더니." 그가 빈정거렸지만 화해의 여지를 조금은 남겨둔 말투였다.

하지만 나는 흥분되고 화가 났다. 내 안에 쌓인 두려움과 당혹스러움이 날카로운 분노로 터져나왔다. 베버는 내게 뭐라고 할 자격이 없었다! 그에게 나는 정당했고 그 앞에서 양심에 꺼릴 것이 없었다. 게다가 내게는 대항할 상대가, 그에 맞서 자존심을 세우고 권리를 주장할 수 있는 상대가 필요했다. 내 안의 무질서하고 어두운 것들이 이 출구로 거칠게 쏟아져나왔다. 나는 평소에 세심하게 피하던 말들을 내뱉었다. 귀한 집 아들 티를 내며 별 볼일 없는 집안의 아들과 맺은 우정쯤이야 포기한다고 아쉬울 것 없다는 걸 넌지시 내비쳤다. 이제 우리집 정원에서 열매를 따먹거나 내 장난감을 가지고 노는 것도 끝이라고 말해주었다. 나는 온몸이 달아올라 다시 쌩쌩해지는 느낌이었다. 이제 적이, 맞수가, 분풀이 상대가 생긴 것이다. 죄책감에서 벗어나게 해주는, 반갑고 거침없는 분노와 적을 발견한 격렬한 기쁨에 삶의 모든 원동력이 집중되었다. 이번에는 내 안에 사는 적이 아니었다. 적은 나와 마주보고 서서 처음에는 놀라서, 이어 화난 눈빛으로 나를 노려보았다. 나는 그의 목소리를 들으며 그가 던지는 불평을 무시할 수 있었고 그보다도 더한 욕을 할 수 있었다.

우리는 바짝 붙어 서로 언성을 높여가며 어두워지고 있는 골목을 따라내려갔다. 여기저기서 사람들이 현관문을 열고 우리를 내다보았다. 나 스스로에게 느꼈던 분노와 멸시가 가엾은 베버에게 향했다. 그가 체육 선생님에게 이르겠다고 을러댔지만 내게는 더없이 잘된 일이었다. 그가 야비하고 못되게 굴수록 나는 더 기운이 났다.

정육점 골목 근처에 이르러 우리가 엎치락뒤치락 싸우기 시작하자 몇몇 사람이 모여 서서 그 모습을 구경했다. 우리는 서로 배를 치고, 얼굴을 때리고, 발길질을 했다. 나는 잠시 모든 것을 잊었다. 나는 정당했고 범죄자가 아니었으며 싸우는 데 정신이 팔려 불행을 잊었다. 베버가 나보다 힘은 셌지만 대신 나는 민첩하고 영리하고 빠르고 격렬했다. 우리는 열이 올라 미친듯이 치고받았다. 베버가 필사적으로 매달려 내 셔츠 깃을 찢었을 때 달아오른 내 피부 위로 찬 공기가 기분좋게 스쳐갔다.

때리고 찢고 차고 뒹굴고 목을 조르면서도 우리는 쉴새없이 서로를 욕하고 모욕하고 짓밟는 말들을 뱉어냈다. 오고가는 말들은 점점 달아올라 더 어리석고 못되고 더 시적이고 기발해졌다. 그가 개라고 말하면, 나는 똥개라고 받아쳤다. 그가 악당이라고 하면, 나는 악마라고 소리를 질렀다. 어느새 우리 둘 다 피를 흘리고 있었다. 사악한 마력과 저주가 쌓여갔고, 서로에게 단두대를 권하고, 서로의 늑골에 꽂아 돌려버릴 칼을 원했으며, 서로의 이름과 태생과 아버지를 욕했다.

이렇게 갖은 폭력과 잔인함, 욕설을 총동원해 무아지경으로 싸움을 끝까지 밀고나가기는 나로선 처음이자 한 번뿐인 일이었다. 나도 이렇게 저급하고 원초적인 저주와 욕설이 오가는 거친 싸움을 본 적은 있었다. 그런데 이제 내가 어려서부터 늘 그래온 것처럼 악을 쓰며 싸우고 있었다. 눈에서는 눈물이, 입에서는 피가 흘렀다. 하지만 세상은 근사했다. 살아볼 만한 의미가 있었다. 사는 것도 때리는 것도 피를 흘리는 것도 상대의 피를 보는 것도 좋았다.

나는 이 싸움의 끝을 영영 기억해내지 못할 것이다. 어느새 싸움은 끝나고, 고요한 어둠 속에 나 혼자 서 있었다. 길모퉁이와 집들이 눈에 익은 그곳은 우리집 근처였다. 황홀함은 서서히 사라지고, 귓가에 들리던 퍼덕이는 날갯짓 소리와 심장의 천둥소리도 서서히 그쳤다. 그리고 현실이 조금씩 감각을 파고들었다. 우선은 눈이었다. 우물이 있었고, 다리도 보였다. 그리고 손에 묻은 피, 찢어진 옷, 흘러내린 양말, 무릎의 상처. 눈도 한 군데 다쳤고 모자는 사라지고 없었다. 모든 것이 하나둘씩 현실로 돌아와 내게 말을 걸었다. 갑자기 극심한 피로가 몰려오고 무릎과 팔이 후들거렸다. 나는 손으로 담벼락을 더듬었다.

그리고 거기 우리집이 있었다. 다행이다! 그곳이 피난처이자 평화와 빛이 있는 안전한 장소라는 것 말고는 아무 생각도 나지 않았다. 나는 안도의 한숨을 내쉬며 높은 대문을 밀었다.

눅눅한 돌 냄새가 섞인 서늘한 기운이 훅 끼치며 불현듯 수백 가지 기억이 떠올랐다. 맙소사! 엄격함과 규칙과 책임과 아버지와 하느님의 냄새였다. 나는 물건을 훔쳤다. 전장에서 상처를 입고 귀향한 영웅이 아니었다. 집으로 와 어머니의 온기와 연민을 구하는 가엾은 어린아이가 아니었다. 나는 도둑이었고 죄인이었다. 저 위에 나를 위한 피난처, 침대와 잠은 없었다. 먹을 것과 보살림도, 위로와 망각도 없었다. 나를 기다리는 것은 죄와 심판이었다.

그때 어두운 저녁의 현관과 겨우겨우 힘겹게 올라갔던 계단참에서 난생처음으로 잠깐이나마 차가운 허공과 고독과 운명의 숨결을 느껴본 듯하다. 내게는 출구가 없었다. 계획도 두려움도 없었다. 차갑고 거친 감정뿐이었다. "때가 되었다." 나는 난간을 잡고 계단을 올라갔다. 유리문 앞에 이르자 잠시 계단에 앉아 숨을 고르며 마음을 가라앉히고 싶었다. 하지만 그러지 않았다. 그럴 필요가 없었다. 나는 들어가야 했다. 문을 열며 몇시일까 생각했다.

나는 식당에 들어섰다. 식탁에 둘러앉은 식구들은 막 식사를 마친 참이었고, 식탁에는 사과가 담긴 접시 하나만 아직 남아 있었다. 벌써 여덟시가 다 되어갔다. 나는 허락 없이 그렇게 늦게 귀가한 적도 저녁식사에 빠진 적도 없었다.

"하느님 고맙습니다. 왔구나!" 어머니가 큰 소리로 외쳤다. 어머니는 어지간히 걱정됐던지 달려오다가 내 얼굴과 더럽고 찢어진 옷을 보고는 화들짝 놀라 멈춰 섰다. 나는 아무 말도 하지 않고 누구도 보지 않았지만 아버지와 어머니가 나를 두고 눈짓을 교환하고 있다는 건 또렷이 감지했다. 아버지는 입을 다문 채 화를 삭이고 있었다. 아버지가 얼마나 화가 났는지 느껴졌다. 어머니는 나를 데려가 얼굴과 손을 씻기고 반창고를 붙여주었다. 그런 다음 나는 저녁을 먹었다. 세심한 보살핌에 둘러싸인 나는 말은 하지 않았지만 마음 깊이 부끄러웠고 양심의 가책이 드는데도 따뜻한 정을 맘껏 누렸다. 그리고 잠자리로 보내졌다. 나는 눈을 마주치지 않고 아버지에게 손을 내밀었다.

침대에 누웠는데 어머니가 다시 한번 보러 왔다. 어머니는 의자에 있던 옷을 치우고 내일 일요일에 입을 새 옷을 가져다놓았다. 그러고 나서 차근차근 묻기 시작해서 나는 싸운 얘기를 털어놓을 수밖에 없었다. 어머니는 언짢아하면서도 꾸중하지는 않았다. 내가 그만한 일로 그렇게 풀이 죽고 겁을 내는 것이 의아한 눈치였다. 그리고 어머니는 내 방을 나갔다.

어머니는 모든 게 잘 끝났다고 생각한 게 분명했다. 나는 끝까지 밀어붙여 피가 나도록 얻어맞았지만, 그건 내일이면 잊힐 것이다. 다른 것, 더 근본적인 것을 어머니는 알지 못했다. 어머니는 활달한 분은 아니었지만 공평무사하고 자상했다. 그러니까 아버지도 아직은 아무것도 모르는 것이었다.

지독한 실망감이 엄습했다. 이제야 깨달았지만, 집에 들어서는 순간부터 내 온 마음은 애타게 갈망하는 단 하나의 바람으로 가득했다. 나는 벼락이 치고 나에 대한 재판이 열리고 공포가 현실로 변하는 것 말고는 생각하지도 바라지도 고대하지도 않았고 그리하여 이 끔찍한 두려움이 사라지기만을 바랐다. 나는 있을 수 있는 모든 경우를 생각했고 만반의 준비가 되어 있었다. 아버지에게 무거운 벌을 받거나 매를 맞거나 방안에 갇힌다 해도 상관없었다! 나를 굶기더라도! 험한 말을 퍼붓고 나를 내치더라도! 이 두려움과 긴장만 사라진다면!

그 대신 나는 침대에 누워 여전히 사랑과 간호를 받았다. 다정한 보살핌을 받으며 내가 저지른 잘못을 책임질 기회를 놓치고 또다시 불안에 떨며 기다려야 했다. 어른들은 옷이 찢어지고 늦게 귀가해 저녁때를 놓친 것을 용서했다. 피도 나고 기운이 없는 내가 안돼 보였기 때문이었다. 아니, 그 무엇보다 내가 저지른 잘못, 내 죄를 전혀 알지 못했기 때문이었다. 이제 들통나는 날엔 상황은 두 배로 나빠진다! 전에도 한 번 겁을 주었듯이 나를 감화원이라는 곳에 보낼지도 몰랐다. 오래되어 딱딱한 빵을 먹으며 자유 시간 내내 목재를 톱질하고 장화를 닦아야 한다는 곳. 감독관이 숙소를 감시하고 막대기로 때리고 아침이면 찬물을 끼얹어 잠을 깨운다는 그곳으로. 아니면 경찰에 넘기지는 않을까?

어떤 상황이 닥치든 내 앞에는 또다시 기다림의 시간이 버티고 있었다. 여전히 두려움을 견뎌야 했고 여전히 비밀을 간직하고 있어야 했다. 집안에서 마주치는 모든 눈길과 발소리에 떨며, 누구의 얼굴도 똑바로 쳐다보지 못하면서.

어쩌면 끝까지 도둑질을 들키지 않고 넘어갈 수도 있지 않을까? 아무 일도 없었던 것처럼? 이 모든 불안과 고통이 불필요했던 것이 될 수도 있지 않을까? 그럴 수만 있다면, 그 믿을 수 없는 행운을 얻게 된다면 나는 완전히 새로운 인생을 시작할 것이다. 하느님께 감사드리고 매시간 정결하고 흠 없이 사는 당당한 모습을 보여줄 것이다! 이번에는 전처럼 실패하지 않을 자신이 있었다. 내 다짐과 의지는 그만큼 강했다. 이런 불상사를 겪고 고통뿐인 지옥을 맛본 지금은! 나는 혼신을 다해 내 바람이 이루어지길 원했고, 간절히 매달렸다. 하늘의 위로가 비처럼 내렸다. 미래는 푸르고 환해 보였다. 나는 그런 상상을 하다 결국 잠이 들어 밤새 깨지 않고 푹 잤다.

다음날은 일요일이었다. 나는 침대에 누워 학교에 다니면서부터 알게 된 일요일의 기분을 만끽했다. 독특하고 특별히 여러 가지가 뒤섞인 듯하면서도 전체적으로 근사한 과일의 맛 같은. 일요일 아침은 좋았다. 늦잠을 잘 수 있고, 학교 수업도 없고, 점심에는 맛있는 음식을 먹을 수 있고, 선생님의 체취나 잉크 냄새도 없고, 자유 시간은 넉넉했다. 중요한 것은 그것이었다. 거기에 뭔가 다른 낯설고 희미한 소리가 간간이 끼어들었다. 교회의 예배나 성경학교, 가족 산책, 좋은 옷에 대한 걱정. 그것으로 순결하고 훌륭하고 근사한 맛과 향기는 불순물이 섞여들며 녹아 없어졌다. 예를 들어 푸딩과 주스처럼 전혀 어울리지 않는 두 가지 음식을 한꺼번에 먹을 때처럼. 아니면 이따금 구멍가게에서 얻어먹는 사탕이나 과자가 치즈나 기름 때문에 희미하지만 불쾌한 뒷맛을 남길 때처럼. 이런 건 맛있기는 한데 입속 가득 기분좋게 퍼지는 것이 아니라 한쪽 눈을 질끈 감아야 하는 맛이다. 일요일도 대개 비슷했다. 특히나 교회나 성경학교에 가야 할 때면, 다행히 매번 가는 건 아니었지만 그런 휴일은 의무감과 지루함의 뒷맛이 감돌았다. 온 가족이 함께 하는 산책은 꼭 나쁜 것은 아니었지만 보통은 형제자매들끼리 다툰다거나 하는 일이 생겼다. 누구는 너무 빨리 걷고 누구는 너무 늦게 걷고 누구는 옷에 송진을 묻히고 해서 보통은 문제가 있었다.

　자, 이제는 와라. 나는 괜찮다. 어제부터 긴 시간이 흘렀다. 나는 내가 저지른 수치스런 짓을 잊지 않았고 아침이 되자 다시 떠오르긴 했지만, 그것은 이미 오래전 일이었고 공포는 저만치 물러가 비현실적으로 느껴졌다. 비록 양심의 가책을 느끼는 데 그쳤다 해도 고약하고 비참한 하루를 참아냄으로써 어제 내 죄를 참회했다. 이제 나는 다시 신뢰할 수 있고 걱정 없는 세계와 하나가 되었고, 머릿속의 생각은 차츰 사라져갔다. 물론 완전히 해결된 것은 아니어서 여전히 무섭고 고통스런 마음의 여운은 남아 있었다. 즐거운 일요일에 소소하게 해야 할 일과 걱정거리가 섞여들듯이.

아침을 먹는 동안 우리 모두 즐거웠다. 나는 교회와 성경학교 둘 중 하나를 선택하면 되었다. 나는 늘 그랬듯이 교회를 택했다. 거기라면 적어도 성가신 일 없이 생각을 할 수가 있었다. 화려한 창문이 달린 높고 엄숙한 공간은 종종 아름답고 근사해 보이기도 했다. 실눈을 뜨고 오르간 앞쪽의 길고 어둑어둑한 본당을 보면 이따금 멋진 광경들이 펼쳐졌다. 어둠 속에 우뚝 솟은 파이프오르간은 종종 수백 개의 탑으로 이루어진 반짝이는 도시처럼 보였다. 교회가 붐비지 않을 때는 내내 방해받지 않고 이야기책을 읽을 수도 있었다.

오늘은 이야기책도 가져가지 않았고 예전처럼 교회에 가는 게 부담스럽지도 않았다. 어제 저녁의 여운이 아직도 내 안에 남아 있었다. 나는 착하고 정직한 사람이 되기로 결심했고, 고심 끝에 하느님과 부모님과 세상에 기꺼운 마음으로 순종해야겠다고 생각했다. 오스카르 베버에 대한 분노도 말끔히 가셨다. 그가 온다면 반갑게 맞아주리라.

예배가 시작되고, 나는 찬송가를 따라 불렀다. 학교에서도 외워서 부르는 〈양 치는 목자〉라는 곡이었다. 길게 끄는 교회의 찬송가도 확실히 노래할 때는 읽거나 말할 때와 다른 얼굴을 가졌다. 시는 낭독할 때 비로소 한 편의 완전한 작품이 되었다. 뜻이 분명하고 문장다운 문장으로 구성되었다. 노래로 부를 때 시는 단어로만 구성될 뿐 문장이 되지 않았고 뜻도 없었다. 하지만 대신 노래로 불리며 길게 늘어난 각각의 단어들은 특별히 힘있고 독립적인 생명력을 얻었다. 종종 의미 없는 개별적인 음절에 지나지 않지만 하나하나가 노래 속에서 독립적인 형체를 얻었다. 예를 들어 오늘 부른 찬송가의 '한순간도 잠들지 않는 양 치는 목자'라는 가사는 아무런 연관도 의미도 없었다. 사람들은 목자도 양도 생각하지 않았다. 전혀 아무 생각도 하지 않았다. 하지만 전혀 지루하지 않았다. 낱말들, 예를 들어 "자―암들지어다" 같은 단어들은 그렇게 풍성하고 아름다울 수가 없어서, 흔들리는 요람 안에 있는 것처럼 아늑한 기분이 들었다. "목자"도 신비롭고 중후하게 울리며 "목"과 몸속에 있는 어둡고 감수성 풍부한, 반쯤 가려진 것들을 일깨웠다. 게다가 오르간은 또 어떤가!

찬송이 끝나자 목사님의 알쏭달쏭하고 긴 설교가 이어졌다. 이 시간이면 희한하게도 설교 내용이 아닌 목소리만 종소리처럼 귓가에 떠다녔다. 그러다가 날카롭고 선명하게 귀에 꽂히는 말이 있으면 뜻을 이해해보려고 애쓰기도 했다. 나도 여기 이층석의 남자들 사이가 아니라 성가대석에 앉을 수 있다면. 교회에서 음악회를 했을 때 앉아본 성가대석은 품위 있고 특별한 자리였다. 의자 하나하나가 작고 단단한 건물처럼 생겼고, 그 위로는 기이하게 매혹적이고 다채롭고 그물처럼 생긴 둥근 천장이 있었다. 벽 높은 곳에는 산상설교* 장면이 부드러운 색깔로 그려져 있었다. 옅푸른 하늘에 예수그리스도의 붉고 푸른 가운은 부드럽고 보기만 해도 행복했다.

이따금 교회 의자가 삐걱거렸다. 나는 그 의자가 끔찍이도 싫었다. 볼품없이 노란 페인트칠이 되어 있는데다가 앉을 때마다 조금씩 칠이 묻어나기 때문이었다. 이따금 파리들이 윙윙거리며 날아다니다 붉고 푸른 꽃과 초록 별이 그려진 첨두아치의 창에 부딪히기도 했다. 그러다보면 어느새 설교는 끝났다. 나는 파이프처럼 좁고 어두운 계단으로 사라지는 목사님의 모습을 보려고 몸을 앞으로 쭉 내밀었다. 사람들은 다시 숨을 내쉬듯 큰 소리로 노래를 부르고는 자리에서 일어나 밖으로 쏟아져나갔다. 나는 가져온 5페니히짜리 동전을 헌금함에 넣었다. 짤랑거리는 금속성 소리가 엄숙함과 참으로 어울리지 않았다. 나는 입구로 향하는 인파에 휩쓸려 밖으로 밀려나갔다.

이제 일요일 가운데 가장 즐거운 시간이었다. 교회와 점심식사 사이의 두 시간. 의무를 다했기 때문에 오래 앉아 있었던 몸

---

* 신약성서 〈마태복음〉 5~7장에 기록되어 있는 예수의 가르침. 예수가 갈릴리의 작은 산에서 제자들과 군중에게 설교한 것으로 신앙생활의 기본 원리가 간명하게 정리되어 있다.

을 움직이며 놀거나 어디로 가고 싶은 욕구가 생길 때였다. 책을 읽고 싶기도 했다. 점심때까지는 완전한 자유였다. 점심에는 대개 맛있는 음식이 나왔다. 나는 편안한 마음으로 어슬렁어슬렁 집으로 향했다. 머릿속은 즐거운 생각과 계획으로 가득했다. 세상은 문제없이 돌아가고 있었고 그럭저럭 살 만했다. 평화로움을 만끽하며 나는 복도를 지나 계단을 타박타박 올라갔다.

작은 내 방에 햇살이 환하게 비쳐들었다. 전날 아무렇게나 던져둔 애벌레 상자를 들여다보니 새로운 번데기 몇 개가 눈에 띄었다. 식물에 깨끗한 물도 주었다.

그때 문이 열렸다.

나는 바로 알아채지는 못했다. 몇 분 후 이상한 적막이 느껴져 고개를 돌리니 아버지가 서 있었다. 안색이 창백하고 부자연스런 표정을 짓고 있었다. 인사말이 목구멍에 걸려 나오지 않았다. 나는 깨달았다. 드디어 아버지가 알게 된 것이다! 재판이 시작된 것이다. 요행은 일어나지 않았고, 용서받은 것도 잊힌 것도 아니었다! 햇살이 창백해지고, 일요일 아침이 시들듯 가라앉았다.

하늘이 무너지는 심정으로 나는 아버지와 마주보았다. 아버지가 미웠다. 어째서 어제 오지 않았을까? 지금의 나는 아무 준비도 되어 있지 않고, 뉘우칠 마음도 죄책감도 없는데. 대체 위층 서랍장에 무화과는 왜 넣어둔 걸까?

내 책꽂이 쪽으로 다가간 아버지는 책 뒤로 손을 뻗어 무화과 몇 개를 끄집어냈다. 남은 것은 얼마 되지 않았다. 아버지는 나를 빤히 보았다. 차마 하기 힘든 질문을 던지는 무언의 시선이었다. 나는 아무 말도 할 수 없었다. 고통과 반항심이 목을 졸랐다.

"무슨 일이세요?" 내가 말을 겨우 뱉어냈다.

"이 무화과는 어디서 난 거냐?" 내가 진저리나게도 싫어하는 감정을 억누른 나지막한 목소리로 아버지가 물었다.

나는 당장 말을 시작했다. 거짓말을. 나는 무화과를 어느 제과점에서 샀다고 했다. 한 꾸러미를 샀어요. 돈은 어디서 났니? 돈은 친구와 함께 모은 저금통에서 꺼냈어요. 우리 둘 다 얼마 안 되는 용돈을 받을 때마다 몽땅 저축한 거예요. 참, 여기 그 저금통이 있어요. 나는 가늘고 긴 홈이 팬 저금통을 내밀었다. 어제 무화과를 사서 지금은 10페니히뿐이에요.

아버지는 잠자코 내 말을 들었다. 차분히 감정을 억누르는 그 표정은 조금도 믿음이 가지 않았다.

"무화과는 얼마더냐?" 아버지가 지나치게 나직한 소리로 물었다.

"1마르크 60페니히요."

"그럼 어디서 샀지?"

"제과점이요."

"어느 제과점 말이냐?"

"하거네요."

잠시 시간이 흘렀다. 나는 차갑게 굳어가는 손으로 저금통을 꼭 쥐고 있었다. 온몸이 싸늘하게 얼어붙었다.

이제 아버지는 위협적인 목소리로 물었다. "정말이냐?"

나는 다시 재빠르게 대답했다. 네, 물론 사실이에요. 가게에 간 건 친구 베버였어요. 전 그냥 같이 가준 것뿐이고요. 돈은 거의 다 베버, 그애 거였어요. 제 돈은 얼마 없었어요.

"모자 들어라." 아버지가 말했다. "하거네 제과점으로 가자꾸나. 그 사람한테 가보면 알겠지."

나는 웃어 보이려고 했다. 하지만 이제 싸늘한 기운은 심장과 위까지 전해지고 있었다. 나는 앞서 나가 복도에서 모자를 찾아 들었다. 아버지도 모자를 들고서 유리문을 열었다.

"잠깐만요!" 내가 말했다. "얼른 화장실 좀 다녀올게요."

아버지는 고개를 끄덕였다. 나는 화장실로 들어가 문을 잠갔다. 그곳에는 나 혼자였고 잠시 동안은 안전했다. 아, 지금 죽어버린다면!

나는 일이 분 더 있었다. 소용없었다. 죽지 않았다. 견뎌야 했다. 나는 문을 열고 나왔다. 우리는 계단을 내려갔다.

대문을 지나갈 때 좋은 수가 떠올라 나는 재빨리 말했다.

"오늘은 일요일이잖아요. 하거네도 문을 안 열었어요."

이 초간의 희망이었다. 아버지가 침착하게 말했다. "그럼 그 사람 집으로 가자. 이리 와."

우리는 길을 나섰다. 나는 모자를 바로 쓰고 주머니에 손을 넣은 채 아무렇지도 않은 척 옆에서 걸으려고 애썼다. 모든 사람이 나를 호송되는 죄수처럼 본다는 것을 알면서도 온갖 방법을 동원해 그 사실을 숨기려 했다. 나는 평범하고 죄 없는 사람처럼 숨쉬려고 애썼다. 내 심장이 오그라붙은 것은 아무도 볼 필요가 없었다. 순진한 표정을 지으려고, 자연스럽고 당당해 보이려고 안간힘을 썼다. 나는 일없이 한쪽 양말을 끌어올리고 얼마나 어리석고 부자연스러워 보일지 뻔히 알면서도 미소지었다. 내 안에, 목구멍과 오장육부 안에 악마가 들어앉아 목을 졸랐다.

우리는 술집을 지나고 편자 대장간과 마부의 집, 철교를 지났다. 건너편은 어제 베버와 싸웠던 곳이었다. 눈이 찢어진 자리는 아직 아프지 않던가? 맙소사! 맙소사!

나는 자포자기한 심정으로 걸었다. 부자연스런 자세를 유지하느라 경련이 일 지경이었다. 아들러네 헛간을 지나 역전 거리까지 나갔다. 어제까지만 해도 이 거리는 얼마나 평온했던가! 생각하지 마! 계속 걸어! 계속!

우리는 하거의 집에 거의 다 왔다. 나는 몇 분 동안 그곳에서 나를 기다리고 있을 일들을 수백 번도 넘게 머릿속에 떠올려보며 미리 경험했다. 그리고 이제 목적지에 이르렀다. 이제 올 것이 왔다.

하지만 나는 도저히 견뎌낼 수가 없어 그 자리에 멈춰 서고 말았다.

"왜? 무슨 일인데?" 아버지가 물었다.

"전 안 들어갈래요." 내가 조용히 말했다.

아버지가 나를 내려다보았다. 아버지는 처음부터 알고 있었던 것이다. 그렇다면 왜 내가 그런 연극을 하느라 애썼단 말인가? 아무 의미도 없는데.

"무화과를 하거네에서 산 게 아니었던 거냐?" 아버지가 물었다.

나는 고개를 저었다.

"아, 그래." 아버지가 짐짓 태연하게 말했다. "그럼 집으로 돌아가면 되겠구나."

아버지는 점잖게 행동하며 거리의 사람들로부터 나를 보호해주었다. 붐비는 거리에서 사람들이 자꾸 아버지에게 인사를 했다. 이게 다 무슨 연극이람! 어리석고 무의미한 고통! 나는 아버지의 배려가 고맙지 않았다.

아버지는 다 알고 있었다! 그러고도 내가 춤추도록 놔두고 쓸데없는 곡예가 끝날 때까지 지켜보았다. 쥐를 잡아 물에 빠뜨려

죽이기 전에 덫 안에서 발버둥치도록 내버려두는 것처럼. 아, 처음부터 질문을 하지도 대답을 듣지도 말고 막대기로 머리를 후려쳤더라면 아버지가 내 거짓말의 실타래에 감아 서서히 목을 조여오는 이 고요와 정의보다는 나았을 텐데. 근본적으로, 이처럼 섬세하고 공정한 아버지보다는 우악스런 아버지가 나을 것이다. 아버지라는 사람이 이야기책이나 기도서에 나오는 인물처럼 화가 나서 또는 술에 취해서 아이들에게 마구 손찌검을 한다면, 그렇게 부당한 사람이라면, 매는 아파도 속으로는 어깨를 으쓱하고 그를 경멸할 수 있을 것이다. 그러나 우리 아버지에게는 그럴 수 없었다. 아버지는 섬세하고 결점이라곤 없고 늘 정의로운 분이었다. 그 앞에서는 언제나 작고 초라하게 느껴졌다.

나는 이를 악물고 아버지보다 먼저 집안으로 들어가 다시 내 방으로 갔다. 아버지는 여전히 침착하고 냉랭했다. 아니, 그런 척했을 뿐이고 실제로는 머리끝까지 화가 난 것이 분명했다. 이제 아버지는 평상시 당신의 방식대로 이야기를 시작했다.

"이게 다 무슨 코미디인지 모르겠구나. 아버지한테 다 털어놓을 수 있겠어? 나는 네 얘기가 전부 꾸며낸 것이라는 걸 당장 알 수 있었다. 대체 이게 무슨 바보짓이냐? 내가 네 말을 곧이곧대로 믿을 만큼 어리석은 줄 아는 건 아니겠지?"

나는 여전히 이를 악문 채로 침을 삼켰다. 제발 그만 좀 하세요! 뭐 때문에 그런 얘기를 지어냈는지 전들 알겠어요! 왜 바로 잘못을 인정하고 용서를 구하지 못했는지 전들 알겠느냐고요! 저 빌어먹을 무화과를 왜 훔쳤는지 전들 알겠어요! 나라고 그러고 싶어서 그랬나요, 무슨 이유가 있어서 머리를 싸매고 연구했겠느냐는 말이에요?! 죄송한 마음이 안 들었겠어요? 아버지보다 더 힘들었던 것은 제가 아니었을까요?

아버지는 초조한 얼굴로 힘겹게 참고 기다렸다. 한순간 무의식적으로 상황이 명료해졌다. 그래도 오늘날처럼 말로 명확하게 설명할 길이 없었다. 이랬다. 나는 위로받고 싶은 마음에 아버지의 방에 갔다가 기대와는 달리 아무도 없어서 도둑질을 했다. 훔칠 생각은 없었다. 아버지가 없을 때 정탐을 하고 싶었을 뿐이었다. 아버지의 물건들을 둘러보고 비밀스런 것을 염탐해 뭔가 알아내고 싶었다. 그랬다. 그런데 거기 무화과가 있어서 훔쳤다. 그러고는 금세 후회하고 어제 온종일 고통과 절망에 시달리다 못해 죽고 싶은 생각까지 들었다. 나 자신을 심판하고 새롭고 착하게 살기로 결심했다. 하지만 오늘, 그래, 오늘은 달랐다. 후회는 할 만큼 했고 이제는 좀더 냉정해졌다. 나는 설명할 수 없지만 아버지와 아버지가 내게 기대하고 요구하는 모든 것에 더할 수 없이 강한 반감을 느꼈다.

내가 이런 말을 할 수 있었다면 아버지는 이해했을 것이다. 그러나 아이들은 어른보다 영리할지라도 운명 앞에서는 외롭고 황망하다.

나는 반항심과 쓰디쓴 아픔 때문에 뻣뻣하게 굳어 입을 다물고 아버지가 똑똑한 소리를 하도록 두었다. 그리고 고통과 묘한 쾌감을 느끼면서 모든 게 어긋나 나빠지고 더 나빠지는 것을, 아버지가 고통스럽고 실망스러워하는 모습을, 그가 헛되이 내 안의 선량함에 호소하는 모습을 지켜보고 있었다.

아버지가 "네가 무화과를 훔쳤다는 말이지?"라고 물었을 때 나는 고개만 끄덕였다. 후회되지 않느냐는 물음에 힘없이 고개를 끄덕이는 것 말고는 달리 할 수 있는 게 없었다. 그렇게 크고 똑똑한 어른이 그토록 쓸데없는 질문을 하다니! 어떻게 내가 후회하지 않았겠나! 얼마나 미안하고 속이 상했는데. 내가 그런 짓을 해놓고 저 초라한 무화과를 보며 기뻐하기라도 했단 말인가!

어쩌면 나는 내 어린 시절 처음으로 통찰과 의식의 문턱에까지 이르렀던 것 같다. 더없이 가까운 혈연관계이자 서로를 소중히 여기는 두 사람이 서로 오해하고 괴롭히고 고문하다니, 이 얼마나 이상한 일인가. 대화와 현명하게 처신하고자 하는 노력과 이성은 그저 독을 쏟아부어 새로운 고통과 상처와 오해를 만들어낼 뿐이었다. 어떻게 그런 일이 일어날 수 있었을까? 하지만 그런 일은 일어날 수 있었고 실제로 일어났다. 말도 안 되고 기가 막히고 우스꽝스럽고 절망스러웠지만, 그랬다.

이 이야기는 이만하면 충분하다! 사건은 내가 일요일 오후 다락방에 갇히는 것으로 일단락이 났다. 가혹한 벌을 받는 공포의 일부는 정황상 사라졌다. 그것은 나만의 비밀이었다. 아무도 드나들지 않는 어두운 다락방에 먼지가 수북이 쌓인 상자가 있었고 그 안에는 낡은 책들이 반쯤 차 있었다. 아이들이 절대 봐서는 안 되는 책들도 섞여 있었다. 나는 기와 한 장을 옆으로 밀어 빛이 들어오게 했다.

이 슬픈 일요일 저녁 아버지는 잠자리에 들기 직전 나와 짧은 대화를 나누는 데 성공했다. 우리는 화해했다. 침대에 누웠을 때 나는 아버지가 나를 말끔하게 완전히 용서했다고 확신했다. 내가 아버지를 용서한 것보다 더 완전히.

꼬마 굴뚝 청소부

사육제인 화요일 오후 아내는 급히 루가노에 가야 했다. 아내는 가면을 쓰고 돌아다니는 사람들이나 사육제의 가장 행렬을 잠시 구경할 수 있을 거라며 나도 같이 가자고 졸랐다. 나는 도무지 그럴 기분이 아니었다. 몇 주 전부터 관절 마디마디가 쑤시고 기운이 없었던 터라 외투를 걸치고 차에 오른다는 생각만으로도 지레 싫었다. 하지만 몇 번 마다하다가 마음을 다잡고 아내의 말에 따르기로 했다. 우리는 차를 타고 내려갔다. 나를 선착장에 내려주고 아내는 주차장을 찾아 계속 차를 몰았다. 나는 여자 요리사 카토와 함께 활기차면서도 느긋하게 움직이는 인파속에서 아내를 기다렸다. 약하지만 햇살의 온기가 느껴지는 날이었다. 루가노는 평소에도 밝고 온화한 도시였으나 오늘은 골목과 광장 구석구석까지 잔뜩 들떠서 활짝 웃고 있었다. 화려한 가장 의상들이 웃고, 얼굴들이 웃고, 창문마다 사람과 가면으로 가득한 피아차의 건물들이 웃었다. 오늘은 소음조차 웃었다. 환성과 웃음, 외침이 파도처럼 뒤섞이고, 토막토막 들려오는 음악소리와 확성기에서 울리는 이상한 고함, 사내들이 작은 색종이를 한 줌씩 던질 때마다 아가씨들의 입에서 연달아 터져나오는 새된 소리와 짐짓 무서운 체하는 비명들로 이루어진 소음이었다. 남자들은 여자들의 입에 가능한 한 많은 종잇조각을 쑤셔넣을 요량이었다. 거리의 포석은 온통 화려한 색깔의 종잇조각들로 뒤덮여 있어 아케이드 아래를 지날 때는 모래나 이끼 위를 걷는 듯 부드러웠다.

곧 아내가 돌아왔고, 우리는 피아차 리포르마 한 모퉁이에 자리를 잡고 섰다. 광장이 축제의 중심인 듯 보였다. 광장과 인도는 사람들로 붐볐다. 떠들썩하고 혼잡한 군중 사이로 산책 삼아 나온 연인들이나 단체들이 꾸준히 오고 갔다. 간혹 가장 의상을 입은 아이들도 섞여 있었다. 광장 저쪽 끝에 설치된 무대 위에서는 사회자와 기타를 멘 대중가수, 뚱뚱한 광대 등 여러 출연자들이 확성기를 두고 활기차게 각자의 역할을 하고 있었다. 사람들은 이해하거나 말거나 듣는 둥 마는 둥 하면서도 광대의 뻔한 익살에 웃어주었다. 배우와 대중이 함께 연기하고 무대와 관객이

서로를 자극하는 그곳은 호의와 성원, 홍취, 웃을 준비가 된 사람들이 있는 나눔과 교환의 장이었다. 사회자가 청년 한 명을 소개하자, 젊은 아마추어 예술가인 그는 동물의 울음소리를 비롯한 여러 소리를 노련하게 흉내내 우리를 즐겁게 해주었다.

시내에 머무는 것은 길어야 십오 분이라고 나는 못박았었다. 하지만 보고 들으며 즐기다보니 삼십 분이 훌쩍 지났다. 내게는 도시에 머무는 것이, 사람들 속에, 그것도 축제가 열리는 도시에 머문다는 것이 정말 흔치 않은 일이라, 불안하기도 하고 취한 것 같기도 한 기분이 들었다. 나는 보통 몇 주, 몇 달씩 작업실과 정원에서 혼자 시간을 보냈다. 겨우 몸을 일으켜 동네로 나가는 일, 아니 우리 소유의 땅을 벗어나는 일조차 드물었다. 그러던 내가 갑자기 도시 한복판에서 웃고 장난치는 사람들에게 둘러싸여 함께 웃으며 신나게 사람들 얼굴을 구경하고 있는 것이다. 오랜만에 인파 속에 함께 휩쓸리며 다양하고 변화무쌍하며 새록새록 놀라운 얼굴들을 바라보았다. 물론 얼마 안 가 언 발이 아파올 테고 다리도 쑤시며 집에 갈 때가 됐다고 신호를 보내올 것이다. 눈과 귀의 이 작고 유쾌한 도취도, 저 야릇하고 근사하고 홍미롭고 정감 있는 수천의 얼굴을 바라보는 일도, 말하고 웃고 고함치고 넉살 떠는 우직하고 높고 깊고 따뜻하거나 날카로운 각양각색의 목소리도 나를 지치고 싫증나게 할 터였다. 눈과 귀에 넘치는 즐거움에 기꺼이 몸을 맡기면 피로가 찾아오고, 더는 이겨낼 수 없을 만큼 이어지는 이런저런 인상에 대해 현기증에 가까운 공포가 몰려올 것이다. "알지, 알아." 토마스 만이라면 브리스트 아버지의 말을 인용하리라. 조금 깊이 생각해보면 넘치는 것에 대해, 꽉 찬 세상에 대해, 환각의 여신이 펼치는 휘황한 마법에 대해 공포를 느끼는 것이 나이 탓만은 아닐 것이다. 심리학자들의 용어를 빌리자면, 그저 내성적인 사람이 외부세계와 맞서 자신을 지켜내야 할 때 느끼는 경계심 탓만은 아니었다. 가볍고 현기증에 가까운 이 두려움과 피로에는 더 그럴싸한 이유들이 있었다. 그 삼십 분 동안 피아차 리포르마에서 내 주위에서 있던 사람들은 내가 볼 땐 물 만난 물고기나 다름없었다. 그들은 꾸밈없고 적당히 노곤했고 만족했고 의무감에 매여 있지도 않았다. 마치 눈 뒤에 필름과 뇌, 저장고, 기록부가 존재하지 않고, 귓속에도 레코드나 녹음테이프가 없는 사람들처럼 보였다. 그들의 눈이 어떤 모습을 포착하고 귀가 소리를 녹음하는 방식은 매순간 작동하면서 정보를 수집하고 선택하고 스케치하는 일반적인 과정과는 달랐다. 즐기기 위한 목적을 넘어 보존하고 훗날 재생이 필요할 경우를 대비해 최대한 세심하게 주의를 기울여야 한다는 의무감이 없었다. 간단히 말해, 나는 이곳에서도 관중이 아니었다. 책임을 느낄 필요가 없는 관객이나 청중이 아니라 손에 스케치북을 들고 긴장한 채 작업을 하는 화가였던 것이다. 그것이 우리 예술가들이 축제를 향유하는 방식이었다. 그것은 일이고 의무인 동시에 향유이기도 했다. 힘이 닿는 한, 눈이 풍경과 스케치북 사이를 분주히 오가는 수고를 견딜 수 있는 한, 뇌 속의 기록부에 공간과 확장력이 남아 있는 한. 옆 사람들에게 내 마음을 설명해보라고 한다면, 아니 내가 설명하고 싶어도 그러지 못했을 테지만, 그러면 짐작건대 그들은 웃으며 말했을 것이다. "카로 우오모(이봐요, 선생). 직업 가지고 너무 불평 마세요! 재미있는 것을 보고 때때로 묘사하는 게 직업이니 혼자만 열심이고 고생하는 것 같은가본데요. 선생 같은 사람 눈에는 우리가 휴가를 즐기고 입을 헤벌리고 유람이나 다니는 게으름뱅이로 보이죠? 하지만 우리는 진짜 휴가중입니다. 알겠습니까, 신사양반? 우린 당신처럼 일을 하러 온 게 아니라 정말로 즐기러 여기 온 거라고요. 신사양반, 우리 일이야 당신 직업에 비하면 별게 없지만, 우리처럼 작업장이나 상점, 공장과 사무실에 와서 하루만 일해봐요. 금방 나가떨어질걸요." 그 말이 백번 옳다. 하지만 도움은 되지 않는다. 내 생각 역시 옳은 것 같다. 우리는 서로의 진실을 원망 없이 다정한 말투로 농담도 섞어가며 주고받는다. 양쪽 다 조금은 자기가 옳다고 말하고 싶었을 뿐 상대의 마음을 상하게 할 의도는 없다.

여하간 이런 생각이 떠오른다는 것, 이런 대화와 자기 정당화를 상상한다는 것이 벌써 실패와 피로가 시작되었다는 뜻이었다. 어서 집에 돌아가 놓쳐버린 오후의 휴식을 보충할 때가 된 것이다. 아, 삼십 분 동안 본 멋진 장면들 중 기억에 저장되어 살아남을 부분은 얼마나 될 것인가! 그저 휴가를 즐기고 입을 헤벌린 채 구경이나 한다고 생각했던 사람들처럼 너무나 많은 것이, 어쩌면 가장 아름다운 것들조차 내 부실한 눈과 귀에서 이미 흔적 없이 사라졌을 것이다!

그럼에도 수천 가지 그림 중 하나는 남아 친구들을 위해 스케치북에 담길 것이다.

축제 분위기에 휩싸인 피아차에 머무는 내내 그리 멀지 않은 곳에 가만히 서 있는 사람이 눈에 띄었다. 거기 머무는 삼십 분 동안 나는 그가 말하는 소리를 듣지도 움직이는 모습을 보지도 못했다. 기묘한 고독 아니면 황홀경에 사로잡혀 바삐 오가는 혼잡한 인파 한가운데 서 있는 그는 그림처럼 고요하고 아름답기 그지없었다. 한 아이, 일곱 살쯤 되었을까 싶은 어린 소년이었다. 천진한 얼굴의 귀여운 꼬마가 내 눈에는 수많은 사람 중에서 가장 사랑스러워 보였다. 소년은 가장을 하고 있었다. 까만 옷을 입고 까만 실크해트를 쓰고, 사다리를 팔에 걸치고, 굴뚝 청소솔도 잊지 않았다. 모든 것이 깔끔했고 세심하게 준비한 것들이었다. 작고 귀여운 얼굴에 검댕 같은 것이 살짝 묻어 있었지만 소년은 모르는 것 같았다. 피에로와 중국인, 산적, 멕시코인, 비더마이어 시대의 옷으로 분장한 어른들과는 달랐다. 무대 위에서 연기를 하는 인물들과도 전혀 달라서, 그는 자신이 가장 의상을 입고 굴뚝 청소부 역할을 한다는 것을 전혀 의식하지 않았다. 그것이 특별하고 재밌으며 그에게 잘 어울린다는 사실은 더욱더 몰랐다. 그는 작은 발에 작은 갈색 구두를 신고 까맣게 칠한 사다리를 어깨에 걸치고서 인파에 이리 떠밀리고 저리 부딪히면서도 오도카니 자리를 지켰다. 보드라운 볼에 검댕을 묻힌 채로 옅푸른 눈으로 우리 앞의 어느 집 창문을 꿈꾸듯 황홀하게 올려다보았다. 우리 머리 위로 남자 키 정도 높이의 창 안쪽에서 아이들이 신나게 놀고 있었다. 소년보다 조금 더 큰 아이들이 밀고 당기며 웃고 소리를 질러댔다. 알록달록한 가장 의상을 입은 아이들의 손과 봉투에서 이따금 종잇조각들이 비처럼 우리 머리 위로 쏟아지기도 했다. 한 치의 의심도 없이 넋을 잃고 행복한 경탄에 잠긴 소년의 눈은 놀랄 만큼 높이, 봐도봐도 질리지 않는 듯, 떼어낼 수 없는 듯, 한곳에 고정되어 있었다. 그 눈길에는 어떤 갈망도 욕심도 없었다. 그저 황홀한 감격에 고마워하며 자신을 온전히 맡기고 있을 뿐이었다. 무엇이 그 소년의 영혼을 그토록 놀라게 한 것인지, 무엇이 매혹적인 것을 바라보는 고독한 행복을 그에게 경험하게 만든 것인지 나는 알아내지 못했다. 가장 의상들의 화려한 색깔 때문일지도, 처음으로 마음에 담은 소녀의 고운 얼굴 때문일지도 모른다. 외로운 외동이라 위에서 즐겁게 조잘대는 귀여운 아이들의 소리에 귀기울이게 됐을지도, 소년의 눈이 그저 부드럽게 내리는 색종이 비에 기분좋게 홀렸던 것뿐인지도. 그가 우러러보고 있는 아이들의 손에서 이따금 떨어져내린 것들이 우리 머리와 옷, 그리고 이미 고운 모래가 덮인 듯한 돌바닥에 수북이 쌓여갔다.

그리고 나도 소년과 비슷했다. 그가 자신과 자신의 가장 의상이 상징하는 바와 의도에 대해서도, 밀려드는 인파나 광대의 연기나 파도처럼 밀려왔다 사라지는 웃음소리와 갈채의 여운에도 아랑곳 않고 오로지 창문만 뚫어져라 바라보듯, 내 시선과 마음도 여봐란듯이 경쟁하는 수많은 사람 중 단 하나만을 향해 있었다. 까만 모자와 까만 옷 사이로 보이는 아이의 얼굴, 그의 천진난만함, 아름다움을 느낄 줄 아는 감수성, 그가 미처 의식하지 못한 행복만을.

  문학작품을 읽는 독자라면 누구라도 인생의 한 시기쯤 헤세를 탐독하던 때가 있지 않을까. 밤새워 『데미안』을 읽어내려가며 한 문장이라도 놓칠세라 밑줄을 긋던 시절, 마치 처음 눈뜬 존재처럼 두 개의 세계 앞에서 한껏 자아에 집중했던 폭발적인 그 느낌은 사라지지 않고 남아 무수한 삶의 순간들과 교류하리라.

  헤세 소설집 『청춘은 아름다워』를 번역하는 과정은 오랫동안 알고 지낸 지인의 미처 몰랐던 과거사나 흘려들었던 이야기에 귀를 기울이는 것과 유사한 작업이었다. 미발표 원고를 포함해 그가 1900년부터 1945년까지 쓴 단편은 총 백여 편을 웃돌며, 그중 3분의 2에 해당하는 작품이 1900년에서 1914년 사이에 쓰였다. 단편의 창작기간이 이렇듯 특정 시기에 집중되어 있는 이유로 많은 학자들이 1차 세계대전의 영향을 꼽는다. 전쟁의 혼란 속에서도 헤세는 자아 성찰의 시각을 예민하게 갈고닦으며 이전보다 훨씬 자유롭게 글을 써나가지만, 갈등과 저항은 점차 심화되어 단편의 형태가 아닌 좀더 서사적인 장르들을 통해 표출되어야만 했다(폴커 미헬스, 『헤르만 헤세 전집』6권, 584쪽).

그의 첫 반생애 동안 쓰인 단편들은 훗날 영혼의 자서전이라고 불리는 『수레바퀴 아래서』『데미안』『황야의 이리』같은 작품들의 단단한 초석이 되어주었다.

총 11편의 단편을 묶은 이 책에는 그의 대표작과 더불어 상대적으로 덜 알려진 작품이 다수 포함되었다. 초기작「늑대」부터 오랫동안 독자들의 사랑을 받아온「나비」와「청춘은 아름다워」, 동화풍의「약혼」, 종교적인 윤리와 가치판단의 문제를 제기하는「마티아스 신부」, 떠돌이 장인의 삶을 통해 19세기 독일 사회상의 단면을 자세히 엿볼 수 있는「한스 디를람의 수습 시절」, 인도로 떠난 영국 선교사의 눈을 통해 유럽 제국주의와 기독교의 모순적인 양면을 신랄하게 비판한「로버트 애기언」, 미완의 느낌이지만 서양의 카니발과 동양의 무위사상이 어울려 몽환적인 분위기를 자아내는「꼬마 굴뚝 청소부」등은 대가로서의 헤세뿐만 아니라 인간 헤세의 면모와 그 저변을 고루 담고 있다.

자전적 요소가 다분한 단편들은 대개 가상의 도시 '게르베르스아우Gerbersau'를 배경으로 펼쳐진다. 독일어로 '무두장이의 섬Die Aue der Gerber'으로 풀어쓸 수 있는 이곳의 실제 모델은 독일 남부에 위치한 헤세의 고향 '칼프'다. 1962년 몬타뇰라에서 세상을 떠난 헤세는 직물과 가죽으로 유명했던 이 도시에서 유년기와 청년기 일부를 보냈다. 굳이 '무두장이'의 의미를 기억하지 않아도 칼프는 발길이 닿는 곳마다 헤세와 그의 작품이 떠오르는 곳이다. 「어린아이의 영혼」에서 무화과 열매를 훔친 것을 들킨 주인공이 아버지의 손에 끌려갔을 법한 잡화상을 지나면, 멀지 않은 곳에 한스 디를람이 퇴학당하고 금속공으로 일하던 작업장이 옛 모습을 간직한 채 남아 있고, 「약혼」의 '꼬마 온겔트'가 직물을 팔던 가게 모퉁이 저편 광장에는 성가대원으로 노래를 불렀던 교회가 우뚝 서 있다. 그리고 헤세의 생가가 있다. 이곳에서 헤세는 열두 살의 나이에 이미 시인이 아니면 그 무엇도 되지 않겠다고 결심했으며 시인은 배워서 되는 것이 아니라 존재할 뿐이라는 본질을 이미 직관으로 알고 있었다. 하지만 그의 고향에서 시인으로 존재한다는 것, 그 무게는 버겁기만 했다. 「회오리바람」이나 「청춘은 아름다워」에서 여실히 드러나듯이, 시민생활의 정해진 틀에서 한 치도 벗어나지 않는 가족과 고향 사람들의 따가운 눈총을 감당하기란 결코 쉬운 일이 아니었다. 갈등을 해소하고 시인으로서의 열정과 방랑벽을 다스리기 위해 헤세는 길을 떠날 수밖에 없었다. 그 여행은 시간적으로는 과거와 미래까지, 공간적으로는 인도까지 광범위한 영역에 걸쳐 있다. 그러나 길고 먼 여행 중에도 그는 자주 유년기와 게르베르스아우로 돌아갔다. 게르베르스아우를 배경으로 한 단편들이 긴 기간에 흩어져 있는 것으로 짐작건대, 어쩌면 그에게 이곳은 '초심' 같은 것이 아니었을까.

헤세가 아버지의 죽음을 겪고 이 년 후에 쓴 「어린아이의 영혼」에는 명민한 소년의 눈에 비친 아버지와 아들의 권력과 갈등의 문제가 탁월하게 묘사되어 있다. '언제나 옳은' 아버지에 대응하는 '어린아이의 영혼'은 마지막 문장에서 다음과 같이 허를 찌르며 세계의 모순을 암시하는 강한 화두를 던진다.

우리는 화해했다. 침대에 누웠을 때 나는 아버지가 나를 말끔하게 완전히 용서했다고 확신했다. 내가 아버지를 용서한 것보다 더 완전히.

시인의 운명을 타고난 소년이 화들짝 놀란 눈으로 세계의 부조리를 보아버린 곳, 존재의 이유를 터득한 곳이기에 애틋하지만 모순으로 가득하기도 했던 시간과 공간. 유년 시절과 고향을 그토록 세세하게 추억하면서도 헤세는 열여덟 살이 되던 해인

1895년에 고향을 떠난 후로 그곳에 살고 싶어하지 않았다. 훗날 친구와 주고받은 편지에 그는 이렇게 썼다.

일상의 터전을 그곳으로 옮기고 싶지는 않네. 고향을 망치게 될 것 같거든. 유년 시절과 슈바르츠발트는 내가 언제까지나 망가뜨리고 싶지 않은, 세계의 첫 질서가 세워진 성전과도 같다네.

방랑객 헤세는 떠나온 세계에 등돌리는 대신 첫 질서가 세워졌던 가상의 고향으로 돌아가 유년과 청춘의 성장통을 되풀이하며 치열하게 인생을 소화하려 했다. 이 책에 실린 단편들은 그 시간이 인과법칙을 구태의연하게 되풀이하는 반복의 과정이 아니었음을 역설한다. 때로는 유리처럼 맑고 나비의 곁처럼 섬세하게, 때로는 눈밭 위에 뜬 붉은 달처럼 시리고 선명하게, 때로는 단숨에 몰아치는 회오리바람처럼 주저 없이 진실을 향해 나아가면서.

칼프 입구의 크눌프 동상을 지나 도시 안쪽의 나골트 강을 따라 걷다보면 헤세가 세상에서 가장 사랑한 장소 중 하나였다는 니콜라우스 다리가 나온다. 그곳에 가면 아담한 체구의 헤세가 한 손에 모자를 쥐고 한 손은 가볍게 주머니에 넣은 채 안경 너머 고요하고 총명한 시선으로 먼 곳을 응시하고 서 있다. 탄생 125주년을 기념해 2002년에 세워졌다는 헤세의 청동 동상이다. 헤세가 세상을 떠난 지 오십 년이 되는 해의 늦가을, 그곳에서 무심코 잡아본 그의 손은 뜻밖에 따뜻했다. 그리고 그 느낌은 헤세에 빠져 있던 십대 후반으로부터 멀리 온 지금, 다시 읽는 헤세의 느낌과도 어쩐지 닮아 있다.

박경희

지은이 **헤르만 헤세**
1877년 뷔르템베르크의 소도시 칼프에서 태어났다. 『페터 카멘친트』로 성공을 거두며
전업작가가 되었고, 이후 『데미안』 『수레바퀴 아래서』 『나르치스와 골드문트』 『유리알 유
희』 등을 발표했다. 1946년 괴테상과 노벨문학상을 수상했으며, 1962년 스위스 몬타뇰
라에서 사망했다. 전 세계 60개가 넘는 언어로 번역되어 1억 5천만 부 이상의 판매를 기
록하면서 20세기에 가장 널리 읽힌 독일 작가가 되었다.

옮긴이 **박경희**
독일 본 대학에서 번역학과 동양미술사를 공부하고, 현재 영어와 독일어 번역가로 일
하고 있다. 『숨그네』 『옌젠 씨, 하차하다』 『흐르는 강물처럼』 『행복에 관한 짧은 이야기』
『암스테르담』 『첫사랑, 마지막 의식』 등을 우리말로 옮겼으며, 한국문학을 독일어로 번
역해 해외에 소개하는 일도 하고 있다.

문학동네 세계문학
청춘은 아름다워

1판 1쇄 2014년 10월 10일 | 1판 3쇄 2020년 11월 25일

지은이 헤르만 헤세 | 옮긴이 박경희 | 펴낸이 염현숙
책임편집 황문정 | 편집 박아름 염현숙 | 독자모니터 박미진
디자인 고은이 이원경 | 저작권 한문숙 김지영 이영은
마케팅 정민호 정진아 함유지 김혜연 김수현
홍보 김희숙 김상만 지문희 김현지 이소정 이미희
제작 강신은 김동욱 임현식 | 제작처 한영문화사(인쇄) 경일제책사(제본)

펴낸곳 (주)문학동네
출판등록 1993년 10월 22일 제406-2003-000045호
주소 10881 경기도 파주시 회동길 210
전자우편 editor@munhak.com | 대표전화 031) 955-8888 | 팩스 031) 955-8855
문의전화 031) 955-8896(마케팅) 031) 955-2659(편집)
문학동네카페 http://cafe.naver.com/mhdn | 트위터 @munhakdongne
북클럽문학동네 http://bookclubmunhak.com

ISBN 978-89-546-2595-1 03850

www.munhak.com